IL ÉTAIT DEUX FOIS

DU MÊME AUTEUR

La Chambre des morts, Pocket, 2006
La Forêt des ombres, Pocket, 2007
Train d'enfer pour ange rouge, Pocket, 2007
Deuils de miel, Pocket, 2008
La Mémoire fantôme, Pocket, 2008
L'Anneau de Moebius, Pocket, 2009
Fractures, Pocket, 2010
Le Syndrome E, Fleuve Éditions, 2010 ; Pocket, 2011
GATACA, Fleuve Éditions, 2011 ; Pocket, 2012
Vertige, Fleuve Éditions, 2011 ; Pocket, 2012
Atomka, Fleuve Éditions, 2012 ; Pocket, 2013
Puzzle, Fleuve Éditions, 2013 ; Pocket, 2014
Angor, Fleuve Éditions, 2014 ; Pocket, 2015
Pandemia, Fleuve Éditions, 2015 ; Pocket, 2016
REVƎЯ, Fleuve Éditions, 2016 ; Pocket, 2017
Sharko, Fleuve Éditions, 2017 ; Pocket, 2018
Le Manuscrit inachevé, Fleuve Éditions, 2018 ; Pocket, 2019
Luca, Fleuve Éditions, 2019 ; Pocket, 2020.

JEUNESSE

La Brigade des cauchemars, vol. 1, avec Yomgui Dumont, Jungle, 2017
La Brigade des cauchemars, vol. 2, avec Yomgui Dumont, Jungle, 2018
La Brigade des cauchemars, vol. 3, avec Yomgui Dumont, Jungle, 2019

FRANCK THILLIEZ

IL ÉTAIT DEUX FOIS

fleuvenoir

ISBN : 978-2-265-14427-9

Dépôt légal : mai 2020

« Ce que vous avez pris pour mes œuvres
N'était que les déchets de moi-même,
Ces raclures de l'âme
Que l'homme normal n'accueille pas. »

Antonin Artaud

« En toute chose, c'est la fin qui est essentielle. »

Aristote

1

L'hôtel de la Falaise se nichait à l'endroit où la vallée de l'Arve se rétrécissait en un entonnoir de roche, à trois kilomètres à l'est de Sagas. À l'arrière de l'établissement de quarante-six chambres se dressait une paroi calcaire de cent dix mètres qui, même en plein été, était aux trois quarts dans l'ombre, barrée d'une végétation chétive, occultée du soleil par les pointes grises et blanches des Alpes de Savoie. Un froid permanent y régnait, une coulée d'air glacé descendue des cimes enneigées, plus particulièrement en ce début d'avril 2008 où le printemps tardait à se manifester.

On approchait les 23 h 30 quand le lieutenant Gabriel Moscato se présenta à l'accueil, l'un de ces lieux désuets où une moquette rêche, couleur châtaigne, tapissait les murs. Une collection de santons alignés sur des étagères lui donnait des airs de vieille auberge peu recommandable. Le gendarme connaissait le propriétaire du deux-étoiles : Romuald Tanchon avait proposé un job d'été à sa fille pendant deux années consécutives et l'avait prise en stage.

Les hommes se serrèrent la main. Le patron n'avait pas croisé Gabriel Moscato depuis un moment. Enfoncé dans sa parka bleu nuit au col relevé jusqu'aux oreilles, l'imposant lieutenant de gendarmerie Moscato – il mesurait pas loin d'un mètre quatre-vingt-dix – semblait avoir pris dix ans. Depuis combien de temps n'avait-il pas dormi ?

— Je suis désolé, pour votre fille, dit Romuald Tanchon. J'espère de tout cœur que vous allez la retrouver.

Gabriel Moscato supportait ces phrases depuis un mois à Sagas, un creuset de treize mille habitants encastré entre les montagnes à coups de pieu par un fondateur quelconque. À tous les coins de rue, dans le moindre commerce où il fourrait les pieds. Il saturait, mais il s'efforça de hocher la tête par politesse. Ses interlocuteurs voulaient juste se montrer compatissants, après tout.

— Je parcours les établissements des environs de Sagas qui hébergent des gens de passage. Je demande aux responsables de me fournir la liste des clients présents aux alentours de la date de la disparition de ma fille. Si on refuse, ce que je peux comprendre, je convoque à la brigade, ça engendre pas mal de démarches et ça complique les choses. Sinon, on gère sur place, tranquillement, et tout le monde y gagne.

Romuald Tanchon sortit un classeur d'un tiroir situé derrière son comptoir.

— La confidentialité, on oublie. Si je peux aider…

Il le plaqua devant Gabriel et tapota sur le clavier de son ordinateur.

— On est en 2008, et je n'ai toujours pas réussi à passer au cent pour cent informatique. Je prends encore les réservations sur un bon vieux registre. Tout est noté là : nom, prénom, dates d'arrivée et de départ, moyen de règlement.

Il décrocha l'une des rares clés encore suspendues au mur. La plupart des étrangers qui logeaient à Sagas allaient rendre visite aux détenus du centre pénitentiaire situé en périphérie de la ville, où plus de deux mille âmes se consumaient dans des conditions déplorables. Le tourisme ici était inexistant. Une prison, un hôpital, un tribunal de grande instance et une gendarmerie remplaçaient les stations de ski.

— Je serai à l'accueil jusqu'à minuit, ajouta Tanchon. Vous pouvez occuper la 29 le temps nécessaire. Avant de partir, si je ne suis plus là, mettez la clé dans le panier et déposez le registre sur le comptoir.

— Merci, Romuald.

Les lèvres du propriétaire dessinèrent un trait inquiet sous sa grosse moustache noire, où quelques poils gris commençaient à poindre. La quarantaine n'épargnait personne.

— C'est le minimum que je puisse faire. Je l'aime bien, Julie. Ce genre de chose, ça ne devrait jamais arriver. Chopez le salaud qui a fait ça.

Il pointa le pouce vers l'arrière, en direction d'une porte.

— Si vous avez besoin de moi, vous sonnez.

Gabriel grimpa au deuxième étage. Ça sentait le bois verni, l'humidité aussi. Coucher dans un endroit pareil rendrait dépressif n'importe quel spécialiste de la psychologie positive. La fenêtre de la chambre 29 ouvrait sur la falaise, à une vingtaine de mètres seulement. Gabriel avait beau lever les yeux, il ne distinguait pas le moindre scintillement d'étoile. Juste une impénétrable forteresse d'obscurité derrière laquelle il entendait sa fille hurler.

Trente-deux jours d'enfer, et toujours rien. Julie n'était pas rentrée, cet après-midi-là, un mois plus tôt. On avait découvert son VTT le 9 mars au matin, au lendemain de sa disparition, au bord de l'épaisse forêt de mélèzes qui s'élançait vers les hauteurs. Julie s'entraînait sur les pentes trois fois par semaine pour préparer une course à Chamonix prévue en juillet. Selon les experts, la jeune fille de dix-sept ans avait brutalement freiné dans la descente, à un endroit situé à une cinquantaine de mètres d'un parking de gravillons, dans la côte entre Sagas et Albion. Son vélo était appuyé contre un arbre, au bout des marques de freinage.

Les bergers malinois de la brigade cynophile avaient perdu sa trace au niveau du parking. Elle, la simple fille d'un gendarme et d'une infirmière à domicile. Une gamine de la montagne, amoureuse des échecs, de la nature et du cinéma, son appareil photo ou sa caméra numérique toujours au poing. Des hélicoptères, des dizaines d'agents à pied avaient scruté la forêt, les flancs abrupts, les plateaux. Des plongeurs avaient fouillé le lit de la rivière, exploré tous les obstacles, souches, troncs d'arbres, ferrailles susceptibles de retenir un corps à la dérive.

Outre les recherches de terrain, un groupe dédié de six gendarmes – Gabriel y compris – interrogeait les amis de Julie, ses camarades de terminale. On dressait des emplois du temps, on collectait les bandes de vidéosurveillance, on analysait des relevés de téléphone ligne après ligne. Le soir, sur son temps libre, quand les autres rejoignaient leurs familles, Gabriel parcourait seul les maisons d'hôtes, les auberges, les hôtels. Il convoquait les gérants ou récupérait des listes entières d'identités qu'il recopiait dans son carnet. Le kidnappeur, si tant est qu'il y en eût un, était peut-être un gars du coin, un habitant de la forêt ou des alpages, mais il pouvait aussi être un voyageur opportuniste. Il ne fallait négliger aucune piste.

La chambre 29 était spartiate. Une chaise sans table, un téléphone filaire, des rideaux ternes, une salle d'eau ridicule avec les toilettes attenantes à la douche. Pas de téléviseur, mais un minifrigo généreusement fourni en alcool.

Julie avait préparé les petits déjeuners dans cet établissement, nettoyé cette vieille moquette. Gabriel l'imagina en train d'entasser draps et serviettes. Pas le meilleur job du monde, mais elle avait pu gagner de l'argent de poche pour s'acheter sa caméra numérique. Laquelle avait d'ailleurs été versée comme pièce à conviction au dossier deux semaines plus tôt : Gabriel avait été incapable de mettre la main sur la carte mémoire, qui n'était plus dans l'appareil. Un détail, sans doute, la carte ayant pu être perdue, ou jetée, car endommagée. Toujours est-il qu'elle manquait, ce qui méritait au moins d'être souligné. Dans les affaires de disparition, la moindre anomalie pouvait faire l'objet d'une interprétation. Chaque hypothèse en appelait une autre, consommant du temps, de l'argent et des moyens humains.

Gabriel Moscato tira les rideaux, s'assit sur le lit, ôta ses rangers avec un soupir de soulagement. Son petit orteil droit saignait à force d'avoir arpenté Sagas. Avec son portable, il envoya un message à sa femme pour la prévenir de son retour tardif. Elle ne le lirait sûrement pas, assommée par les antidépresseurs.

Il lorgna le minibar avec envie, mais jugea bon de ne pas boire ce soir. Épuisé, il exerça une pression sur ses globes oculaires avec ses pouces, puis ouvrit le registre au 5 mars, trois jours avant le drame. Sur ces soixante-douze heures, il releva scrupuleusement chaque identité qu'il passerait plus tard au crible des fichiers et contacterait si nécessaire. Un travail de fourmi, ingrat, mais il fallait en passer par là.

— Je te retrouverai, Julie. Je te jure que je te retrouverai.

Où était sa fille ? Pourquoi ce coup de freins dans la pente, cinquante mètres avant le parking ? Avait-elle croisé une connaissance ? Avait-on jeté son cadavre lesté au fond d'un lac, ou la retenait-on dans une cave sordide à des centaines de kilomètres d'ici ? Gabriel était informé des statistiques vertigineuses liées aux disparitions. Le temps meurtrier, briseur de volonté et tueur d'espoir, même des plus robustes. Au fil des mois, des années, sa fille se résumerait peut-être à un prénom crié un jour au cœur des montagnes.

Après avoir noirci trois pages, la fatigue le gagna. Il tenta de résister, en vain, alors il s'allongea sur le couvre-lit. Puis il pleura, comme presque tous les soirs, parfois serré contre sa femme, d'autres fois recroquevillé dans un coin.

Pense-t-on autant à son enfant, lorsqu'il est toujours là ? L'aime-t-on autant que dans l'absence ? Gabriel ne savait pas, sa vie d'avant n'existait déjà plus. Celle à venir ne serait que calvaire. Quelle que soit l'issue de leurs recherches, leurs vies seraient à jamais transformées, broyées, asséchées par trop de larmes versées. Ses yeux se fermèrent sur la tristesse des jours passés.

Il les rouvrit quand un bruit sourd le réveilla. Quelque chose avait buté contre la vitre.

Gabriel se leva en titubant, la tête lui tournait. Il se traîna jusqu'à une porte vitrée entrebâillée. Que lui arrivait-il ? Il la franchit sans comprendre – en toute logique, au deuxième étage, il n'aurait pas dû y avoir de porte donnant sur l'extérieur – et se retrouva sur l'asphalte, au niveau du parking, derrière l'hôtel.

Soudain, une douleur lui vrilla l'épaule gauche. L'oiseau qui l'avait percuté s'écrasa à ses pieds, son bec jaune entrouvert. Gabriel ne s'expliquait pas ce qu'il voyait. Un autre volatile gisait plus loin, misérable sac de plumes.

Des impacts violents firent tout à coup chanter la tôle des voitures, les tuiles de la toiture. Les gens emmitouflés dans des peignoirs jaillissaient de leurs chambres, leurs visages ensommeillés levés vers le ciel. Des fusées noires et compactes surgissaient des ténèbres, par dizaines, pour s'écraser avec un bruit de chair broyée. Gabriel recula à l'abri de sa chambre, abasourdi, alors que son voisin en pyjama lui aboyait aux oreilles des « Vous avez vu ça ? Vous avez vu ça ? C'est l'Apocalypse ! ».

Oui, Gabriel avait vu. Bien sûr, qu'il avait vu.

Il pleuvait des oiseaux morts.

2

Encore à moitié endormi, Gabriel leva les paupières avec cette bouche pâteuse des lendemains de cuite. Sa silhouette de phasme était couchée en travers d'un lit aux draps défaits, sur le ventre, bras écartés. Il s'humecta les lèvres, tourna difficilement la tête. Le radio-réveil posé sur sa gauche indiquait 11 h 11.

Il grogna dans son oreiller, toujours imprégné des vapeurs de son cauchemar. Ces oiseaux inanimés projetés du ciel, s'écrasant sur le bitume et sur les capots des voitures…

Cette pensée le fit encore frissonner. Ses rêves revêtaient une telle force, depuis la disparition de Julie, étaient d'un tel réalisme… Une fois debout, le gendarme sentit sa tête lourde, comme si tout le sang de son corps s'y concentrait. Il lui fallut une vingtaine de secondes pour se rappeler.

L'hôtel… La chambre 29… Le registre…

La pluie fine d'un mauvais jour de printemps crépitait contre la vitre. Il jeta un coup d'œil alentour. Il ne trouva ni son téléphone, ni le classeur, ni son carnet. Un sac avec des affaires d'homme qui ne lui appartenaient pas traînait sur le sol. Sur le dossier de la chaise, un blouson en cuir, et sur une table de chevet, une paire de lunettes à monture noire. Où avait-il posé sa parka bleu nuit ? Pourquoi de solides bottes en daim, style cow-boy, avaient-elles remplacé ses chaussures militaires ?

Un bruit de moteur, au-dehors. Il se dirigea vers la fenêtre et constata avec effroi que son cauchemar était réel. Des dizaines, peut-être des centaines d'oiseaux marbraient l'asphalte. Comme au cours de la nuit, il poussa le battant – d'ailleurs resté entrouvert –, et se baissa pour toucher du bout du doigt l'oiseau le plus proche de lui. Le minuscule corps était glacé, les yeux voilés d'un film grisâtre. Il se redressa, incrédule.

À cet instant seulement il prit conscience qu'il était au rez-de-chaussée, deux étages plus bas que la veille. La porte qu'il venait de franchir permettait d'entrer et de sortir sans transiter par l'accueil, comme dans les motels. Il se précipita vers la table de chevet où reposait le gros porte-clés. Sur la boule blanche était inscrit le numéro 7.

D'accord, d'accord… Prendre le temps et réfléchir. À l'évidence, il n'était pas dans sa chambre. Il s'était endormi dans la 29 et s'était réveillé dans celle d'un inconnu. Peut-être avait-il fait une crise de somnambulisme ? Dans un état second, il avait assisté à l'incompréhensible hécatombe – un spectacle digne d'un film d'Hitchcock – puis s'était rendormi.

Il vérifia le contenu du minibar : intact. Il n'avait donc pas bu. Ou alors il avait picolé dans sa chambre d'origine avant d'errer dans les couloirs puis d'ouvrir une porte au hasard ? Il n'avait jamais vécu un truc pareil, mais depuis des jours tous ses collègues lui disaient de lever le pied. La disparition, le surmenage, le manque de sommeil avaient dû créer une sorte de court-circuit dans son cerveau, mais une chose était certaine : il existait une explication rationnelle à cette situation.

Pieds nus, il remonta au deuxième étage, en pleine réflexion : s'il avait passé une partie de la nuit dans la 7, où se cachait l'individu qui aurait dû l'occuper ? Pourquoi le cow-boy avait-il abandonné ses affaires ? Au bout de l'étroit couloir, la 29 était fermée à clé. Il frappa, sans succès. Une nouvelle journée de merde s'annonçait.

De retour dans la piaule du bas, il décrocha le téléphone de l'hôtel et composa le numéro de son coéquipier de toujours. Il tomba sur le répondeur et laissa un message :

« Ouais, Paul, c'est moi. Tu ne vas pas me croire. J'ai piqué un somme à l'hôtel de la Falaise, et il a plu des oiseaux morts dans la nuit. Des centaines d'oiseaux qui tombaient du ciel comme des grêlons ! Bref, je devrais arriver à la brigade d'ici une demi-heure. Enfin, si je récupère mes affaires... Je t'expliquerai. *Tschuss tschuss.* »

Il appela sa femme dans la foulée. Une voix d'automate lui indiqua que le numéro n'était pas attribué. Il recommença, s'assurant de presser les bonnes touches. Même rengaine.

— C'est quoi, ce bordel ?

Il remonta le couloir en direction de l'accueil, où une femme d'une quarantaine d'années était en ligne. Elle raccrocha, non sans jeter un bref coup d'œil sur ses pieds nus.

— Nous ne sommes pas les seuls impactés par les oiseaux, fit-elle d'une voix encore paniquée. Il en a plu partout autour de l'hôtel, et jusqu'au viaduc, à l'entrée de Sagas. Je n'ai jamais vu ça. Ils viennent sûrement de la colonie.

— Quelle colonie ?

— Vous l'avez forcément aperçue en arrivant hier, non ? Celle d'étourneaux, installée le long des berges de l'Arve.

Devant les yeux écarquillés de Gabriel, elle crut bon de se justifier :

— Des experts estiment qu'il y a environ sept cent mille individus venus d'Europe du Nord et migrant vers l'Espagne. Ils ont fait étape à Sagas il y a trois jours. Leur vol dessine d'incroyables figures dans le ciel et on les entend piailler à des centaines de mètres à la ronde. Si vous sortez, en écoutant bien, vous le constaterez par vous-même.

Elle voyait que Gabriel ne comprenait rien mais n'insista pas.

— Je peux vous aider ? Vous êtes resté enfermé en dehors de votre chambre, peut-être ?

— Non, ce n'est pas ça. Hier soir, M. Tanchon m'a remis la clé de la chambre 29 aux alentours de… je ne sais plus, il était tard, en tout cas. Et j'ai ouvert les yeux dans la 7, avec des affaires qui n'étaient pas les miennes. Je me suis dit qu'il s'agissait peut-être d'une crise de somnambulisme, un truc dans ce goût-là.

Elle se tourna vers le porte-clés mural. Décrocha une clé.

— Vous seriez descendu du deuxième étage au rez-de-chaussée sans vous en apercevoir, genre les bras devant comme un zombie ? Et vous seriez entré dans une autre chambre ?

— Je ne vois pas d'autre explication.

— Et le client de la 7, il serait où, alors ? Dans la 29 ?

— Probable.

— Impossible, puisque la clé de la 29 est ici. À moins qu'il ne l'ait déposée sans que je m'en rende compte… Excusez-moi, mais cette histoire d'oiseaux m'a chamboulée.

Gabriel était de plus en plus perdu. Il n'avait pas le souvenir, par exemple, que les santons étaient aussi nombreux sur l'étagère ni aussi laids. Il était sûr de ne jamais avoir vu cette horloge en toc – celle du tableau de Salvador Dalí, *Persistance de la mémoire* – qui coulait tel un fromage depuis l'angle du comptoir. L'écran de l'ordinateur était plus grand et moins épais que la veille.

Ces détails le mirent mal à l'aise. Tout lui paraissait à la fois semblable et différent, comme s'il marchait à la frontière entre deux mondes. La femme posa la clé de la 29 devant lui et pianota sur son clavier. Après avoir consulté l'écran, elle leva un œil interrogateur.

— Non, non, il y a décidément un os, comme dirait l'autre. La chambre où vous vous êtes réveillé a bien été réservée par un certain Walter Guffin pour une nuitée, et il n'a pas encore fait son *check out*. Il est donc encore dans l'hôtel ou parti voir ce qui se passe avec les oiseaux, mais il devrait revenir. Par contre, je n'ai pas eu de réservation pour la chambre que vous prétendez avoir payée.

Gabriel remuait ses orteils sur le carrelage froid. Il n'avait qu'une hâte, quitter cet établissement infernal et retourner à la brigade. Derrière lui, une cliente attendait, un sac sur le dos. Jeune, brune, tatouée de partout. À tous les coups venue voir un taulard quelconque.

— C'est parce que M. Tanchon ne m'a pas inscrit sur le registre ni dans l'ordinateur. Il m'a simplement prêté la chambre 29 pour quelques heures. Je devais redéposer la clé dans le panier, mais je me suis assoupi.

— Romuald, prêter une chambre ? Vous auriez plus de chances de faire manger une entrecôte à un vegan.

— Écoutez, on ne va pas y passer la journée. Donnez-moi cette clé, que je récupère mes affaires. Je vous la rends dans cinq minutes.

La quadragénaire la lui tendit d'un geste désagréable et s'adressa à la demoiselle qui commençait à manifester son impatience. Gabriel remonta, sur les nerfs. Qu'avait-elle raconté ? Un « vegan » ? Cet hôtel allait le rendre fou.

Il déverrouilla la porte et entra dans la 29. Vide, lit fait, rideaux tirés. Ça sentait les produits d'entretien et la bombe désodorisante. Il traversa la pièce, s'approcha de la fenêtre. La falaise… En contrebas, les impacts sombres et rouges des volatiles… Il avait été pile à cette place la veille avant de s'endormir, il en avait la certitude. Il s'était assis sur le matelas, avec le registre, et avait noté scrupuleusement les identités des clients dans son carnet.

Il jeta un œil sous le lit, puis dans le tiroir de la table de chevet, au cas où la femme de ménage aurait rangé ses affaires. Où était ce fichu carnet ? Son uniforme de gendarme ? Qu'avait-on fait de ses rangers ?

Lorsqu'il fit le tour de la salle d'eau, le reflet qu'il vit dans le miroir lui fit l'effet d'une gifle.

Ce n'était pas lui.

3

Rivé au miroir, Gabriel était tétanisé face à son double.

Si, c'était bien lui, mais un lui différent : le crâne complètement rasé, un bouc poivre et sel, des pattes-d'oie au coin des yeux, et trois barres au niveau du front. Il plaqua les mains sur ses joues, ses doigts glissèrent jusqu'à son menton où la peau se détendait légèrement, jusqu'à sa gorge tapissée de poils épars d'un gris brillant.

Lui, en beaucoup plus vieux.

Il se sentit vasciller, s'agrippa au lavabo pour ne pas tomber. Il n'avait jamais vu le pull en laine bleu foncé qui l'enveloppait. Son jean avait changé de coupe. Son corps était plus sec, plus effilé, avec les os de la clavicule saillants et des tendons visibles au niveau du cou.

Il s'éloigna à reculons, sonné, et eut le réflexe absurde de chercher ses cheveux dans la poubelle ou la bonde de la douche. Où s'était-il rasé le crâne ? Pourquoi ? Qu'était-il arrivé à son corps ?

Il ne put s'empêcher de s'approcher de nouveau de la glace, tira sur ses traits pour en chasser les rides. Ces yeux en amande, cette bouche aux lèvres d'un rose pâle étaient les siens. Il ne rêvait pas. C'était trop réaliste, il avait conscience de tout. Il était parfaitement réveillé, et cet homme dont il affrontait le regard, c'était lui.

C'était vertigineux. Il souleva le bas de son pull, scruta son ventre, ses hanches proéminentes, la peau un peu distendue sur l'abdomen. Sa propre anatomie l'effrayait. Autour de son cou, il remarqua un lacet noir, alourdi d'une clé à paneton complexe. Il la palpa, essaya de se rappeler la raison de sa présence sur sa poitrine. Rien. Paniqué, il regagna le couloir, alpagua un homme qui poussait un bac débordant de linge.

— Est-ce que vous avez nettoyé la chambre 29 ? Il y avait un carnet, un téléphone portable, ma parka de gendarme avec mes papiers à l'intérieur.

L'homme parut déstabilisé. Il avait la quarantaine, le crâne dégarni, le front plat comme une poêle. Ses épaules et ses avant-bras de rugbyman étaient particulièrement poilus. Sur son tee-shirt blanc, le dessin d'une guitare électrique en rouge et blanc. Il fixa son interlocuteur en dévoilant ses incisives.

— À quoi vous jouez ?

— On se connaît ?

Aussi grand mais plus trapu que Gabriel, l'homme observa les pieds nus, revint vers le visage. Ses yeux étaient deux nuages noirs dans un ciel d'orage. Il finit par détourner la tête et consulter sa feuille de service.

— On s'est bien connus, ouais. Tu m'étonnes. Et, non, je ne suis pas allé dans la 29, elle n'était pas occupée cette nuit.

Le dos voûté, il s'éloigna avec son chariot sans un mot de plus, et disparut derrière une porte, non sans lui adresser un dernier regard. Pourquoi ces éclairs dans les yeux et ce ton plein de reproches ? L'homme venait de dire : « On s'est bien connus. » Il avait parlé au passé.

Gabriel redescendit dans la chambre où il s'était réveillé pour fouiller le sac de sport. Slip, chaussettes, tee-shirt bleu uni, un nécessaire de toilette, rien d'autre. L'une des poches du blouson en cuir contenait un briquet avec la gravure d'une tête de loup ; une autre un boîtier avec un bouton, au bout duquel pendaient trois clés, dont une de voiture. Marque allemande. Il se baissa vers les bottes. Du 44. Presque sa pointure – il chaussait du 43. D'une main tremblante, il s'empara de la paire de lunettes. Elle lui allait à la perfection mais ne changea rien à sa vue : il voyait net, avec ou sans.

Tout cela n'avait aucun sens.

Gabriel dut s'asseoir. Il allait se réveiller et s'échapper de ce long, de cet interminable tunnel délirant. Il errait dans cet endroit maudit comme dans les pires films d'horreur. Dans la réalité, il n'y avait pas eu de pluie d'oiseaux. Peut-être sa fille n'avait-elle même pas disparu. Elle l'attendait à la maison. Ils joueraient aux échecs ou iraient pédaler ensemble sur les chemins de montagne et dans les forêts.

Il essaya de rappeler son collègue Paul, puis sa femme, sans succès. « Numéro non attribué. » Bien sûr. Ça faisait partie du pack « délire ».

Hors de question de rester pieds nus à déambuler dans ces couloirs. Il enfila la paire de chaussettes tirée du sac, les bottes horribles, mais confortables. Le lourd blouson en cuir à col mouton était un poil trop grand, mais il s'en accommoda. Il rendrait ces fringues à leur propriétaire quand il y verrait plus clair.

La minute d'après, il piétinait à l'accueil, la gorge serrée et les deux porte-clés dans les mains.

— Vous avez retrouvé vos affaires, finalement ? demanda la standardiste.

— Walter Guffin ne s'est toujours pas manifesté ?

— Non.

— J'ai besoin de parler à Romuald Tanchon.

— Désolée, il est parti à Lyon pour la journée, il rencontre des partenaires pour une plate-forme de réservation en ligne. Faut bien s'ouvrir à une autre clientèle que les familles de détenus. Je sais, Sagas est une ville pourrie, mais les environs restent chouettes. Puis les stations de sk…

— Écoutez, la coupa-t-il, je suis le lieutenant Gabriel Moscato, un gendarme de Sagas. Je connais M. Tanchon, ma fille a travaillé dans cet établissement les deux derniers étés. Je suis venu ici hier soir, j'ai emprunté le registre des entrées et sorties, et…

— Gabriel Moscato ? Vous… Vous êtes le père de la petite qu'on n'a jamais retrouvée ?

— Toutes nos forces sont mobilisées, les recherches se poursuivent. Ça ne fait qu'un mois et on va la retrouver.

La femme secoua la tête et le regarda avec étonnement.

— Un mois ? Mais… À quelle date vous pensez être ?

Il réfléchit.

— Le 9… peut-être le 10… Oui, le 10 avril. On est le jeudi 10 avril.

— Le 10 avril ? Et de quelle année ?

— 2008.

Elle l'observa longuement, sans ciller, et parvint à répondre d'une voix qui grinça aux oreilles de Gabriel avec la dureté du diamant :

— Mais nous sommes le 6 novembre 2020. Ça fait douze ans que votre fille a disparu.

4

On ne pouvait éviter les oiseaux, même en roulant au ralenti et en slalomant.

Sous un ciel bas couleur ciment, la voiture de gendarmerie venait de se garer sur un vaste terrain de terre battue, entre la station d'épuration intercommunale et l'usine de traitement des déchets visible depuis la route, en contrebas. Des monts bruns, ocre et gris semblables à d'immenses tétons de sable faisaient barrage aux rangées de pins mêlés aux aulnes arrimés aux rives de l'Arve. En arrière-plan, les nuages dévalaient des sommets, se répandaient entre les parois en épais rubans de limaille. Ça ramenait le ciel à portée de main et écrasait l'espoir d'une belle journée. À Sagas, le soleil pouvait disparaître pendant des semaines. Les habitants appelaient cette absence de luminosité prolongée « la mort noire ». La mort noire minait le moral et augmentait drastiquement le taux de suicides dans la vallée, surtout en automne. Des statistiques officielles en témoignaient.

Le capitaine Paul Lacroix sortit de son véhicule, accompagné de Louise, une jeune gendarme d'un quart de siècle sa cadette. Ils scrutèrent les alentours, aperçurent les innombrables cadavres de volatiles.

— Les ornithologues, là, ils racontent que la colonie a été effrayée en pleine nuit, expliqua Paul. Si l'on en croit leurs explications, ces oiseaux n'y voient quasiment rien dans le noir. Les centaines de milliers d'individus paniqués auraient décollé de leur branche et se seraient percutés en plein ciel, et ce sur plusieurs hectares. D'après les différents témoignages, ça s'est passé entre 2 h 10 et 2 h 20.

Ils rejoignirent l'adjudant Martini, chef d'équipe en second. Ce dernier les attendait, les bras croisés et tremblotant. De l'eau gouttait du bout de son nez. Le vent et l'humidité de novembre lacéraient les visages, transperçaient les couches de vêtements. Ils se serrèrent la main, et Benjamin Martini, cinquante-deux ans, cheveux bouclés en pagaille avec de faux airs de Tom Hanks, montra la végétation.

— C'est par là qu'on a découvert le corps. Suivez-moi.

Il avait la voix blanche, le teint cireux, comme la plupart des habitants de la vallée. Les trois gendarmes contournèrent les monts et s'engagèrent entre les arbres, au rythme lent du capitaine qui boitait méchamment de la jambe droite. Il déplia un mouchoir en papier et le tendit à Louise.

— Chiure d'étourneau au coude gauche.

— C'est pas vrai… Saloperie !

Il la regarda frotter avec dégoût la tache blanche.

— T'es sûre que ça va aller ? Je peux t'épargner la suite, tu sais ?

Louise roula le mouchoir en boule et le glissa au fond de la poche de sa parka.

— On va dire qu'après ça, je serai baptisée.

La jeune femme le doubla d'un pas de soldat. Elle voulait marquer sa détermination dans son allure, sa façon de se tenir droite, le menton relevé avec fierté.

Paul profita de ce moment en solitaire pour se masser le genou droit, avant de reprendre sa marche. Ses articulations lui faisaient un mal de chien dès que l'air se saturait d'humidité. C'est-à-dire presque tout le temps.

Martini leur proposa des paires de gants en latex.

— Une kayakiste du nom d'Isabelle Davigny a repéré le corps à 9 h 50. Elle est d'Albion. Elle descendait l'Arve en prenant des photos des oiseaux morts sur les rives. Quand elle a vu le cadavre, elle a immédiatement contacté la brigade. Brunet, Tardieu et moi, on est arrivés à 10 h 20, et on t'a appelé dans la foulée.

Paul aperçut le kayak, posé plus loin en travers de la berge.

— Où est cette Isabelle Davigny ?

— Elle a commencé à vomir dans l'eau, elle n'était vraiment pas bien. Tardieu l'a emmenée à la brigade.

Après avoir progressé sur le sol tapissé d'épines de pin, ils foulèrent la caillasse mêlée aux galets de la rive gauche de l'Arve. Des étourneaux morts s'éparpillaient çà et là, et Paul eut l'impression d'évoluer dans le décor d'un film postapocalyptique. Il leva les yeux. À trois cents mètres, de terrifiantes figures géométriques envahissaient le ciel, juste sous les nuages. Comme si une bouche invisible soufflait sur de gigantesques poignées de sable noir prises dans un tourbillon. Malgré le massacre nocturne, les étourneaux avaient repris leur incroyable ballet.

Paul détailla les éléments qui l'environnaient. La rivière était large et fougueuse, à cet endroit, d'un bleu de glace. Les rapides attiraient pas mal de kayakistes. À pied, on accédait sans mal à cette rive, ou par l'usine, ou par la route communale qui longeait le torrent sur des kilomètres. Ils s'avancèrent en direction de Brunet. Le gendarme prenait des photos avec son portable et avait veillé à ne pas s'approcher du cadavre.

11 h 19. Le smartphone de Paul sonna. Numéro inconnu. Il coupa vite l'air de *I Will Survive* malvenu sans décrocher et ne laissa qu'un bon pas réglementaire entre la victime et lui. Louise restait à distance.

Le capitaine s'accroupit. C'était le genre de journée dont on parlerait longtemps à Sagas. Le déluge d'étourneaux… Un crime violent abandonnant une victime à moitié dénudée au bord de la rivière… Une sacrée accroche pour le gros Chamarlaine, le journaliste du coin qui ne manquerait pas de débarquer avec son calepin. Les nouvelles allaient vite, dans les petites villes.

Il examina le cadavre en essayant de garder la tête froide. Avec Martini, ils traitaient pas mal d'affaires de suicide, de décès un peu obscurs, mais rarement criminels. Il respira calmement, régla son téléphone en mode enregistrement et attaqua les constatations préliminaires. Il recommencerait en présence de leurs techniciens de scène de crime, mais il jugeait important ce premier contact avec la victime, à chaud.

— Heure de constatation : 11 h 22, le 6 novembre 2020. Le corps d'une femme de race blanche, âge indéfinissable, mais je dirais entre trente et quarante ans, corpulence moyenne, a été découvert par une femme, Isabelle Davigny, d'Albion, alors qu'elle faisait du kayak. Météo humide, il a bruiné dans la matinée. La victime repose en décubitus dorsal sur la rive gauche de l'Arve, dans un axe nord-sud, au niveau de… de la station d'épuration et des rapides, deux kilomètres au sud de la ville.

Il se pencha davantage vers le corps.

— Torsion du bras gauche à hauteur de l'épaule formant un angle à plus de quatre-vingt-dix degrés par rapport au corps. Un étourneau repose en partie sur sa cuisse droite, avec impact de sang lié à sa chute. Elle est donc probablement morte avant la pluie d'oiseaux de cette nuit…

Il se décala d'un pas.

— Présence légère de sang aux doigts de la main gauche, au niveau des ongles. Cheveux de couleur blond foncé, longs d'une trentaine de centimètres. Ecchymoses rendant ses traits méconnaissables. À première vue, l'arcade droite est ouverte, les pommettes possiblement fracturées occasionnant un renflement. Le nez est renfoncé… Vu les dégâts, la face a peut-être été frappée avec un gros galet ou une pierre, qui sont disponibles en nombre aux alentours. Morceau de tissu noir dans la bouche, utilisé comme bâillon. Apparemment des chaussettes, ce qui semble confirmé par le fait que la victime est pieds nus.

Il jeta un coup d'œil vers Louise. Elle lui indiqua d'un clignement de paupières que ça allait. Un carnet en main, elle consignait tout. Il poursuivit :

— Il n'y a pas de trace de ses chaussures à proximité immédiate du corps. Multiples coupures aux voûtes plantaires et… son pied droit forme avec la jambe un angle laissant penser qu'elle s'est fracturé la cheville. Son jean et sa culotte sont baissés sous les genoux. Ecchymoses sur le haut des cuisses, face interne, et, euh, possibles saignements vaginaux…

Il appuya sur un bouton, marqua une pause. Cette fille avait certainement été violée puis massacrée. Il essaya de faire abstraction de ses pensées noires et reprit après une inspiration :

— Elle porte encore son anorak, la fermeture est remontée jusqu'au cou. Au moins deux traces de perforation dans le blouson, au niveau de la poitrine, caractéristiques de l'utilisation d'une arme à feu. Attente des techniciens et des pompes funèbres pour déshabillage du corps sur place et constates, avant un départ pour la morgue.

Il coupa l'enregistrement et resta un instant immobile face à la pauvre fille. Abandonnée là, au bord de l'eau, comme un vulgaire déchet. Quel animal avait pu l'abîmer ainsi, l'assassiner si violemment ? Il se redressa avec une grimace, prenant lourdement appui sur ses cuisses. Cinquante-deux ans, et l'impression d'être emmuré dans un corps de vieillard. Il se tourna vers Martini occupé au téléphone, puis vers Louise.

— Et si c'étaient les coups de feu qui avaient dérangé la colonie en pleine nuit ? Les tirs affolent les étourneaux, ils décollent des arbres. Ils se percutent, et l'un d'entre eux tombe sur le cadavre frais.

Louise ne répondit pas. Ses yeux ronds comme des billes n'arrivaient pas à se détacher de son stylo en mouvement.

— J'ai enregistré, soupira Paul. Tes notes ne servent à rien.

Elle finit par ranger son matériel dans sa poche et s'intéressa de nouveau au cadavre.

— Oui, c'est fort possible, répliqua-t-elle. Et ça nous donnerait l'heure exacte du crime.

— Deux heures du matin, à quelques minutes près. On verra ce que dit le légiste, mais ça me paraît une bonne hypothèse. Sinon, ton avis ?

— On lui a fourré les chaussettes dans la gorge pour l'empêcher de crier. On l'a sans doute violée puis tuée ici, sur place.

— Qu'est-ce qui te fait dire ça ?

— Le pantalon baissé. Et puis c'est un endroit parfait pour ne pas être vu. Bien sûr, il y a la route là-haut, mais dès que le soleil est couché, impossible d'y voir quoi que ce soit. Pas d'éclairage, pas d'habitations aux abords.

Le bruit de l'eau couvre les cris étouffés par le bâillon. De toute façon, elle aurait pu hurler tant qu'elle voulait, à 2 heures du mat, il n'y a personne dans cette zone.

— Et les pieds nus ? Comment t'expliques ?

— Je n'en sais rien. Vu l'état de ses voûtes plantaires, elle a marché sans chaussures, peut-être même couru. Peut-être qu'on la retenait dans un coffre de voiture, ou un camping-car, et qu'elle a pu s'échapper. Elle s'est blessée, mais elle a continué à progresser. Est-ce qu'elle voulait se jeter dans l'Arve pour fuir son agresseur ? Je ne vois pas tellement où elle aurait pu aller, sinon. Elle s'est tordu la cheville, et, d'après l'angle, ça a été violent. Elle est tombée instantanément, juste là. Et… la suite s'est passée. Cette bête sauvage s'en est prise à elle.

C'était un scénario plausible. Comment la victime était-elle arrivée dans les environs ? D'où venait-elle ? D'un véhicule, comme le suggérait Louise ?

— Ce qui est bizarre, si on omet les oiseaux, c'est l'histoire des chaussettes dans la bouche, ajouta la jeune femme.

— Hmm ?

— Si elle courait pieds nus, ça veut dire que son agresseur avait déjà les chaussettes sur lui. Ce n'est pas très logique de se balader avec les chaussettes de sa proie. Enfin, il me semble.

— La logique, tu sais, en matière criminelle… On voit ça qu'à la télé. Et puis, peut-être fuyait-elle en chaussettes, après tout ? Ça ne protège pas des masses… C'est comme ta déduction sur le fait que l'agression sexuelle a eu lieu ici : peut-être qu'il l'a violée ailleurs, qu'il est venu déposer le corps à cet endroit, et qu'il lui a ensuite baissé le pantalon. Autre possibilité : il l'a violée alors qu'elle était déjà morte.

— T'es horrible.

— C'est moi qui suis horrible, ouais. Faut jamais tirer de conclusions hâtives. C'est la raison pour laquelle j'en suis resté aux faits dans mes constates.

— Merci pour la leçon, capitaine, répondit-elle sèchement.

Paul fit alors face à son équipe.

— Je vais aviser le substitut. Nous allons être saisis, les heures et les jours à venir risquent d'être chargés. Ça veut dire des dispos les week-ends et personne qui se tire à n'importe quel moment de la journée pour aller chercher ses gosses à l'école. Je veux éviter qu'on prenne encore les gendarmes de Sagas pour des branquignols. Benjamin, tu feras passer le message ?

Il acquiesça en silence. Paul devina une pointe d'excitation dans les yeux de Brunet, celui qui avait pris les photos. Le jeune esquissa même un sourire.

— Tu te dis que ça va te changer de l'ordinaire, hein ? grogna Paul. C'est une jeune femme morte, bordel, pas une putain de distraction. Rentre-toi ça dans la caboche et arrête de rire.

Brunet rougit et baissa la tête. Il était l'une des petites mains de la brigade territoriale autonome de Sagas composée de trente-quatre gendarmes – dont trois techniciens de police scientifique – et couvrant plus de vingt mille hectares répartis sur huit communes. Elle portait le titre de brigade de montagne, à cause des nombreux sommets de plus de mille huit cents mètres du secteur, et elle était habilitée à mener, entre autres, des missions de police judiciaire. Un méticuleux travail d'enquête allait démarrer, sous l'autorité de Paul. Ce qui était loin de le réjouir.

— En attendant les techniciens, on ausculte les environs. J'aimerais bien qu'on découvre les douilles et la pierre qui aurait servi à lui fracasser le visage.

Il passa son coup de fil au procureur puis écouta le message arrivé quelques minutes plus tôt sur son portable.

« Ouais, Paul, c'est moi. Tu ne vas pas me croire. J'ai piqué un somme à l'hôtel de la Falaise, et il a plu des oiseaux morts dans la nuit. Des centaines d'oiseaux qui tombaient du ciel comme des grêlons ! Bref, je devrais arriver à la brigade d'ici une demi-heure. Enfin, si je récupère mes affaires… Je t'expliquerai. *Tschuss tschuss.* »

Paul avait d'abord cru à une erreur, jusqu'à ce qu'il entende les derniers mots. Il réécouta. La voix, l'intonation… Le « *Tschuss tschuss* ». Une seule personne saluait de cette façon : Gabriel Moscato. Mais c'était plus de douze ans auparavant…

Il raccrocha, blême. Ce coup de fil venait de faire ressurgir, en un instant, les pires souvenirs de sa vie. Il revint vers le lit de la rivière, de cette démarche qui lui donnait des allures de mutilé de guerre.

— Tu faisais une drôle de tête au téléphone, constata Louise. Qu'est-ce qui se passe ?

Paul scruta désormais d'un autre œil le faciès démoli, la chevelure blonde étalée sur les galets, et ce corps meurtri. Et si… ?

Était-il possible que ce fût elle ? Julie Moscato ? Il secoua la tête et regarda Louise.

— Un fantôme… J'ai eu un fantôme au bout du fil.

5

Moscato avait beau creuser au plus profond de sa mémoire, rien ne venait… Rien après le 10 avril 2008. Pourtant, s'il avait existé un seul anniversaire, un seul Noël sans sa fille, comment aurait-il pu l'oublier ? Pourquoi n'avait-on pas encore retrouvé Julie ? Qu'avaient donné les investigations ? Et lui, qu'avait-il fait, pendant toutes ces années ?

Il feuilletait un journal dans le hall de l'hôtel, dévorait chaque article. Abasourdi. Étranger à sa propre planète. Dans son esprit, Obama avait le vent en poupe, il entendait encore son discours diffusé sur toutes les télés du monde, son « *Yes we can* ». Alors qui était ce gros joufflu à la cravate rouge vif et à la chevelure couleur paille ? Pourquoi annonçait-on le cinquième anniversaire d'attentats ayant eu lieu en 2015 à Paris ? Qu'étaient Uber et Deliveroo ? On décrivait un monde qui n'était pas le sien. Toute cette technologie énigmatique, ces mots incompréhensibles, ces portraits de personnalités inconnues…

Gabriel se répétait la date du journal en boucle. Six novembre 2020. Ça n'était pas possible. *Vous êtes le père de la petite qu'on n'a jamais retrouvée ?* Mensonges. Julie avait disparu depuis un mois seulement. Les forces de gendarmerie étaient déployées. On allait la ramener à Sagas, et tout rentrerait dans l'ordre.

10 avril 2008, 10 avril 2008, 10 avril 2008...

Peut-être était-il devenu fou. Toute cette mascarade était une vision de son esprit, ou un cauchemar si élaboré qu'il en avait conscience mais ne parvenait pas à s'en échapper. Son cerveau avait grillé.

Il quitta l'établissement, l'œil rivé sur les boules de plumes scotchées au bitume. Sans papiers ni souvenirs, il avançait dans les fringues de ce Walter Guffin. Il pensa à toutes sortes de cochonneries – amnésie ou, pire, Alzheimer. Il s'imaginait, évadé de l'hôpital, la mémoire en bouillie, réfugié dans cet hôtel miteux alors que tout le monde le recherchait. Il devait impérativement retourner chez lui. Interroger sa femme. Comprendre ce qui lui tombait dessus.

Il fouilla dans la poche du blouson et appuya sur le bouton du boîtier relié à la clé. Des phares clignotèrent, accompagnés d'un bip. Il connaissait ce modèle de Mercedes du début des années 2000 – un des plus volés –, mais la plupart des voitures alentour ne lui disaient rien. Plus de Saxo, de 206, de Golf. Juste des bagnoles bizarres en forme de Lego et aux couleurs vives, avec des plaques étrangement immatriculées.

Malgré son dégoût, il saisit par la queue les deux oiseaux échoués sur son capot et les déposa sur le sol, l'un à côté de l'autre. La tôle était incurvée au niveau des impacts. Il scruta le coffre de la Mercedes : vide. Il s'installa au volant, fixa l'image que lui renvoyait le rétroviseur. Le choc était toujours aussi violent. Les rides, les poils argentés aux joues... Il avait vieilli d'un coup. *Douze ans.* Comme un brutal voyage dans le temps, façon Marty McFly dans *Retour vers le futur*.

Dans l'habitacle, il tenta de se raccrocher à un souvenir, lorgna les sièges, espéra éprouver une sensation de déjà-vu. En vain. Il défit le lacet autour de son cou, observa la clé. Qu'ouvrait-elle ? Une porte d'entrée ? Un casier ?

Dans la boîte à gants, une lampe de poche, des ampoules et un paquet de cigarettes. Il piocha une clope, la renifla, la porta d'un geste réflexe à ses lèvres. Il la recracha avec une grimace, mais le tabac lui laissa une sensation familière sur la langue : il fumait. Depuis quand ?

Il démarra et se dirigea vers la sortie du parking sans réussir à éviter les cadavres d'oiseaux – tels des craquements de céréales sous ses roues –, puis regagna la route, à l'assaut de l'étroite vallée, plein sud. Il contempla les montagnes noires aux flancs abrupts avalées par les nuages. Rien n'avait bougé, les falaises, les forêts coïncidaient avec les images stockées dans sa mémoire. Il connaissait ces odeurs de sapin, de sol terreux et humide ; il fut rassuré.

Après un kilomètre, il découvrit la danse improbable des oiseaux dans le ciel. Alors c'était ça, la fameuse colonie d'étourneaux. *Sept cent mille individus*. Enfin, un peu moins, désormais. En étudiant les figures tantôt compactes, tantôt déliées que ces animaux dessinaient, Gabriel crut y voir un cœur palpitant.

C'est alors qu'il fut piégé dans un ralentissement. Les voitures formaient une file d'une trentaine de mètres. Gabriel comprit : en contrebas, sur une rive de l'Arve, un attroupement d'uniformes gesticulait. Des gendarmes. De là où il était, il ne parvenait pas à les identifier. Les collègues avaient tendu une toile blanche pour cacher quelque chose de la vue des curieux. Étant donné les moyens déployés, il devait s'agir d'un corps.

Un cadavre, à Sagas.

Gabriel cramponna ses mains au volant. Immédiatement, il imagina Julie, allongée sur les galets anthracite, la face blanche et dilatée identique à celle des noyés. On l'avait enfin retrouvée. Morte. Sa fille. Il klaxonna, doubla dangereusement quelques véhicules avant de se rabattre en catastrophe, ayant frôlé les rails de sécurité. Mais il devait en avoir le cœur net.

La route vira dans une pente sévère. Plus loin, comme encastrée dans un nid de roche, se profila l'ombre noire de Sagas. Une cité administrative bétonnée, une cuvette polluée par le trafic incessant des camions sur l'autoroute A40. Les habitants des villages voisins – et les prisonniers escortés par des gendarmes – y venaient uniquement pour travailler ou se faire soigner. Dernier signe de civilisation avant Lyon : l'hôpital qui était, avec la maison d'arrêt, l'un des principaux employeurs de la vallée.

Il prit la première sortie du rond-point décoré d'un ours en bois – il n'y avait jamais eu le moindre ours dans la région, ça, Gabriel le savait –, emprunta le viaduc en pierre de taille et s'engagea dans la direction d'où il venait, mais sur l'autre rive de l'Arve, le long de la communale, vers l'usine de traitement des déchets. Les oiseaux morts se comptaient en plus grand nombre encore ici, alors que les vivants virevoltaient au-dessus de sa tête, par centaines de milliers, dans un concert de piaillements aussi stridents que si l'on avait frotté des morceaux de verre les uns contre les autres.

De toutes ses forces, il pria à voix haute pour que la rivière n'ait pas régurgité le corps de sa fille.

6

Au moins quatre véhicules de gendarmerie stationnaient au niveau de l'usine, sans compter la camionnette compacte des techniciens d'investigation criminelle. Gabriel franchit la grille ouverte et se gara à côté d'eux. Il courut entre les monts colorés à longues enjambées, son cœur s'emballa. Il s'essouffla rapidement, la gorge sifflante, et dut ralentir. 2020… Il avait cinquante-cinq berges. *Putain !*

Une femme boulotte et courte sur pattes surgit des arbres pour se diriger vers lui d'un pas martial.

— Monsieur, gendarmerie nationale. Désolée, mais la zone n'est pas accessible. Vous êtes sur une…

Elle ne termina pas sa phrase, inclina la tête et comprit le sens du mot « fantôme » formulé plus tôt par son supérieur hiérarchique.

— Gabriel ?

— Tu ne peux pas être… Louise ? Louise Lacroix ?

Ce n'était plus une lycéenne de dix-sept ans qui lui tenait tête, une rebelle avec ses cheveux en pagaille et son maquillage à outrance, mais une femme avec une longue tresse, aux joues pleines, campée dans un uniforme de gendarme, le pantalon rentré dans de solides rangers cirés. Louise, gendarme ? Gabriel n'arrivait pas à y croire. Elle parut d'abord aussi déstabilisée que lui, puis elle se ressaisit.

— Qu'est-ce que tu fais là ?

Son ton n'avait rien d'agréable. Gabriel ne sut pas quoi lui dire. Deux Louise interféraient dans son esprit. Il tendit le cou. Les parkas bleues des gendarmes paraissaient puis disparaissaient entre les troncs.

— J'ai vu les uniformes depuis la départementale. Que se passe-t-il ?

Louise, les mains dans les poches, enfonça son menton dans son col.

— Je ne suis pas autorisée à parler.

— Pas autorisée à parler ? Tu plaisantes ?

— Tu n'as pas choisi le meilleur moment si tu veux voir mon père. Crois-moi, il n'est pas d'humeur. Les oiseaux, le corps, et le journaliste qui n'arrête pas d'essayer de s'incruster. Je ne peux pas te laisser aller plus loin. Viens plus tard à la brigade.

— Te fous pas de moi, Louise. C'est Julie, là-bas ? C'est elle ?

Puisqu'elle ne lui répondait pas, il décida d'avancer. Il l'écarta d'un geste sec lorsqu'elle voulut lui barrer la route. Après la bande de sapins, les perspectives s'ouvrirent : les berges de galets, les taches noires et rouges des étourneaux fracassés, le lit fougueux de la rivière, le viaduc à peine dessiné dans la grisaille, sous la colonie. Une grappe d'hommes s'agitait sur la droite, au niveau de la toile tendue. De là où il se trouvait, on distinguait une masse étalée sur le sol. Des types en tenue de lapin blanc dévêtaient un corps et glissaient ses mains dans des sacs transparents. Lorsque Gabriel aperçut l'âpre blancheur d'une poitrine féminine, il fut pris de nausée.

Comme Louise avait haussé la voix, l'imposante silhouette de Paul Lacroix se déplia et vint en renfort.

Aussi grand que sa fille était petite. Avant de découvrir son visage, Gabriel remarqua sa démarche : celle d'un pantin. Chaque image était un coup de poing en pleine figure. Son collègue d'avant, le quarantenaire au corps sec, au profil taillé dans la meilleure roche, se déplaçait à présent avec l'aisance d'un bulldozer embourbé dans du limon. Ses boucles jadis noires, désormais grises et discrètes, ondulaient à peine. Une version détériorée du Paul quitté la veille, malgré les galons plaqués sur son blouson, témoins d'une promotion au grade de capitaine. Comment pouvait-on autant changer en douze ans ?

— Qu'est-ce que tu fous ici ?

La même animosité que chez sa fille. Gabriel détailla les gueules fermées soudain tournées vers lui. Tous ces jeunes, au regard hostile… Hormis l'adjudant Martini, il ne reconnut personne. Où étaient ses collègues, Solenne et les autres ?

— Me dis pas que c'est elle. Me dis pas que c'est ma fille.

Paul le dévisagea, comme si lui aussi découvrait un autre homme. De meilleurs amis ayant grandi dans la même rue et ayant été au collège et au lycée ensemble, ils étaient devenus des collègues, partageant depuis plus de vingt ans le même bureau et buvant des coups au café du coin deux fois par semaine. Aujourd'hui, pourtant, ils étaient tels deux inconnus se retrouvant face à face.

— On ne sait pas. Les traits ne sont pas identifiables, et… un corps change, en douze ans. Tout ce qu'on sait pour l'instant, c'est qu'il s'agit d'une femme dans la trentaine, et qu'elle a visiblement été violée. Je ne peux pas t'en dire plus. Je réaliserai les prélèvements ADN à la morgue et les transmettrai à notre labo dans la foulée.

— Je veux voir le corps.

— Non.

— Écoute, Paul, il s'est produit quelque chose d'incompréhensible. Hier, toi et moi, on a décortiqué les factures de téléphone de Julie, on a interrogé des gens. Le soir, je suis allé à l'hôtel de la Falaise, j'y étais pour le registre. Bon sang, dis-moi que tu te rappelles !

— Pas vraiment, non. Et ce n'était certainement pas hier. Ni l'année dernière. Ni même il y a cinq ans.

— Pour moi, c'était hier ! Cette nuit, ces oiseaux s'écrasent devant mes yeux, sur le parking, sur les voitures, un truc de fou. Tout le monde sort de sa chambre. Après, c'est le trou noir… Et ce matin, je me réveille chauve et avec cette tête de cinquantenaire. On m'annonce qu'on est en 2020. Ta fille s'est pris douze ans, toi aussi. J'y comprends rien et, crois-moi, c'est une putain de rude journée pour moi. Alors ce corps, tu me laisses le voir.

Paul fit signe à deux gendarmes.

— Il n'a rien à faire ici. Raccompagnez-le jusqu'à sa voiture.

Gabriel essaya de forcer le passage. Quand l'un des collègues voulut lui attraper le poignet, il le repoussa avec hargne.

— Me touchez pas. Je suis de la brigade. Comme vous, bordel !

D'autres hommes accoururent et parvinrent à le maîtriser. Gabriel ne trouva plus la force pour se débattre : l'énergie le quittait comme l'air s'échappant d'un pneu crevé. Paul se planta devant lui, son visage à dix centimètres du sien.

— Je ne sais pas ce que t'as sniffé, ou bu, mais ne me force pas à prendre des dispositions. Tu n'es plus le bienvenu, ici. Tire-toi de cette ville.

Paul fit demi-tour et retourna auprès du cadavre. On reconduisit Gabriel jusqu'au parking et veilla à ce qu'il rentre dans son véhicule. On l'empêchait d'aller sur une scène de crime, on le chassait, lui, un gars de la brigade. Gabriel avait vu la haine dans le regard de Paul, le reproche dans celui de Louise.

Que s'était-il passé ? Et surtout, quand ?

Ses bras tremblaient quand il engagea la Mercedes sur le pont, une pulsation lui martelait le crâne. Dans le ciel, l'organe géant formé par la colonie, d'un noir d'abysse, se contractait et se rétractait. Gabriel en eut le tournis. Après le rond-point, il passa devant une poignée d'entrepôts, roula sur deux kilomètres. Un bourdonnement d'insecte l'envahit. Il ferma les yeux, les rouvrit, donna un bref coup de volant lorsqu'une voiture déboula en face. Il se gara en catastrophe sur le bas-côté et ouvrit brutalement sa portière. Il marcha une dizaine de mètres dans l'herbe, titubant, les mains sur sa gorge, comme pour ôter une écharpe qu'il ne portait pas.

Une voiture s'arrêta, un homme se précipita vers lui.

— Ça ne va pas ?

Gabriel lui agrippa le bras.

— L'hôpital... Conduisez-moi à l'hôpital...

7

Neurologie, deuxième étage de l'hôpital de Sagas. C'était au moment où on l'avait allongé pour une IRM que Gabriel s'était aperçu qu'il n'avait plus son alliance, un anneau en or blanc vissé à son annulaire depuis l'âge de vingt-cinq ans. Dans le cylindre, il avait paniqué, et il avait fallu plusieurs tentatives pour effectuer les clichés de son cerveau. À plus de 20 heures, après une interminable série d'examens, il était enfin installé dans une chambre, au calme. On lui avait servi un repas à base de légumes non identifiables.

Personne n'était encore venu pour lui expliquer : les analyses d'abord. On l'avait baladé de service en service. D'après son dossier médical, il était allé une fois à l'hôpital de Lille en 2014, suite à une hernie discale. Lille ? Pourquoi le Nord ? Rien ne l'y rattachait, hormis sa mère. Étrangement, il avait perdu douze ans de souvenirs, mais avait pu réciter par cœur son numéro de Sécurité sociale pour sa prise en charge. Il était connu du système Ameli et rattaché à une mutuelle. Le Gabriel Moscato de 2020 existait donc.

Assis sur l'un des lits de l'unité d'hospitalisation de courte durée, il inspecta son avant-bras droit, effleura des marques blanches. Elles témoignaient, d'après l'une des infirmières, de l'effacement d'un tatouage au laser. On devinait encore, en observant attentivement, les lettres qui avaient formé le mot « Julie ».

Il avait gravé puis gommé le prénom de sa fille. Il se prit la tête entre les mains. Ne pas savoir le rendait fou.

Il composa le numéro de la ligne fixe de sa mère, éprouvant le besoin de se raccrocher à la famille. Un inconnu lui répondit, expliqua qu'il avait racheté la maison quatre ans plus tôt et que, selon ses souvenirs, l'ancienne propriétaire était partie dans un logement en béguinage, il ignorait où.

Il laissa tomber le combiné comme s'il avait du plomb dans les doigts. Sa mère devait avoir quatre-vingt-un ans. Après la mort du père de Gabriel, elle n'avait jamais voulu quitter son petit chez-elle, situé en périphérie de Douai. « Je mourrai ici », avait-elle toujours affirmé. Pourquoi avait-elle dû y renoncer ? L'affaiblissement ? Était-elle toujours en vie ? Gabriel avait-il déjà vécu sa mort ? Allait-il la revivre une seconde fois ?

Il resta un long moment immobile. Il voyait encore sa mère à Albion, dans leur chambre d'amis. Elle venait de descendre du nord de la France, avec ses vieux bagages à sangles, pour les soutenir après la disparition de Julie. Elle avait empêché Corinne de totalement sombrer, alors que lui était allé par monts et par vaux à la recherche de sa fille.

C'était quinze jours plus tôt. Douze ans plus tôt.

Il se traîna jusqu'à la fenêtre. Dehors, les lumières de Sagas scintillaient comme des étoiles fatiguées. On repérait, vers l'ouest, rien qu'à la rectitude et à l'espacement des éclairages, l'établissement pénitentiaire, ses miradors où veillaient des ombres armées. D'autres lueurs parsemaient les pentes des montagnes alentour telles des pointes d'ambre perdues dans l'espace.

L'une de ces étoiles, tout là-haut, était son chez-lui. Là où Julie était née et avait grandi. Là où il vivait avec Corinne depuis dix-sept… non, vingt-neuf ans, désormais. Personne n'aimait la vallée, mais personne ne la quittait vraiment. Le reste du monde était trop loin. On vieillissait et on pourrissait entre ses parois grises, prisonnier de son emprise.

« Tire-toi de cette ville », avait grogné Paul. La voix brute résonnait encore dans les oreilles de Gabriel.

Une infirmière entra pour contrôler que tout allait bien. Oui, ça allait, à l'extérieur. À l'intérieur, tout était ravagé comme après un ouragan. L'image du cadavre basculé sur la berge au milieu des oiseaux morts, de ce sein blanc qui était peut-être celui de sa fille, tournait en boucle dans sa tête. Il peinait à se dire que Julie puisse avoir vingt-neuf ans, qu'elle puisse avoir traversé ces douze interminables années sans lui, sans sa mère. Si le cadavre était le sien, où était-elle passée durant tout ce temps ? Qu'avait-elle subi ? Et, s'il s'agissait d'une inconnue, où était sa fille ?

Gabriel se gratta le bras au niveau de l'ancien tatouage. Julie se résumait à une absence, mais elle avait été là, gravée sur sa peau. Il s'imagina entrer chez un spécialiste et lui demander d'effacer le prénom de sa fille. On supprimait les tatouages pour renier, oublier, faire une croix sur le passé.

Lorsque le feu qui vous avait poussé à endurer la douleur de l'aiguille imprégnée d'encre s'était éteint…

8

Calme mais anxieux, il fut heureux de voir le neurologue se présenter. Le docteur Zulan, une asperge d'à peine quarante ans avec des lunettes à la monture en bois, vint se positionner au bout de son lit. Il feuilleta les documents accrochés aux barreaux puis releva les yeux vers son patient.

— Comment vous sentez-vous ?

— Vieux…

Le médecin eut un bref sourire.

— Le cardiologue a vu vos résultats. L'ECG, l'échographie cardiaque et le bilan biologique sont normaux, tout va bien de ce côté-là. En ce qui me concerne, je n'ai pas non plus constaté d'anomalie d'un point de vue neurologique. Avec les symptômes que vous aviez décrits en arrivant aux urgences, j'ai immédiatement pensé à un AIT, un accident ischémique transitoire. Une sorte de micro-AVC, si vous voulez, consécutif à un arrêt brutal de la circulation sanguine dans une partie du cerveau. Selon la zone touchée, l'AIT peut se manifester par la paralysie d'un membre, des troubles de la vision, des pertes de l'équilibre ou encore, comme dans votre cas, une amnésie. Voilà pourquoi j'ai réalisé une IRM. Mais je n'ai rien détecté, ce qui est plutôt rassurant, car l'AIT est souvent annonciateur d'un AVC. Restaient alors deux pistes...

Zulan avait son portable à la main. Il lorgna rapidement son écran et revint vers son patient :

— ... La première, l'ictus amnésique, c'est-à-dire une amnésie globale capable d'effacer des mois, voire des années de souvenirs. L'ictus peut affecter n'importe qui, à n'importe quel moment, sans qu'on détienne d'explication scientifique valable. Ça frappe plutôt les individus à partir de cinquante ans, vous êtes donc un bon client. En général, la perte de mémoire dure entre quatre et huit heures. Sur cette période, le patient est désorienté et a du mal à figer les nouveaux souvenirs. Il répète toujours les mêmes questions : qui êtes-vous ? Où suis-je ?...

— Ce n'est pas mon cas. Je peux vous faire le déroulé précis de ma journée depuis ce matin. Le problème, ce n'est pas après, mais avant.

— Voilà pourquoi je m'oriente vers la dernière piste. Et ce n'est malheureusement pas la plus réjouissante.

— S'il vous plaît, docteur...

— C'est votre incroyable impression de continuité temporelle qui m'a étonné. Votre passé extrêmement lointain, qui ressurgit comme s'il venait juste de se dérouler. Interrogez des gens au hasard : personne ne saura dire ce qu'il faisait il y a quinze jours, alors imaginez il y a douze ans ! Pourtant, dans les deux cas, la plupart des choses vécues sont là, stockées quelque part dans le cerveau. Peut-être parfois tronquées, ou plus tout à fait conformes à la réalité de l'époque, mais elles sont là, éparpillées, en veille, en attente d'être ravivées. Seulement, on ne sait plus comment aller les chercher, ou on n'en éprouve pas la nécessité, parce qu'elles sont inutiles, inintéressantes...

Il constata que Gabriel fixait son téléphone dernier cri et le rangea au fond de sa poche.

— Un mécanisme, en vous, s'est mis en place pour établir un pont entre votre vie d'avril 2008 et aujourd'hui, en occultant la totalité des événements à la fois personnels et sémantiques qui se sont déroulés pendant ces douze dernières années.

— Sémantiques ?

— J'entends par là la mémorisation des informations venant du monde extérieur. Vous vous souvenez de Sarkozy, pas de Macron. Tchernobyl, ça vous parle, mais vous ignorez qu'une catastrophe nucléaire a eu lieu au Japon. Vous ne vous rappelez pas non plus que Michael Jackson ou Whitney Houston sont morts…

Chaque mot du neurologue était une agression. Gabriel ne bougeait pas, incapable d'entrevoir le fond du gouffre.

— … En d'autres termes, vous êtes resté bloqué dans cette chambre d'hôtel où vous vous êtes endormi la nuit du 9 au 10 avril 2008. Vous êtes resté prisonnier du passé.

— Comment c'est possible ? Et pourquoi ça m'arrive ?

— Tout me porte à penser que vous êtes atteint de ce qu'on appelle dans le jargon une amnésie psychogène atypique. Elle est extrêmement rare, sans doute autant qu'une pluie d'étourneaux morts, et pourtant elle arrive. Elle frappe les deux mémoires dont je vous ai parlé. Comme la plupart des autres amnésies, elle épargne la mémoire procédurale, celle des mécanismes : si par exemple vous avez appris à rouler à vélo ou à nager ces douze dernières années, vous n'aurez pas oublié. Je n'ai jamais été confronté à ce type d'amnésie spectaculaire, mais des cas similaires au vôtre existent.

Il sortit des feuilles pliées de sa poche et les lui tendit.

— J'ai imprimé quelques articles dénichés sur la Toile.

— Quelle toile ?

— Internet, pardon. C'est vrai qu'en 2008, Internet n'était pas encore à ce point le centre du monde. Aujourd'hui, tout passe par là, tout est interconnecté. Les téléphones, les ordinateurs, les téléviseurs. Dans les rues, vous croirez que des gens parlent seuls, mais c'est parce qu'ils portent des oreillettes reliées à leur portable. On pourrait presque dire que notre univers se résume à quatre lettres : GAFA. Google, Apple, Facebook et Amazon.

Amazon… Ça ne disait pas grand-chose à Gabriel. Il consulta brièvement les feuilles. Le neurologue poursuivit ses explications :

— En 2015, Naomi Jacobs, trente-deux ans, américaine, s'est réveillée un matin dans la peau d'une adolescente de quinze ans. Elle avait oublié dix-sept ans de sa vie.

— Dix-sept ans…

— Dans sa tête, elle allait encore au lycée, vivait chez ses parents… Une étude parue en septembre 2017 fait état de cinquante-trois cas examinés sur presque vingt ans au St Thomas's Hospital de Londres. Des gens qui, comme vous, ont fait l'impasse sur un pan complet de leur existence. Il n'y a pas de cause médicale, le phénomène serait purement psychologique : un moyen de fuir une insupportable réalité, un traumatisme. Quelque chose d'extrêmement violent qui, à un instant précis de votre vie, a poussé votre esprit à verrouiller les portes, pour se protéger lui-même.

Il ôta ses lunettes et en frotta les verres avec une peau de chamois. Gabriel lui trouva des airs de docteur Greene dans une série dont il ne manquait aucun épisode : *Urgences*.

— Les infirmières m'ont expliqué, pour votre fille. Je terminais mes études à Lyon, mais il y avait eu une sacrée médiatisation autour de l'affaire. Julie Moscato, la disparue de Sagas… Je suis navré d'en parler, mais je me dis qu'il y a peut-être un lien. Le traumatisme déclencheur de l'amnésie d'hier a peut-être un rapport avec ce drame qui, évidemment, vous a ébranlé à l'époque. Enfin, ce ne serait qu'une hypothèse parmi d'autres.

Malgré le gouffre effroyable qui semblait s'ouvrir sous ses pieds, Gabriel entrevoyait une infime lueur : il n'était pas atteint d'une maladie neurodégénérative, et il n'était pas fou non plus. Son mal portait un nom.

— Quand est-ce que je vais retrouver la mémoire ?

— Il n'y a pas de règles, et je préfère être franc avec vous : ça peut durer des semaines comme des années. Certains des cas rapportés n'ont pas pu récupérer leurs souvenirs. Ça dépend vraiment des individus, du contexte, de la profondeur du trauma. Mais sachez que l'hypnose a été jugée inefficace, et il n'existe pas de traitement médicamenteux. Certains conseilleront des séances avec un psy. Personnellement, je n'en vois pas l'intérêt.

— Vous avez le don de rassurer les gens…

— Le plus important, ce sont les liens avec votre entourage. Vos proches, vos amis sont les garants de votre mémoire. Ils étaient à vos côtés durant ces douze années. Discutez avec eux, écoutez-les. Les réponses qu'ils apporteront à vos questions pourront raviver des souvenirs et vous aider à avancer. Vous avez pu prévenir quelqu'un ?

— Pas encore. Ma mère n'habite plus là où elle devrait, ma femme est injoignable. Mon collègue n'a pas l'air ravi de me revoir, c'est le moins qu'on puisse dire. Tout s'est enchaîné tellement vite…

— En tout état de cause, je n'ai pas de raison de vous garder aux urgences, votre sortie est prévue demain matin. En revanche, je vais vous prescrire un arrêt de travail. D'après ce que vous avez signalé à mes confrères, vous êtes gendarme, mieux vaut vous reposer une petite semaine et éviter du stress supplémentaire. Avez-vous un endroit où aller une fois dehors ?

Gabriel toucha son annulaire gauche, les yeux dans le vide.

— Chez moi, oui... J'habite Sagas.

— Vous habitez Sagas et vous avez dormi à l'hôtel ?

— Je...

Il allait répondre qu'il fouillait dans le registre mais se ravisa. Le neurologue avait raison : pourquoi ce retour à l'hôtel de la Falaise, plus de douze ans après la disparition de Julie ? Pourquoi avoir séjourné dans cet établissement sordide ? Quel drame s'était-il déroulé là-bas pour qu'il se réveille en ayant occulté un pan entier de sa vie ? De quel traumatisme parlait-on ?

Il quitta son lit et se dirigea vers ses vêtements, empilés sur une chaise.

— Je ne vais pas rester ici à attendre tranquillement que le jour se lève. Je rentre chez moi.

Zulan se redressa à son tour.

— Je sais ce que vous ressentez, mais je vous le déconseille. Votre journée a été extrêmement éprouvante, on vous a pris pas mal de sang pour les analyses. Il serait préférable que vous passiez une bonne nuit en observation et que...

Gabriel revint vers lui, le pull serré dans sa main.

— Vous ne comprenez pas, docteur. Je suis enfermé dans un corps différent de celui que j'ai connu. Douze ans de ma vie se sont volatilisés. On me dit que ma fille n'a pas été retrouvée alors que je suis l'un des gendarmes chargés de l'enquête. Je vais crever si je reste une heure de plus dans cette chambre. Il me faut des réponses.

9

Invisible, sous l'aile ouest, à l'opposé des urgences, l'institut médico-légal occupait les locaux de l'ancienne morgue, celle créée en 1929 avec les fondations de l'hôpital. L'unité thanatologique pratiquait des autopsies, des examens sur des vivants – notamment sur les victimes de violences physiques ou d'accident – et des levées de corps à tout endroit, sous la juridiction de la brigade de gendarmerie. Ses deux médecins dressaient également des obstacles médico-légaux sur les certificats de décès en cas de mort criminelle ou suspecte nécessitant l'ouverture d'une procédure judiciaire.

Paul était accompagné de David Esquimet, le petit ami de Louise. Le garçon de morgue de trente-cinq ans avait levé le corps de la berge, avec l'un de ses employés. Esquimet dirigeait l'une des deux entreprises de pompes funèbres de Sagas et travaillait régulièrement avec la gendarmerie. Son père s'était occupé de la femme de Paul lorsqu'une sclérose en plaques l'avait emportée, dix-huit ans plus tôt. Il poussa une lourde porte métallique.

— C'est moche, ce qui est arrivé à cette femme. On croit toujours que ça se passe ailleurs, ce genre de truc. Il y a des malades partout.

Paul avançait en silence. Il n'avait pas décroché un mot de l'après-midi, se contentant de lancer des procédures. La présence de Gabriel Moscato sur la scène de crime et son étrange comportement occupaient ses pensées. Le revoir, chauve, les traits marqués, dans un tel état de détresse, au moment où il grêlait des oiseaux morts et où un crime odieux frappait Sagas en plein cœur le laissait perplexe…

Des tuyaux, des câbles, des gaines techniques rampaient le long du couloir bétonné. Des ampoules grillagées creusaient les ténèbres, dévoilaient d'anciens chariots ou des fauteuils roulants jamais mis au rebut. Manque de personnel, de budget. On soignait déjà difficilement les vivants, autant dire qu'on se fichait des morts.

Ils s'engagèrent dans la salle d'autopsie. Un vrai frigo. Paul remonta la fermeture de sa parka. Seul le sol avait été refait en dalles synthétiques. La lampe Scialytique datait des années 1980, le reste baignait encore plus dans son jus, avec ses catelles murales jaunâtres, l'un de ses deux lavabos fissuré, ses pèse-organes à aiguille d'époque. Une bouche sombre au plafond faisait office d'aération, pourtant les effluves des cadavres pesaient comme des enclumes.

Louise était déjà sur place pour prendre les photos du corps et s'assurer du bon prélèvement des échantillons. Elle adressa un bref regard à son père, puis à l'homme qu'elle fréquentait depuis trois mois. Alfred Andrieux, le médecin légiste, consultait des radiographies à la lumière du Scialytique. À soixante-dix ans, ce vieil homme semblait marié à l'hôpital et avait toujours refusé de prendre sa retraite. Personne ne lui demandait de partir, d'ailleurs. Qui accepterait sa place dans ce trou ? Comme il disait souvent : « Un jour, je m'autopsierai moi-même. »

David Esquimet alla préparer le matériel sur la paillasse. Faute de personnel, il assistait régulièrement le médecin et, à vrai dire, Andrieux prêtait de moins en moins d'attention aux règles. Dans les petites villes, on faisait avec les moyens du bord et on se passait, la plupart du temps, de certains protocoles trop contraignants.

Paul tenta de capter l'attention de sa fille. Il voulait savoir si elle avait pu identifier Julie Moscato. Elle haussa les épaules. Il s'approcha du cadavre nu, posé à plat sur la table en acier, bras le long du corps, jambes écartées. Andrieux lui avait rasé le crâne, la rendant plus anonyme encore. Il avait essayé de nettoyer le sang sur le visage démoli. Le gendarme observa les oreilles dépourvues de bijoux, fixa l'un des yeux grands ouverts, voilé et excavé, d'un bleu devenu terne, puis son regard descendit vers l'abdomen, perforé de deux trous pas plus larges que des pièces d'un centime.

— À quand remonte le dernier vrai crime de sang dans la circonscription ? demanda Andrieux. Tu sais, cette histoire du type tombé sur sa femme au pieu avec son beau-frère et qui les a massacrés à coups de tesson de bouteille de pastis, c'était quand ?

— Ça doit faire deux ans, répliqua Paul. Peut-être trois.

Andrieux hocha la tête.

— C'est ça, oui… Le temps passe tellement vite. Bon, en ce qui concerne notre affaire… Avec ta fille, nous avons réalisé vingt-quatre écouvillonnages sur des zones de contact possible avec l'auteur du crime, à savoir les faces internes et externes des deux mains, sous les ongles de la main gauche – elle a vraisemblablement griffé son agresseur –, la gorge, qui présente des marques de strangulation, les régions buccale, anale et vaginale. Prélèvement d'humeur vitrée, des ongles, d'une mèche de cheveux pour la toxico. Tamponnage autour des zones d'impact des projectiles.

— La culotte et la paire de chaussettes présente dans la bouche sont également sous scellés, précisa Louise.

— Et il n'y avait quasiment pas de salive sur ces dernières, ajouta le légiste. Or, elle aurait dû beaucoup saliver avec du tissu dans la bouche.

Paul observa de nouveau la victime, remarqua un grain de beauté sur le sein gauche et un autre proche du nombril. Trop petits pour être signifiés. Il se souvenait que, dans le dossier Moscato, les parents n'avaient rapporté aucun signe distinctif sur le corps de leur fille. Pas de tache de naissance, pas de cicatrice ni de tatouage… Julie n'avait pas subi d'opération chirurgicale, n'était allée qu'une fois ou deux à l'hôpital, suite à des chutes de vélo. Il fixa Louise.

— Les grains de beauté… Tu as pris des photos ?

Elle acquiesça. Le légiste indiqua les deux tatouages présents sur le bras gauche du cadavre. Il s'agissait d'une poupée matriochka bariolée, ainsi que d'une représentation en rouge et noir du diable, avec ses cornes de bouc, ses crocs, sa langue fourchue. Le vieil homme appela Esquimet et, à deux, ils retournèrent le corps. Un cow-boy aux traits acérés, longue chevelure ondulée, Stetson sur la tête, occupait le milieu du dos. Il serrait une arme dans chaque main, et pointait l'une d'elles vers l'observateur. Louise en prit des photos. Après avoir replacé le corps sur le dos, Andrieux lui écarta les mâchoires et baissa la lèvre inférieure tuméfiée.

— Certaines dents épargnées par l'écrasement sont déchaussées, et j'ai noté la présence de ce qu'on appelle des caries de Lowenthal. J'ai déjà vu ça chez les héroïnomanes. Cette femme se droguait, mais à mon avis elle avait arrêté depuis un bout de temps, peut-être des années.

— Pourquoi ?

— L'examen n'a révélé aucune trace d'injection. Les veines des héroïnomanes sont brûlées, proéminentes. J'ai noté des veines cyanosées, mais rien de récent. La toxico pourra dater avec l'analyse des cheveux si ça ne remonte pas trop loin.

Il se décala légèrement, tout voûté sous sa blouse. L'une de ses mains tremblotait. *Heureusement que ses patients sont morts*, songea Paul.

— Nous avons analysé et photographié les impacts, deux au total. Plaies pénétrantes non perforantes. Tirs d'arme à feu à bout touchant, ce sont les vêtements qui ont absorbé le gros de la poudre et des gaz de combustion. Marques de strangulation, plaies de défense sur les paumes des mains, lésions apparentes au niveau de l'appareil génital, antérieures à la mort vu les saignements importants. Fractures nombreuses au visage, révélées par les radiographies, qui sont *post mortem*.

— Il la viole, la tue, la rend méconnaissable… Il ne veut pas qu'on puisse l'identifier.

— Ou il était très en colère. Suite à nos différentes mesures, à l'absence de rigidité cadavérique, j'estime l'heure de la mort à la nuit dernière, entre minuit et 4 heures.

— On pense qu'elle a été tuée pile au milieu, à 2 heures, précisa Paul. D'après nous, les coups de feu ont fait décoller les étourneaux qui se sont ensuite percutés. L'un d'entre eux a d'ailleurs frappé notre victime à la cuisse en tombant.

Le légiste approuva.

— C'est cohérent. De surcroît, le corps n'a pas été déplacé : les lividités au niveau de la nuque, des flancs et de la face postérieure des cuisses correspondent à la position dans laquelle on l'a découverte. Enfin bref, je noterai tout ça dans le rapport. On va passer aux choses sérieuses.

Il ne portait pas de masque en papier mais fit signe à Louise de remonter le sien.

— Ça va puer comme dans un frigo plein que t'aurais laissé débranché depuis des mois. Respire par la bouche, ça t'aidera à tenir le coup.

Secondé par David Esquimet, il attaqua l'examen interne. Paul positionna son masque jusque sous ses yeux noirs et observa sa fille avec un certain malaise. Il la vit résister, affronter l'indescriptible. Elle avait voulu assister à l'examen, alors que Martini ou Brunet auraient pu s'y coller. Pourquoi s'infliger un tel spectacle ? Le gendarme trouvait la situation tellement incongrue : un père, sa fille et son petit ami réunis face à ce que la mort avait de plus abject, quand d'autres allaient au restaurant ou faire une partie de bowling. Quelle belle réunion familiale…

Le légiste incisa, découpa, pesa. Il récupéra les deux balles et les déposa dans des sacs à scellés. Puis il préleva des échantillons de sperme dans le vagin, indiqua d'une voix neutre que le rapport sexuel avait eu lieu du vivant de la victime et que, au regard de certaines blessures internes, il y avait sans doute eu introduction d'un ou de plusieurs objets, très certainement une branche vu la présence d'infimes morceaux d'écorce. L'agresseur ne s'était pas soucié de ses traces biologiques. Par manque de bon sens, ou simplement parce qu'il n'avait jamais eu affaire à la justice ? Savait-il que les futures analyses mèneraient à une impasse ?

Le médecin décrivit des trajets lésionnels causés par les projectiles, avec plaie à la rate, au foie et au niveau de multiples vaisseaux du bassin à l'étage abdominal. Tout en ouvrant l'estomac pour en analyser le bol alimentaire, il déclara, explicitement, une mort par hémorragie dans un contexte de plaies multiples par arme à feu. À ce moment, l'odeur devint si insupportable qu'elle provoqua un haut-le-cœur chez Louise.

— On s'habitue, à la longue, clama Andrieux. T'as déjà dû remarquer que David faisait même plus la différence entre le doux fumet d'un plat de rognons et le parfum d'un chrysanthème.

Louise se contenta de hausser les épaules. Elle s'expliquerait plus tard avec David qui avait parlé de leur relation au légiste. Il faut dire que ces deux-là étaient toujours fourrés ensemble... Les sourcils d'Andrieux se froncèrent lorsqu'il remarqua, au fond de l'estomac, un objet. Il le récupéra à l'aide d'une pince et l'essuya dans une serviette.

Il s'agissait d'une pièce d'échecs de cinq centimètres de haut. Une tour en bois blanc, plus précisément. Louise murmura un « Excusez-moi » à peine audible et quitta la salle en arrachant son masque. David la suivit. Le capitaine de gendarmerie les regarda partir puis invita le légiste à glisser la pièce dans un sac à scellés. Ce dernier déposa ensuite l'estomac dans le seau, déjà à demi rempli de prélèvements destinés à l'anatomopathologiste.

— Une pièce d'échecs, ce n'est pas le genre de truc qu'on ingurgite par erreur.

Paul rangea le sac à côté des autres, le numérota, le data sans prononcer un mot. Une dizaine de minutes plus tard, il ôta ses gants en latex, les jeta à la poubelle et récupéra l'ensemble des scellés.

— Je te laisse finir seul. Tu t'occupes du seau pour l'anapath ?

— Compte sur moi. Tu sais, j'ai deux petites-filles belles comme des anges. Mélissa et Ambre. Je pense sérieusement à prendre ma retraite l'année prochaine pour passer plus de temps avec elles.

Il pointa Paul du bout de son scalpel avant de poursuivre :

— Savoir qu'un type capable de faire une chose pareille habite peut-être dans le coin et se balade dans les mêmes parcs qu'elles me fout les jetons. Alors fais-moi plaisir : coffre-moi ce fils de pute.

10

Éprouvé, Paul rejoignit sa fille et David Esquimet sur le parking de l'hôpital. Elle était appuyée contre la voiture. Lui face à elle, les bras autour de sa taille. David n'avait pas un physique désagréable, se vêtait toujours correctement et avait développé un sens aigu des affaires – le business de la mort rapportait depuis des lustres, dans la circonscription. À la connaissance de Paul, il vivait dans l'appartement à l'étage au-dessus de son fonds de « commerce ». Pratique pour aller travailler, un escalier à descendre, et il plongeait directement dans le bain, pour ainsi dire…

David embrassa sa compagne, adressa un bref salut au gendarme et retourna dans la morgue d'un pas vif. Paul attendit d'être seul avec sa fille.

— Ça me dérange qu'il assiste aux autopsies.

— Tout te dérange dès qu'il s'agit de David.

— Ce n'est pas son job et il n'a pas à avoir accès aux éléments d'enquête. Un de ces quatre, je mettrai les pieds dans le plat pour rétablir les règles : les gendarmes dans les morgues, et les pompes funèbres auprès de leurs cercueils.

Louise ne releva pas, son père était plus raide que la justice elle-même. Elle préféra changer de sujet.

— J'ai eu Martini au téléphone. Ils ont levé le camp depuis une heure, ils n'y voyaient plus rien. Ils n'ont rien trouvé sur les berges ou dans les environs de la scène de crime. Ni arme, ni douilles, ni chaussures, ni pierre ensanglantée. L'usine et la station d'épuration ont fermé hier à 19 heures. Il n'y avait personne sur place cette nuit.

Paul ne répondit rien. Victime anonyme, pas de témoin : la poisse. Il déposa les scellés dans le coffre avec précaution. Une fois au volant, il observa sa fille. La tête appuyée contre la vitre passager, elle était ailleurs.

— Tu peux dormir à la maison, si tu veux.

— Ça va aller. Je ne suis plus une gamine et j'ai un homme, je te signale. David me rejoint à l'appart, ce soir.

— Je disais ça pour qu'on mange ensemble, qu'on discute dans un endroit plus chaleureux que cette voiture. Une autopsie, ce n'est pas un acte anodin. C'est une recherche de vérité destructrice, et ça fait mal. Même pour moi, tu peux me croire. Ce genre de meurtre, ça court pas les rues, surtout ici.

— Ça, j'avais remarqué. Hormis les poivrots, les taulards et les cambrioleurs…

— Et c'est très bien ainsi. Alors ces crimes de sang, parfois, on peut avoir besoin d'en parler, et pas juste à un type qui embaume des cadavres à longueur de journée.

— « Un type »… J'ai des sentiments pour ce « type », figure-toi. Et il n'embaume pas à longueur de journée. Il a aussi des employés.

— Super.

Elle souffla sur ses mains glacées. Paul avait tourné les boutons à fond, mais ils seraient arrivés avant d'être réchauffés par le système de ventilation.

— Julie Moscato était ta meilleure copine, dit-il. Vous passiez des soirées chez l'une, chez l'autre, vous étiez toujours ensemble. Personne ne la connaissait mieux que toi. Est-ce que… Ce corps, ça pourrait être elle ?

— Ça fait douze ans, papa, que veux-tu que je te réponde ? Je n'en sais rien. Mais t'étais là comme moi, t'as vu ce qu'Andrieux lui a sorti de l'estomac. Cette pièce d'échecs, ça ne peut quand même pas être un hasard. Julie adorait ce jeu.

— Je sais.

Elle resta muette une poignée de secondes, fixant les bandes de signalisation avalées sous les roues.

— Le cadavre pourrait avoir son âge. Peut-être que pendant tout ce temps où elle a disparu on l'a droguée, tatouée de force ? Elle était enrôlée dans un circuit de prostitution ? L'ordure qui l'a kidnappée à l'époque s'est payé le luxe de revenir aux sources pour la tuer et nous la livrer ? Qu'est-ce qu'on en sait ?

Elle continuait à fixer l'asphalte qui défilait, en forte pente, le long du cimetière. Les phares éclairèrent les croix situées sous les ifs. Çà et là, des bougies solaires essoufflées veillaient sur les tombes. Louise lorgna vers le fond obscur, où reposait sa mère.

— Le plus étrange, c'est la présence de Gabriel Moscato, ajouta-t-elle. Ça fait huit ans qu'il a disparu de la circulation. Et il réapparaît ce matin, comme par enchantement. Il semblait complètement confus, perdu. En arrivant sur la berge, il était persuadé qu'il s'agissait de Julie, avant même de voir le corps.

Paul passa devant le club de tennis, mit son clignotant et s'engagea sur le parking de la brigade. Louise habitait l'un des logements de fonction, un deux-pièces dans une barre grise et rouge de deux étages, à donner le cafard, mais pratique. La plupart des gendarmes vivaient sur place avec leur famille. À plusieurs reprises, Paul avait vu David Esquimet entrer et sortir de là. Les deux tourtereaux ne tarderaient pas à s'installer ensemble.

Il récupéra les scellés, jeta un œil du côté d'un cube de ciment aux allures de préfabriqué, à gauche du bâtiment principal. On le surnommait « le Blockhaus », c'était en fait leur laboratoire de police scientifique qui prenait en charge les analyses simples des traces ADN et papillaires.

— Le labo est fermé, je leur transmettrai les scellés demain matin pour une expertise à faire passer en priorité. J'enverrai les balles et les tamponnages de poudre à Écully. Je vais aller mettre tout ça au coffre pour l'instant. On saura vite si c'est Julie Moscato ou pas, et si son salopard d'assassin est fiché.

— Il y en a un, de salopard sur Sagas, avança Louise en portant deux sacs.

— Je suppose que tu penses à Eddy Lecointre.

— Pourquoi on n'est pas déjà allés le voir ? Lui poser deux, trois questions sur son emploi du temps la nuit dernière, par exemple ?

— Parce que l'enquête commence à peine. Attendons l'ADN, d'accord ? Ça ne sert à rien de se précipiter et d'aller frapper à toutes les portes. Certes Lecointre a un passé peu reluisant, mais il a purgé sa peine et on n'a pas pu découvrir ne serait-ce que l'ombre d'un indice au moment de la disparition de Julie. Chaque chose en son temps, et je n'ai pas envie de me mettre le juge Cassoret à dos. On a plutôt de bons rapports tous les deux actuellement, alors ne brisons pas la magie.

— Faut toujours prendre son temps, avec toi. Tout est lent. C'est pénible.

— Ce n'est pas moi qui suis lent. C'est la justice.

Paul soupira. Sa fille n'était pas encore usée par la routine. Elle avait encore la fougue des jeunes années et voulait brûler les étapes.

— Il y a un autre truc qui m'interpelle, un truc qu'a constaté le légiste, fit-elle.

— Quoi encore ?

— La victime n'a pas salivé sur les chaussettes. Ça voudrait dire que l'assassin les lui a fourrées dans la bouche après la mort. À quoi ça sert de bâillonner une fille qui ne pourra plus hurler ?

— Ton idée ?

— Tu m'as dit tout à l'heure qu'il n'y avait souvent pas de logique en matière criminelle. Mais ici, j'ai l'impression qu'il y en a une au-delà du meurtre brutal. On a voulu nous faire croire qu'on avait bâillonné cette femme pour l'empêcher de crier pendant qu'on la violait et mettait une… une branche en elle.

Elle leva l'un de ses scellés.

— J'ai vu les chaussettes, elles n'étaient pas abîmées ni sales, ça veut dire que la victime n'a pas couru avec. C'est bien l'assassin qui les avait sur lui. Il avait prévu de les mettre dans la bouche de sa proie, *après* l'avoir violée et tuée. Autrement dit, il avait mûrement réfléchi son acte.

— Et donc, la logique là-dedans ?

— Je ne sais pas, mais il me semble que lorsque tu violes et fracasses la tête de quelqu'un, tu ne réfléchis pas beaucoup. Tu agis à l'instinct et, une fois que c'est fait, tu penses surtout à t'enfuir, pas à récupérer les douilles. D'autant plus qu'il devait commencer à pleuvoir des oiseaux. T'imagines la scène ? La logique derrière l'utilisation de cette paire de chaussettes, c'est à nous de la décrypter. Mais une chose est sûre : l'assassin n'a pas paniqué.

— La décrypter, ouais. Comme dans un de tes fichus épisodes des *Experts*. Tu vas vite comprendre que la vie ce n'est pas ça, ma grande. Des gens tuent, d'autres meurent. Et nous, on est entre les deux, comme des cons, des pions, ou même des fusibles, je te laisse choisir. On essaie de mettre les bonnes choses dans les bonnes cases, mais, même avec la meilleure volonté du monde, ça ne marche pas toujours.

À 21 heures passées, la brigade ressemblait à la morgue qu'ils venaient de quitter. Le gendarme de garde les salua. Les néons éclairaient des couloirs peints en beige sale, avec un sol en linoléum crème qui couinait sous les semelles et se décollait au seuil de chaque bureau. Ça sentait le produit ménager et le bois moisi. La main sur une poignée, Paul se tourna vers sa fille.

— Merde, Louise, t'aurais pu être avocate à Lyon, ou avoir n'importe quel travail ailleurs que dans ce trou à rats. T'avais toutes les capacités pour ça. Pourquoi t'es venue, ce matin ? Et pourquoi t'as voulu voir une femme se faire sortir les organes du bide ?

— Papa, s'il te plaît.

— Pourquoi tu t'es amourachée d'un… d'un vendeur de cercueils ? Pourquoi t'es pas partie de Sagas quand t'en avais l'occasion ? Je t'aurais aidée, j'aurais tout fait pour que tu t'épanouisses, tu le sais. Y a rien, ici. Tu ne vas quand même pas faire ça toute ta vie comme ton vieux père ?

Elle lui plaqua les scellés dans les mains.

— Je suis fatiguée. À demain.

— Et pourquoi tu ne réponds pas à mes questions, bon sang ? Pourquoi on n'a jamais pu parler, tous les deux ?

Elle disparut dans le couloir.

Sans bouger, il attendit le claquement de la porte d'entrée dans le couloir froid. Ses rapports avec Louise ne s'arrangeaient pas, c'était même de pire en pire. La mettre dans son équipe en espérant se rapprocher d'elle avait peut-être été, en définitive, une monumentale erreur.

11

Rien. Pas de papiers, pas d'argent, pas de mémoire. Et quatre bornes à pied pour récupérer sa voiture sur le bas-côté. Gabriel songeait au mal pernicieux qui l'habitait et l'empêchait de se retourner sur ces dernières années. Quel traumatisme avait bien pu occulter une partie de sa vie afin de le ramener, étrangement, pile au moment de la disparition de Julie ? Pourquoi 2008, et pas 2012 ou 2015 ? S'agissait-il juste d'un hasard, ou au contraire d'une incroyable manœuvre de son esprit pour lui signifier quelque chose ? Quoi qu'il en soit, si son cerveau voulait le protéger, comme le prétendait le médecin de l'hôpital, il ne lui en faisait pas moins vivre l'enfer…

Une fois installé au volant de la vieille Mercedes, il prit la route, direction le nord de la ville. L'hécatombe d'oiseaux avait épargné cette partie de Sagas. Il conduisait avec aisance, n'avait pas eu à chercher la commande des phares. Les larges dimensions du véhicule ne l'impressionnaient pas, lui qui avait toujours conduit de petits modèles. Le médecin avait évoqué la mémoire des automatismes. Il s'agissait donc sans doute de sa voiture.

Ses convictions devenaient de plus en plus fortes : il était l'homme enregistré sous l'identité de Walter

Guffin, le fantôme de l'hôtel. Il s'y était présenté la veille le crâne rasé, avec des fausses lunettes de vue, et avait loué la chambre 7. Pour quelle fichue raison ?

À la périphérie de la ville, il s'engagea sur la montée vers Albion. Trois kilomètres de lacets à travers la forêt, avec des dénivelés à plus de dix pour cent qui rendaient la circulation périlleuse l'hiver. Ses phares dévoilèrent, à mi-parcours, un chemin dessiné entre les troncs qui donnait, plus loin, sur le parking circulaire où Julie avait disparu.

Un monstre de la forêt lui avait un jour arraché sa fille. Une bête furieuse et invisible, recroquevillée dans les brumes obscures de Sagas, qui avait abandonné dans son sillage désespoir, colère et incompréhension. Et peut-être cette créature l'avait-elle régurgitée, douze ans plus tard, sur la berge de la rivière.

La maison de Gabriel était un ancien chalet avec un soubassement en pierre et du bois pour la partie supérieure. Il l'avait rénovée de ses mains, avait cloué chaque planche, rejointoyé la moindre pierre. Il avait toujours refusé de loger dans les clapiers de la brigade. Avec Corinne, ils avaient voulu leur propre cocon, en dehors de la ville-prison. Albion, six cents âmes, avait été l'idéal. Le village se terminait en cul-de-sac, aucune route n'en partait, hormis celle descendant vers Sagas. De là-haut, on laissait la grisaille de l'agglomération derrière soi si on regardait du bon côté : vers l'ouest, la vue sur les plateaux et les pics était à couper le souffle. Souvent, à l'automne et au printemps, on apercevait des chamois.

La lueur d'un téléviseur bleutait les rideaux de la fenêtre du salon. Gabriel sentit enfin la chaleur d'un foyer, un lieu protecteur où il pourrait partir à la recherche de ses souvenirs. Il grimpa les trois marches du perron et tourna la poignée. Porte close. Il frappa, attendit, gratta le vernis écaillé du bâti en bois. Le chalet n'était plus entretenu avec le même soin qu'avant. Bruit de clé dans la serrure. Un visage dans l'entrebâillement, et une vision d'horreur. Gabriel resta sans voix durant plusieurs secondes.

— Paul ? Qu'est-ce... ?

Gabriel ne finit pas sa phrase. Paul Lacroix se dressait devant lui, en tee-shirt et caleçon, les pieds enfoncés dans des pantoufles fourrées.

— Il est plus de 23 heures. Qu'est-ce que tu veux ?

— Tu... Tu t'envoies ma femme ?

Paul cala sa carrure massive dans l'embrasure, jeta un œil à la Mercedes garée dans l'allée. Comme dans la matinée, Moscato ne semblait pas avoir toute sa tête. D'où sortait-il, à une heure pareille ?

— Ex-femme. Vous avez divorcé, je te rappelle.

Gabriel croyait avoir touché le fond. Mais l'abîme se creusait toujours plus à chaque heure qui s'écoulait.

— Je veux lui parler. Laisse-moi voir Corinne.

— Pas encore rentrée. Elle bosse tard. Les infirmières à domicile, tu sais... Ça fait des années que je lui dis de prendre un poste moins contraignant, mais tu la connais. S'user au travail, ça évite de ruminer.

Gabriel sombrait, et il n'avait aucune bouée à laquelle se raccrocher. Si on lui refermait la porte de sa maison au nez, que deviendrait-il ? Où irait-il ? Il paniqua. Alors, sur le seuil, il pria Paul de l'écouter cette fois, expliqua en détail sa journée de folie, entre son réveil à l'hôtel et son après-midi à l'hôpital. Il reprit les mots du neurologue, parla de l'amnésie psychogène, de son blocage au 10 avril 2008, avec le néant entre cette date et aujourd'hui. Paul ne lui témoigna aucun signe de compassion, mais il s'écarta pour lui permettre d'entrer.

— J'ai du mal à croire ce que tu me racontes, fit-il en rapportant deux bières, mais tu sembles sincère et complètement à l'ouest, surtout.

— C'est pire que ça.

— Beaucoup de choses ont changé, ne compte pas sur moi pour jouer les nounous. Tu bois ta bière, tu poses tes questions et tu t'en vas.

Gabriel ne savait même pas par où commencer. À l'évidence, son collègue et ami le détestait à présent et se fichait éperdument de sa détresse.

— Le corps découvert dans la matinée…

— On ne sait pas encore, répliqua Paul du tac au tac. On aura le retour d'analyse ADN demain, fin de journée. Je vais demander aux gars de le traiter en priorité. La victime a été tuée de deux balles. On pense que le tir des coups de feu a provoqué l'hécatombe des oiseaux.

— Toi, Corinne… c'est depuis quand ?

— Vous avez divorcé il y a huit ans. À la brigade, ce n'était un secret pour personne que ça ne marchait plus entre vous, et c'était largement avant la disparition de Julie. Tu te souviens de ça, hein, puisque c'était avant ta supposée perte de mémoire ? Tu me disais que vous ne couchiez plus ensemble, qu'il n'y avait plus rien entre vous. Mais vous ne vous sépariez pas à cause de Julie, il fallait penser à elle… Tu as cru que le drame vous ressouderait, mais il a encore plus creusé le fossé entre vous.

— Tu n'as pas répondu à ma question.

Paul trempa ses lèvres dans sa bière. Gabriel n'avait pas touché à la sienne.

— On a commencé à se voir sérieusement un an avant votre rupture.

Les doigts de Gabriel se crispèrent sur sa canette.

— Tu venais manger ici, dit-il sèchement. T'étais là des week-ends entiers, parfois. Après la mort de Marilyn, j'ai été là, je t'ai aidé à t'en sortir. Et tu baisais ma femme dans mon dos ?

— Ne mélange pas tout. Il n'y a rien eu avant que tout déraille entre vous deux. T'étais jamais là, tu découchais, tu passais plus de temps auprès des associations d'aide aux parents d'enfants victimes qu'avec Corinne. Tu voulais que les choses bougent pour les gamins disparus, mais… tout ça, c'était se battre contre des moulins à vent, Gabriel, et ça ne ramenait personne. Tu faisais tout pour t'éloigner du foyer, de ta femme. Et pendant ce temps-là, elle crevait à petit feu à Albion, bourrée de cachets.

— Et pendant ce temps-là, tu la baisais, surtout. Bon Dieu, le meilleur ami qui se tape la femme de son pote, on se croirait dans je ne sais quelle série B. Et c'est toi qui me demandes de dégager de Sagas ? C'est toi qui me dis que je ne suis pas le bienvenu dans ma ville ?

Paul alla fouiller dans un tiroir et lui balança une radiographie sur les cuisses.

— Souvenir…

Gabriel claqua sa canette sur la table basse et observa le cliché argentique. Un tibia fracturé. Un genou explosé. Puis il fixa les jambes de Paul. La droite, avec ses cicatrices.

— Ouais, lança sèchement ce dernier. Tu as fait de moi un handicapé à vie.

12

C'était huit ans plus tôt. Il les avait surpris un jour. Flagrant délit d'adultère…

— Tu n'étais pas censé être là. Enfin, c'est ce que tu nous avais fait croire. Tu savais pour nous deux, t'avais parfaitement planifié ton piège, t'as toujours aimé les coups fourrés. Le soir du 8 mars 2012, à la date anniversaire de la disparition de ta fille, t'as déboulé dans la chambre, t'avais bu et t'avais une batte de base-ball à la main…

Il reprit la radio, la rangea dans sa pochette.

— Depuis ce jour-là, je n'ai plus remarché correctement. Il paraît que ma jambe droite est sept millimètres plus courte que la gauche. Ce n'est pas grand-chose, mais ça suffit pour me pourrir la vie, même avec des semelles spéciales et des opérations chirurgicales. C'est comme un grain de sable dans les rouages d'une horloge.

Gabriel, sonné, se recula dans le canapé.

— Je…

— Ferme-la, trancha Paul, ton baratin ne changera rien à la donne. Ce qui est fait est fait. T'étais dangereux, t'as toujours été *borderline* quand il était question de règlements de comptes. Combien de fois je t'ai empêché de démolir des suspects ? Toi et tes poings… T'étais un bon enquêteur, mais pas fait pour être militaire. Ou alors pas dans ce corps d'armée-là.

Il but plusieurs gorgées, serra sa canette entre ses mains.

— Je voulais t'envoyer en taule, mais Corinne m'a supplié de ne pas porter l'affaire devant les tribunaux. J'ai pu bidouiller de la paperasse, et toi et moi on a trouvé un compromis. Que tu démissionnes et quittes la région sans faire de vagues. C'est ce que t'as fait. Corinne a enclenché le divorce à ce moment-là. Elle a gardé la maison et elle t'a versé ta part.

Chassé comme un paria. Gabriel revoyait le regard haineux de Louise. L'animosité des collègues qu'il ne reconnaissait même pas autour de la scène de crime. Nul n'ignorait ses actes. Ça faisait partie de ces histoires qu'on se racontait à la machine à café le matin.

— Et où est-ce que je suis parti ?

— Dans le Nord, du côté de chez ta mère... Mais autre chose t'a poussé là-haut. Enfin, je présume. C'était aussi la région où on avait retrouvé la Ford grise. T'étais un loup, je suis sûr que t'as mené ton enquête là-bas, écumé chaque route, frappé à toutes les portes.

— Quelle Ford grise ?

Paul lut, dans ses yeux en détresse, toute la sincérité du monde : son ancien collègue avait vraiment tout oublié. Il se leva.

— Je reviens.

Il disparut au fond du couloir en direction du garage, traînant sa jambe droite. Gabriel comprit, à cet instant, que son passé serait un interminable fil de barbelés qu'on allait dérouler. On ne lui relaterait jamais les joies, les rires, le répit. Juste la souffrance et la mort.

Il chercha des poils de chien sur le canapé, en vain, observa la salle à manger, l'incroyable écran de télé si plat qu'il pensa à un tableau, les affaires de Paul posées çà et là, la décoration : ce n'était plus chez lui depuis longtemps. Sa propre maison, cette bâtisse retapée de ses propres mains, l'avait oublié.

Il lorgna la cuisine, où Julie avait l'habitude de boire ses chocolats chauds, ses mains doucement regroupées autour de sa tasse. Scruta la montée d'escalier et se rappela la façon dont elle descendait les marches, avec ses airs de starlette. Elle aurait dû s'inscrire à la faculté de Lyon, section audiovisuelle. Elle ne ferait jamais de cinéma.

Paul déposa un carton à ses pieds.

— Les tracts, le matos de l'association que t'avais créée pour ta fille… Des adresses de parents de victimes avec qui ça t'arrivait d'être en contact, des portraits d'autres enfants kidnappés, à Brest, Toulon, partout. Il y a aussi et surtout les photocopies des neuf cents pages de procédures du dossier, jusqu'à l'année 2012, celle où t'es parti. T'es pas venu récupérer tout ça, mais c'est à toi. Tu peux l'embarquer.

Gabriel écarta les bords légèrement humides du carton. Piocha des feuilles glacées. Il reconnut sa signature sur les procès-verbaux des auditions et des constatations. Les dates. Avril, mai, juin 2008.

— Et après 2012 ?

— Chez le juge. À la brigade. Mais ça ne te concerne plus.

— C'est ma fille !

Paul ne s'était pas rassis, sans doute pour mettre fin à l'entretien.

— Après 2012, il ne s'est rien passé de plus que ce que tu as là. Pas de piste inédite, rien d'intéressant. Un nouveau juge, le juge Cassoret, est arrivé sur l'affaire en 2015, succédant aux deux autres. Lantier a pris sa retraite, et d'Alembert est parti à Bordeaux. Cassoret a définitivement classé le dossier en 2016. C'est terminé depuis quatre ans…

Gabriel sombrait. *Juste un prénom, crié un jour au cœur des montagnes* : voilà ce qu'était devenue sa fille. Un fantôme, un dossier, remisé avec d'autres cas irrésolus au fond d'une armoire métallique qu'on ne rouvrirait plus.

— Alors on l'a abandonnée ? Même toi, tu as tourné la page et tu as oublié ? Toi ?

— On a passé huit interminables années à explorer, à creuser chaque piste, à entendre chaque témoignage, à vérifier le moindre indice… On aurait vu ta fille sur le port de Boulogne-sur-Mer, faire la manche à Montpellier, prendre le bus dans le sud de l'Italie. Un type était persuadé de l'avoir aperçue en Égypte, en monitrice de plongée, ce qui nous a poussés à demander une commission rogatoire internationale. Ce n'était pas elle, bien sûr, et ça nous a fait perdre beaucoup de temps et d'énergie pour rien. Des radiesthésistes de tout le pays se sont aussi mis sur le coup, chacun avec leur baratin. Tu avais réussi à médiatiser l'affaire, tu parles, que ça les intéressait de se faire de la pub ! Ils nous ont fait tourner en bourrique.

Il laissa retomber un bras fatigué. Gabriel avait l'impression d'affronter un ours tout juste sorti d'hibernation. Sagas, cette affaire, ses échecs… Tout cela lui avait fait blanchir les cheveux prématurément.

— Mais au final, regarde où nous en sommes. Il n'y a que le néant. On a brassé du vent. On ne sait pas où est Julie, ni pourquoi elle a disparu. Au bout des quatre premières années d'enquête, on avait déjà rongé tous les os, il n'y avait plus rien à faire. Si l'instruction s'est prolongée aussi longtemps, on le doit au juge d'Alembert, qui a été à l'écoute. Mais quand le nouveau l'a remplacé, sa première mesure a été d'en finir. Il débarquait et ne voulait pas se traîner un dossier qui coûtait en temps, en ressources, en argent, et qui ne menait nulle part. Crois-moi ou pas, j'en suis désolé.

Gabriel refusait d'accepter une telle fatalité. Il se leva. Il n'avait même pas touché à sa bière. Pas faim, pas soif, juste l'envie de s'enfuir de ce cauchemar. Il plaqua le carton contre son torse.

— Pour moi, ce n'est pas fini. Je continuerai à la chercher. Jusqu'à la fin de mes jours s'il le faut.

— Tu l'as probablement déjà fait pendant douze ans…

Gabriel fixa celui qui avait été son meilleur ami avec tristesse. L'envie de chialer l'étranglait. Il regagna la porte d'entrée. Paul alla fouiller dans son portefeuille. Il écrasa deux billets de cinquante euros dans une de ses mains.

— Pour ta nuit d'hôtel. Il est tard, t'es dans un sale état. Il ne manquerait plus que tu te tues en route. Car je suppose que tu ne sais même pas où tu habites ?

Gabriel secoua la tête.

— Je n'arrive pas à joindre ma mère. Je n'ai pas mon portefeuille, rien.

Paul se cala sur le seuil.

— Viens demain à la brigade, on dénichera ton adresse.

— Merci.

— Ne te méprends pas, je ne le fais pas pour toi, mais pour Corinne. Ça s'est très mal passé entre vous. Après le divorce, elle a souhaité ne plus te revoir, a changé de numéro de téléphone. Il fut un temps où elle voulait même quitter la ville. Pour aller où ? Elle l'ignorait elle-même. Elle souffre encore, comme toi. Qu'est-ce que tu crois ? Qu'elle a oublié sa fille ? Il n'y a pas une journée sans qu'elle me parle d'elle. Elle rumine, et tout ça nous détruit. Je vais devoir lui expliquer notre découverte sur la berge quand elle rentrera de son interminable journée de labeur à aller piquer le cul des vieux. Alors ne viens pas empirer les choses. Demain, je te donne ton adresse, et tu t'en vas.

Gabriel hocha la tête.

— J'aimerais aussi que tu fasses des recherches sur un certain Walter Guffin.

— Pourquoi ?

— Fais-le, c'est un service que je te demande. Et une dernière chose… Malbrouk, il est mort quand ?

— Il y a trois ans. Il était couché dans son panier, un matin. Il n'a pas souffert et a eu la meilleure vie qu'un chien puisse avoir.

Gabriel acquiesça tristement et s'éloigna, les souvenirs pénibles de l'enquête sur la disparition de sa fille remisés dans un vulgaire carton moisi. En quittant sa maison, il avait l'impression de laisser sa vie et son ombre derrière lui.

Paul referma la porte. Une longue inspiration lui brûla la poitrine. Il ne comprenait toujours pas ce que Gabriel Moscato était venu faire à Sagas, mais c'était comme si la ville l'avait propulsé douze ans en arrière pour le confronter au pire moment de son existence.

Il songea alors à ce personnage mythologique, Sisyphe, contraint à pousser perpétuellement sa pierre au sommet d'une colline. Une fois en haut, la pierre roulait jusqu'à son point de départ, et le fils d'Éole devait tout reprendre de zéro.

13

À nouveau, l'hôtel de la Falaise. Tels les premier et dernier actes d'un jour sans fin. Gabriel s'y était réveillé, il allait s'y rendormir, après une escapade de douze ans. *Et demain, on sera en 2030, et j'aurai soixante-cinq ans*, songea-t-il, une boule au ventre.

Son carton sous le bras, il se dirigea vers l'entrée. Les cadavres de volatiles avaient disparu. Au niveau de l'accueil, il reconnut sur-le-champ Romuald Tanchon. Même moustache, bien que totalement grise désormais, pull en laine vieillot identique, aux couleurs près, à celui qu'il portait douze ans plus tôt. Il leva le nez de sa revue automobile, observa Gabriel, se tourna vers l'horloge et tendit le cou comme s'il cherchait à voir derrière lui, sur le parking.

Gabriel posa son chargement sur le comptoir et sortit les billets. Sous les santons, une affiche indiquait les tarifs : cinquante-deux euros, petit déjeuner compris. Les prix avaient explosé et Gabriel ignorait si, en 2020, ils étaient dans la moyenne ou pas.

— Je vais prendre une chambre. Mais auparavant, j'aimerais que vous m'expliquiez ce qui s'est passé hier soir à mon arrivée. On m'a dit que vous étiez à la réception. Walter Guffin, l'occupant de la 7, c'était moi ?

— J'ai en effet eu vent de votre étrange comportement de ce matin. Cette histoire de chambre 7 et de chambre 29, c'est incompréhensible. On n'a pas loué la 29… Bref, si j'ai bien compris, vous ne vous rappelez pas notre échange d'hier, c'est bien ça ?

Gabriel avait envie de lui dire qu'il ne se souvenait pas des douze dernières années de sa vie, mais il se contenta d'acquiescer.

— Vous avez débarqué vers 23 h 30, un peu comme ce soir. Je n'étais pas loin de fermer. Je ne vous avais pas reconnu, sur le coup. Le crâne chauve, les grandes lunettes, le bouc… et un visage de tueur. Vous ressembliez à Walter White, le gars de *Breaking Bad*.

Gabriel resta figé, alors Tanchon précisa :

— Enfin, si, vous voyez, le prof de chimie qui fabrique de la meth bleue et devient l'un des plus gros dealers de drogue du Nouveau-Mexique ? Tout le monde a vu cette série. Et vous m'avez forcément donné ce prénom-là, Walter, en référence à Walter White, non ?

— Qu'est-ce que je voulais ? Une chambre ?

— Comme la plupart des gens qui entrent ici. Vous m'avez dit que vous étiez accompagné, qu'on vous attendait sur le parking. Surtout, vous m'avez demandé de faire comme si je ne vous avais jamais vu. Vous vous êtes inscrit sous le nom de Walter Guffin, vous êtes ressorti chercher vos bagages et vous êtes revenu en compagnie d'une femme.

Chaque mot sorti de la bouche de Tanchon était une nouvelle claque.

— On a réservé la même chambre, vous voulez dire ?

— Oui, la 7.

— Décrivez-moi cette femme.

— Vous ne vous souvenez vraiment de rien ? Même pas d'elle ?

— Non.

— Bah, je ne peux pas vous dire grand-chose, je n'ai pas vu son visage. Elle avait le nez dans le col de son manteau, elle ne s'est pas approchée du comptoir. Je dirais dans la trentaine, peut-être plus, blonde... Je n'avais pas l'impression qu'elle explosait de joie à l'idée d'être ici. L'effet Sagas, sans doute.

Trop de questions, d'inconnues se télescopaient dans la tête de Gabriel. Il avait envie de s'ouvrir le crâne et de poser son cerveau par terre pour en extraire le moindre de ses souvenirs avec une pincette.

— Et après ? On est ressortis ?

— Ça, j'en sais rien. J'ai refermé la porte d'entrée derrière vous et je suis allé me coucher. Mais après la fermeture, les clients peuvent toujours circuler. Si vous êtes au rez-de-chaussée, les chambres ont même un accès direct à l'extérieur. Alors ce qui se passe après, moi... Enfin, si vous voulez mon avis, pour mettre le nez dehors à une heure pareille, il faut être motivé. Sagas à minuit, c'est aussi animé qu'un bled du fin fond de la Sibérie.

Gabriel sentait une frayeur sourde le prendre aux tripes, un feu intérieur qui lui assécha la langue. L'image du corps basculé sur la berge par les gendarmes revint le heurter dans un flash.

— Sauf que cette nuit, ça a quand même été spécial, poursuivit Tanchon. Ces oiseaux tombés du ciel comme des météorites, à 2 heures du mat. Vous avez entendu le boucan contre la toiture ? C'était un truc carrément dingue, et c'était la première fois de ma vie que je voyais ça. Heureusement, il n'y a pas eu trop de dégâts. Des étourneaux, ce n'est pas comme des grêlons, c'est plus mou quand ça s'écrase. Par contre, après, faut nettoyer, et ça, ce n'est pas une partie de plaisir.

Gabriel désigna le porte-clés.

— La 7… Vous pouvez me la redonner ce soir ?

Le propriétaire écrasa la grosse boule blanche avec la clé devant lui. Puis il se baissa et extirpa un sac de sport de sous son comptoir.

— Même ça, vous l'aviez oublié. C'est l'un de nos agents d'entretien qui l'a rapporté. Il a mis les lunettes dedans.

Il se tourna vers son ordinateur.

— J'enregistre sous quel nom ? Walter Guffin ou Gabriel Moscato ?

— Gabriel Moscato.

Romuald nota les renseignements.

— Au fait, il paraît qu'il y a eu un mort, fit-il en relevant le nez. À trois kilomètres d'ici, au bord de l'Arve. À ce qu'on raconte, des gendarmes ont mis des panneaux pour cacher la vue et ont fouillé les environs de l'usine de traitement des déchets toute la journée. On dit même que ce sont des coups de feu qui auraient provoqué le truc avec les oiseaux.

— Difficile de ne pas être au courant. Mais je n'en sais pas plus que vous. Je ne suis plus gendarme depuis longtemps.

Il sonda le regard du propriétaire, mais n'y décela rien. Le gérant s'était déjà désintéressé de lui et ne lui parla même pas de Julie. Sa fille appartenait désormais au passé… Gabriel s'éloigna puis revint vers lui.

— Dites, une dernière chose. Vous vous souvenez de la fois où je suis venu, il y a douze ans ? On était en avril, c'était un soir comme celui-ci, il était tard. Je vous avais demandé le registre pour relever les noms des clients présents au moment de la disparition de ma fille…

Romuald fouilla dans sa mémoire et acquiesça.

— Le registre papier, oui. Un classeur recensant les entrées et les sorties. Bon Dieu, avec l'informatique, je me suis débarrassé de tout ça il y a tellement longtemps… Je vous avais même proposé une chambre gracieusement, je crois.

— Exactement, la fameuse chambre numéro 29. Vous vous rappelez ce qui s'est passé ensuite ? Je veux dire, vous savez si je suis parti dans la nuit, ou le lendemain ? Est-ce que je me suis endormi ici ?

— Je ne sais plus trop. Mais…

— Mais ?

— Vous et votre collègue, vous êtes revenus par la suite. Deux fois, si je me souviens bien. La première, c'était au sujet de notre agent d'entretien, Eddy.

Le colosse avec le chariot de linge, songea Gabriel. Il hocha la tête, l'incitant à poursuivre.

— Eddy a eu de petits soucis avec la justice, il y a très longtemps. Enfin, c'est de l'histoire ancienne et je n'ai pas envie de remettre tout ça sur le tapis. Eddy est un bon employé, il fait le job, il ne réclame rien. Il en a assez souffert, et nous aussi, d'une certaine façon.

Gabriel aurait certainement davantage de détails dans le dossier judiciaire.

— Et la seconde fois ?

— C'était peut-être six ou sept mois plus tard, il y avait déjà de la neige dans les rues. C'est ma femme qui vous a accueillis. À l'époque, elle m'a raconté que vous lui aviez justement parlé de ce fameux soir où je vous avais donné le registre. Vous lui avez posé des questions sur un des clients dont le nom était inscrit dans votre carnet.

— Quel client ?

— Ah ça, je sais plus. Ça fait douze ans, quand même.

— J'aimerais parler à votre femme.

Il pointa son pouce vers la porte, derrière lui.

— Désolé, mais c'est la nouvelle Mme Tanchon que vous avez rencontrée ce matin. Avec Jackie, on a divorcé depuis… depuis un bout de temps. Je ne sais pas où elle est, ça fait des années que je n'ai pas eu de nouvelles.

Gabriel le remercia et s'éloigna pour de bon. Une fois dans la chambre 7, il posa son carton au pied du lit et ouvrit le sac de sport. Il manipula les lunettes, les chaussa, alla s'observer dans le miroir. Walter Guffin. D'où sortait-il ce nom ? Walter White, avait dit Romuald. Un personnage de série. Pour Guffin, Gabriel pensait plutôt au « MacGuffin » d'Alfred Hitchcock, le fameux objet mystérieux ou secret, à la description floue et sans réelle importance, juste là pour justifier l'existence d'un film. La somme d'argent volée dans *Psychose*, les formules secrètes des *39 Marches*, l'uranium caché dans les bouteilles de vin des *Enchaînés*. Et le couple d'inséparables dans *Les Oiseaux*…

Walter Guffin…

Il s'assit sur le lit. Il n'avait pas insisté auprès de Romuald au sujet de l'inconnue, pour ne pas ajouter des questions aux questions. Mais une chose était sûre : s'il s'était installé avec quelqu'un dans la chambre, il s'était réveillé seul durant l'épisode des étourneaux, s'était rendormi puis de nouveau réveillé, la mémoire en vrac, sans aucune trace d'elle ni de ses affaires. Qui était-elle ? Et où aurait-elle pu aller ? Était-elle venue avec son propre véhicule et repartie en pleine nuit ?

Gabriel affronta le scénario qui, depuis tout à l'heure, s'imposait à lui. Et si son accompagnatrice était le cadavre de la berge ? L'âge, les cheveux blonds… Ici s'était déroulé un drame capable de déchiqueter sa mémoire.

Les phosphènes se mirent à danser sur ses paupières. La voix grave de Paul bourdonnait dans ses oreilles. *T'étais dangereux, t'as toujours été borderline.* Il visualisa l'os brisé sur la radiographie. *Avec une batte de base-ball.* Les images affluaient, et lorsqu'il se vit, lui aussi, marcher au bord de la rivière, sans savoir si c'était le jour ou la nuit, il se redressa comme lorsqu'on sort d'un rêve en sursaut. Non, il n'aurait pas pu faire une chose pareille. Bien sûr que non. D'ailleurs, il était à l'hôtel, au moment de l'hécatombe…

Il approcha du minibar – le seul truc potable dans cet établissement –, piocha une bière, mais, auparavant, ingurgita d'un trait deux mignonnettes de whisky bas de gamme. Il n'avait plus de foyer, plus de femme, plus de fille, plus d'amis. Il n'avait plus qu'un trou dans la tête gros comme un œuf d'autruche. Julie était sans doute morte, frappée, violée, assassinée. Si avec ça il n'avait pas le droit de prendre une cuite…

Il eut envie d'une cigarette. *Saloperie de cervelle !* Demain, il se débarrasserait du paquet de clopes de la boîte à gants pour éviter d'être tenté. Jamais il ne fumerait. Il fixa du regard le carton donné par Paul, en extirpa le pavé de paperasse, chercha son carnet où il prenait ses notes sur l'enquête, en vain. Ç'aurait été trop beau. En revanche, s'il était revenu à l'hôtel six ou sept mois après la disparition dans le cadre de l'affaire et s'il avait relevé un fait notable, les informations seraient certainement consignées dans le dossier.

Cet empilement de faits, de déclarations, c'était le paradis et l'enfer à la fois. La lumière qui allait permettre de recoller des morceaux de sa mémoire, mais aussi les ténèbres qui écartèleraient les plaies béantes au fond de lui.

Il prit une inspiration, comme pour une interminable apnée, et commença sa lecture.

14

L'œil triste, Gabriel fixait le portrait de Julie, imprimé sur un tract.

> **Recherche jeune fille de dix-sept ans et demi, 1,63 mètre, corpulence mince, allure sportive, longs cheveux blond foncé, yeux de couleur bleue. Elle porte un anneau en or à l'oreille droite, et un pendentif argenté qui représente un livre autour du cou…**

Les livres… Elle les aimait tant, surtout les romans policiers. Elle en lisait depuis l'âge de treize ans, des tranches sombres accumulées dans la bibliothèque fabriquée par son père. Elle disait toujours qu'une enquête ressemblait à une partie d'échecs : chaque adversaire tentait d'anticiper les coups de l'autre. Gabriel se demanda ce qu'était devenue sa chambre. Corinne l'avait-elle gardée intacte, après toutes ces années, ou Paul l'avait-il convaincue de la vider de ses souvenirs ? Comment s'était déroulé leur divorce ? Dans la douleur et le déchirement de deux êtres détruits, sans doute. Difficile de faire une croix sur plus de vingt ans de vie commune. Impossible de surmonter l'abominable drame de la disparition de leur fille unique. Leur famille avait explosé pour toujours.

Des tracts plus récents lui nouèrent le ventre. Des titres douloureux : « Introuvable depuis 2008 », « Trois ans sans savoir », « Vous seuls pouvez nous aider ». On avait informatiquement vieilli son portrait. Julie souriait toujours, il fallait donner une image positive d'elle, susciter une empathie immédiate. À la lecture d'autres papiers, Gabriel découvrit l'existence d'une association portant le nom de sa fille, « L'association Julie ». Solenne Peltier, une collègue gendarme et marraine de Julie, en avait été la présidente, lui le trésorier. Corinne n'apparaissait nulle part. Gabriel se rappelait : elle avait passé les premières semaines au lit, assommée d'antidépresseurs.

Tout en lisant, il effleura le tatouage effacé de son avant-bras droit. Des notes dans un cahier indiquaient leurs actions, avec des dates. Gabriel imaginait son enquête à la brigade d'un côté, et ses démarches personnelles de l'autre. Ne plus s'autoriser de temps libre afin de ne pas penser. Création de banderoles, de tee-shirts, collage d'affiches dans les grandes surfaces, les relais d'autoroute, chaîne de solidarité par courrier, obtention de subventions… Une phrase écrite de sa main revenait comme un mantra au fil des pages : « Quelque part, quelqu'un sait quelque chose. » Les rendez-vous presse étaient méticuleusement répertoriés. *Le Dauphiné libéré*, RTL, France 3… Une ligne téléphonique spéciale avait été créée pour quiconque aurait des renseignements à fournir. Gabriel testa le numéro en utilisant le téléphone de l'hôtel : il n'existait plus.

Le visage de Julie avait fait le tour de la France. Avec les membres de l'association – des amis de sa fille, des habitants de Sagas solidaires –, ils étaient montés à Paris pour participer aux journées dédiées aux enfants disparus. 2008, 2009, 2010. Des listes d'adresses de parents vivant le même drame que lui s'étalaient sous ses yeux. Gabriel ne se souvenait de rien. Pas une silhouette, pas une image, il ne savait même pas à quoi ce genre d'événement ressemblait.

Il continua sa lecture. Rien en 2011 ni en 2012. D'après les notes, sur des périodes de congés, Gabriel était allé à Londres, puis à Montréal, à la rencontre des membres de *Missing Children*. Des bilans rapportaient l'efficacité de cette association, une vraie machine de guerre, un modèle à suivre. Il fixa des imprimés bleus, tapissés de visages d'adolescents qui, un jour, s'étaient volatilisés. Des gamins du néant. Il en disparaissait des milliers chaque année.

Au fil du temps, les actions s'étaient diluées. Sur les cent huit membres des premiers jours, il n'en restait plus que vingt-trois en 2011. Plus de presse, budget restreint, et les pages du cahier étaient progressivement devenues blanches. Gabriel imaginait le découragement, la fatigue, les vies personnelles qui reprenaient le dessus, le temps meurtrier qui avait soufflé les bougies de l'espoir. Ces bonnes âmes avaient invoqué leur droit à ne plus être confrontées à l'angoisse.

« Quelque part, quelqu'un sait quelque chose. » Seulement des adverbes et des pronoms indéfinis. Le résumé parfait de leur impuissance. Gabriel descendit sa bière avec tristesse. Leur combat avait été vain. Sa présence dans un hôtel, à picoler, en témoignait.

Il s'attaqua au dossier. Six cent quatre-vingt-deux actes de procédure sur presque mille pages, et c'était juste les quatre premières années d'enquête. Des descriptions minutieuses censées retracer, jour après jour, la progression des recherches.

La cote C1 indiquait le lancement des investigations le 9 mars 2008 au matin. Gabriel se rappelait, sa collègue

Solenne avait tapé la déclaration qu'il avait sous les yeux :

À 8 h 30, le 9 mars 2008, les parents de Julie Moscato se présentent dans les bureaux de la brigade de gendarmerie de Sagas. Ils n'ont pas eu de nouvelles de leur fille depuis la veille. Julie rentrait toujours en fin d'après-midi, aux alentours de 17 heures, après sa randonnée cycliste. Des recherches sont lancées en vue de collecter tout renseignement de nature à déterminer les raisons de cette disparition…

Gabriel, à la fois parent et gendarme. Victime et enquêteur. Tout était tellement frais dans sa tête… Le vélo contre l'arbre, les traces de pneus, le ratissage des forêts et de la vallée. Son chef de l'époque avait tenté de l'écarter de l'enquête. En vain. Gabriel n'avait pas cédé, et son supérieur avait fini par lâcher.

Des pages de PV reprenaient les interrogatoires des proches, des amis. La dernière à avoir vu Julie avait été Louise : les filles avaient révisé leurs cours le samedi matin dans la maison des Lacroix située en périphérie de Sagas, mangé une quiche réchauffée au micro-ondes, puis Julie était partie avec son vélo à 14 heures. Elle s'était alors embarquée dans sa randonnée cycliste, comme chaque mercredi, samedi et dimanche après-midi. Gabriel était à la brigade, Corinne chez un patient, à quatorze kilomètres de là. Même eux avaient dû justifier les endroits qu'ils avaient fréquentés. Lors des affaires de disparition, les parents étaient toujours les premiers suspects.

Il tourna vite les pages pour arriver aux environs de la date où il avait débarqué dans cet établissement, la nuit du 9 au 10 avril 2008. Toutes les informations postérieures lui étaient inconnues, et il fallait qu'il comble ce trou noir.

Gabriel sentit un frisson le parcourir. Le 17 avril 2008, il avait mené une recherche par critères géographiques dans le FIJAISV, le fichier judiciaire automatisé des auteurs d'infractions sexuelles ou violentes, en ciblant sur la région. Une identité était ressortie : Eddy Lecointre, trente-deux ans, un habitant du coin, jugé pour tentative d'agression sexuelle en 1997, alors qu'il vivait à Chambéry. Une jeune femme avait refusé les avances de Lecointre dans un bar. Il l'avait suivie, abordée encore tandis qu'elle rentrait chez elle à pied. Elle avait haussé le ton, il l'avait menacée et poussée dans le hall d'un immeuble, lui plaquant la main sur la bouche. Jupe et chemisier arrachés, puis fuite lorsqu'un groupe de fêtards passant par là les avaient vus. La police l'avait interpellé sans difficulté à son domicile.

Après trois ans de taule, l'individu avait quitté Chambéry pour Orniac, à dix kilomètres de Sagas. Il avait d'abord bossé à la centrale hydroélectrique du lac Miroir puis avait été embauché à l'hôtel de la Falaise comme agent d'entretien.

Gabriel imaginait sans mal son excitation lors de cette découverte, cette même lave le submergeait en ce moment même. Les gendarmes – et lui le premier – avaient dû se jeter sur cet homme comme des tiques sur un chien. Lecointre connaissait Julie, ils avaient sans doute bossé ensemble à l'hôtel ou s'étaient au moins croisés dans les couloirs. Sa maison avait été perquisitionnée le 20 avril 2008.

Gabriel dévora les rapports. Malgré une enquête minutieuse, aucun lien n'avait pu être établi entre Lecointre et la disparition de Julie. Les analyses de ses appels téléphoniques et de ses mails n'avaient rien révélé de suspect. Aucun client ne s'était jamais plaint d'un écart de comportement à son égard. D'après la note, il avait travaillé jusqu'à 20 heures le jour du drame. Il ne pouvait pas avoir kidnappé Julie.

Il avança dans son exploration. Auditions répétitives, récapitulatifs, synthèses, rapports d'expertise... Des témoignages, des « fille mignonne et plutôt agréable » ou des « le genre de nana qui se la pétait parfois » égrenaient les procès-verbaux. Ses professeurs la qualifiaient de bonne élève, même si elle avait fait un premier trimestre de terminale, après l'été 2007, largement en deçà de ses capacités. Ils signalaient tout de même qu'avant le drame, elle était remontée cinquième de sa classe. Le dossier mettait Julie à nu, sous tous les angles, par la voix de ceux qui l'avaient un jour côtoyée.

D'acte en acte, des centaines de vérifications, longues, laborieuses, noircissaient le papier. Tous les emplois du temps des détenus ayant quitté la maison d'arrêt au moment des faits avaient été vérifiés. Des mois et des mois de procédure pour aboutir à une impasse.

Les mignonnettes de whisky et sa bière commençaient à lui chauffer la tête. Gabriel fit défiler les pages avec deux objectifs : trouver quelque chose à propos de la Ford grise dont avait parlé Paul, et dénicher la raison de son retour à l'hôtel, à l'automne 2008.

Il retrouva la première trace du véhicule au 23 mai 2008. Des enregistrements de vidéosurveillance de la sortie de péage de l'autoroute A40, à dix kilomètres de Sagas, datant des 7 et 8 mars, avaient été consultés par son service deux mois et demi après l'enlèvement. Le jour de la disparition, la Ford grise franchissait le péage à 14 h 48 dans un sens, direction Sagas, et à 17 h 57 dans l'autre, direction Lyon. La voiture portait une fausse plaque d'immatriculation. Son conducteur avait réglé en liquide au péage.

Gabriel observa la photo de qualité médiocre jointe au dossier. Sa main tremblait. On voyait le véhicule en contre-plongée, sans possibilité de discerner quoi que ce soit derrière le pare-brise.

Fausse plaque, aller-retour éclair, vitres teintées… Il n'eut aucun doute : son ou ses occupants avaient kidnappé sa fille.

Il finit sa bière d'un trait. À genoux, avec des gestes vifs, Gabriel étala les feuillets sur le sol, forma des paquets, parcourut d'un coup d'œil les pages une à une et rassembla celles concernant la Ford grise. Signalement, avis de recherche lancé dans toute la France, mais trop tard. Le 8 mars, la traque s'arrêtait net au péage de Lyon. Les gendarmes avaient eu droit à leur lot d'appels et de témoignages erronés. Autant de fausses pistes à traiter, autant d'espoirs brisés…

… Jusqu'au 9 juillet 2012, cinq cents pages plus loin. Après quatre ans, la même Ford grise avait été découverte brûlée dans un champ aux alentours de Lille. Là encore, la plaque n'était pas référencée. À la place de la roue de secours, sous le tapis de coffre, avaient été entassées trois autres fausses plaques d'immatriculation, dont celle aperçue sur les caméras de surveillance en 2008. C'est ainsi que des liens avec leur affaire avaient pu être établis.

D'après le PV dressé par les Lillois, les auteurs des faits avaient été appréhendés grâce à une trace papillaire restée exploitable sur le coffre. Il s'agissait de deux jeunes Roubaisiens déjà fichés, qui expliquaient avoir volé la voiture en plein jour sur le parking d'une zone commerciale d'Ixelles, une commune belge jouxtant Bruxelles.

La voiture du kidnappeur de Julie, volée en Belgique, puis brûlée en France par deux zonards. Gabriel songea aux propos de Paul : d'après son ancien collègue, il avait déserté Sagas pour aller habiter dans le Nord. Il imagina son état de l'époque… Quatre ans d'enquête sans la moindre trace, le désespoir. Puis ce sursaut bienvenu. Avait-il sillonné Ixelles et les alentours de la capitale belge, seul, sans son képi de gendarme, pour mettre la main sur le propriétaire du véhicule ? Ou, au contraire, avait-il tout abandonné, pour s'enfoncer dans la dépression et se laisser crever à petit feu, loin de Sagas et de ses fichues montagnes ?

Deux heures trente du matin. Les feuilles dansaient autour de lui, sa tête tournait. Gabriel allait et venait dans la pièce, la photo de la Ford dans la main. Il essaya d'imaginer un scénario. L'auto avait quitté puis emprunté l'autoroute à trois heures d'intervalle. Cet après-midi-là, Julie dévalait à vélo les pentes de la forêt. Elle avait ses habitudes, son point de départ et d'arrivée était toujours le même : le parking dans la montée vers Albion. Au moment où elle s'apprêtait à regagner la route, on l'avait enlevée. Peut-être le chauffeur de la Ford grise s'était-il avancé dans les bois. Il avait contraint Julie de s'arrêter. « Mademoiselle ? S'il vous plaît ! Un renseignement ! » Julie avait brusquement freiné et posé son vélo contre un arbre. L'individu l'avait entraînée vers son véhicule, de force, ou il avait réussi à la convaincre de le suivre.

Gabriel imaginait la terreur de sa fille. La porte coulissante s'était refermée, la plongeant dans l'inconnu. Avait-elle été frappée, assommée ? Avait-elle hurlé à l'aide ? *Papa, aide-moi ! J'ai besoin de toi !*

Il n'avait pas été là.

Il s'accroupit et s'agrippa aux paquets de feuilles. Impossible de lire. Il était épuisé. Il se hissa sur le lit et s'écrasa sur le matelas, un tract dans la main. Julie lui souriait, les doigts sur son pendentif en forme de livre. Il aurait pu passer plus de temps avec elle, à l'époque où tout allait bien. Faire davantage de vélo en sa compagnie, profiter de sa présence chaque jour, lui dire qu'il l'aimait. Il ne l'avait jamais fait.

Gabriel avait promis de la retrouver, mais, douze ans après, il revenait à la case départ, dans cette sinistre chambre d'hôtel. Son amnésie était peut-être là pour lui signifier à quel point il avait lamentablement échoué.

15

En face de lui, sa brigade, son âme, son passé. Gabriel entra dans la gendarmerie. Personne ne lui parlait. On lui adressait à peine un bonjour, on l'évitait. Dans les couloirs, il lorgna à travers les vitres. Rien n'avait changé. Les odeurs, le grincement du linoléum, le local à skis entrouvert, où les raquettes, les paires de bâtons et les sacs de montagne attendaient les premières neiges. Gabriel s'y engagea, chercha son nom sur les casiers avant de se rendre compte de la stupidité de son geste. Il ressortit en fermant la porte.

À la place de Solenne Peltier, une autre tête, inconnue. Ensuite, il s'arrêta deux secondes devant son ancien bureau. À travers les persiennes, il devinait Louise face à une silhouette de dos. Son cœur manqua un battement lorsque le visage se tourna vers lui. Corinne… Sa femme devenue ex en un claquement de doigts.

Le temps ne l'avait pas épargnée, elle non plus, mais elle collait à la Corinne de sa mémoire, avec son front large, ses pommettes hautes, ses yeux comme des lacs glaciaires qui l'avaient fait craquer, voilà si longtemps.

Elle porta un mouchoir à ses lèvres. Si elle le fixait sans animosité, elle n'esquissa aucun mouvement vers lui. Paul avait dû lui parler de son retour, mais que lui avait-il raconté ? Elle reprit sa position, tête baissée. Elle devait être au courant pour le corps découvert la veille sur la berge. Attendre des résultats censés indiquer si un cadavre était celui de votre enfant… Qu'y avait-il de pire ?

Le cœur lourd, il n'osa l'affronter. Pour dire quoi, de toute façon ? Gabriel ne ressentait plus d'amour pour elle. Paul avait raison, ils n'avaient fait que survivre, tous les deux. Il imagina aussi l'enfer qu'avait dû vivre Corinne le soir du passage à tabac. Elle ne voulait plus le voir, ils avaient divorcé… C'était fini.

Il poursuivit son chemin, échangea tout juste un regard avec Benjamin Martini. Lui et ses rêves de chef de groupe, lui l'éternel second. Plus loin, une nouvelle photocopieuse, un distributeur d'eau. Il trouva le bureau de Paul au fond, entra sans frapper. Mobilier identique à celui de ses souvenirs, en plus abîmé. On continuait à fermer les persiennes en tirant un cordon qui s'emmêlait toujours. Seul l'ordinateur lui parut plus moderne.

Derrière son ancien collègue, à côté de la fenêtre donnant sur le Blockhaus, des aimants s'enchevêtraient sur un tableau blanc. Gabriel remarqua le paquet de photos posées dans la rigole, face cachée : elles avaient sûrement été décrochées avant son arrivée. Il posa le dossier d'instruction sur la table en bois.

Face à lui, Paul portait le pull réglementaire bleu nuit, ses galons en évidence sur ses épaulettes. À la manière dont il ôta sa paire de lunettes, Gabriel songea à un bureaucrate épuisé. Le gendarme d'antan, vif et aux yeux pétillants, n'existait plus.

— J'ai discuté ce matin avec ton neurologue, attaqua Paul. Alors c'est pas des conneries, ton problème de mémoire. C'est le truc le plus dingue que j'aie entendu.

Enfin, si on met de côté une pluie d'oiseaux, qui dans le genre est pas mal non plus.

— T'as eu besoin d'aller fourrer ton nez à l'hôpital. La confiance règne…

— Tu me connais, on ne se refait pas. Je devais comprendre de quoi tu souffrais, exactement. Cette amnésie psychomachin. C'est… stupéfiant.

— Stupéfiant, oui. Dis-moi plutôt ce que tu sais à propos de Wanda Gershwitz.

Paul alla se servir un gobelet d'eau. Il en proposa un à Gabriel, qui refusa, et revint s'asseoir sur sa vieille chaise à roulettes. Il cassa une ampoule de vitamine D et en versa le contenu dans son eau.

— Wanda Gershwitz… T'as passé la nuit à lire la copie du dossier, évidemment. Je me doutais qu'en te mettant ça entre les mains tu débarquerais avec tes questions. C'est de l'histoire ancienne, bordel. Je ne sais même plus de quoi tu parles.

Gabriel s'appuya sur la table, penché vers l'avant. Au-dessus du tableau, l'horloge indiquait 14 heures.

— Je vais te rafraîchir la mémoire.

— Et c'est l'amnésique qui dit ça…

— 9 avril 2008 : ce soir-là, je vais relever les identités des clients de l'hôtel de la Falaise présents là-bas entre le 5 et le 9 mars. Dans la liste, il y a une Wanda Gershwitz, qui a réservé une chambre du 24 février jusqu'au jour de l'enlèvement de ma fille, le 8 mars. Quinze jours dans ce trou à rats, réglés en liquide…

Paul trempait ses lèvres dans son eau au goût d'orange, impressionné par la mémoire de celui qui n'en avait plus.

— Il s'écoule plus de six mois avant qu'on se décide enfin à décortiquer le contenu de mon carnet, faute de pistes. Rechercher une à une les identités des voyageurs venus à Sagas au moment de la disparition de

Julie, consulter les fichiers des infractions pour chacune d'entre elles, en espérant qu'un voyant rouge se mette à clignoter… Et on tombe sur cette Wanda Gershwitz, qui n'existe nulle part. Fausse identité.

Paul repoussa du bout des doigts le dossier vers Gabriel.

— Ça n'a mené à rien, et tu le sais. Au fond de toi, je suis sûr que tu le sais. Les gérants ne se souvenaient pas de cette femme. Comment auraient-ils pu, si longtemps après, avec un hôtel quasi plein en permanence ? Gershwitz n'a pas d'âge, pas de visage. Une cliente parmi tant d'autres qui a simplement balancé un faux nom. C'est fréquent dans ce genre d'établissements. Des individus qui, pour des raisons diverses, ne veulent pas laisser de trace.

Gabriel ouvrit le dossier et montra la photo de la Ford grise.

— Passons à cette partie. Une Ford grise avec une fausse plaque arrive par l'autoroute de Lyon le 8 mars, à 14 h 48. Elle reprend l'autoroute en sens inverse juste trois heures plus tard. Ma fille était à l'intérieur.

— Ce ne sont que des suppositions. On n'en a jamais eu la pr…

— J'ai lu : on a vérifié tous les enregistrements du péage de Sagas, jusqu'à deux mois en arrière. On s'est farci deux putains de mois, et pas la moindre trace de cette bagnole. Alors, comment son propriétaire savait, pour le parking ? Julie avait commencé les entraînements à cet endroit quelques semaines plus tôt. Comment l'auteur du rapt aurait pu se pointer dans la montée vers Albion, emprunter le chemin qui donne sur le parking et tomber sur ma fille, sans savoir exactement où la trouver ni à quel moment ? Il n'y avait pas meilleur lieu pour agir en plein jour sans être vu. Le ou les responsables de l'enlèvement connaissaient mieux que moi les habitudes de Julie. On les avait rencardés, Paul.

Il écrasa son index sur la table.

— Deux possibilités évidentes : la première, Eddy Lecointre. Il travaillait à l'hôtel, il avait côtoyé Julie. Selon les rapports, ce mec était un solitaire, ses appels téléphoniques se résumaient à sa mère et sa sœur. Rien dans son ordinateur, aucun écart depuis ses années de taule, aucune plainte des clients. *Nada*.

— T'as parfaitement résumé la situation. Lecointre était *clean*.

— Puis il y a la deuxième possibilité : cette Wanda, qui est là depuis quinze jours, paie en liquide, et s'évapore dans la nature comme par hasard le jour même de la disparition…

Le capitaine entreprit de réaligner tous les stylos de son bureau. *Rien n'a changé*, se dit Gabriel. Toujours cette obsession infernale de l'ordre.

— Jamais on n'a pu établir une quelconque relation entre cette Wanda Gershwitz et une Ford grise que personne n'a vue, répliqua Paul. Notre job, c'est de trouver des liens, et dans les conditions d'une telle enquête, on en voit là où ils n'existent pas. On cherche des corrélations entre de simples coïncid…

— Arrête ton baratin, et dis-moi si tu crois une seule seconde à ce que t'es en train de me raconter. Dis-moi, les yeux dans les yeux, que tu as pensé à une simple coïncidence.

Paul le dévisagea.

— C'était une simple coïncidence.

— Tu mens. Tu n'as jamais cru aux coïncidences. Pour toi, il n'y a pas de hasard.

— Il y en a eu à ce moment-là. C'est terminé.

Paul tendit une feuille devant lui.

— Tiens, ton adresse. Un immeuble, dans un quartier populaire de Lille, Wazemmes. Tu y habites depuis trois mois. On t'a aussi dégoté la résidence de béguinage où loge ta mère. C'est du côté d'Arras, à quarante bornes de chez toi. Notre téléphoniste a pu récupérer son numéro, il est noté juste en bas, sous le tien. Si t'as paumé ton portable, rachètes-en un à la boutique rue Blanche, ils te programmeront directement une carte SIM avec ton ancien numéro.

Gabriel fixa du regard les informations. Que fichait-il dans un quartier populaire de Lille alors que sa mère vivait à une demi-heure de là ? Était-ce lié à la Ford ? Paul lui présenta une autre feuille.

— Et ça, c'est un récépissé de déclaration de vol de carte d'identité. Je me suis chargé de tout, tu n'as plus qu'à signer. Il te permettra de faire les principales démarches. Notamment retirer de l'argent. Je suppose que ta voiture ne roule pas à l'oxygène et il va te falloir de l'essence pour remonter.

Gabriel signa, plia les feuilles et les fourra dans la poche de son blouson.

— Il faut que je te remercie, je présume.

Paul s'était levé. Les bras croisés, il observait le nuage noir des oiseaux à plus d'un kilomètre de là, affairés à tournoyer inlassablement.

— Ils chient partout, ils piaillent depuis trois jours, mais en même temps, ils me fascinent. Tu les as vus ? On dirait une œuvre d'art. Parfois, je les vois constituer une figure mathématique parfaite, le fameux signe de l'infini en forme de huit. Le cycle de l'éternel recommencement, la répétition des événements… C'est quand même bizarre.

Il resta là, pensif, réfléchissant à ses propres mots, avant de poursuivre :

— Ils sont aussi coordonnés que s'ils ne formaient qu'un seul être, réagissant tous ensemble de façon quasi instantanée… Et pourtant, ils n'ont pas de chef de file comme dans les autres colonies migratoires. Il suffit qu'un oiseau se retourne et change de vitesse pour que tous les autres le fassent également. Ils ont l'air interconnectés… C'est pour ça, le carnage d'hier. Dans le noir, ils étaient perdus.

Paul prit une longue inspiration puis demeura là, une épaule appuyée contre le mur.

— Nous, les humains, on n'est pas pareils. On a beau être en groupe, on reste individuels. Égoïstes. Ce n'est pas ta réapparition qui va tous nous retourner et changer le monde. Tu sais comment la justice fonctionne. Quoi que tu fasses, quoi que tu dises, il n'y aura aucun moyen de rouvrir le dossier. C'est terminé, répéta-t-il.

À ce moment-là, Gabriel comprit que son ancien collègue ne répondrait pas à ses questions. Il scruta la photo dans le cadre, à gauche de l'ordinateur. Corinne et Paul à table, dans le jardin à l'arrière du chalet, souriant à l'objectif. Qui avait fait le cliché ? Louise, sans doute. Une belle petite famille…

Paul baissa le store. L'obscurité avala une partie du bureau.

— À mon tour de t'interroger. J'ai fait quelques recherches. Et si on parlait de Walter Guffin ?

16

Brusquant Gabriel qui semblait perdu dans ses pensées, Paul réclama :

— D'abord, dis-moi de qui il s'agit.

— Je ne sais pas. Un nom qui m'est revenu. Peut-être une bribe de souvenir, un type que j'ai connu. Je n'en sais rien.

Paul alla fermer la porte. Un néon grésilla lorsqu'il appuya sur un interrupteur.

— Un type que t'as connu… C'est amusant, parce que, pour la Sécu ou les impôts, Walter Guffin n'existe pas. Un fantôme. Les seuls fichiers présentant des traces de ce type, ce sont ceux des permis de conduire et des cartes grises. Guffin est propriétaire d'une Mercedes couleur crème, exactement comme la tienne.

Le capitaine tourna son écran. Gabriel affronta sa propre photo sur un permis de conduire. Crâne chauve, lunettes, bouc et gueule fermée.

— Faux papiers faits dans les règles de l'art, ajouta Paul, mais t'es pas allé jusqu'à un complet changement d'identité. Walter Guffin n'a pas de compte en banque, pas de passeport, et l'adresse de son domicile est la tienne. En fait, tes fringues, les lunettes… T'avais juste besoin de te faire passer pour quelqu'un que tu n'étais pas. Je ne te demande pas pourquoi, je suppose ?

Gabriel fixait son portrait avec effarement. La photo était récente. Les documents avaient été délivrés trois mois plus tôt. Au moment où il s'installait à Wazemmes.

— Tout ce que je sais, c'est que je me suis enregistré avant-hier soir à l'hôtel sous ce nom-là, se justifia Gabriel. C'était noté dans leur ordinateur.

Paul plissa les yeux comme s'il s'échinait sur un Rubik's Cube.

— Et qu'est-ce que je dois faire, maintenant ? Moi, capitaine de gendarmerie, officier de police judiciaire, qui suis face à un individu en possession de faux papiers, un ex-gendarme avec la mémoire en vrac et revenu à Sagas pour je ne sais quelle fichue raison.

— Fais comme bon te semble. Mais s'il te plaît, laisse-moi juste le temps de me retourner quelques jours. De piger ce qui se passe.

Paul eut un sourire las.

— T'as pas compris. Je veux que tu partes. Que tu dégages de Sagas avec tes problèmes et ne mettes plus jamais les pieds ici. On te contactera, pour le cadavre de la berge. Enfin, si nécessaire.

— Si c'est ma fille, tu veux dire ?

Le capitaine ferma les fenêtres affichées sur son écran. Il fit comme s'il ne l'avait pas entendu.

— On va dire que, pour le moment, une sale affaire de meurtre sur le dos m'empêche de fouiner ailleurs. Mais ne joue pas avec ma patience, et un conseil : fais-toi oublier. Je ne pourrai pas éternellement effacer l'ardoise de tes conneries.

Paul se leva et se dirigea vers la porte, désormais silencieux. Gabriel vint à sa hauteur, le dossier en main.

— Pourquoi tu tiens tant à ce que je quitte la ville ? Pourquoi tu refuses de me donner la totalité d'un dossier alors que tu m'en files neuf cents pages ? T'as briefé tout le monde avant mon arrivée. On me fuit comme la peste. Je te connais. Tu me caches quelque chose.

— Des discours ne ramèneront pas Julie. Le temps a passé, Gabriel, rentre-toi bien ça dans le crâne. Et maintenant, si tu permets, j'ai à faire.

Paul était une tombe. Gabriel n'espérait plus rien en tirer.

— On a grandi ensemble. On a été partenaires. Comment on a pu en arriver là ?

Devant l'absence de réponse de Paul, déjà plongé dans sa paperasse, il s'éloigna sans le saluer.

17

Tout juste après la brigade, Gabriel était passé par son ancienne banque. Selon les explications du guichetier, il avait transféré ses avoirs vers un établissement lillois du même groupe en 2012, l'année de sa séparation. Son compte principal affichait plus de trente mille euros, une sacrée somme, mais son assurance vie avait été clôturée au moment du divorce. En 2013, plus de cent vingt mille euros lui avaient été versés. Sans doute sa part pour la maison.

Les relevés de ces trois derniers mois n'indiquaient que des dépenses. Pas de rentrée d'argent. De nombreux retraits de liquide avaient été effectués à Lille ou Bruxelles. Par qui ? Gabriel Moscato ou Walter Guffin ? Il songea aux faux papiers. Ils avaient dû coûter une fortune…

À la boutique de téléphonie, il acheta le modèle le plus simple, déjà trop complexe pour lui. Le vendeur vérifia son identité et, après quelques manipulations informatiques, lui fournit un portable avec son ancien numéro, en vingt minutes à peine. Il lui expliqua le fonctionnement de l'appareil photo, du GPS… Gabriel débarquait dans une autre dimension : ces téléphones n'étaient pas loin de faire le café.

Sorti du magasin, il composa le numéro de sa mère en appuyant directement sur l'écran – une révolution pour lui, mais, quelque part, ces gestes lui étaient aussi familiers. La voix tremblotante, dans le répondeur, lui procura un frisson. Il laissa un message. « Maman, c'est Gabriel… Rappelle-moi dès que tu peux. Tout va bien… Et… ça me fait du bien d'entendre ta voix. »

Au volant de sa voiture, il longea le centre pénitentiaire. Comment avait évolué la criminalité, les lois, les techniques d'investigation ? Dans tous les domaines, Gabriel était largué. Il était un habitant de 2008 propulsé dans le futur par une machine à voyager dans le temps, avec le pire dans ses bagages. Un survivant dans l'ignorance.

Il continua sur deux kilomètres. Au milieu d'une côte, il aborda un quartier résidentiel alangui sur le flanc d'une montagne. Des rangées de maisons avaient été construites sur plusieurs terrasses, les plus haut perchées étant les plus chères. Il frappa à la porte d'un logement sommaire, première rangée, un cube de béton aux murs de crépi couleur crème, aux fenêtres garnies de jardinières de géraniums rouges et violets. Il espéra de tout cœur que Solenne Peltier vive encore ici.

Lorsqu'il la vit, il fut si heureux qu'il la serra dans ses bras. Puis il s'écarta, l'observa de haut en bas. Son ancienne collègue n'avait jamais pris soin de son apparence, et le temps n'avait rien arrangé. Ses cheveux grisâtres tombaient en paquets désordonnés sur son poncho péruvien en laine d'alpaga, ses lèvres étaient sèches et gercées comme des dattes.

Elle l'invita à entrer en toussant. Quel vent l'amenait chez une jeune retraitée d'à peine un mois ? Gabriel réenclencha le disque de toutes ces dernières heures cauchemardesques. Il ne lui parla pas de la femme avec qui il était arrivé à l'hôtel, mais elle était au courant pour le corps découvert sur les rives de l'Arve. Elle avait lu un article dans le journal.

Elle lui colla une vieille prune entre les mains, but la sienne d'un trait. Puis elle le regarda longuement, comme si elle cherchait à fouiller dans sa boîte crânienne.

— Ça t'arrive de m'appeler, lança-t-elle en faisant claquer son verre sur la table. Tu prends des nouvelles, tu veux savoir si l'enquête bouge…

Gabriel avait frappé à la bonne porte, Solenne Peltier était restée son unique lien avec Sagas. Il but son verre par courtes lampées, éprouvant, depuis la veille, une certaine addiction à l'alcool. Encore un sale cadeau abandonné par son autre lui ?

— Bien sûr, Paul nous a interdit de te fournir des informations au cas où tu chercherais à nous joindre. Sache que je n'ai jamais approuvé une seule seconde ce que tu lui as fait, pourtant… Julie était ma filleule et nous deux, on bossait ensemble depuis vingt ans. T'as toujours été un mec droit, malgré quelques pétages de plombs. Mais tu peux me dire qui n'en a pas dans notre fichu métier ? C'était ta fille, t'avais le droit d'être au courant.

Elle se resservit un verre. Les couvertures tapissées de poils de chat sur les fauteuils, les fringues posées sur les dossiers de chaise : Gabriel imagina une vie d'ermite. À sa connaissance, la marraine de Julie n'avait pas connu d'homme. À la brigade, on la surnommait « la Dame de fer ».

— Tu me parles de cette Wanda, de la Ford grise… Ce sont les pistes les plus sérieuses qu'on ait eues. Clairement, la femme était venue dans l'objectif de faire des repérages, elle était liée au conducteur du véhicule.

Paul et chaque membre du groupe d'enquête y croyaient dur comme fer…

Gabriel serra les poings. Son ancien collègue lui avait donc bien menti.

— On dirait que tu n'as pas fait le rapprochement, constata Solenne. Pas étonnant, c'est moi qui avais trouvé le lien à l'époque.

— Quel rapprochement ?

— Wanda Gershwitz, ça ne te dit rien ?

Il secoua la tête.

— C'est la nana dans le film des années 1980, *Un poisson nommé Wanda*. Tu te souviens ? Jamie Lee Curtis jouait le rôle de Wanda.

La seule image qui revint à Gabriel se résuma à celle d'un homme piochant un poisson rouge dans un aquarium pour l'avaler.

— Vaguement.

— Wanda, c'est celle qui participe au vol de diamants avec ses complices, qui manigance tout. Comme tout le monde, t'avais vu ce film, et comme tout le monde, tu ne te rappelais que le prénom du personnage. Wanda. Wanda Gershwitz… Si personne n'a fait attention à notre fausse Wanda, c'est parce qu'elle a tout fait pour ne pas se faire remarquer. Pas de forfait petit déjeuner à l'hôtel, chambre avec porte qui donne directement sur le parking et lui évite de croiser les gérants. Une anonyme. Pendant quinze jours, elle a probablement observé et suivi Julie. Peut-être même qu'elle l'a abordée, dans une rue, un magasin, à la piscine. Qui se méfierait d'une femme ? Ce samedi-là, elle savait que Julie irait faire du vélo dans l'après-midi. Elle a prévenu son ou ses complices de la Ford grise, qui ont pris la route de je ne sais où, et se sont chargés du kidnapping. Puis Wanda a quitté la ville définitivement. Un coup à plusieurs, propre, sans bavure. C'est le scénario retenu. Malheureusement, malgré tous les efforts déployés, on s'est retrouvés dans une impasse. C'était trop tard. Le temps avait passé, plus personne ne se souvenait de rien.

Elle fixa son verre avec un soupir.

— Rien n'a jamais abouti, dans cette enquête. Je suppose que t'es au courant pour Lecointre...

— Oui. Je l'ai croisé dans le couloir, hier, sans le reconnaître. J'ai voulu lui parler ce matin. Mais il ne travaille pas le samedi.

— On y a cru, là aussi. Ouais, une sacrée piste. Un type du coin qui, un soir de 1997, est pris d'une pulsion et manque de violer une femme à Chambéry. Le mec avait à peine vingt ans à l'époque, mais ça reste des bêtes dangereuses, ces gens-là. Enfin, c'est ma conviction... Et c'était la tienne aussi.

— Ça l'est toujours.

— Mais c'est pas lui, Gabriel, il bossait au moment de l'enlèvement. On a ratissé sa vie, sa maison, le moindre centimètre carré de son jardin, de son sous-sol, sans résultat. Qu'est devenue Julie ? Pourquoi elle ? Qui était cette Wanda ? Nul ne le sait. Tu ne peux pas imaginer à quel point tout cela m'a rendue triste quand l'association s'est dissoute en 2015. Jeff ne voulait plus être le secrétaire, toi t'étais trop loin, il n'y avait plus de souffle, plus d'envie. À la fin, on n'était plus que quatre péquenots. Il n'y avait plus rien à chercher. Rien à espérer. Ça faisait sept ans... Je suis partie avec cet échec comme un fardeau. Julie était ma filleule. Il n'y a rien de pire pour un gendarme que de ne plus être dans le coup et de devoir vivre avec ça jusqu'à la fin de ses jours...

Gabriel vint s'asseoir à côté d'elle, lui glissa une main dans le dos. Il avait toujours éprouvé une tendre affection pour elle. Sur le rebord de la fenêtre, un vieux chat ronronnait.

— Je sais que t'as fait ton maximum, Solenne. Tu n'as rien à te reprocher.

Elle baissa alors les yeux. Gabriel sentit la tension dans sa nuque.

— Y aurait-il quelque chose d'autre que je devrais savoir ?

Elle marcha jusqu'à la fenêtre et prit son chat, le caressant d'un geste tendre.

— Deux choses. La première, c'était quelques semaines avant que je parte à la retraite, fin août de cette année. Tu m'as contactée pour me demander de fouiller dans le fichier des empreintes génétiques, et de t'envoyer par mail les graphiques représentant le profil ADN de Julie et celui d'une autre jeune femme, Mathilde Lourmel.

— Des profils génétiques ? Pourquoi ?

— Tu ne voulais rien me raconter… Pour ne pas m'impliquer, tu disais. T'avais un truc bizarre dans la voix, une sorte de peur qui m'oppressait d'ici. Visiblement, tu tenais quelque chose qui t'avait mené du côté de Bruxelles. Tu devais tout m'expliquer quand ça serait terminé.

— Quoi ? Qu'est-ce qui devait être terminé ?

— Je n'en sais rien. Sur le coup, j'ai refusé de te donner les profils. Les accès au fichier des empreintes génétiques sont tracés, je ne voulais pas de problèmes. Mais j'ai fini par te rappeler, quelques jours plus tard. Je l'ai fait pour Julie, pour toi.

— Pourquoi Mathilde Lourmel ? Qui est-ce ?

— J'avais fait des recherches sur Internet. C'était une disparue. Vingtaine d'années, elle habitait à Orléans. Ça s'est passé en 2011, trois ans après Julie. Apparemment, elle s'est volatilisée du jour au lendemain, sans plus donner le moindre signe de vie.

— Comme Julie.

— Comme Julie, oui. Mais je n'en sais pas plus... Je peux juste te dire que je n'ai jamais vu l'ombre de son nom dans notre dossier et que j'ai préféré ne pas creuser dans cette direction, pour ne pas attirer l'attention.

Gabriel n'y comprenait rien. Pourquoi avoir réclamé la signature ADN de sa fille et celle d'une inconnue ? Quelle était l'utilité de ces graphiques qui, en l'état, ne voulaient pas dire grand-chose et étaient surtout illisibles ? Et que faisait-il à Bruxelles ? Il y avait forcément un rapport avec la Ford grise volée par les délinquants en Belgique. Dans tous les cas, sa demande à Solenne n'avait certainement pas été anodine : il avait dû suivre une piste sérieuse.

— Tu as parlé de deux infos, lui rappela-t-il.

— Oui, oui. Ça fait longtemps que ça me démange, de te le dire, mais... t'aurais débarqué ici avec tes gros sabots et, à coup sûr, ça aurait foutu en l'air ma fin de carrière. Paul m'aurait plombée. Bref, aujourd'hui, il peut faire ce qu'il veut, je m'en fous. Et puis, le dossier est classé depuis quatre ans... Cette affaire est peut-être terminée pour la justice, mais toi t'es là, en face de moi, avec une mémoire d'huître, alors...

Gabriel s'arracha du fauteuil, en apnée. Solenne considéra sa silhouette dans le reflet de la vitre. Elle désigna du menton la ville, en contrebas.

— T'as vu le nuage d'oiseaux et le carnage, l'autre nuit ? Je suis descendue voir les cadavres, c'était dément. Ça m'a fait penser à une des dix plaies d'Égypte, « les grenouilles tombèrent et recouvrirent l'Égypte ». Exode VIII, verset 2... Un autre passage de la Bible me fait penser à Sodome et Gomorrhe, les villes détruites par une pluie de feu, parce que leurs habitants ont péché. Peut-être que Dieu a eu envie d'infliger un châtiment à Sagas, pour la punir des drames qui s'y sont déroulés.

Le chat ronronnait. Une douce chaleur enveloppait Gabriel. L'alcool, le chauffage à fond et les élucubrations mystiques de Solenne… Elle avait toujours été croyante et priait à l'église chaque dimanche.

— Ce sont des étourneaux roselins qui viennent des steppes d'Ukraine, il paraît. Ils établissent leur dortoir en bord de ville pour échapper aux prédateurs, avant une grande ligne droite pour l'Espagne. Je n'avais jamais observé un tel phénomène de ma vie. Ils tournent, et tournent encore, on dirait parfois une tornade. Bundy, il passe ses journées ici, à les regarder. Hier, il avait carrément un filet de bave aux lèvres. Ça doit le rendre dingue, de ne pas avoir d'ailes.

Elle reposa le chat et se retourna, déterminée.

— T'es venu en bagnole ?

Il agita sa clé. Elle alla s'envoyer une dernière rasade et décrocha son trois-quarts qu'elle possédait déjà douze ans plus tôt. Avec le poncho péruvien, ça faisait un sacré mélange.

— On y va, lâcha-t-elle.

— Où ça ?

— À l'ancienne centrale hydroélectrique du lac Miroir.

18

Rapidement, la Mercedes avait basculé sur l'autre versant de la vallée. Des cascades bruissaient entre les sapins, la route se résumait à un sillon d'asphalte à l'assaut de la roche, à peine visible. Gabriel avait dû allumer les phares. Ils s'enfonçaient dans la couche de nuages, plus de cinq cents mètres au-dessus de la ville.

Les panneaux indiquant l'accès à la centrale hydroélectrique avaient disparu depuis des années. Il fallait connaître le coin pour quitter la route du col au bon moment et bifurquer en direction de la forêt par un passage invisible. Gabriel prit garde aux racines crevant le bitume de l'ancienne voie d'accès. D'après Solenne, un chantier de déconstruction de l'usine avait été entamé en 2009 par EDF, avec l'objectif d'en bâtir une nouvelle plus moderne. La centrale du lac Miroir datait de 1936, elle avait été l'une des premières stations de transfert d'énergie par pompage installée en France. Les travaux de démantèlement avaient été arrêtés au bout de six mois, en plein hiver, et n'avaient jamais repris. Personne ne savait pourquoi.

Le lac Miroir apparut après une courbe. Il devait son nom à la pureté avec laquelle il reflétait les parois du cirque granitique qui l'entouraient, sublime ensemble de falaises aux tons variant du gris foncé au blanc laiteux. Avec des conditions météo parfaites – soleil, absence de vent –, on avait, en s'approchant de ses bords, l'impression de chuter dans un trou sans fond creusé dans la montagne.

Mais ce jour-là, il n'était qu'une plaie sombre coiffée de brume. Un kilomètre plus loin, Gabriel se gara sur le parking à l'arrière d'un bâtiment aux hautes façades en pans de fer largement vitrées, habillé d'une toiture-terrasse encore en bon état. À l'extérieur, la structure aérienne, les pylônes, les fils électriques avaient été démontés. Trois énormes tuyaux de conduite forcée, provenant du bassin supérieur, jaillissaient toujours de la roche pour s'engouffrer dans les murs en béton. Quatre-vingts mètres plus haut, on devinait à peine le tablier du barrage d'enrochement. Gabriel se rappelait : lorsque l'usine fonctionnait, les eaux féroces de l'autre lac d'altitude – le lac Noir situé au-dessus du cirque – étaient relâchées à la demande dans les tuyaux, permettant de faire fonctionner les quatre turbines de la centrale en même temps et ainsi d'alimenter en électricité une partie de la population de Sagas.

— C'est là-dedans que ça se passe, annonça Solenne.

Elle n'avait rien voulu lui dire, préférant lui laisser la surprise. À l'époque, les responsables du chantier avaient verrouillé la porte métallique du bloc principal, mais le cadenas avait été défoncé depuis des lustres, probablement par des explorateurs de bâtiments abandonnés.

Ils s'engagèrent sous un fronton décoré d'une gravure à l'effigie des Forces motrices du lac Miroir. Des céramiques colorées qui n'avaient pas été détruites ou volées ornaient les murs fissurés. Plus loin, ils passèrent devant les chambres à turbines, pareilles à des escargots géants, reliées aux massives dynamos. De l'eau gouttait, dans un recoin, et émettait des *ploc* de fond de grotte. Le bâtiment à l'agonie respirait encore.

— On n'y voit que dalle, constata Solenne. J'aurais dû prendre une lampe.

— Toujours avoir une lampe sur soi en période de mort noire.

— *Dixit* l'homme sans mémoire. En plus, ça rime.

Solenne utilisa son téléphone en mode torche. Au bout du couloir, ils empruntèrent un escalier en colimaçon, aux marches grillagées et rouillées. Gabriel imaginait la rudesse du travail, ici, l'hiver, dans le fracas assourdissant de l'eau propulsée, la solitude et un froid à vous transpercer. Au moment où ils bifurquèrent dans le hall supérieur, un jet glacé les frappa en plein visage. Solenne hurla, les mains plaquées sur ses yeux. Gabriel se plia en deux, la gorge en feu.

Gaz lacrymogène.

Martèlements de métal dans l'escalier : une masse dévalait les marches. Gabriel s'agrippa à la rampe en crachant ses tripes. Son crâne pulsait, il avait la sensation d'avoir des éclats de limaille sur les rétines, mais ça ne l'empêcha pas d'apercevoir en contrebas le dessus d'une capuche foncée. Il se tourna vers Solenne, agenouillée par terre. Elle bavait.

Titubant à moitié, il s'engagea dans la descente, la gorge sifflante. Chaque déglutition lui donnait l'impression d'avaler une poignée de clous. Le claquement de ses semelles sur le métal lui vrillait les tympans.

L'air frais de l'extérieur, enfin... Gabriel ouvrit grand les yeux, attisant malgré lui sa brûlure. La silhouette suivait les contours du lac à vive allure, déjà enfoncée dans le brouillard. Il courut, la rage surpassant la douleur. Mais son cœur explosait dans sa poitrine. Au bout de cent mètres, il frôlait l'asphyxie, les mains sur les genoux. Une minute plus tard, un bruit de moteur de voiture résonna dans la forêt, puis finit par s'estomper.

Gabriel mit du temps à récupérer, il cracha pour se débarrasser du goût chimique avant de rejoindre la centrale. Il releva son col mouton et glissa son nez sous la fermeture Éclair du blouson. Solenne était assise dans un coin, larmoyante. Accroupi face à elle, Gabriel observa les dégâts : deux balles de ping-pong.

— Ne touche pas tes yeux, ne frotte surtout pas. T'as pu voir quelque chose ? Un visage ?

— Rien… Toi ?

— Pas grand-chose. Un cache-nez, une capuche, des gants… Efficace, le mec. Il avait dû planquer sa voiture près de l'endroit par lequel on est arrivés.

Il se redressa, prenant à peine conscience de ce qui venait de se passer. Tout était allé si vite.

— Qu'est-ce qu'on fait ici, Solenne ?

En grimaçant, elle pointa la perspective sans fin du hall.

— Sur le mur, là-bas…

19

Avançant avec prudence, Gabriel longea la coursive qui dominait l'ensemble des génératrices, sous les entrelacs de poutrelles et la charpente métallique du toit. À travers les longues vitres, il percevait les eaux noires du lac glaciaire, bordées par la route. Leur agresseur avait eu tout le temps de préparer son embuscade.

Son regard buta alors sur la phrase peinte en rouge, sur le mur à sa droite, entre deux colonnes de béton :

JE SAIS OÙ ELLE EST

Gabriel frissonna. Dessous, un dessin de la même couleur, d'environ cinquante centimètres, avait été tracé avec soin. Il reconnut une représentation agrandie du pendentif porté par Julie : ce livre à la couverture parée d'ornements, de courbes élégantes et entrelacées. Il se tourna vers Solenne, appuyée contre la rambarde.

— Explique-moi.

Elle peinait toujours à reprendre son souffle.

— Mi-2017... Ton ex-femme a reçu un courrier anonyme, envoyé depuis Saint-Gervais... Il contenait une page de roman arrachée... Une phrase avait été constituée à partir de lettres entourées dans cette page.

Page 112, je m'en souviens encore… Le roman, c'était *Dix Petits Nègres*, d'Agatha Christie. Et… Et ça disait : « Les clés de l'intrigue se trouvent à l'usine du lac Miroir »… On est donc venus ici, on a découvert ce que tu vois là… Les autres inscriptions, plus loin sur le mur, sont arrivées au fil du temps… Avril 2018, février 2019…

Gabriel avança de quelques pas, sous le choc. Il comprenait l'empressement de Paul à se débarrasser de lui, à éviter qu'il ne voie Corinne, à ne pas lui fournir le reste du dossier. Entre d'autres colonnes de béton étaient notés, les uns sous les autres, une série de mots. Il lut, de haut en bas :

— « Ressasser », « laval », « noyon », « abba », « xanax ». Qu'est-ce que ça signifie ?

Solenne s'approcha. Elle toucha du bout de l'index le dernier mot. Son doigt se couvrit de rouge.

— « Xanax » n'y était pas. Il vient de l'ajouter.

Gabriel renifla. Peinture fraîche.

— Ce sont des palindromes, expliqua Solenne, des mots qu'on peut lire à l'envers comme à l'endroit. On ne sait pas pourquoi leur auteur est venu ici à plusieurs reprises pour les écrire, ça n'a aucun sens. « Ressasser » est un verbe, « Laval » et « Noyon » sont des noms de villes, « Abba » est un groupe de musique. Quant à « Xanax »… c'est un anxiolytique, il me semble.

— Vous avez essayé de mélanger les lettres, de reconstituer une phrase ?

— Ça ne donne rien. Pas étonnant, si la liste est incomplète.

— Empreintes ?

— Que dalle. On s'est même branchés auprès des polices de Laval et Noyon, on a posé des questions, sans succès. À mon avis, ces palindromes dressent le profil d'un individu. Un type qui aime Abba, a un rapport avec Noyon et Laval. Peut-être qu'en plus il est dépressif ou frappé du ciboulot… Bref, chaque mot nous ferait faire un pas vers lui. Ce genre de conneries…

Gabriel relut la liste.

— Ça correspondrait au profil du kidnappeur, selon toi ?

— Va savoir.

Il se décala vers la droite, observa de nouveau la phrase. Elle lui glaça le sang.

— « Je sais où elle est »… Il a écrit ça il y a environ trois ans, tu dis. Et il se pointe aujourd'hui, au lendemain de la découverte du corps au bord de l'Arve, pour nous livrer un de ses indices.

Gabriel serra les poings. Dire qu'ils avaient failli lui mettre la main dessus ! Solenne s'était adossée à la rambarde.

— Putain, il m'a pas loupée. J'ai quelle gueule ?

— On dirait que tu t'es fourré la tête dans un micro-ondes.

Elle se massa délicatement les yeux.

— Il y a autre chose que tu dois savoir. Ton ex-femme a reçu cinq autres courriers anonymes. Postés dans des villes différentes. Chamonix, Cluses, Annecy… On suppose que c'est le même individu. Quelqu'un du coin, visiblement.

Gabriel sentit son cœur s'emballer.

— Encore des pages de roman ?

— Oui, des vieux policiers à énigme. Conan Doyle, Agatha Christie, Maurice Leblanc… Les cadors du polar, les maîtres de la manipulation et des faux-semblants. Et pas n'importe quelle page. On a vérifié : toujours celle qui précède la révélation finale.

Un tordu instruit, songea Gabriel.

— Louise adorait ce genre de romans...

— On sait.

— Toujours la technique des lettres entourées ?

— Oui, au stylo à bille bleu. Des lettres formant toujours le même type de phrase quand tu les mets bout à bout. « Je sais qui est le responsable », « La réponse est dans ces lignes », « C'est à cause de votre ignorance si elle souffre ». Pour *L'Aiguille creuse* de Leblanc, il avait aussi souligné un passage. « Pourquoi ai-je peur ?... C'est comme une oppression... Est-ce que l'aventure de l'Aiguille creuse n'est pas finie ? Est-ce que le destin n'accepte pas le dénouement que j'ai choisi ? »

Elle connaissait les phrases par cœur. Gabriel en eut la chair de poule. Face à ces étranges missives, pas difficile d'imaginer l'état psychologique de Corinne. Il se rappelait son regard à la brigade, son attitude prostrée, la peur dans ses yeux. Ces envois l'empêchaient de penser à autre chose qu'à Julie. Ils lui interdisaient l'oubli.

— On a bien sûr jeté un œil sur le listing clients de la librairie de Sagas, mais là aussi, ça n'a mené nulle part. Encore aujourd'hui, j'essaie de comprendre, dans mon coin... La justice, quant à elle, n'a pas établi de lien entre cette affaire de pages arrachées et de palindromes et l'enlèvement de Julie. Les dossiers n'ont pas été rapprochés.

— C'est pas vrai...

— Le dossier de disparition était déjà classé depuis une bonne année au moment des faits. Et le prénom de Julie n'est pas cité. On a juste des « Elle ». L'auteur a très bien pu dessiner le pendentif à partir des tracts distribués à l'époque. Corinne n'avait pas d'autre option que de déposer plainte contre X pour harcèlement. Tu sais ce que ça veut dire. Le dossier n'a jamais été prioritaire et on l'a glissé sous la pile de toute cette délinquance qui gangrène la vallée.

Gabriel ne trouva pas les mots. C'était aberrant.

— Je sais, Gabriel, je sais... Mais la justice est une vieille dame, elle ne se fait pas et ne se défait pas d'un claquement de doigts. Il faudrait presque attraper le type qui nous nargue, qu'il donne des éléments forts sur la disparition de ta fille pour que, éventuellement, le juge Cassoret accepte de ressortir le dossier du placard. Malgré tout, Paul se bat, il n'a rien lâché. Tu le connais. Dès qu'il a un moment, y compris sur son temps libre, il se penche sur cette affaire. Il préfère traîner au bureau que chez lui. Ce n'est un secret pour personne que ça ne va pas fort entre lui et Corinne...

Gabriel ne dit rien, mais il comprenait tout à fait l'impossibilité pour Corinne de se reconstruire tant qu'elle ignorerait le sort de Julie.

— ... Enfin bref, Paul sait pertinemment, comme nous tous, que les dossiers sont liés, et il cherche. Crois-moi, il cherche.

Gabriel revoyait Paul dans son bureau ou au chalet. Ses soupirs, son air de vieil escargot mollasson. Juste des apparences. Ses instincts de chasseur étaient toujours là, affûtés comme au premier jour. Il avait bien caché son jeu...

Solenne désigna le mur.

— Le corbeau est un joueur. Quand il parle de « clés de l'intrigue », il assimile tout ça à une fichue énigme à résoudre, comme dans ces fameux romans policiers. On dirait qu'il nous défie, nous clame : « Serez-vous plus forts que moi ? » En l'occurrence, si les palindromes n'ont encore conduit à rien, le dessin du pendentif, lui, nous a apporté des faits nouveaux.

— C'est-à-dire ?

Les paupières de Solenne étaient désormais si gonflées que son champ de vision se résumait à deux fentes horizontales.

— Suite à la découverte de ce dessin, on a voulu en savoir plus sur cet objet. Louise nous a raconté que Julie lui avait dit avoir acheté ce pendentif dans une bijouterie du centre de Sagas, L'Étoile d'or. Elle ne se rappelait plus la date, mais en fouillant dans des albums photo détenus par ton ex-femme, il apparaît pour la première fois autour du cou de ta fille en septembre 2007. La photo précédente de Julie remonte à avril 2007, et elle ne le porte pas. C'est donc probablement entre ces deux dates qu'elle l'a acquis.

— Durant l'été 2007…

— Ouais. En 2018, la bijouterie n'existait plus, mais Paul a tout fait pour interroger la proprio de l'époque. Elle a affirmé n'avoir jamais possédé ni vendu ce genre de pendentif dans son magasin. Julie avait vraisemblablement menti.

Gabriel n'avait jamais prêté attention à ce bijou. Julie en achetait tout le temps. Il serra la rambarde, fixa les gigantesques turbines en contrebas.

— Quel motif peut pousser une jeune fille à mentir sur l'origine d'un bijou ?

— Un vol ? Elle l'aurait trouvé et n'aurait rien dit à personne ? Peut-être qu'il avait de la valeur. Ou alors, c'était un cadeau qu'elle voulait faire passer pour un achat ? Une histoire d'amour ? Je n'en sais rien. Toujours est-il que : et d'un, l'auteur de ce dessin a éclairé un point qu'aucun d'entre nous n'avait vu. Et de deux, Julie avait des secrets qu'elle n'a révélés à personne.

— Et même ces éléments n'ont pas suffi à relier le dossier de la plainte contre X à celui de ma fille ?

Elle secoua la tête et essuya ses joues larmoyantes.

— Le juge Cassoret est un matérialiste, il veut des preuves. Selon lui, dix ans après, la mémoire de la commerçante pouvait la tromper.

— Du bidon…

— Ouais. Mais cette découverte m'a toujours porté à croire que cette phrase dit vraie, fit-elle en pointant le mur. L'ordure qui nous a balancé de la lacrymo en pleine gueule sait réellement où est ta fille, sinon, pourquoi s'acharner ainsi ? Est-il impliqué ? Complice ? Simple témoin ? En tout cas, *il sait*. Ce salopard sait, il est du coin et il joue avec nous. Avec Corinne et Paul. Il veut les rendre fous.

Gabriel manipula son nouveau téléphone portable. Il photographia les deux pans de mur.

— Et comme par hasard, Eddy Lecointre a bossé à la centrale, fit-il.

— On a fait le rapprochement, figure-toi. Mais s'il était l'auteur de ces messages, tu crois qu'il aurait été stupide au point de venir ici, sachant qu'on pense systématiquement à lui dès qu'une connerie est faite à Sagas ?

— Je ne le connais pas.

— Tu l'as connu, tu lui as collé aux basques, pire qu'un morpion. Ce mec a le QI d'une buse, il n'est pas du genre à faire des énigmes ni à lire des romans policiers. En revanche, peut-être que le type qui écrit ça veut nous orienter sur la piste Lecointre pour nous embrouiller, nous voir patauger. Ça fait partie de son jeu. À l'apparition de ces énigmes, on est d'ailleurs revenus vers Lecointre, on lui a posé deux, trois questions pour la forme. Mais ce n'est pas lui.

— Et la perquise ?

— Une nouvelle perquise chez Lecointre, tu veux dire ? Tu plaisantes ? Le juge Cassoret ne nous l'a pas accordée, il nous a même tapé sur les doigts. Encore une fois, il nous a sévèrement rappelé que le dossier Julie Moscato et cette affaire étaient distincts, et que nous ne disposions pas « d'indices graves et concordants de culpabilité » concernant Lecointre. Il est de ces magistrats qui ont un indéfectible attachement au respect des libertés, si tu vois ce que je veux dire.

— Pas d'indices graves et concordants de culpabilité… répéta Gabriel.

Il attrapa la main de Solenne et l'entraîna vers l'escalier.

— Coïncidence ou pas, Lecointre ne travaille pas à l'hôtel aujourd'hui. Donne-moi son adresse.

— Non, Gabriel. On ne devrait même pas être ici.

— Je l'obtiendrai par moi-même, ça va juste me faire perdre du temps. Alors donne-la-moi, que je file jeter un œil là-bas. Notre agresseur a dû avoir une peur bleue. Je verrai tout de suite si Lecointre est paniqué.

— Je ne sais pas, je…

— Quoi qu'il arrive, toi et moi, on ne s'est pas vus aujourd'hui. On n'est pas venus ici. Je te dépose chez toi. Tu n'auras pas de problèmes.

— Je me fiche des problèmes. C'est à toi que je pense. Je sais comment tu es, et…

— Ça ne pourra pas être pire.

Devant sa détermination, elle finit par lui expliquer que Lecointre habitait à quatre kilomètres des carrières, le long de la départementale, du côté d'Ornyax. Quand elle s'assit côté passager et le vit démarrer sur les chapeaux de roues, avec ce même visage de traqueur que douze ans auparavant, elle regretta de lui avoir révélé la vérité.

Un fauve était lâché dans l'arène. Tout cela ne pourrait que mal finir.

20

Sonnerie de téléphone. Puis on décrocha, enfin. Une respiration courte. Un « allô » fébrile.

— Maman ? C'est toi ?

Le brouillard s'était épaissi avec la tombée de la nuit. Gabriel se fiait aux indications GPS de son portable – la précision de ces engins se révélait stupéfiante. Au niveau des carrières de roches massives, il s'arrêta sur le bas-côté. Ses phares léchaient les silhouettes des tractopelles, des grues, des blocs arrachés au ventre de la Terre et empilés comme des bûches. La voix de sa mère le réchauffa. Elle voulut savoir où il était, s'il allait bien.

— Écoute, maman, je... je n'ai rien de grave rassure-toi, mais j'ai un léger problème de mémoire. J'ai oublié pas mal de choses, dont la raison de mon retour à Sagas. C'est de là-bas que je t'appelle.

— Sagas ? Un problème de mémoire ?

Gabriel se contenta de répéter les propos du neurologue concernant l'ictus amnésique : il raconta s'être réveillé la veille sans mémoire. Ce n'était pas grave, juste l'affaire de quelques jours, mais il avait besoin qu'elle l'aide à se souvenir. Sans transition, il embraya sur son état de santé à elle. Comme ci, comme ça. Elle avait atterri en résidence suite à des chutes répétées, dont une responsable d'une fracture de la hanche l'année précédente. Gabriel s'inquiéta pour elle, mais il ne dit rien.

— Je n'ai pas de tes nouvelles depuis des semaines, expliqua-t-elle. Tu ne réponds plus au téléphone. Attends…

Il l'entendit parler à quelqu'un. Une infirmière, peut-être. Il y eut un claquement de porte.

— La dernière fois que je t'ai vu, ça remonte à… je sais plus, deux, trois mois ? Tu es venu installer un coffre blindé au fond de mon placard. T'as vissé des trucs dans le sol et t'as coulé du béton pour pas qu'on puisse l'arracher. Puis le lendemain, tu as apporté des paquets que t'as mis dedans.

— C'était quoi, ces paquets ?

— Tu ne me l'as pas dit, et je ne peux pas ouvrir le coffre, je n'ai pas la clé. C'est du costaud, ce truc. Stark je sais pas quoi.

Gabriel manipula le lacet avec la clé qu'il portait autour du cou.

— Qu'est-ce que tu sais d'autre ? Est-ce que… je fréquente une femme ?

— Une femme ? Aucune idée, tu ne me dis plus rien de ta vie. Tu t'es certainement embringué dans une affaire pas très claire pour venir cacher des trucs chez moi. J'ai détesté comment t'avais changé ta tête, t'avais de si beaux cheveux. Tu m'as simplement confié que t'allais peut-être avoir enfin des réponses. Savoir ce qui était arrivé à ma petite-fille…

Gabriel sentit la chaleur dans son ventre. Il n'avait rien lâché. Il serra la clé dans son poing.

— T'as jamais arrêté de rechercher les propriétaires de la fameuse Ford grise, Gabriel. Pendant toutes ces années… La semaine, tu fais des boulots à droite, à gauche, parce qu'il faut bien gagner sa croûte. Les week-ends, certains soirs, depuis que t'as su que la voiture avait été volée sur le parking d'une zone commerciale en Belgique, tu pars là-bas, sur les routes, partout du côté de Bruxelles, dans les villes alentour. Tu dors à l'hôtel ou dans ta voiture, t'interroges les gens, tu récupères des enregistrements de caméras, tu montres des photos... Mon Dieu, t'as plus de vie...

Gabriel s'imaginait sillonnant les boutiques de la zone commerciale d'Ixelles, parcourant, une à une, toutes les rues, persuadé que le kidnappeur était du coin. Il observa la silhouette d'une pelleteuse, puis la route à l'assaut des ténèbres.

— Est-ce que l'identité de Mathilde Lourmel te dit quelque chose ? Je t'en ai parlé ? Une jeune femme de vingt ans, disparue en 2011.

— Rien du tout.

Il remit le contact.

— Merci, maman. J'ai la clé du coffre-fort avec moi. Je vais bientôt revenir.

Il échangea encore un peu avec elle, puis raccrocha. Chaque élément de son passé était une pièce de puzzle qui l'embrouillait plus qu'elle ne l'éclairait. Que contenait le coffre pour qu'il agisse de manière si radicale ? Pourquoi l'avoir caché chez sa mère et non dans son propre logement ?

Après dix kilomètres, il entra dans Ornyax. Un alignement de chalets au milieu des alpages, des lueurs à peine perceptibles dans les foyers. Il bifurqua vers le flanc de la montagne, se fia aux indications de la voix féminine de son téléphone pour progresser malgré la purée de pois. Des routes filaient à droite, à gauche, permettant l'accès à des habitations isolées. Gabriel tourna dans l'une d'entre elles et se gara quand le GPS indiqua que l'adresse se situait à deux cents mètres.

En sortant, le froid le saisit. Il sentait encore, au fond de sa gorge, la piqûre du gaz lacrymogène. Les palindromes l'intriguaient. Pourquoi avoir cité Noyon, ou Laval, et non Sagas, qui se lisait aussi dans les deux sens ? Pourquoi livrer ces mots si particuliers au compte-gouttes ?

Une pente plongeait vers une porte de garage fermée. Au-dessus se dressait le chalet en madriers, avec son escalier et son balcon en bois. Une parabole semblait le pointer d'un doigt accusateur.

Pas de lumière. Gabriel contourna la bâtisse par le jardin. Des tas de bûches, de planches, de matériel de jardinage s'entassaient contre les murs. Il chercha la présence de pots de peinture, approcha son nez de la baie vitrée sans la toucher. Noir absolu à l'intérieur. Il frappa, au cas où. Personne. Il tira la manche de son pull, essaya d'ouvrir les issues. Verrouillées. Il revint vers la baie arrière : un modèle basique ; il suffisait de forcer pour faire sauter le verrou et ouvrir.

Une minute plus tard, il était dans le salon.

21

Kidnapping… Séquestration… Meurtre… Les mots tournoyaient dans sa tête, à l'image des étourneaux.

Gabriel avait-il été sur le point de découvrir la vérité, après douze années de recherche ? Existait-il un lien entre Julie et une autre disparue du nom de Mathilde Lourmel ? Alors qu'il avançait à tâtons dans le salon d'Eddy Lecointre, il sentait une tension dans ses muscles, comme si son corps devinait ce que sa tête ignorait. Une série d'événements l'avait vraisemblablement mené ici, pareils à des petits cailloux blancs qu'il avait suivis.

Il n'avait pas pu refermer la baie vitrée à cause de l'encoche endommagée du verrou. L'air glacé s'engouffrait dans la maison. Il sursauta lorsque son téléphone émit une sonnerie stridente au milieu de ce silence. Le numéro de Paul. Il rejeta l'appel sur-le-champ. Il voyait une seule raison à ce que le gendarme le contacte : ce dernier avait reçu les résultats ADN du corps de la berge. La gorge serrée, en attendant l'arrivée du message sur sa boîte vocale, il explora le salon. Des slips, des chaussettes, étalés sur un étendoir en aluminium. Une bouteille de whisky posée sur la table basse, avec un verre vide. Une paire de charentaises rangée près de la porte d'entrée. L'intimité d'un homme seul, reclus, dont les journées se résumaient au ramassage des draps dans des chambres anonymes et au nettoyage des chiottes.

Il s'approcha du meuble de télé, l'ouvrit. Des DVD étaient en ordre, tranches visibles. Gabriel utilisa la luminosité de son écran pour lire. Films d'horreur, de guerre, policiers. Il tira sur quelques-uns d'entre eux, dévoilant une seconde rangée. Porno. De vieux classiques, mais aussi des longs-métrages plus exotiques, vu les couvertures : latex, femmes soumises, domination…

Il se redressa, chercha une bibliothèque ou la présence de livres, en vain. *Pas le genre à lire des romans policiers*, avait dit Solenne. Mais, comme pour les DVD, Lecointre pouvait cacher son jeu. Après avoir ouvert puis refermé des tiroirs, il s'engagea dans le hall, dénicha l'escalier descendant au sous-sol, l'œil rivé à son écran qui, enfin, lui signala l'arrivée d'un message. Il s'arrêta au bas des marches, prit une grande inspiration et consulta son répondeur.

« C'est Paul. Solenne Peltier m'a contacté. Je sais que vous êtes allés à l'usine hydroélectrique, je sais pour la nouvelle inscription et l'agression. Elle m'a aussi dit que tu comptais débarquer chez Lecointre, et que ce n'était pas juste pour lui dire bonjour. Elle a peur pour toi. Ne fais pas cette connerie, et rappelle-moi. »

Gabriel raccrocha, furieux contre Solenne. Il regarda autour de lui. Accroché au mur, un vélo de course, un tuyau d'arrosage, un taille-haie. Une tondeuse, une débroussailleuse en plein milieu du garage. Lecointre ne rentrait *a priori* pas son véhicule et utilisait plutôt ce lieu comme espace de stockage. Gabriel souleva une bâche posée sur un tas de bûches, remarqua des pots en fer de différentes tailles. De la lasure, du vernis, de la peinture blanche. Les pinceaux trempés dans du white-spirit ou de l'eau trouble, mais pas de rouge. Il arriva devant un établi fourni en outils, sur la gauche. Le plan de travail était couvert de poussière et de sciure, le sol également, sauf à proximité d'un meuble en fer à multiples tiroirs : il y avait de nombreuses traces de pas.

Un piétinement, pile à cet endroit.

Il attrapa une paire de gants de jardinage et les enfila, avant d'observer les poignées des tiroirs : celle du quatrième présentait le moins de poussière. Il le tira, approcha son téléphone pour mieux voir. Le visage de Julie lui apparut.

Gabriel récolta trois tracts imprimés une éternité plus tôt par son association. Il s'efforça de ne pas s'emballer. À l'époque, ces feuilles avaient probablement été distribuées dans toute la ville, déposées dans les commerces. Lecointre avait dû en prendre quelques-unes et finir par les remiser ici. Mais ça n'expliquait pas les empreintes de pas récentes. Pourquoi l'homme avait-il rouvert ce tiroir douze ans après la disparition de sa fille ?

Gabriel entendit soudain le ronronnement d'un moteur. Des rais de lumière blanche dansèrent dans l'infime espace entre la porte du garage et le sol. Craquement du frein à main, contact coupé. Lecointre allait monter l'escalier, passer par l'entrée de devant : Gabriel n'aurait pas le temps de s'éclipser par le salon, d'où il venait. Devait-il partir discrètement par le garage ? Lui tomber dessus pour le confronter aux tracts ?

Il cessa de respirer quand un bruit dans la serrure lui parvint, à cinq mètres de lui : Lecointre allait passer par le sous-sol. Il se rua dans le fond de la pièce, se faufila derrière le tas de bois et rabattit la bâche en urgence. L'ample voile de plastique le recouvrit, mais un accroc lui permettait d'observer.

Face à lui se déroula une ombre gigantesque. La lumière jaillit d'une veilleuse accrochée à l'établi. Lecointre avait la même dégaine qu'à l'hôtel, le dos voûté, la tête enfoncée entre ses larges épaules. Dans son blouson, il paraissait encore plus imposant. Gabriel songea à un ogre. L'homme verrouilla la porte en accordéon derrière lui et s'arrêta au niveau de l'armoire, visiblement tracassé. Il fixa le sol. Gabriel retint son souffle. Avait-il remarqué son passage dans la poussière ?

Lecointre ne sembla pas réagir, il lui tourna le dos pour se positionner en face de l'établi. Il ouvrit l'un des tiroirs de l'armoire en fer et s'immobilisa devant elle de longues secondes. Gabriel n'y voyait pas grand-chose, mais il était persuadé que le colosse tenait un tract dans la main. Il y eut un bruit de métal, puis Lecointre referma le tiroir, le rouvrit, referma, allant et venant dans la pièce comme s'il avait le cerveau détraqué. *Un malade*. Qu'est-ce qui le perturbait à ce point ? À quoi pensait-il ? Après cinq minutes de délire, il finit par éteindre la lumière et emprunta l'escalier, passant à un mètre à peine de la bâche. Puis le son d'une musique résonna à l'étage.

Gabriel sortit de sa cachette. Le propriétaire de cette baraque n'était pas clair. Était-ce la découverte du corps sur la berge qui provoquait de tels remous chez lui ? Gabriel se dirigea de nouveau vers l'armoire afin de comprendre cet étrange comportement. Il ramena délicatement le tiroir à lui. Un objet brilla à la lueur de son téléphone. Il l'attrapa de sa main gantée et crut qu'il allait défaillir.

Un petit livre était suspendu au bout d'une chaîne.

C'était le pendentif de Julie.

22

Moscato serra l'objet dans son poing.

La chaîne était cassée net. Des images lui arrivèrent, violentes. Il vit Lecointre, couché sur sa fille au bord de l'Arve, lui baissant sa culotte. Il l'imagina en train de la violer, lui écraser la trachée pour l'étrangler, la tuer de deux balles, puis lui arracher ce pendentif avant d'abandonner le cadavre dans la nuit glacée, au milieu de la tempête d'étourneaux. Il avait gardé le bijou comme un trophée. Chaque fois qu'il s'enfermait ici, dans son sous-sol, le monstre revivait ses actes.

Le feu prenait en Gabriel, de la poitrine aux joues. Lecointre était l'assassin de sa fille. Il reposa l'objet, regarda vers l'établi, s'empara d'un marteau. Il respira fort, fit deux pas en direction de l'escalier, observa la gueule noire des marches menant à l'étage. Et s'y élança, conscient que son intrusion risquait de finir dans un bain de sang : dans ce genre de situation, il ne se contrôlait plus…

Les sons de guitare sursaturés lui battaient aux tempes, les murs bourdonnaient, la lumière se faisait plus vive, au fur et à mesure de sa progression. Il poussa du bout de l'index la porte du hall d'entrée, s'engagea dans le couloir, le marteau brandi devant lui.

D'un coup, sur le seuil du salon, un raz-de-marée le propulsa contre la cloison. Le choc fit valser l'outil. Gabriel eut à peine le temps de comprendre : un poing l'avait frappé en pleine face. Le deuxième coup le toucha au sommet du front et ripa sur son crâne. Tête baissée, à moitié assommé, il fonça droit devant lui dans un cri, percutant son agresseur au thorax et le projetant au sol, sur le dos. Gabriel fut entraîné dans la chute, s'affala sur la poitrine du colosse, heurtant au passage le menton de Lecointre, qui hurla.

Gabriel cogna sans réfléchir, ses poings battant l'espace de façon désordonnée. Malgré tout, ils touchaient leur cible presque chaque fois. Il prenait autant qu'il donnait, mais la douleur lui passait au travers.

— Tu as tué ma fille ! Tu as tué ma fille ! Pourquoi ? Pourquoi !

Lecointre fléchissait sous les rafales. Ses dents s'étaient parées d'un film rouge lorsqu'il retroussa les lèvres.

— T'as… rien compris…

Gabriel vit le marteau, un mètre sur sa gauche. Il parvint à l'attraper alors que Lecointre se redressait sur les genoux et lui assenait un gros coup de coude derrière la nuque. Le reste ne fut que fracas et hurlements. Gabriel aperçut tout juste les parkas bleues, puis le rude visage de Paul, avant de se retrouver plaqué au sol. L'acier des Sig Sauer brillait au-dessus de sa tête. Menotté, il fut relevé avec douceur, puis collé au mur. Paul lui écrasait les épaules de ses deux mains.

— Putain ! À quoi tu joues ?

En retrait, Louise et deux autres gendarmes s'occupaient de Lecointre. Ils l'accompagnaient sur le canapé, le soutenant. Sans menottes. Des mots arrivaient aux oreilles de Gabriel. *Effraction. Cambrioleur. Bagarre.* Ils prenaient Lecointre pour la victime. Gabriel essuya un filet de sang en frottant sa bouche contre son blouson et tenta d'articuler, entre deux respirations :

— Faut… l'interpeller… C'est… lui qui… l'a tuée… Il… a tué Julie…

Paul se tourna vers ses collègues, qui lui signalèrent que la situation était sous contrôle. Louise inspectait la baie vitrée désignée par Lecointre. Main gantée, elle constatait l'état du fermoir. Le capitaine regarda Gabriel.

— Tu te rends compte de ta connerie ? Je t'avais dit de dégager ! Tu ne me laisses pas le choix, bordel. Je te colle en garde à vue pour violation de domicile.

— Je l'ai trouvé au sous-sol… Le pendentif… Le pendentif de Julie…

Paul fronça les sourcils, il connaissait ce regard croisé tant de fois par le passé. Il jeta un œil vers Lecointre. L'homme les observait sans rien dire, un mouchoir en papier sur les lèvres.

— Surveillez-les. Je vais vérifier quelque chose en bas.

Lecointre se leva brusquement.

— Surveillez-les ? C'est moi, la victime, c'est moi qui…

— Je vous conseille de la boucler, répliqua Paul. Laissez-nous faire notre boulot, OK ?

Il ramassa discrètement le marteau et le glissa dans la poche de son manteau. Puis s'engagea dans l'escalier. Du coude, il enfonça l'interrupteur. Par réflexe, il souleva la bâche bleue. Des images lui revinrent. Douze ans plus tôt, lors de la perquisition… Ils avaient fouillé cet endroit, avec Gabriel. Il se rappelait avoir cogné contre les parois, exploré le sol, à la recherche d'une trappe, d'une cache, la peur nouée au ventre. Mais ils n'avaient pas décelé le moindre indice.

À mesure qu'il s'approchait de l'établi, son rythme cardiaque s'accélérait. Il comprit, à ce moment, que Gabriel avait vu juste. Cet objet, brillant au-dessus de la poussière… Il posa le marteau dans un coin et saisit délicatement le bijou de sa main gantée.

— C'est pas vrai…

23

À son arrivée, Gabriel avait dû subir la prise des empreintes et le prélèvement de ses effets personnels, dont le lacet avec sa clé. On lui avait plaqué un écouvillon à l'intérieur de la joue, pour l'ADN, et un médecin l'avait ausculté, déshabillé en partie, sous l'œil attentif de Paul. Le praticien n'avait soupçonné aucune fracture ni décelé aucune blessure grave. La Mercedes, elle, avait été rapatriée sur le parking de la brigade. Un avocat commis d'office ne se pointerait pas avant le lendemain matin pour l'audition.

Depuis plus de trois heures, Gabriel ruminait entre les quatre murs de l'une des deux cellules de garde à vue. Comme dans l'ancien temps, une planche en bois en guise de banc ou de lit… Une porte métallique avec une trappe en Plexiglas, seul contact avec le monde extérieur… Et personne pour venir le renseigner. Combien de délinquants, de chauffards, de types bourrés avait-il lui-même enfermés dans ce trou ? Aujourd'hui, il se retrouvait du mauvais côté de la porte.

Il massa sa pommette gauche gonflée, encore sous le choc de sa découverte. Eddy Lecointre allait devoir justifier la présence du pendentif dans son sous-sol. Malgré les événements, Gabriel avait confiance en Paul et n'arrivait pas à lui en vouloir de l'avoir coffré : il lui avait sans doute évité le pire. Il était un excellent enquêteur, habile et pointilleux, il saurait faire craquer le colosse. Il ferait éclater la vérité.

Son ex-coéquipier vint déverrouiller la porte juste avant 22 heures. Ses traits étaient tirés, ses cheveux en pagaille. Deux pierres d'onyx brillaient au-dessus de lourdes poches, de part et d'autre d'un nez aiguisé comme une lame. Gabriel ne ressentait plus le choc de la première fois en le voyant. Il s'habituait à cet homme bouffé par l'âge, mais qui, au fond, avait dû demeurer le militaire acharné d'autrefois.

— Un tête-à-tête, toi et moi, sans avocat pour nous coller aux basques, comme deux anciens collègues qui, un jour, se sont respectés, ça te branche ?

Sans un mot, Gabriel le suivit. Ils remontèrent en silence au rez-de-chaussée. Les bureaux s'étaient vidés. Gabriel remarqua que l'un des néons du plafond était resté éteint. En d'autres circonstances, il aurait souri : le tube fluorescent était déjà défectueux dans ses souvenirs et faisait partie de ces petites choses qu'on ne réparait pas. Plus loin, dans la kitchenette, Louise patientait devant une bouilloire, tête baissée. Gabriel éprouvait une douleur profonde chaque fois qu'il l'apercevait : il s'attendait à voir surgir Julie à ses côtés.

— Où est Lecointre ? lança-t-il en arrivant au bureau de Paul.

Ce dernier lui demanda de s'asseoir. Gabriel nota la présence d'épais dossiers poussiéreux, à gauche de l'ordinateur. Ceux de l'affaire vraisemblablement ressortis du placard. Cette fois, le capitaine n'avait pas pris la peine d'ôter les photos du tableau blanc. Elles étaient alignées à la perfection, formant une espèce de damier impeccable. Gros plan du visage défoncé… Des hématomes sur les cuisses… Les tatouages… Vues plus larges, montrant le corps allongé sur les galets, un oiseau mort sur la jambe droite. Gabriel en était persuadé : Paul voulait qu'il les voie.

— Il est dehors.

Paul venait de s'installer face à lui. Il tendit une main autoritaire avant que Gabriel ait le temps d'ouvrir la bouche.

— C'était le deal pour qu'il ne porte pas plainte contre toi pour coups et blessures.

— Un… Un deal ? Tu deales avec cette ordure ?

— Reste ta violation de domicile sur laquelle on ne peut pas fermer les yeux, mais je parlerai au procureur. Ta perte de mémoire, le fait que tu n'étais plus tout à fait toi-même… Tu t'en sortiras avec un simple rappel à la loi. Évidemment, je ne ferai pas mention du marteau avec lequel tu comptais sans doute lui fracasser le genou. Lequel ? Le gauche ou le droit, cette fois ?

Gabriel évoluait forcément dans un cauchemar. Paul pointa le tableau du pouce.

— Les analyses ADN du cadavre de la berge nous sont revenues en début de soirée. Il ne s'agit pas de Julie. La victime n'est pas fichée et, à ce stade de l'enquête, on ignore toujours son identité…

Gabriel serra le poing contre ses lèvres. L'espoir était encore permis. Infime, pourtant bien là.

— Ça ne résout rien, mais sache que Corinne était soulagée, elle aussi, poursuivit Paul. Enfin une petite bouffée d'oxygène au milieu d'un nuage de souffrance, on va dire, parce que rien ne pourra plus vraiment l'apaiser. En tout cas, elle voulait que tu sois rapidement mis au courant. C'est chose faite.

Gabriel hocha doucement la tête.

— Merci.

— Ouais, ça en fait, des mercis, depuis ton retour, t'as pas l'impression ?

Du dos de la main, il chassa un peu de poussière d'un des dossiers.

— Les écouvillons d'ADN relevé sur le corps, maintenant... Là, c'est plus complexe. Le sperme prélevé dans le vagin n'a rien donné et appartient à un individu inconnu de nos fichiers. Autrement dit, et au cas où il subsisterait dans ta tête le moindre doute, Eddy Lecointre n'a rien à voir avec ce crime ignoble. Il n'a pas violé cette femme. D'ailleurs, quand tu lui es tombé dessus, il rentrait du cinéma, il avait encore son ticket sur lui. On vérifiera, mais s'il était là-bas, il ne pouvait pas être à la centrale hydroélectrique. On a quand même profité de ton intrusion pour fouiller chez lui, tu penses bien, c'était l'occasion. Évidemment, on n'a rien découvert, hormis quelques DVD porno. Rien de méchant.

Paul se retourna aux trois quarts.

— On a aussi décelé de l'ADN sous les ongles et sur les paumes de la victime. Elle s'est défendue comme elle a pu, elle a griffé son agresseur profondément puisqu'il y avait de la peau et du sang. Ce même ADN se retrouve au niveau d'une ecchymose entre les cuisses. Le hic, c'est que cet ADN, inconnu des fichiers lui aussi, ne correspond pas à celui du sperme.

Gabriel inclina la tête, pas certain de tout comprendre.

— Elle aurait eu affaire à deux individus ?

Paul secoua la tête.

— Dans le cas d'un viol, on aurait dû prélever le matériel génétique du violeur sur l'ecchymose. C'est lui qui emploie la force pour pénétrer sa proie. Enfin, logiquement. Une tierce personne l'aurait peut-être maintenue aux chevilles, à la limite, mais elle n'aurait pas laissé de traces à cet endroit-là, si proche de l'appareil génital. Et divers éléments que je ne t'exposerai pas ici me font rejeter l'hypothèse du double viol.

— Je dois t'avouer que j'ai du mal à saisir.

— Je commence à avoir une théorie là-dessus, que je garde pour moi pour le moment. En tout cas, les analyses se poursuivent, on verra la suite. Concernant les tirs d'arme à feu responsables de la mort, les retours d'Écully indiquent des balles de calibre 7,65 mm, moins répandu que le 9 mm, mais les balisticiens n'ont pas pu en tirer grand-chose.

Il décrocha une photo du visage en bouillie et l'observa.

— Pour l'instant, on en est au point mort sur l'identité de la victime. Malgré les articles de Chamarlaine dans le journal local et les émissions de radio du coin qui ont parlé de la découverte, personne n'a signalé la moindre disparition. Cette femme n'est probablement pas de la région.

— Et le pendentif ? lança Gabriel, recentrant la discussion sur ce qu'il considérait comme un indice majeur. Comment Lecointre pouvait posséder le bijou que ma fille portait le jour de son enlèvement ?

Paul posa le cliché devant lui.

— Ah, le pendentif… J'allais y venir. Je l'ai confié au labo en le rattachant à ta violation de domicile. J'ai notifié que cet objet se trouvait dans ta poche, tentative de vol, c'était le seul moyen d'obtenir une recherche d'ADN en bonne et due forme. Enfin, c'est un bidouillage interne, personne n'ira mettre le nez là-dedans… Si Julie a porté ce pendentif, on détectera peut-être son matériel génétique, même après des années, à condition qu'il n'ait pas été nettoyé. En tout cas, d'un point de vue purement objectif, rien n'indique actuellement que ce bijou est celui de ta fille.

— Toi, tu oses dire une chose pareille ?

Paul écrasa ses mains sur ses tempes, qu'il massa.

— On vit à l'époque de la preuve, Gabriel. Les aveux, les suppositions, toutes ces conneries d'approximations qu'on faisait avant, c'est terminé. Ta petite sauterie de ce soir a de quoi foutre en l'air n'importe quelle procédure judiciaire qu'on intenterait à l'encontre de Lecointre. Il pourrait par exemple affirmer que c'est toi qui es venu avec ce bijou et l'as déposé dans son tiroir pour l'incriminer. Ce genre de truc, tu vois ? Mais il n'est même pas allé jusque-là, parce que ce mec, il est brut de décoffrage. Tu veux que je te livre sa version sur l'origine de ce pendentif ?

— À ton avis ?

Paul tendit le cou. Louise venait de se rasseoir dans le bureau voisin. Il poussa un soupir.

— Je ne comprends pas pourquoi elle ne rentre pas se coucher, comme les autres. Regarde-la, avec sa tisane à la verveine ou je sais pas quoi… Elle a à peine vingt-neuf ans. Il y a trois mois, elle m'annonce qu'elle fréquente un type. Je me dis « Enfin ! », je suis content, et ce type, tu sais qui c'est ? Le fils Esquimet, le mec des pompes funèbres, celui qui traîne dans nos pattes à chaque suicide ou vieux qui trépasse. L'assistant officieux du légiste.

Paul alla baisser les persiennes.

— Putain… Elle a un attrait pour le morbide, ce n'est pas possible autrement. Je croyais qu'avec l'âge, elle et moi, on se rapprocherait un peu. Je ne sais pas… C'est comme si elle m'avait toujours reproché la mort de sa mère, de ne pas avoir fait le nécessaire. C'était une putain de sclérose en plaques, qu'est-ce que j'y pouvais ?

Gabriel ne trouva rien à répondre à cela. Paul eut alors un haussement d'épaules.

— Enfin bref, pour en revenir à nos moutons, Lecointre dit qu'il t'aurait croisé dans les couloirs de l'hôtel de la Falaise, hier matin, et que tu ne l'aurais pas reconnu. C'est vrai ?

Gabriel acquiesça, les sourcils froncés.

— Lui, il t'avait parfaitement reconnu, malgré… (Il agita une main vers sa chevelure.) Selon lui, tu semblais à l'ouest. Tu croyais avoir dormi dans la chambre 29, mais en fait, tu avais passé la nuit dans la 7, sous l'identité de notre fameux Walter Guffin.

— Où tu veux en venir ?

Il détesta le regard que Paul lui adressa à ce moment-là : celui du joueur de poker qui abat sa dernière carte et rafle la mise.

— Il raconte que c'est en nettoyant *ta* chambre, la 7, donc, qu'il a trouvé ce bijou.

24

Ne pas sombrer.

Gabriel avait l'impression qu'on le tabassait encore, mais à coups de mots, cette fois.

— Le pendentif, dans ma chambre ?

— Exactement. Il traînait sous le lit, avec sa chaîne cassée net. De la même façon que si on l'avait arraché du cou de quelqu'un. Comme ça (il mima le geste).

— Et tu as cru Lecointre ?

Le gendarme fit comme s'il n'avait rien entendu.

— Tu sais que… Enfin, un coin obscur de ta tête sait que Lecointre n'est pas une lumière. Selon lui, il a embarqué le bijou parce qu'il l'avait reconnu, et il voulait vérifier que c'était bien celui de, je cite, « la gamine qu'on n'a jamais retrouvée ». Il se rappelait avoir gardé des vieux tracts dans un tiroir, comme on conserve des articles de journaux inutiles. On en a tous dans nos caves, au fond de cageots en bois, sur des étagères, des trucs qu'on garde pour faire du feu. Bref, il a comparé, il a vu l'absolue ressemblance. Il dit avoir encore hésité à nous le rapporter avant que tu lui tombes dessus.

Gabriel se souvint de l'étrange comportement du type dans son sous-sol. Ses allées et venues vers le fameux tiroir de l'armoire en fer. Ceux d'un homme en proie au doute ?

Paul était désormais debout.

— Alors ? Que penses-tu de sa version ? demanda le gendarme.

— Elle est improbable.

— Moi, il me semble qu'elle tient plutôt la route, vu les circonstances.

— Si je te suis bien, j'aurais été en possession du pendentif que ma fille portait quand ces salopards l'ont emmenée dans leur véhicule il y a plus de douze ans ?

— Toi, ou la femme qui t'accompagnait à l'hôtel le soir de ton arrivée.

Après une bonne droite, l'uppercut. Paul n'avait pas chômé, il était allé fouiner partout et poser des questions, bien sûr... Il releva la tête pour affronter le gendarme qui le dominait, ses deux mains posées à plat sur le bureau.

— Pourquoi tu ne m'as pas parlé d'elle ? s'agaça Paul.

— Parce qu'elle pourrait être mère Teresa que je ne le saurais pas. Quand je me suis réveillé, rien ne m'indiquait la présence d'une seconde personne dans la chambre. Mais c'est peut-être elle qui m'a piqué mon portefeuille et mes papiers avant de prendre ses affaires, sa voiture, et de ficher le camp.

— Où ? Dans le Nord ? Vous seriez venus jusqu'à Sagas dans des voitures séparées pour qu'elle reparte quelques heures plus tard ?

Gabriel haussa les épaules avec l'impression qu'un lasso se resserrait autour de sa gorge. Paul avait raison : c'était sans queue ni tête. Le gendarme décrocha la photo en plan large du cadavre sur la berge et la balança devant lui.

— Ça t'a forcément traversé l'esprit, à toi aussi.

Gabriel prit le rectangle de papier glacé, le considéra dans l'espoir d'avoir un flash, d'apercevoir une infime lumière dans la nébuleuse de son cerveau. Mais rien n'en sortit. Il le repoussa.

— T'as mon ADN. Ça remplace toutes les réponses que je pourrais apporter. Mon escapade chez Lecointre et ma mise en garde à vue t'arrangent, finalement. L'avocat qui ne vient pas avant demain, tout ça... Bien joué !

Ils se jaugèrent en silence, puis Paul remit le cliché à sa place. Il l'ajusta de façon à aligner ses bords avec ceux des autres photos.

— Tu fais erreur, tu n'imagines pas à quel point la disparition de ta fille me ronge encore aujourd'hui. Ça a changé nos vies. Définitivement.

Il appuya sur le bouton d'une vieille cafetière électrique – le genre d'objet qu'on gardait durant toute une carrière – et resta immobile face au récipient en verre qui se remplissait doucement.

— La moindre fichue page de roman policier qu'on reçoit nous détruit un peu plus, Corinne et moi. On ne comprend pas ce que veut le corbeau. Qu'est-ce qu'Agatha Christie vient faire dans tout ça ? Pourquoi ce salopard fait-il une chose pareille ? Chaque jour que Dieu fait enfonce un peu plus ton ex-femme dans le remords, la colère. Elle ne s'en sortira pas tant qu'elle ne connaîtra pas la vérité, tu saisis ?

Il se tourna vers son ancien collègue.

— Une petite voix sinistre, au fond de moi, en était venue à espérer que ce cadavre au bord de l'Arve, ce soit ta fille. Au moins, on aurait su. Ç'aurait été dur, mais on aurait su.

Il soupira.

— T'étais sur quelque chose, Gabriel. La présence du pendentif le prouve... Et puis il y a ça, aussi...

Il extirpa de sa poche un sachet à scellés fermé, contenant un boîtier noir aimanté.

— J'ai demandé à deux de mes gars de jeter un œil à ta voiture après l'avoir ramenée ici. Ils ont trouvé cet engin, planqué sous le siège passager. Un traceur GPS.

— On me surveille ?

— Il semblerait. C'est un traceur standard, on n'a relevé aucune empreinte dessus : son propriétaire a été très prudent. Je ne sais pas où t'as fourré les pieds, mais on dirait que t'as réussi à remuer des choses là où il y a douze ans on s'est heurtés à un mur. Je dois avouer que tu m'impressionnes. Tu te pointes à la station hydroélectrique et tu manques de choper le corbeau. Tu débarques chez Lecointre et tu dégotes le pendentif…

Paul remplit deux gobelets du café bouillant qui avait fini de couler.

— Tu n'es pas un tueur, Gabriel. Tu peux faire du mal à quelqu'un, mais pas violer ni introduire une branche dans le vagin d'une femme avant de l'assassiner de deux balles dans la poitrine. La victime s'est d'ailleurs défendue et j'ai observé pendant que le médecin t'auscultait : tu n'as pas de marques de griffures sur le corps ni au visage. T'étais dans ta chambre lorsque les étourneaux sont tombés du ciel, c'est bien ça ?

— Oui. Je m'étais assoupi, je crois. Je me suis réveillé quand j'ai entendu des impacts. J'étais seul. Je suis sorti, j'ai vu les oiseaux. Il y avait d'autres personnes dehors, d'autres clients de l'hôtel qui pourront peut-être confirmer. Un type m'a parlé d'Apocalypse. Puis… Je ne sais plus, j'ai dû me rendormir.

Paul acquiesça, histoire d'appuyer les dires de Gabriel.

— Ton voisin a confirmé, en effet. Il est sorti en même temps que toi, à 2 h 10.

Gabriel éprouva un profond soulagement. Il vit Paul ajouter deux carrés de sucre dans l'un des gobelets. Avant, il le buvait noir.

— Pourtant, même si ce que tu racontes est vrai, je sais que t'as un lien avec tout ce merdier. La nuit porte conseil, dit-on, alors je vais réfléchir. Et si cette fichue nuit m'offre des réponses, de bonnes réponses, je me ferai une joie de te relâcher dans la nature.

Il écrasa son index sur le bureau.

— Je veux que le loup que t'as toujours été rassemble les indices enfoncés au fond de ton crâne de timbré. T'avais ce pendentif avec toi, bon sang ! Qu'est-ce que ça signifie ? T'avais retrouvé ta fille ou ses kidnappeurs ? Je veux que tu continues à traquer les responsables et que tu me donnes les infos. Toutes les infos pour que je puisse rouvrir ce dossier et en finir une bonne fois pour toutes. De tout mon cœur, c'est ça que je veux, et rien d'autre.

Pour la première fois, Gabriel eut la sensation que sa situation n'était pas totalement désespérée. Paul désigna le gobelet de café.

— Toujours noir ?

— Toujours aussi dégueu ?

Le capitaine esquissa un pâle sourire.

— Sans doute le café le plus dégueu de la région. Ça ne nous a pas empêchés d'en ingurgiter des litres. Et puis, on est toujours vivants.

Gabriel, soudain nostalgique de cette époque, but une gorgée. La chaleur dans sa gorge lui fit du bien.

— À l'heure qu'il est, l'écouvillon contenant ton ADN est entre les mains de nos techniciens. Je leur ai demandé de bosser cette nuit sur les prélèvements et sur le pendentif. Ils n'ont pas rechigné. Il faut dire que ce n'est pas tous les jours comme ça, à Sagas. En attendant qu'on y voie plus clair, je te garde au chaud. L'épicerie du coin reste ouverte jusqu'à minuit, je vais te rapporter un sandwich, un thon-mayo, si ma mémoire est bonne.

— Elle est bonne. Meilleure que la mienne, en tout cas.

— La mayo ne sera plus très fraîche à l'heure qu'il est, mais ça devrait aller… Toi, tu vas retourner te reposer en bas. Je sais, ce n'est pas confortable, mais tu connais la boutique : c'est la suite Deluxe, qu'on t'a donnée.

25

En pleine réflexion, assis derrière son ordinateur, Paul essayait de remettre les pièces du casse-tête Moscato à leur place. On approchait les 3 heures du matin et, depuis la découverte du corps, il n'avait pas beaucoup dormi. Il ne passait plus de bonnes nuits depuis des années, de toute façon.

Ses lunettes de lecture chaussées, il reparcourut les faits scrupuleusement notés sur une feuille, à la lueur d'une lampe. On entendait la tuyauterie craquer et l'eau circuler dans les radiateurs. Paul appréciait ce silence et l'espace réduit de son bureau. Ce cocon le protégeait du monde extérieur.

Il se concentra. Deux jours plus tôt, Gabriel était arrivé à l'hôtel de la Falaise. D'après le propriétaire ainsi que l'enregistrement informatique, son ex-collègue s'était présenté sous l'identité de Walter Guffin. Puis il était retourné sur le parking pour revenir accompagné de la mystérieuse inconnue. Romuald Tanchon n'avait pas été capable de la décrire. Vaguement blonde, une trentaine d'années – comme la victime de la berge –, mais restée en retrait, discrète, sans prononcer un seul mot. Elle n'avait apparemment pas l'air emballée d'être là. En même temps, on était à Sagas…

Moscato et elle étaient-ils ressortis après s'être installés dans la chambre ? Étaient-ils venus avec deux voitures ? Impossible de savoir pour le moment. Les deux gendarmes qui avaient ramené le véhicule de Gabriel avaient tenté de chercher des cheveux ou les témoins d'une présence féminine dans l'habitacle, et ils étaient tombés sur le traceur GPS.

Pourquoi avoir séjourné à l'hôtel de la Falaise ? Il existait d'autres établissements plus agréables dans les environs. Pas du haut de gamme, certes, mais préférables à ce vieux machin aux murs en crépi, avec pour paysage un parking d'un côté et un mur de calcaire de l'autre. Alors, pourquoi ? De surcroît, selon Tanchon, Gabriel avait expressément réclamé la chambre numéro 7. Celle-là, ou rien.

Une conclusion, simple, s'imposait : Gabriel Moscato avait remis les pieds à Sagas dans la peau d'un autre, avec une idée précise au fond de la cervelle. Une idée qui, selon toute vraisemblance et les propos du neurologue, lui avait fait perdre la tête.

Paul entoura une énième fois « Hôtel de la Falaise »... Là où, douze ans plus tôt, son ami s'était endormi en relevant les identités des clients présents aux alentours de la date de disparition de sa fille. Là où il avait déniché la fameuse Wanda Gershwitz.

Une alarme sembla résonner en lui, sans qu'il en saisisse l'origine. Alors il fouina dans les pages du dossier d'instruction où il était question de l'analyse des listes de clients des hôtels. Il n'avait pas remis le nez dans cette partie de l'affaire depuis des années, mais ses tripes se rappelaient l'excitation qu'il avait partagée avec Gabriel à l'époque lorsque, en scrutant ces listings, ils s'étaient rendu compte que Wanda Gershwitz n'existait pas. Une nouvelle piste s'était alors ouverte. Un nouvel espoir de retrouver Julie.

Il y était.

Wanda Gershwitz. A loué la chambre numéro 7 du 24 février au 8 mars, jour de la disparition de Julie. Règlement en liquide.

La chambre numéro 7. Paul avait l'impression de tenir la clé de la boîte de Pandore entre les mains. À ce moment-là, une autre évidence lui sauta aux yeux. Il ralluma vite son écran, et réafficha l'image de la fausse carte d'identité de Gabriel.

Walter Guffin.

Wanda Gershwitz.

Mêmes initiales. Le même hôtel, la même chambre. Et tous deux enregistrés sous des identités bidon.

Montée d'adrénaline. Il prit son téléphone portable et observa la photo du pendentif découvert chez Eddy Lecointre. La chaîne cassée… Une bagarre… Le bijou qui glisse sous le lit… Un film muet se déroulait devant lui en accéléré, au point qu'il prêta à peine attention à Louise qui se présentait à sa porte. Il se recula dans son siège, les deux mains à plat sur ses joues. Était-il possible que… ?

Il releva son regard vers sa fille.

— Qu'est-ce qu'il y a ?

— J'ai quelque chose, viens voir, répliqua-t-elle en agitant le bras.

Elle s'éloignait déjà.

— Louise, Louise, attends deux secondes. Je repensais à un truc. Tu saurais me répéter ce que tu m'as dit exactement sur cette histoire de chaussettes et de logique criminelle ?

Louise observa son père. Il avait regroupé un tas de photos de la scène de crime devant lui. Dans la pénombre de son bureau, il ressemblait à un lapin tapi au fond de son terrier. Ses yeux brillaient tels des feux de Bengale.

— Ah, parce que ça t'intéresse, maintenant, mon intuition style *Les Experts* ? Bon, selon moi, il devait y avoir une logique derrière le fait que l'assassin a fourré les chaussettes dans la bouche de sa victime *post mortem*. Que cette logique, c'était à nous de la décrypter. J'ai aussi dit que pour faire une chose pareille l'assassin n'avait pas dû paniquer, malgré la chute des oiseaux morts. Il fallait un sacré sang-froid.

Elle ressortit. Paul la suivit en laissant tout en plan, avec une idée de plus en plus précise en tête sur le déroulement des événements.

C'était vertigineux.

26

Sans tarder, Louise avait regagné sa place. La lumière blanche de l'écran se reflétait sur le film humide de ses yeux rougis de fatigue.

— Comment va Moscato ? s'enquit-elle.

— Il a le cul sur le banc d'une cellule de GAV et un cerveau qui a l'air de s'être pris un coup de .44 à bout portant. Comment tu crois qu'il va ?

Louise était trop crevée pour lui répondre qu'il pouvait se garder ses commentaires désagréables. Elle cliqua sur sa souris.

— Je voulais te montrer mes découvertes avant d'aller me coucher. J'ai fait des recherches concernant les tatouages de la victime.

— Ça pourrait peut-être att…

— Alors, pour le diable, rien d'original à dire, continua-t-elle en l'ignorant. Ange déchu, symbole du mal, connotation biblique, ce genre de délire. Il est parfaitement visible sur l'avant-bras. C'est plutôt un tatouage de mec. Elle voulait qu'on sache à qui on avait affaire au premier coup d'œil…

Paul reluqua sa fille discrètement, alors qu'elle affichait une photo en gros plan du second tatouage, dessiné sur le biceps gauche. Il se demanda si Louise avait déjà franchi un jour la porte d'une boutique de tatouage. Il l'imagina avec le dessin d'un serpent autour d'un crucifix sur une fesse, ou ailleurs. Elle avait eu sa période rebelle, à la fin de l'adolescence – une époque où elle et lui se hurlaient dessus à longueur de journée, sans dialogue possible.

— La matriochka, la fameuse poupée gigogne russe. Rien de particulier si tu regardes rapidement. C'est à la mode, tout le monde en fait et ça ne veut pas dire que tu as un lien avec la Russie. En observant de plus près, tu remarqueras ici, glissé dans le motif, le dessin d'un tout petit pistolet. Et là, dans l'un des pétales de fleur, une tête de mort.

Paul distingua en effet ces détails qui, le concernant, ne signifiaient pas grand-chose. Sa fille fit apparaître le dernier tatouage, qui occupait une bonne partie du dos.

— Celui-là est le plus impressionnant, fit-elle. Un cow-boy avec ses deux revolvers, dont l'un pointé vers nous. Invisible quand elle est habillée, mais imposant et donc important pour elle. Les tatouages ont toujours un sens pour leur propriétaire, ils…

— Épargne-moi la leçon, va à l'essentiel. Il est 3 heures du mat.

Louise poussa un soupir.

— Si tu me laisses finir… Au départ, je ne savais pas trop où chercher. Mais la matriochka m'a incitée à fouiner du côté de la symbolique russe…

Elle afficha la photo d'un type, torse nu, muscles noueux, que Paul n'aurait pas aimé croiser dans un couloir. Il était recouvert de tatouages, avec une toile d'araignée en plein visage. Elle pointa un cow-boy ressemblant à celui de leur cadavre sur son pectoral droit.

— Ces tatouages sont typiques des membres de la Bratva, souffla-t-elle. La mafia russe.

Le capitaine sentit un courant glacé lui parcourir l'échine. Il y avait quelque chose d'étrange, d'improbable à prononcer ces mots en pleine nuit, dans le bureau anonyme d'une brigade de montagne paumée en pleine Savoie. Louise avait fait mouche et en éprouva une certaine fierté.

— La Bratva est une pieuvre gigantesque composée de plusieurs milliers de groupes criminels répartis dans toute l'Europe. Elle s'attaque à toutes les branches qui permettent de générer de l'argent sale. Tra...

— Je connais. Trafic de drogue, d'armes, traite des êtres humains, assassinats, enlèvements, cybercriminalité... Des groupes qui fonctionnent souvent en autonomie, trois, quatre individus, noyés dans une population, en Russie ou à l'étranger. Impossibles à repérer...

Paul était carrément penché au-dessus de sa fille, comme s'il allait l'engloutir. Ses neurones tournaient à plein régime. L'hypothèse, née dans sa tête, quelques minutes plus tôt, se confirmait.

— Que représente le cow-boy ?

— Il indique que le membre se dit prêt à prendre des risques contre finance. Une petite main qui va au front, si tu veux.

— Une mercenaire.

Louise s'enfonça dans son fauteuil, effectua un mouvement latéral de la tête pour chasser les nœuds dans les muscles de son cou. Puis elle rassembla les pelures de pomme éparpillées sur son bureau et les glissa dans un sachet plastique. Sûrement pour les poules du voisin logé derrière les appartements des gendarmes.

— Que ficherait un membre de la mafia russe ici, à Sagas ? On a eu pas mal de cambriolages, ces derniers temps, mais c'est plutôt le fonds de commerce d'autres pays de l'Est.

Le téléphone de Paul sonna. Il répondit. Levant la tête vers la fenêtre, il remarqua le bout rougeoyant d'une cigarette dans le noir. Le technicien de laboratoire lui adressa un signe. Paul lui renvoya son salut, signala qu'il arrivait et raccrocha.

— Qu'est-ce qu'il voulait ? demanda Louise en remontant la fermeture Éclair de sa parka.

— C'est au sujet du pendentif, je m'en occupe. Va rejoindre ton homme et passe une bonne fin de nuit. La journée risque d'être longue, demain.

Elle resta devant l'écran de son ordinateur et bâilla généreusement. Son père constata alors, avec cet éclairage et les cernes sombres qui la vieillissaient de quelques années, qu'elle était le portrait craché de sa mère.

27

Téméraire, Gabriel descend des marches si profondément enfoncées sous la terre qu'il n'en voit pas le bout. La flamme d'un briquet noir gravé d'une tête de loup l'entoure d'une fragile bulle d'ambre, si insignifiante qu'il a l'impression d'être un plongeur silencieux dans les abysses de l'océan. La lueur dévoile des parois de roche luisante comme des veines de charbon.

Gabriel tourne sur lui-même, halluciné. Il se passe quelque chose d'incroyable : il sait qu'il est en train de rêver. Il est parfaitement conscient qu'en ce moment même il est couché sur le banc de la cellule de garde à vue de la gendarmerie de Sagas. Il s'entend même respirer. Il n'a jamais vécu une expérience pareille. Il se dit que ce n'est pas possible. Tout est trop vrai autour de lui. Alors, il glisse sa main gauche à travers la flamme qui ne vacille pas. Il ne ressent pas la moindre douleur.

Il rêve bel et bien.

Gabriel ignore la raison de sa présence dans les ténèbres et ce qu'il est censé faire. Ça a sans doute un rapport avec son cerveau détraqué et son problème de mémoire. Un bug dans le système. Subjugué par la capacité de son subconscient à reproduire les détails, les sensations – il reconnaît le briquet de la boîte à gants de la Mercedes, il sent la moiteur du lieu s'écraser sur son visage –, il décide de poursuivre sa route.

L'espace entre les parois se resserre, les marches deviennent de plus en plus étroites et hautes, l'obligeant maintenant à sauter à chaque pas. Son esprit réussit à imiter le claquement de ses semelles sur le sol. Il pense C'est dingue, *et il sait qu'il le pense en dehors de son rêve, il le pense en ce moment même sur son banc et, lorsqu'il rouvrira les yeux, il se souviendra de tout. Il le sait parce qu'il le vit, là, maintenant, de façon claire et lucide.*

Il doit en profiter. Cette expérience est peut-être un moyen de contourner le mur de l'amnésie, d'aller voir de l'autre côté sans se faire repérer par les gardiens invisibles qui, durant l'éveil, combattent toute forme d'intrusion. Les gardiens sont peut-être endormis.

Enfin, il arrive sur une surface plane, uniforme, pareille à du sable noir. Une voûte sombre s'étire et des racines d'arbre crèvent le plafond et pendent, piégées dans les aspérités de la roche humide. Ces mains organiques cherchent à lui agripper les cheveux. À n'en pas douter, Gabriel évolue sous une forêt.

Des éclats ressemblant à de l'ivoire luisent sur les murs. Gabriel tend son briquet pour se rendre compte qu'il s'agit d'ossements brisés. Des morceaux de tibia, de fémur, de crâne, fichés dans la roche par une force surhumaine. Il est conscient qu'ici, rien n'a de prise sur lui, et pourtant, il sent la peur l'étreindre. Sa respiration s'est un peu accélérée dans sa poitrine de dormeur, mais il tente de garder son calme. Il ne veut surtout pas que les gardiens de l'inconscient le chassent de leur territoire. Il veut explorer le bout du tunnel et se répète : Tu ne risques rien, tu ne risques rien…

Des bruits indistincts lui parviennent du fond obscur, loin devant. On dirait de timides miaulements et, plus il se rapproche, plus il perçoit des intonations humaines. Les miaulements se transforment en gémissements aigus, lents, désespérés.

Ils ne peuvent sortir que de bouches féminines, ou d'enfants. À sa gauche, les éclats d'os ont été remplacés par des cadres vides, sans toile, sans motifs, juste quatre morceaux de bois disposés en rectangle et plaqués contre la roche il ignore comment. Il a une pensée stupide à cet instant : Dans un rêve, les clous ne sont pas nécessaires.

Les voix l'appellent, à présent. Des chants de sirène dangereux, lancinants, qui répètent son prénom en traînant sur la dernière voyelle. Gabrieeeeeeeeeel... Gabrieeeeeeeeeel... Il y a deux tonalités différentes et il en a maintenant la certitude : l'une des voix est celle de sa fille. Il ne l'a pourtant pas entendue depuis plus de douze ans. Mais elle est là. Elle l'appelle.

Gabriel se met à courir. Il éprouve à la fois un puissant sentiment de liberté, mais aussi d'oppression. Rien ne le force à aller vers la niche d'encre d'où proviennent les voix, pourtant il s'y précipite. Il veut savoir ce que son amnésie lui cache. Tout est d'un réalisme sidérant. Va-t-il revoir Julie ? Va-t-il pouvoir la serrer contre lui ?

Son cœur – son vrai cœur – accélère encore. Gabriel en perçoit chaque pulsation, le sang tape à ses tempes et il angoisse à l'idée que le rêve puisse subitement s'interrompre. Il est incapable de dire depuis combien de temps il évolue là-dessous, les secondes semblent se distordre. Vingt secondes, une minute, dix ? Il se baisse pour franchir un boyau et se retrouve soudain face à un grand miroir circulaire qui obstrue la bouche du tunnel. En approchant sa flamme, la surface d'argent lui renvoie les reflets de Julie et d'une jeune femme inconnue.

L'émotion le submerge. De l'autre côté du miroir, Julie tend la main, elle est juste là, à quelques millimètres de celle de Gabriel, mais inaccessible. Bien qu'elle porte encore sa tenue de sport, sa fille a vieilli, ses cheveux juste ondulés tombent sur ses épaules, ses mâchoires sont plus carrées et soutiennent un visage dont les traits se sont durcis. Ses mains sont noires de saleté. Elle le supplie de l'aider, de l'arracher à sa prison.

Ses cris désespérés heurtent Gabriel de plein fouet. Encore une fois, il sait qu'il rêve. Tout s'évaporera dès qu'il rouvrira les yeux. Dans le monde réel, Julie ne sera pas à ses côtés. Mais il refuse de rester là, à ne rien faire.

— C'est toi qui dois m'aider, murmure-t-il, comme si on l'écoutait. Aide-moi à te retrouver. Où es-tu ? Qui t'a enfermée ?

Elle plaque sa main contre le miroir, la retire, y laisse une empreinte pourpre : du sang se met à couler du côté de Gabriel, qui peut le toucher. L'autre fille, jusque-là roulée en boule, déploie sa silhouette – elle est uniquement vêtue d'une longue veste de survêtement qui lui descend jusqu'aux genoux – et tire Julie vers l'arrière.

— Laisse-la ! grogne Gabriel. Julie, non ! Reste avec moi ! Dis-moi qui t'a fait ça !

Julie ne semble plus l'entendre. Elle lui tourne le dos, entraînée par l'autre fille. Les reflets s'éloignent, prisonniers d'une surface d'à peine quelques millimètres d'épaisseur. Gabriel hurle, il veut étreindre son enfant, sentir l'odeur de sa peau, la chaleur de son corps, il veut l'emmener et l'arracher à ce cauchemar. Il se jette sur le miroir et, contre toute attente, c'est comme s'il traversait la matière. Emporté par son propre poids, il se sent basculer dans un gouffre.

La chute l'avale.

Gabriel se redressa d'un coup, en apnée. Son épiglotte libéra enfin le passage, et il reprit son souffle.

Il regarda la paume de sa main – celle qui avait touché le sang de Julie. Il venait de vivre l'expérience la plus incroyable de toute sa vie. Un rêve dont il avait eu pleinement conscience, dont il se souvenait à la perfection. Il se frotta les paupières, se précipita vers la porte et appela Paul de toutes ses forces.

Une porte claqua au loin. Louise se présenta derrière la trappe, engoncée dans son blouson.

— Mon père vient de partir. Que se passe-t-il ?

— J'ai juste un service à te demander. Tu as ton téléphone sur toi ?

— Oui, mais il est hors de question que tu passes un coup de fil. Tu es...

— Avec ton portable, tu as accès à Internet, c'est bien ça ?

Louise hocha la tête. Elle ne voyait pas bien où il voulait en venir.

— J'ai besoin que tu fasses une recherche.

Devant lui, deux topazes brillaient.

— Très bien. Sur quoi ?

— « Mathilde Lourmel ». L'identité m'est revenue pendant que je dormais. Si tu as un visage, j'aimerais le voir.

Elle s'exécuta, fronça les sourcils.

— Il y a pas mal d'articles de journaux. Attends deux secondes... C'est une fille qui a disparu... En 2011, il semblerait... Pourquoi tu t'intéresses à elle ?

— Je te l'ai dit, j'ai rêvé d'elle. Je n'en sais pas plus.

Elle le regarda avec méfiance, puis fit d'autres recherches. Elle lui montra finalement son écran.

Gabriel n'en croyait pas ses yeux : c'était exactement elle, la deuxième fille prisonnière du miroir. Il balbutia un remerciement et retourna s'asseoir, abasourdi. Son rêve n'avait pas été qu'une invention de son esprit. Non, son cerveau avait régurgité un morceau de souvenir bien réel.

Gabriel en était persuadé : dans la vraie vie, il avait eu ces visages en face de lui, il avait presque pu les toucher. Celui d'une Julie plus vieille – quatre, cinq ans, peut-être davantage. Ça expliquait, en partie, les demandes de profils ADN à Solenne Peltier. Peut-être avait-il réussi à récupérer un peu de leur matériel biologique dans une cave quelconque ? Mais quand ? Au moment où il s'était rapproché de sa collègue et amie, c'est-à-dire seulement trois mois plus tôt ?

Adossé au mur de sa cellule, il se prit la tête entre les mains. Il voyait encore ce sinistre décor, les ossements piégés dans les murs, les racines d'arbre crevant le plafond. L'antre d'un malade. Un prince des ténèbres qui ne s'en était peut-être pas pris à une seule fille…

Il se concentra du mieux qu'il put. Mais, même en creusant au plus profond de lui-même, il n'y avait plus rien, hormis l'ignoble graine du doute que le rêve avait plantée sous son crâne.

Julie et Mathilde étaient-elles encore vivantes aujourd'hui, enfermées dans un lieu sordide dont il avait été incapable de les extraire ?

28

— Voilà pour vous. Je me suis dit que ça ne pourrait pas faire de mal aux vaillants travailleurs de la nuit, surtout par ce froid de canard.

Paul venait de rejoindre le technicien à l'extérieur avec deux gobelets de café fumants. Il enchaînait les injections de caféine pour tenir le coup. La journée de la veille et la nuit lui paraissaient sans fin.

Cédric Daméus écrasa sa cigarette puis il but une gorgée du sombre breuvage en grimaçant. Paul songeait à Morgan Freeman chaque fois qu'il le croisait. Le technicien était le seul Noir de la brigade, et ses enfants, d'ailleurs, les seuls Noirs de l'école primaire Suzanne-Blin de Sagas, tout comme sa femme était la seule Noire de l'hôpital où elle exerçait le métier d'aide-soignante. Cédric jeta son gobelet à moitié plein à la poubelle et emmena Paul dans le bâtiment.

C'était loin d'être une prouesse architecturale, mais c'était fonctionnel. Un couloir avec du linoléum beige ouvrait sur deux salles et trois laboratoires d'analyse, dont celui de l'ADN accessible par un sas d'habillage. En passant devant cet espace confiné, le gendarme remarqua le pantalon et la culotte de la victime, suspendus et en partie découpés dans une grande boîte transparente.

Sur leurs paillasses, les amplificateurs d'ADN et les thermocycleurs tournaient à plein régime.

— Je ne vous en ai pas parlé au téléphone, mais on a découvert du sperme en quantité dans la culotte. Même origine que celui récolté dans le vagin et au bord des cuisses par écouvillonnage.

Paul s'arrêta devant la vitre, en pleine réflexion.

— Comme si la victime avait renfilé sa culotte après un rapport sexuel ?

— C'est probablement ce qui s'est passé, oui.

Ils se remirent en route. Cette nouvelle analyse était incohérente avec l'hypothèse d'un viol sur la berge suivi des coups de feu. La culotte, retrouvée au niveau des genoux de la victime, n'aurait pas pu être imprégnée de sperme, sauf si le violeur l'avait remontée puis rabaissée après l'acte, ce qui n'avait aucun sens. Paul pensait de plus en plus que le rapport sexuel avait eu lieu bien avant le meurtre sauvage. Que les deux actes étaient indépendants.

— Je vous donnerai sans doute demain, enfin, tout à l'heure, quoi, les profils ADN des personnes qui ont été en contact avec le pendentif, dit Daméus. Je me suis basé seulement sur les dépôts de matière organique qui noircissent le bijou.

— Et la prise d'ADN par écouvillon de Gabriel Moscato ?

— C'est dans les machines. À faire passer avant tout le reste, avez-vous dit, ça ressortira donc au lever du soleil. Que lui arrive-t-il, à Moscato ? Je venais d'intégrer l'équipe quand il a quitté la gendarmerie, je ne l'ai pas vraiment connu et j'ai su que… Enfin, pour votre jambe…

— C'est compliqué, trancha Paul.

Daméus n'insista pas. Ils bifurquèrent dans une salle où s'accumulaient, dans des armoires métalliques, des piles de grosses enveloppes fermées – elles contenaient des scellés à analyser venus de toute la circonscription, comme des bris de verre issus de cambriolages. On croisait également du matériel du type éprouvettes, des kits de combinaisons emballées, des rouleaux de sacs-poubelles… Sur une table reposait un ensemble de mâchoires et d'ossements d'origine animale – une affaire d'empoisonnement de chats et de chiens qui traînait depuis des lustres – et, à l'autre extrémité, sur un carré de gaze blanche, le bijou qui les intéressait.

Paul piocha une paire de gants en latex dans une boîte à proximité.

— Ce n'est pas la peine, annonça Daméus. Comme je vous l'ai dit, j'ai déjà récupéré le matériel génétique nécessaire. Le pendentif est de nouveau à votre disposition.

Daméus le souleva par la chaîne et le glissa dans les mains de Paul. Le livre mesurait environ trois centimètres de haut sur deux de large, avec une épaisseur d'un centimètre. Le technicien tendit une loupe.

— Ce bijou est incroyable. Niveau matériau, rien de précieux – chaîne en argent, laiton et étain pour le livre –, mais c'est dans sa conception même qu'il puise son originalité. C'est par pur hasard, en le passant à la loupe, que j'ai détecté un détail dans l'un des motifs circulaires au niveau de la reliure du livre. Jetez-y un œil.

Paul s'exécuta. Malgré la lentille grossissante, il ne remarqua rien d'anormal et secoua la tête. Le technicien s'empara d'un critérium et, avec la pointe en métal, appuya sur le motif qui, une fois enfoncé, resta dans cette position.

— Un mécanisme ? s'étonna Paul.

— Je ne sais pas si vous connaissez le principe des boîtes secrètes japonaises. Ce sont des boîtes en belle marqueterie, qu'on ouvre par une série de manipulations complexes et secrètes. Pousser à un endroit particulier, tirer à un autre. Elles permettent de dissimuler des objets. Les boîtes les plus abouties peuvent demander jusqu'à plus de soixante-dix mouvements à exécuter dans un ordre précis pour en venir à bout. Ce n'est pas juste la représentation d'un livre que vous voyez là, mais un ingénieux système qui s'inspire de ces boîtes japonaises.

— Et vous avez pu l'ouvrir ?

Daméus acquiesça avec un sourire.

— Quand j'étais gamin, je passais mes journées à parcourir les brocantes pour dénicher des casse-tête. Et ce bijou n'est tout de même pas aussi compliqué à percer à jour que ce qu'il paraît. Enfin… à partir du moment où vous savez qu'il y a quelque chose à chercher. Quatre mouvements suffisent.

Il retourna le pendentif, poussa un relief sur la couverture, en tira un autre, et enfonça un dernier bouton minuscule, toujours avec son critérium, à l'arrière du livre.

— De la belle ouvrage, souligna-t-il, d'une précision incroyable vu la petite taille du livre. Il faudrait réussir à le démonter pour voir comment le mécanisme fonctionne, mais on dirait que c'est impossible sans le détruire. Ce n'est pas le genre de chose qu'on achète dans le commerce. C'est un objet rare, coûteux à mon avis, que seul un passionné pouvait détenir. Mon fils dirait : « Un truc de pirate. » Pour la démonstration, j'ai laissé l'objet qu'il contenait à sa place.

— Quel objet ?

— Je ne vais pas gâcher l'effet de surprise…

Où Julie avait-elle pu se procurer un tel bijou ? Pourquoi avait-elle menti quant à son origine ? Paul était aussi fasciné qu'impatient. Il avait l'impression d'attendre la révélation finale d'un film d'Hitchcock, ce pendentif étant le fameux MacGuffin du film *Les Horribles Aventures sanglantes de Julie Moscato*.

Il y eut un nouveau déclic. La couverture s'écarta à peine. Daméus révéla la présence d'un espace caché. Entre le pouce et l'index, il saisit ce que Julie y avait vraisemblablement dissimulé douze ans plus tôt, et que personne n'avait découvert avant cette nuit-là.

Une carte mémoire.

29

Impossible. Ça bougeait. Ça bougeait enfin, putain… Les doigts de Paul tremblaient si fort – le café, l'excitation – qu'il éprouva toutes les peines du monde à insérer la carte micro SD dans son adaptateur. Quand il y parvint enfin, il brancha l'appareil à son ordinateur. Paul s'était enfermé dans son bureau et avait baissé les stores. Hormis le gendarme de permanence à l'accueil, il était seul dans les locaux.

Il détenait, selon toute vraisemblance, la carte mémoire de la caméra numérique de Julie Moscato, celle qu'ils n'avaient pas retrouvée, et pour cause ! Daméus avait précisé ne pas avoir tenté de lire son contenu, de peur de l'endommager.

Une fenêtre s'afficha sur l'écran. La carte contenait deux vidéos, l'une datant du 13 septembre 2007, l'autre du 4 février 2008, soit un mois avant la disparition. Paul copia aussitôt les fichiers sur son disque dur, terrorisé à l'idée de perdre les données. Il ne respira plus le temps que la barre de progression atteigne cent pour cent. Le transfert sembla se faire sans anomalie.

Il déglutit, puis lança la vidéo de septembre 2007. Depuis douze ans, la carte reposait dans le bijou, et un tas de raisons auraient pu causer un dysfonctionnement.

Pourtant, une aube lumineuse dansa sur le visage de Paul quand le film en couleurs se mit à défiler devant ses yeux.

La caméra avait été posée sur la selle d'un vélo. On devinait, légèrement flou, un morceau de guidon sur la gauche. *Son VTT*, songea Paul. Le temps était clair, et des pins sylvestres striaient le champ de vision. Une forêt. Le bruissement du vent dans les branches. Le cri d'un oiseau. La caméra bougea encore avant que Julie n'apparaisse, son sac à dos dans la main. Le cœur de Paul se serra. Il imagina l'émotion de Gabriel s'il revoyait si abruptement sa fille.

Julie portait un cuissard, des baskets fluos et un haut de cycliste en Nylon bleu. Elle déplia une minipelle de camping et creusa un trou d'une quarantaine de centimètres de profondeur. De son sac, elle sortit une boîte – un genre de petit coffre en fer – qu'elle abandonna à la terre. Puis elle décrocha le pendentif de son cou – ce même pendentif posé à côté du clavier. Agenouillée, elle se pencha sur le trou, la chaîne suspendue au bout de ses doigts. Elle pleurait. Paul percevait ses sanglots par à-coups, de petits cris d'animal.

Mais lâcher le bijou sembla trop dur pour elle. Elle le remit autour de son cou avant de reboucher le trou contenant la boîte, de tasser correctement la terre et de répartir les aiguilles de pin au-dessus.

Sur l'arbre au pied duquel elle se trouvait, elle gratta l'écorce avec la pointe d'un couteau suisse, jusqu'à le marquer d'une croix bien visible. Puis elle revint vers la caméra et fit un panoramique. Des arbres, encore des arbres, à perte de vue. Un sentier, plus loin, en pente. Une succession de gros rochers, dont l'un en forme de menhir devait faire deux mètres de haut. Elle zooma sur ces rochers, puis refit un panoramique en direction de l'endroit où elle avait creusé. Elle mémorisait le chemin.

Fin du film.

Le gendarme resta immobile devant son écran. Voilà plus de treize ans, une adolescente visiblement en détresse enterre une boîte en fer. Elle est sur le point d'y ajouter un pendentif, mais décide de le garder et d'y dissimuler le film lui permettant de retrouver sa cachette.

Qu'as-tu confié à la forêt, Julie ?

Peut-être la jeune fille avait-elle voulu se débarrasser d'affaires, sans y arriver vraiment. Alors elle s'était assurée de pouvoir les récupérer un jour. Au cas où. *Au cas où quoi ?*

Il enchaîna sur le second film, celui du 4 février 2008. L'heure, en bas à droite, indiquait 23 h 55. Changement d'ambiance. La pluie, les ténèbres. Une image qui tressaute, la caméra qui tangue. Quelqu'un tenait l'appareil à l'extérieur, sans le son. Des fines gouttes troublaient l'image. Un chiffon s'approcha de l'objectif, provoqua un noir, et l'image fut ensuite plus nette. La caméra était orientée vers une vitre d'où émanait une lumière malgré des rideaux tirés. Tout était trop près, trop sombre pour que Paul reconnaisse des détails.

Au bout d'une minute, l'un des rideaux s'écarta et libéra une bande de clarté. L'individu qui tenait la caméra avait alors sursauté.

Paul fronça les sourcils. L'objectif s'immisça dans l'ouverture entre les rideaux, opéra un léger balayage jusqu'à se focaliser sur un dos nu. L'eau perlait sur la fenêtre, mais n'empêchait pas de discerner de longs cheveux d'un blond platine qui ruisselaient jusqu'au bas des reins de la fille. Elle était assise sur un lit, à califourchon au-dessus d'une silhouette impossible à distinguer, à cause de la position et de l'angle de vue. Mais c'était celle d'un homme. Le faible éclairage orangé devait provenir d'une lampe de chevet.

Le dos se cambrait, les cheveux dansaient, le corps – une fille très jeune, à l'évidence – décrivait des arabesques brûlantes. La main droite de l'homme s'agrippait aux draps. Dans un mouvement brusque, la chevelure platine sembla se détacher du crâne et glisser vers l'arrière. La fille la rattrapa de justesse pour la remettre en place. Une perruque.

Soudain, deux reflets blancs illuminèrent la vitre. Il n'y eut plus que le sol dans le champ. Le cameraman se déplaçait à vive allure sur du gravier. Se baissa et s'arrêta. En biais, on apercevait des roues de voiture. Les lueurs blanches finirent par disparaître. Au bout d'une minute, l'appareil se redressa et filma droit devant. Paul eut la respiration coupée quand il découvrit le plan général des lieux.

Ça se déroulait à l'hôtel de la Falaise. Depuis l'une de ses chambres au rez-de-chaussée donnant sur le parking.

Les doigts du gendarme se crispaient sur la souris. La personne qui enregistrait avait dû être surprise par l'arrivée d'un client, avant de reprendre sa position contre la fenêtre. De l'autre côté de la vitre, les deux individus faisaient l'amour. La pluie, l'hôtel miteux, le voyeurisme par la fente entre deux rideaux, tout cela était épouvantable. Paul se sentait mal mais n'en perdit pas une miette. Derrière cet enregistrement se cachait peut-être une partie d'une énigme datant de douze ans.

Une dizaine de minutes plus tard, la jeune femme au dos luisant se leva et sortit du cadre. Le gendarme avait le nez collé à l'écran. Il remarqua qu'elle faisait attention à ne pas être vue de face. S'agissait-il de la fameuse Wanda Gershwitz ? À moins que ce ne soit Julie ? Cet homme lui avait-il offert le pendentif ? Ou alors, était-ce Julie qui tenait la caméra ? Une fraction de seconde, il pensa que Louise pouvait se trouver derrière l'objectif. Il rejeta cette idée ignoble.

Une lumière plus vive jaillit alors dans la pièce. L'homme appuya ses mains derrière lui sur le matelas, le front en sueur. Un vaste sourire sur sa face rougeaude. Il y eut un zoom sur lui, deux, trois secondes, avant la fin du film.

Paul resta abasourdi quand son écran fut redevenu noir.

Cet homme, c'était le propriétaire de l'hôtel.

C'était Romuald Tanchon.

30

Véhicule à l'arrêt, phares éteints.

Le capitaine de gendarmerie s'était garé au fond du parking de l'hôtel, au pied de la falaise. L'établissement ouvrait ses portes à 6 h 30, et il ne voulait pas jouer les cow-boys en débarquant chez les Tanchon un dimanche au milieu de la nuit, même si l'envie le taraudait. Il avait déjà conscience de flirter avec les limites, avec la garde à vue de Gabriel, le pendentif qu'il avait fait passer sur le dossier de violation de domicile et les fichiers copiés sur son ordinateur, sans en informer ses collègues ou sa hiérarchie. Pour le moment, du point de vue des procédures judiciaires, cette carte mémoire n'existait pas.

Il posa son blouson sur son torse comme une couverture et ferma les paupières. Malgré la caféine, il chancela presque instantanément. Des images se mirent à tourner dans sa tête. Le visage en miettes de la femme sur la berge… Le regard perdu de Gabriel Moscato… Les pleurs de Julie, au-dessus du trou dans la forêt… Ce dos cambré où dansaient les faux cheveux platine… Et le large sourire de Tanchon sur la vidéo…

Il rouvrit les yeux lorsqu'un coffre claqua. Une silhouette entra dans une voiture et démarra. Paul lut l'heure sur le cadran, à côté du volant : 7 h 35, déjà. Il s'était endormi.

Un jour de plomb écrasait la vallée. Sur la droite, le calcaire de la falaise révélait une blancheur fade et humide. L'arête disparaissait dans le brouillard. Paul s'extirpa de là avec l'impression d'avoir été enfermé dans une boîte de conserve. Son dos craqua. Il s'appuya sur la carrosserie trempée et massa son genou douloureux, les mâchoires serrées. Il était décidément trop vieux pour toutes ces conneries.

Il se dirigea vers l'accueil, comme la veille, lorsqu'il avait voulu en savoir plus sur Gabriel. Des odeurs de chocolat chaud firent palpiter ses narines. Dans une arrière-salle, il perçut des bruits de couteaux et de fourchettes. Romuald se tenait derrière son ordinateur. Le propriétaire s'étonna de le voir en tenue, les vêtements en vrac, les cheveux en bataille sur son crâne.

— J'aimerais vous parler, attaqua Paul. Dans un endroit plus discret, si possible.

Romuald alla signaler à sa femme, en pleine corvée de petits déjeuners, qu'il revenait vite, et emmena Paul dans le salon de la maison attenante, dont l'accès se faisait par la porte derrière le comptoir. Il n'invita pas le gendarme à s'asseoir et resta lui-même debout.

— C'est au sujet d'Eddy, je présume ? Il m'a appelé hier soir pour poser une journée. On aurait tenté de le cambrioler.

— Non, pas Eddy. Ça vous concerne vous, cette fois.

Romuald montra une franche surprise. Paul alluma sa tablette, tout en scrutant son interlocuteur du coin de l'œil.

— Vous connaissiez bien Julie Moscato, n'est-ce pas ?

Il y eut un long blanc.

— Julie Moscato ? Elle… Enfin, elle a travaillé à l'hôtel un été ou deux. Pourquoi vous me demandez une chose pareille à 7 heures du matin ? C'était il y a au moins treize ans et…

— Je sais quand c'était. Elle a travaillé chez vous en juillet 2006, juillet 2007, et pour un stage d'une semaine alors qu'elle était en classe de seconde, en février 2006. Ce devait être une bonne employée, je suppose, pour que vous lui accordiez ces faveurs.

— Des faveurs ? Écoutez, je ne sais pas ce que vous voulez, mais j'ai du boulot. Alors si vous…

— J'aimerais que vous visionniez ce film, mais avant, je voudrais savoir où vous étiez, hier, dans les environs de 16 heures.

C'était l'heure à laquelle Solenne et Gabriel avaient été attaqués à la bombe lacrymogène.

— J'étais ici, où voulez-vous que je sois ? Vous êtes venu me poser des questions sur Moscato en début d'après-midi, je vous rappelle. Vous avez même interrogé mes clients. Après, je n'ai pas bougé. Il y a des gens qui se sont enregistrés aux alentours de cette heure-là et qui peuvent témoigner de ma présence…

Paul lui colla la tablette entre les mains.

— Ça ira, je vous crois.

La pomme d'Adam de Romuald fit le yo-yo lorsqu'il lança la vidéo. Et son visage pâlit instantanément. Il stoppa la lecture d'un geste résigné et, à ce moment-là, Paul comprit qu'il avait déjà vu cet enregistrement.

— Où avez-vous eu ça ?

— La vidéo date du 4 février 2008, elle a été vraisemblablement réalisée avec la caméra de Julie Moscato. Le 4 février, c'est un mois avant sa disparition. Sur ces images, un homme a un rapport sexuel dans l'une de vos chambres du rez-de-chaussée avec une jeune fille qui porte une perruque, parfaitement consciente qu'on la filme… Vous confirmez qu'il s'agit de vous ?

D'un mouvement de la tête à peine perceptible, Tanchon acquiesça.

— Très bien, vous la jouez coopératif, c'est plutôt un bon point pour vous. À ce stade, on a deux options. La première, vous m'expliquez ce qui s'est passé là, maintenant, rien qu'entre vous et moi, et j'aviserai de la suite à donner à notre conversation informelle. La seconde, je me repointe ici dans deux heures pour une mise en garde à vue dans le cadre de l'affaire Julie Moscato, et on met en route la machine judiciaire. À vous de choisir.

Paul bluffait, puisqu'il n'y avait plus d'affaire Moscato, ni même d'affaire tout court, mais Tanchon l'ignorait.

— Ma… Ma femme n'est pas au courant, balbutia-t-il.

— Dans ce cas, je vous suggère de choisir la première option.

— Je… Je ne sais pas quoi vous dire. Ça fait si longtemps… Bon Dieu…

Il paraissait au bord du malaise. Gabriel l'aida à s'asseoir. Lui préféra rester debout.

— On va y aller progressivement, histoire de vous faire revenir la mémoire. Pour commencer, qui est la fille avec la perruque ? Julie Moscato ?

Romuald Tanchon serrait ses mains entre ses jambes écartées. Ses joues s'empourpraient de nouveau doucement.

— Vous devriez prendre une chaise, vous aussi.

Paul inclina la tête. Le regard que son interlocuteur lui adressa ouvrit un gouffre sous ses pieds.

— Julie, elle tenait la caméra. Celle avec la perruque, c'était votre fille.

31

À cette seconde, Paul eut envie de lui défoncer la tête. Parce qu'il mentait forcément sur l'identité de cette fille, parce que ce salopard avait malgré tout couché avec une gamine, parce qu'il existait ce film écœurant. Parce que, aussi, à l'époque, Romuald Tanchon avait remarquablement caché son jeu lors des différentes venues des gendarmes dans le cadre de l'enquête : un mois avant sa disparition, Julie le filmait dans une mise en scène sordide.

Il se contrôla, resta immobile, les poings le long du corps. Tanchon s'était encore recroquevillé, pareil à un vieux chien malade. Il se décida finalement à parler :

— Le dernier été, celui de 2007, votre fille venait souvent chercher Julie à vélo, après le travail. Elle l'attendait au comptoir, on discutait un peu, elle et moi. Puis elles partaient toutes les deux, elles paraissaient inséparables, tellement complices. Au fil des jours, Julie a commencé à me laisser entendre que… que…

— Continue.

Ton glacial. Tutoiement. Romuald débita son histoire.

— … que j'avais tapé dans l'œil de sa copine. Je n'ai pas fait gaffe, je me suis laissé embobiner. Une jeune fille de seize ans, mignonne, qui s'intéresse à un type comme moi. Puis Louise s'est mise à me dire des mots gentils, jusqu'à me draguer. Elle faisait plus que son âge avec son look punk, mais c'était une mineure, et moi j'étais marié. Je ne voulais pas que ça aille plus loin...

Il tricotait avec ses doigts, tel un môme en flagrant délit de vol de bonbons.

— Puis Louise est partie avec vous en vacances à la mi-juillet, je crois, je ne l'ai plus revue et, au fond, ça a été un soulagement. Mais un jour de janvier de l'année suivante, elle m'a déposé un CV pour l'été, prétendant qu'elle aimerait bien se faire un peu d'argent elle aussi. Elle m'a très clairement allumé, capitaine, je vous jure.

— Arrête de jurer.

— Ce CV n'était qu'un prétexte. Au bas de la page, un mot disait qu'elle serait là, le lendemain soir, aux alentours de minuit. Tout ce que j'avais à faire, c'était lui ouvrir la porte. C'est de cette façon que ça a commencé, nous deux, par un froid hiver de début 2008...

Paul n'arrivait toujours pas à y croire, mais il sentait de la sincérité chez son interlocuteur. Était-il possible que lui, le père, n'ait rien vu, rien soupçonné ? Toutes ces nuits où Louise avait prétendu dormir chez les Moscato... À aucun moment elle n'avait parlé de l'hôtel, encore moins souhaité y travailler.

— Combien de temps ça a duré ?

— Elle... Elle est venue six ou sept fois. Je commençais à ressentir des choses, mais... Je me suis fait avoir comme un bleu. Vous avez vu la vidéo, vous avez vu ce qui s'est passé. Elle, moi, l'autre planquée dehors, à me filmer à mon insu...

Paul hocha la tête, l'incitant à poursuivre, chassant les images de ce moustachu répugnant couchant avec sa fille.

— Sur le coup, je n'ai rien soupçonné, mais, une semaine plus tard, je recevais un mail anonyme contenant un fichier, comme dans un film d'espionnage. Ce fichier, c'est cette vidéo, fit-il en désignant la tablette de Paul. Cette saloperie de vidéo. Ces petites g… Votre fille et Julie Moscato, celle que j'avais embauchée deux étés d'affilée, me traitaient de porc, me demandaient du fric, sinon elles menaçaient de tout balancer à ma femme. Elles réclamaient cinq mille euros ! Cinq mille euros, vous vous rendez compte ?

Paul se décida enfin à s'asseoir. Son genou droit lui lançait des décharges électriques.

— On a eu plusieurs échanges par mail, et j'ai fini par accepter de payer deux mille euros, à condition que je récupère la carte mémoire d'origine et que toutes les copies du film de cette fameuse nuit soient détruites. Je sais, c'est débile, rien ne m'assurait qu'elles respecteraient leur part du marché, mais… Enfin bref, l'histoire n'est pas allée plus loin.

— Julie s'est volatilisée avant que vous payiez.

Il acquiesça.

— Je devais leur filer l'argent sous un mois… Après la disparition, Louise n'a plus donné de nouvelles. À mon avis, votre fille a aussi eu peur que cette histoire ressorte et lui explose à la figure.

Paul prit conscience, à cet instant, que tout était vrai. Des souvenirs, des sensations émergèrent. Ces révélations éclairaient le comportement de sa fille durant toutes ces années.

Pour la première fois, Tanchon soutint son regard.

— Vous ne me croyez peut-être pas, mais demandez à votre fille, vous verrez que c'est la pure vérité. Visiblement, elle ne vous a jamais parlé de ça, elle doit garder ce secret enfoui au fond d'elle-même parce qu'il n'y a pas de quoi se vanter. Quant à moi, lorsque vous êtes venu ici dans le cadre de votre enquête, je me suis dit que vous alliez me parler de ces fameux mails de chantage, que vous aviez dû décortiquer l'ordinateur de Julie. Mais les messages de menace que je recevais partaient *a priori* d'ailleurs. Peut-être que si vous étiez allé jeter un œil dans l'ordinateur de votre propre fille…

Il s'était relevé. Pas Paul. La situation s'était inversée. Le gendarme sentait la lave monter en lui. Au moment des recherches, Louise avait été interrogée durant des heures. Comment avait-elle pu se taire ?

— Cette histoire m'a détruit intérieurement. J'étais terrifié, continua Tanchon. Terrifié que vous débarquiez ici pour m'arrêter. Une fille qui me fait chanter et disparaît subitement le mois d'après… Y aurait-il eu meilleur suspect que moi ?

Paul ne dit rien. Bien sûr, ils avaient vérifié son emploi du temps, ainsi que ceux de toutes les personnes connaissant Julie de près comme de loin. Ni Tanchon, ni son épouse de l'époque, ni même Eddy Lecointre n'avaient quitté l'hôtel le samedi de la disparition.

— À cause de tout ça, poursuivit le propriétaire, je n'allais pas bien, et je n'ai pas réussi à sauver mon premier mariage. J'ai des trucs à me reprocher, oui, c'est sûr, mais ces deux filles toujours fourrées ensemble, ce n'étaient pas des anges. Loin de là.

La porte du fond s'ouvrit, sa femme lui adressa un geste d'impatience. Entre les petits déjeuners et les gens sur le départ, elle était débordée. Paul lui signifia que l'entretien était terminé en se levant à son tour. Il attendit qu'elle referme le battant, et pointa un index menaçant vers Tanchon.

— L'uniforme que je porte ce matin m'empêche de te foutre mon poing dans la gueule. Mais il n'est pas impossible que je revienne bientôt. Comme client.

Une fois dehors, il éprouva l'envie de hurler, mais réserva sa colère pour sa fille.

32

Neuf heures. Ce fut David Esquimet qui lui ouvrit, un mocassin au pied, l'autre dans la main. Il portait un pantalon de lin beige et une chemise blanche parfaitement repassée. Parfumé, il avait peigné ses cheveux couleur corbeau vers l'arrière.

— Paul ?

— Il faut que je parle à ma fille.

Il s'avança comme s'il était chez lui. Malgré son coucher tardif, Louise avalait déjà des tartines de beurre trempées dans du café, assise dans sa cuisine dont la fenêtre donnait sur le parking de la brigade. Une radio à piles posée entre le micro-ondes et une corbeille de fruits diffusait un tube d'Elvis. Elle reluqua son père d'un œil interrogateur lorsqu'il coupa le son.

— J'ai besoin de te parler. Seul à seule.

— Bon sang, papa, on est dimanche, il est à peine 9 heures ! Tu ne peux pas débarquer de cette façon chez les gens et…

— Ça va, tempéra David en terminant d'enfiler sa chaussure. J'y allais, de toute façon.

Il fixa Paul comme pour lui reprocher son intrusion, puis se pencha vers Louise pour l'embrasser.

— On se voit ce soir. À ton tour de dormir à la maison, cette fois.

Louise lui adressa un pâle sourire. Les deux hommes se serrèrent la main. Sans chaleur. David sortit en fermant la porte.

— Pourquoi tu ne l'aimes pas ? demanda Louise lorsqu'ils se retrouvèrent tous les deux. David est un type bien, il n'arrête pas de faire des efforts pour venir vers toi. Arrivera le moment où il en aura marre.

— Ce n'est pas lui, le problème, c'est… C'est ses pompes funèbres, là. Son entreprise, il la transmettra à ses mômes, comme son poivrot de père la lui a transmise. J'ai du mal à imaginer mes potentiels futurs petits-enfants en train de mettre des habitants de Sagas dans des cercueils jusqu'à la fin de leur vie, tu vois.

— Toujours aussi visionnaire…

— Enfin bref, ce n'est pas le sujet de ma visite. Je reviens de l'hôtel de la Falaise. J'ai vu Tanchon.

Elle ignora cette remarque et croqua bruyamment dans son pain. Paul écrasa une main sur la table. Le bol de café trembla. Les yeux de Louise se fixèrent alors sur le livre ouvert, au bout de sa chaîne en argent, qu'il venait de lui coller devant le nez.

— Il y avait la carte vidéo de la caméra de Julie à l'intérieur. Est-il nécessaire que je te décrive l'un des deux films qu'elle contient ?

Louise suspendit tout à coup sa mastication. L'instant d'après, elle était rouge comme une pivoine. Elle tira le pendentif à elle dans un geste au ralenti, glissa ses doigts sur le compartiment secret.

— Qui… Qui l'a vu ? balbutia-t-elle.

— Hormis Tanchon et moi, personne. Pour l'instant.

Elle se leva soudain. Dos à son père, elle s'appuya contre le plan de travail. Impossible d'affronter le regard qui pesait sur elle. Paul ne dit rien, et ils restèrent, comme ça, une trentaine de secondes qui parurent un siècle. Ce fut lui qui décida de rompre le silence d'un simple mot.

— Pourquoi ?

Louise prit une grande inspiration puis se retourna.

— Pourquoi ? Parce qu'on était deux gamines de dix-sept ans et qu'on vivait à Sagas, voilà pourquoi. Sagas, papa, pas Lyon, pas Chamonix, même pas Cluses. Mais Sagas. Sagas et ses taulards, ses usines, ses dépressifs. Sagas et sa fichue mort noire qui nous force à ingurgiter des ampoules de vitamines si on ne veut pas finir le cul dans un fauteuil roulant avec de l'ostéoporose. Voilà pourquoi.

— Et tu crois que ça justifie tes agissements ? Je ne parle pas de... du fait d'avoir couché avec un homme mûr à même pas dix-huit ans. Même si ça m'est insupportable – et je me demande si David apprécierait –, je pourrais presque le concevoir. Mais du chantage ? De l'extorsion de fric ?

Elle frotta ses yeux embués avec la manche de son pull.

— Je sais que ça ne change rien, mais... c'était son idée...

— Bien sûr... Elle ne pourra pas dire le contraire.

— Les premières fois, il n'était pas question de film, c'est venu après. Au départ, c'était juste... une expérience. Je voulais...

Elle se tut, se mit à débarrasser la table, comme si son père avait subitement disparu de la pièce. Paul lui attrapa le poignet.

— Qu'est-ce que tu voulais ? Détruire une famille ? Prendre ton pied avec un adulte alors que sa femme était à deux chambres de là ? Me punir pour avoir essayé de t'éduquer de mon mieux ? C'était quoi, hein ? Vas-y, explique-toi !

Elle enroula ses doigts autour d'une cuillère. Ses jointures devinrent blanches.

— Faire comme elle. Je voulais juste faire comme elle.

Paul mit du temps à intégrer cette nouvelle information.

— Tu veux dire que Julie fréquentait quelqu'un au moment de sa disparition ?

— Pas au moment de sa disparition… Ça s'était passé l'année d'avant, pendant l'été 2007.

33

Tout comme Paul, Louise, désormais rassise sur sa chaise, semblait anéantie.

— Oui, Julie a connu quelqu'un, papa. Un type plus âgé, peut-être une cinquantaine d'années. Elle ne m'a pas dit son âge exact, mais… je ne sais pas pourquoi, je me suis toujours dit qu'il avait à peu près cet âge-là.

Paul s'assit à son tour. Les révélations de sa fille changeaient à elles seules toute l'orientation de l'enquête.

— Tu te rends compte de ce que t'es en train de me raconter ?

— C'est pour ça que j'ai toujours gardé le silence, qu'est-ce que tu crois ? À l'époque, j'étais pieds et poings liés. Il y avait ce chantage exercé sur Tanchon, j'étais tellement effrayée ! J'avais tellement honte ! Et puis, jamais je n'ai pensé que… Enfin, Julie avait vécu cette histoire l'été d'avant, c'était loin, trop loin pour être lié à sa disparition. Quand on ne l'a pas revue, je n'ai même pas songé une seule seconde qu'il pouvait y avoir un rapport.

Elle secoua la tête.

— J'ai dû grandir avec ça au fond de moi. Tu ne peux pas imaginer le nombre de fois où j'ai eu envie de t'en parler. Mais… c'était trop dur. Trop humiliant. T'aurais pas supporté.

Paul se pencha en avant. Murmura, comme s'il avait peur qu'on les entende :

— Tu dois me confier *tout* ce que tu sais. Absolument *tout*.

Louise secoua la tête.

— Il n'y a pas grand-chose de plus à dire. Cet homme, je n'ai rien su de lui, ni qui il était ni d'où il venait. Je ne l'ai jamais vu et, tout ce qui me reste, ce sont de vieux souvenirs qui ne valent rien. Ça ne ramènera pas Julie.

— Dis toujours.

Louise fixa un point au loin, comme absente.

— C'était en 2007... début juillet. Julie travaillait à l'hôtel de la Falaise. Presque tous les jours, j'allais là-bas à vélo pour l'attendre à l'accueil au moins une heure avant la fin de son boulot, tellement je m'emmerdais. Toi, t'étais toujours fourré à la brigade, tu me laissais le matin, tu me revoyais le soir sans même me demander ce que je faisais de mes journées. Tu t'en tapais.

— Ne rejette pas la faute sur moi.

— C'est la vérité, mais ce n'est pas le sujet. Quand on est partis un mois en vacances chez papy et mamie, de mi-juillet à mi-août, tout était encore normal avec Julie. Argelès, tous les deux, tu te rappelles ?

Paul acquiesça brièvement.

— J'étais pressée de retrouver ma copine : elle aurait fini de bosser, on allait pouvoir passer du temps ensemble avant la rentrée. Mais tout avait changé. Elle fréquentait un inconnu et refusait de me raconter quoi que ce soit. Je me doutais juste que ce n'était pas un gars du lycée, qu'il était beaucoup plus vieux, et que ça pourrait lui causer des ennuis d'en parler. Il représentait pour elle un secret précieux, un tabou, un interdit. Je crois que... qu'elle tenait beaucoup à lui...

Paul n'osa imaginer l'état de Gabriel s'il apprenait la nouvelle. Alors qu'il écoutait sa fille, Paul se demandait déjà comment il allait se sortir de ce merdier.

— Elle allait le voir la journée, elle disait à ses parents qu'elle était avec moi ou faisait du vélo en montagne quand ils lui posaient des questions sur ses activités. C'est comme ça que personne n'a rien vu.

— Il était de Sagas ? Des environs ? Qu'est-ce qu'il faisait ici ? Où allait-elle pour le rencontrer ?

— Je te l'ai dit, je n'en sais rien. Elle le protégeait mieux qu'un trésor. Vers la fin août, je ne la voyais plus, elle était très distante. Et puis, en septembre, à la reprise des cours, j'ai compris que ça devait être terminé avec lui. Elle était agressive dès que j'abordais le sujet. Elle était renfermée, ses notes étaient catastrophiques et son père avait même été convoqué au bahut…

Ses pupilles s'étrécirent.

— Mais comme tout le monde, il n'a rien soupçonné, mettant ça sur le stress de la terminale. Julie et moi, on n'a plus parlé de ça. Puis les choses se sont tassées. Au fil des semaines, elle est enfin redevenue celle que j'avais toujours connue.

Paul repensa à la vidéo dans la forêt, aux larmes de Julie.

— Le pendentif, c'était un cadeau de lui ?

Elle confirma.

— Elle le portait déjà quand on est revenus d'Argelès. Elle l'adorait. Elle avait dit à sa mère qu'elle l'avait acheté dans une bijouterie de Sagas, L'Étoile d'or. J'ignorais qu'il était équipé d'un mécanisme, et encore plus qu'elle avait caché la carte à l'intérieur. J'ai passé toutes ces années à avoir peur qu'on découvre un jour cette vidéo…

Paul se leva et alla vers la cafetière. Il y glissa une capsule, appuya sur le bouton. Il essayait d'imaginer la relation interdite entre une gamine de seize ans et un homme de cinquante ans. L'inconnu qui donne des rendez-vous à une adolescente de Sagas, lui promet monts et merveilles, lui offre des choses… Il voyait même ce salopard accrocher la chaîne autour du cou de Julie, lui faisant miroiter qu'ils seraient ensemble pour l'éternité, ce genre de conneries auxquelles peuvent croire les jeunes filles qui s'ennuient au fond de leur vallée paumée. Et après ? Il était brusquement parti ? Il l'avait plaquée ?

— Bon sang, Louise. Ça t'est pas venu à l'esprit qu'il était peut-être client de l'hôtel, ce type ? Un gars de passage, qu'elle croise en nettoyant les chambres ou en servant les petits déjeuners, qui la séduit ? Peut-être que… que si on avait su assez tôt, on aurait pu fouiller les registres papier de Tanchon du mois de juillet 2007. L'interroger lui, sa femme. Retrouver l'identité de cet inconnu. Maintenant, tout a disparu.

Paul récupéra sa tasse, toujours plongé dans ses pensées.

— Et si ce mec avait un rapport avec la Ford grise et Wanda Gershwitz ? Et s'il était la clé de notre enquête ? Si seulement tu nous avais dit ! Douze ans que cette affaire nous détruit… Et toi…

Elle ne répondit rien, ôtant une miette de pain de son index. Paul lui mit sa tablette sous les yeux, lança l'autre film.

— Tu sais ce que contient cette boîte en fer ? Tu reconnais l'endroit ?

Louise observa attentivement les images, puis secoua la tête.

— Je suis désolée. Peut-être un de ces chemins qu'elle empruntait quand elle partait à vélo dans la montagne.

Tu devrais demander à son père, il leur arrivait de faire du vélo ensemble.

Le téléphone de Paul sonna et afficha le nom de Daméus. Il ne décrocha pas, avala son café d'un trait et constata à quel point sa main tremblait quand il reposa sa tasse.

Se calmer, arrêter de s'abreuver de café, absolument, ou il allait crever d'une crise cardiaque. Il observa sa fille. Elle suintait la peur. Corinne ne lui pardonnerait pas si elle apprenait la nouvelle. Son couple pourrait voler en éclats pour de bon. Quant au dossier Moscato, s'il ressortait du placard et que l'existence de cette vidéo était dévoilée, Louise serait virée de la gendarmerie...

Tout ça pour une putain de coucherie vieille de douze ans !

Il reprit sa tablette, laissa son doigt appuyé sur l'icône jusqu'à ce qu'une croix apparaisse. L'instant d'après, la vidéo filmée à l'hôtel avait disparu dans les limbes numériques. Louise le considéra sans rien dire, la bouche pincée. Elle mesurait ce qu'un tel geste coûtait à son père.

— Je vais aussi m'occuper de la carte mémoire, fit-il tout bas. Et je vais retourner voir Tanchon pour m'assurer de son silence, c'est son intérêt, de toute façon. Tu ne dois plus jamais évoquer ce que tu viens de me raconter. Avec personne.

Louise hocha doucement la tête. Plus aucun mot ne franchissait ses lèvres.

— Si un jour l'histoire entre Julie et cet homme ressurgit, tu n'étais pas au courant. On passait des vacances à Argelès, tu ne l'as pas beaucoup vue cet été-là, elle était secrète... Et puis, tu ne t'en souviens plus, tout ça est beaucoup trop loin. T'as su nous cacher ce secret pendant toutes ces années avec talent. Alors il te suffit de continuer comme ça.

Elle baissa les yeux. Son père se dirigea vers l'entrée. La main sur la poignée de porte, il lui adressa un dernier regard et lâcha d'une voix froide :

— Tu ne peux pas savoir à quel point j'ai honte.

34

Vite expédiée, l'audition de Gabriel en présence de son avocat commis d'office se termina avant 13 heures. Au terme de la confrontation, Paul notifia que l'affaire d'effraction chez Eddy Lecointre suivrait son cours en justice et mit fin à la garde à vue. Il demanda à Moscato de l'attendre dans son bureau et raccompagna l'avocat jusqu'à la sortie. Lorsqu'il revint, Gabriel était debout, face aux photos.

— Il n'a même pas ouvert la bouche, fit Paul, amusé. Un gendarme qui plaide la cause d'un prévenu, il ne verra pas ça tous les jours. Assieds-toi.

Gabriel s'exécuta, le dos cassé par sa nuit sur le banc. Il n'avait pas réussi à se rendormir après son rêve lucide, tellement sonné par cette expérience. Il voyait encore si distinctement le visage de sa fille, percevait toujours, en fermant les paupières, le son de sa voix. Il garda tout ça pour lui et jeta un œil sur sa droite : le bureau de Louise était vide, comme quasiment tous les autres, d'ailleurs. Elle n'avait sans doute pas parlé à son père de sa curieuse requête nocturne au sujet de Mathilde Lourmel.

— Je suis allé déranger le juge Cassoret à son domicile dans la matinée pour lui faire un état des lieux de l'enquête sur le cadavre de la berge, expliqua Paul.

Le dimanche, ce n'est pas l'idéal, mais depuis que je lui ai expliqué comment bien choisir ses mouches pour la pêche, il m'a à la bonne… On avait une décision à prendre à ton sujet. Si lui était prêt à te sauter dessus façon bouledogue hargneux, moi je lui ai déroulé le scénario précis de ce qu'il s'est vraisemblablement passé la nuit du meurtre. Cassoret sait m'écouter et me fait relativement confiance.

Gabriel fit crisser les poils de son menton. Paul avait les mêmes poils hirsutes jusqu'aux joues : il ne s'était même pas rasé pour son entretien avec le magistrat et avait une tête de déterré.

— Les résultats concernant le sperme prélevé sur la victime sont revenus en tout début de matinée. Les preuves ADN sont formelles : ce sperme, c'est le tien, Gabriel.

Moscato s'affaissa sur son siège.

— Tu connais la force de l'ADN, poursuivit Paul. La reine des preuves. Dans certains États américains, elle envoie encore des types au-devant de la grande piquouse, sans demi-mesure. Mais est-ce parce qu'on retrouve le matériel biologique d'un individu sur une scène de crime ou sur un corps qu'il est forcément le coupable ? C'est toute la question. Et c'est à ça qu'on sert, nous, les enquêteurs. À démêler le vrai du faux en rassemblant les indices, ceux qui retracent les événements d'avant la mort…

Il décolla toutes les photos du tableau et en constitua un tas sur son bureau.

— Toi, ex-gendarme, qui laisses de manière évidente ton matériel génétique sur une scène de crime, ça n'a aucun sens. Je sais que t'as perdu la mémoire, mais t'es pas devenu débile. Enfin, il me semble.

Il nota en grand, sur le tableau et au marqueur : « Wanda Gershwitz ».

— Je mettrais ma main au feu que l'inconnue de la rivière, c'est elle. Je t'explique la théorie qui me trotte dans la tête depuis hier. Accroche-toi, parce que ça vaut son pesant de cacahuètes. C'est Walter Guffin qui m'a mis sur la voie.

— Walter Guffin… répéta Gabriel, sonné.

— Je ne sais pas quand ni comment, mais imagine ceci : un jour, tu retrouves enfin cette femme impliquée dans l'enlèvement de ta fille et qu'on a recherchée pendant des années, Wanda Gershwitz. Elle a forcément des réponses à te donner. Mais sait-elle précisément où est Julie ? Ou est-elle juste une petite main, le simple maillon d'une chaîne ? Beaucoup de temps a passé, ce qui n'aide pas à découvrir la vérité. Tu as deux options. La première : tu la coinces dans un coin et tu la cognes en espérant qu'elle te livre des informations, avec de grandes chances que ça foire. Tu vois, façon Eddy Lecointre. La seconde, tu y vas de manière plus fine : tu t'immisces dans son univers comme un serpent qui se resserre autour de sa proie.

Paul lui tendit une photo du dos nu de la victime.

— La fille a un tatouage de la Bratva, la mafia russe. Le cow-boy fait d'elle une espèce de mercenaire, d'exécutante des basses besognes. Il est fort probable qu'elle n'ait pas eu accès à l'intégralité du plan, c'est ce qui rend ces groupes mafieux si difficiles à cerner. Ou alors, douze ans après, l'organisation de l'époque n'existe plus. Dans ce cas, ces groupes-là se séparent, se refont une vie rangée, et leurs membres n'ont plus aucun contact entre eux. Tu as dû te renseigner avant d'agir, puisque t'as choisi la seconde option. La tabasser n'aurait sans doute mené qu'à une impasse.

La mafia russe. Gabriel encaissait les révélations comme un punching-ball sur lequel on frappe. Pourquoi des ordures pareilles s'étaient-elles intéressées à sa fille ? Où avaient-elles emmené Julie ? Pour qui travaillaient-elles ?

En dessous de Wanda Gershwitz, Paul nota « Walter Guffin » et entoura les initiales : WG.

— Tu ne peux pas te permettre de l'aborder sous ta véritable identité. Peut-être cette femme t'avait-elle vu en 2008 lorsqu'elle surveillait Julie, peut-être t'avait-elle repéré à la télé ou dans un journal lors de la médiatisation de l'affaire. Alors tu t'en construis une nouvelle. Tu te rases le crâne, tu effaces le prénom de ta fille sur ton bras, tu te laisses pousser un bouc, tu chausses de fausses lunettes, ta dégaine devient complètement différente. T'as douze ans de plus, il n'y a aucune chance qu'elle te reconnaisse. Tu déménages dans un quartier populaire de Lille, peut-être pour te rapprocher d'elle ou parfaire ta couverture, et, voilà trois mois, tu te procures des faux papiers et te fais appeler Walter Guffin, initiales identiques à celles de Wanda Gershwitz, histoire de la prendre à son propre jeu. Risqué, mais t'es particulièrement friand de ce genre de risque. Elle nous a tous baisés, alors, à ton tour, tu vas la baiser en beauté. Dans tous les sens du terme.

Gabriel se releva. Les deux hommes se tenaient face à face, en pleine réflexion. Comme dans l'ancien temps.

— J'aurais eu une relation avec l'un de ceux qui ont participé à l'enlèvement de ma fille…

— Oui. C'était certainement pire que de se tirer une balle dans le pied, mais tu l'as sans doute fait. Le seul moyen d'atteindre le cœur de leur organisation.

— Un infiltré.

— Dans ce genre-là, oui, d'où les faux papiers, au cas où on se rencarderait sur toi ou fouillerait dans tes affaires pendant que t'as le dos tourné. On ne peut pas encore combler les trous entre cet épisode et ton arrivée à Sagas, mais vient le moment où tu décides de ramener cette femme à l'endroit où tout a commencé. Tu as peut-être prétexté un week-end en amoureux dans les montagnes ? Vous deux, tranquilles dans la Mercedes, l'autoroute, les nationales… Et là, en pleine nuit, tu débarques au même hôtel, loues la même chambre qu'elle des années plus tôt… A-t-elle deviné le piège dès qu'elle a vu le panneau « Sagas » ? S'était-elle assoupie durant les derniers kilomètres ? J'imagine sans peine sa tronche à l'instant où elle a compris !

Gabriel était incapable de confirmer quoi que ce soit, mais il savait que Paul voyait juste. Tout s'emboîtait à la perfection.

— Avez-vous fait crac-crac avant d'entrer dans Sagas ? Avant votre départ ? Ou dans la bagnole, sur une aire de repos, comme deux amoureux ? Le sperme frais a une belle durée de vie, impossible de dater à l'autopsie l'heure exacte d'un rapport sexuel qui a eu lieu dans les douze heures. Enfin bref, arrive alors…

Paul ouvrit la porte de son armoire en fer et y préleva le pendentif, dont le livre était refermé.

— … la confrontation, chambre 7.

Les yeux de Gabriel brillèrent.

— Elle l'avait autour du cou, c'est ça ? Pendant toutes ces années, elle a porté le pendentif de ma fille. C'est pour ça que Lecointre l'a ramassé sous le lit.

Paul acquiesça avec conviction.

— Exactement. Ça dégénère entre vous. Tu lui arraches le bijou, tu l'accules. J'ignore ce qu'elle te dit ou ce qu'elle fait précisément, mais c'est peut-être à ce moment-là que tu t'effondres sur le lit. Le pendentif, l'hôtel, Wanda, c'est sans doute trop intense pour ton cerveau. Est-ce que tu t'évanouis ? Es-tu encore conscient, mais complètement à l'ouest ? Comment Wanda interprète-t-elle ce qui est en train de se passer ? Se rend-elle compte de ton amnésie ? Une chose est sûre, elle doit se tirer… Elle prend ses affaires, pique ton portefeuille, et s'échappe par la porte qui donne sur le parking…

— La porte était ouverte. Quand je me suis levé pour regarder les oiseaux, elle était ouverte.

— Mais pourquoi elle n'embarque pas tes clés de voiture ? Comment compte-t-elle quitter la ville ? Je pense que, prise au dépourvu, elle perd simplement tout sens pratique. Dans l'urgence, elle ne prend pas les bonnes décisions. Et ça nous mène à l'histoire de la paire de chaussettes dans la bouche.

Gabriel fronça les sourcils. Il piocha dans le tas de photos, observa le gros plan de la face meurtrie et le tissu enfoncé entre les lèvres.

— Explique.

— On lui a fourré les chaussettes dans la bouche après sa mort. À mon avis, le sadique qui l'a assassinée a voulu te coller un meurtre sur le dos.

Gabriel secoua la tête.

— Je ne te suis plus.

Paul posa le sac contenant le traceur GPS à côté du pendentif.

— Le propriétaire de ce traceur… Je te la fais courte : il vous a filés depuis le Nord, il traîne dans le coin. Est-il resté sur le parking, à surveiller ? En tout cas, il récupère Gershwitz alors que t'es dans les vapes. Peut-être qu'elle lui raconte tout, peut-être qu'il est déjà au courant de ta véritable identité depuis longtemps, je n'en sais rien. Ensuite, il emmène Gershwitz avec son propre véhicule en lui laissant croire qu'il va la sortir de ce guêpier. Il reprend la route à la recherche d'un endroit isolé. Il arrive du côté de l'usine de traitement des déchets. Sous la menace de son arme, il force Gershwitz à enlever ses pompes, ses chaussettes, et il la lâche pieds nus sur les galets.

— Pourquoi il ferait une chose pareille ?

— Parce qu'il est barge ? Ça l'amuse et il veut jouer avant de l'achever ? Je me suis renseigné, ces mecs de la mafia russe sont complètement timbrés, des vrais psychopathes. Elle court, se tord la cheville, est vulnérable et incapable de fuir. Il l'oblige à gober une tour d'échecs – parce que c'était le jeu favori de ta fille, ou parce que c'est un jeu tout court pour lui. Il l'abat de deux balles, puis met en scène le prétendu viol : le bâillon, les vêtements baissés, les ecchymoses entre les cuisses, les saignements internes provoqués par une branche, censés suggérer un rapport violent. À ce moment-là, les oiseaux dans les arbres pas loin ont décollé et commencent à se percuter. Il est environ 2 heures du matin…

Gabriel peinait à imaginer ce scénario : l'individu en train de fourrer une branche dans le sexe de sa victime, au milieu du déluge d'oiseaux. Les étourneaux ne l'avaient pas empêché de peaufiner son crime, mais l'avaient peut-être contraint à accélérer et donc poussé à commettre des erreurs.

— Toi, tu es à l'hôtel et tu sors de ta chambre. Je te l'ai déjà dit, je dispose du témoignage fiable du gars de la chambre voisine de la 7 qui te disculpe. Tu peux remercier ces volatiles. Sans eux, ç'aurait été beaucoup plus compliqué pour toi…

Paul sembla ailleurs, l'espace de quelques secondes, puis il poursuivit sur sa lancée :

— Je ne vois qu'une raison pour laquelle l'assassin de Gershwitz ne te tue pas dans la foulée : il sait que tu ne sais rien. T'as retrouvé Wanda, mais c'est tout. Et la piste Wanda ne mène nulle part. La preuve, t'es revenu à Sagas parce que t'avais rien d'autre à te mettre sous la dent. Le tueur le sait, il nous livre son corps alors qu'il aurait pu s'arranger pour qu'on ne le découvre jamais.

— Plutôt que de m'éliminer, il m'envoie passer le reste de mes jours en prison. Avec mon sperme sur la victime, je n'ai quasiment aucun moyen de m'en tirer.

Gabriel bascula sa tête en arrière.

— Wouah.

— Cassoret aussi, il a dit un truc de ce genre-là. Il veut encore des précisions, des rapports, des preuves pour étayer l'histoire, mais bon sang, Gabriel, il y a de bonnes chances pour que tout ça – le meurtre, le pendentif, le nouveau message à l'usine hydroélectrique – permette de fusionner les dossiers et de rouvrir celui de Julie. Ça me fait penser qu'il faudra envoyer quelqu'un à la centrale, histoire de prendre des photos du dernier tag.

Gabriel prit le temps de mettre de l'ordre dans toutes ces révélations. Il se rappela les paroles de sa mère au téléphone : *Tu m'as simplement confié que t'allais peut-être avoir enfin des réponses. Savoir ce qui est arrivé à ma petite-fille*... Dans quoi s'était-il embarqué ? Il fixa l'émetteur GPS posé devant lui et eut un frisson. Il porta une main à son cou, par réflexe. Le lacet et la clé confisqués lors de la mise en garde à vue... Le coffre, caché chez sa mère... Avait-il eu le sentiment d'être surveillé ?

La voix de Paul le tira de ses pensées.

— Il va falloir qu'on comprenne le déroulement de ces dernières semaines. On doit savoir qui est cette fille et comment t'es remonté jusqu'à elle.

Gabriel acquiesça.

— Cassoret a fait des bonds quand je lui ai parlé de tes faux papiers, mais il est prêt à mettre ton écart de conduite de côté pour l'instant. Ça ne veut pas dire qu'il oublie, mais la priorité, c'est de résoudre tout ce merdier qui empoisonne la ville depuis plus de douze ans. J'ai encore deux, trois papiers à signer, mais après tu pourras sortir d'ici en homme libre. Le deal, c'est que tu restes à disposition et que tu nous fournisses tout ce dont on a besoin, en tant que témoin conciliant, dirons-nous. Accès à ton compte en banque, à tes divers abonnements : Internet, téléphone. Demain, tu rentreras à Lille, tu jetteras un œil à ta paperasse et tu nous transmettras tout ce qui pourrait nous servir dans l'enquête. Évidemment, si des souvenirs te reviennent, on veut en être les premiers informés. Tu marches ?

— Tu m'étonnes, que je marche. Si ça peut aider à retrouver Julie.

— Parfait.

Gabriel fixa l'homme assis en face de lui, ex-ami, ex-partenaire, avec reconnaissance.

— Tu m'as sauvé la mise, encore une fois. Tu n'étais pas obligé.

— Ce n'est pas une question de compassion, mais de vérité. Je n'ai rien cherché d'autre que la vérité, lança-t-il en baissant les yeux, sans doute par peur de laisser apparaître les fêlures de son armure. T'as passé une sale nuit et eu pas mal d'émotions depuis ce matin, mais il y a encore un truc que j'aimerais te montrer.

Sous le regard attentif de Gabriel, il effectua la suite de manipulations qui permettaient d'ouvrir le livre. Le compartiment secret se dévoila devant les yeux hallucinés de Gabriel.

— C'est… la carte mémoire ?

— C'est bien elle. On doit la découverte de ce compartiment au technicien de laboratoire.

Il la glissa dans l'adaptateur et tourna son écran.

— Elle contenait un seul film. Ta fille voulait garder la trace d'un endroit où elle a vraisemblablement enterré un objet important pour elle. Et *a priori* elle voulait que personne ne puisse retrouver sa cachette...

Gabriel visionna le film en silence, penché vers l'avant, les mains appuyées sur le bureau. Il retint ses larmes lorsque les images révélèrent Julie identique à celle restée dans sa mémoire. Il vit sa tristesse, ses pleurs, de véritables coups de couteau dans son cœur.

Au moment où elle effectua son panoramique, il se redressa, oubliant en une fraction de seconde la fatigue des heures écoulées.

— Je sais où c'est.

— Où ?

Gabriel secoua la tête.

— Tu crois peut-être que je vais te laisser y aller sans moi ? Tu veux savoir ? Alors tu m'y emmènes.

— Très bien... Mais on ne va pas jouer les Starsky et Hutch. Même s'il n'y a pas grand monde ici, je ne veux pas qu'on nous voie traîner ensemble. Tu vas récupérer tes affaires au dépôt et tu te tires avec ta voiture. D'ici une heure, attends-moi à une centaine de mètres de l'hôtel de la Falaise. On va déterrer le passé.

35

Onzième kilomètre.

Après avoir dépassé les dernières maisons d'Albion, qui marquaient la fin de la civilisation sur ce flanc de la montagne, le 4 × 4 de Paul s'engageait sur un chemin de terre. Les quatre roues motrices fendaient désormais le plateau où l'herbe était devenue rousse et où des marmottes bien grasses s'activaient en prévision de l'hiver. Gabriel observa les sommets qui découpaient le ciel à coups de ciseaux, au son de la mélodie des « Portes du pénitencier » que diffusait l'autoradio.

— Johnny, mort. Quelle tristesse. Quand je pense que j'ai dû encaisser le choc une première fois, et que je réapprends la nouvelle trois ans après. Double peine.

Paul vira dans la direction que pointait son passager. Le véhicule plongea dans une pente, vers la lisière irrégulière d'une forêt de mélèzes aux tons vert bouteille et onyx.

— Il y a aussi eu des trucs plus gais, comme la victoire des Bleus à la Coupe du monde en 2018 ou, euh… je ne sais plus, en fait. On nous montre jamais ce qui va bien. Côté négatif, par contre, la liste est interminable. Attentats, catastrophes naturelles à répétition, réchauffement climatique, crises sociales. Ah, et la politique, c'est de la merde. Enfin, de ce côté-là, tu ne seras pas trop perdu, c'était déjà comme ça avant.

Gabriel ne savait plus dans quel sens le monde allait.

— Je suis paumé. J'ai l'impression d'être un voyageur sans bagages qu'on a déposé là, aux portes de Sagas, et qu'on laisse se débrouiller. Il n'y a plus rien au fond de moi, pas un souvenir, pas la moindre sensation renvoyant à toutes les années de galère et de souffrance que j'ai dû traverser. Ça fait quoi de vivre l'anniversaire de la disparition de sa fille ? De ne pas avoir de tombe sur laquelle pleurer ? Comment on peut avoir oublié une chose pareille ?

Il appuya sa tête contre la vitre, aperçut son reflet et songea au miroir de son cauchemar. En attendant Paul à l'hôtel, il avait mené des recherches sur les rêves. Après quelques longs tâtonnements, il avait fini par tomber sur ce qui l'intéressait : les rêves lucides. Lors de ce genre d'expérience, la conscience parvenait à s'immiscer dans le subconscient et les portes de tout un monde refoulé pendant l'éveil s'ouvraient. Gabriel en était certain : il avait franchi cette barrière la nuit précédente, et avait eu accès à un épisode vécu, profondément enfoui au fond de sa mémoire.

— Le seul truc dont je sois sûr, c'est que je n'ai jamais cessé de rechercher Julie, fit-il. Ça, je le sens dans mes tripes. C'est comme si… comme si ça coulait dans mes veines. Mais sinon ? Qui je suis ? C'est quoi, mon quotidien ? Est-ce qu'un jour je vais retrouver la mémoire ? Mener une vie normale ?

Paul n'avait pas les réponses. Son ex-collègue avait débarqué dans son univers comme une météorite, sans prévenir.

— Tu finiras par te rappeler.

Au bout d'un kilomètre, Gabriel désigna un renfoncement qui laissait présager l'existence d'un sentier.

— On allait par là à vélo quand Julie voulait me faire cracher mes poumons. Elle était tellement pleine d'énergie... Si le peu de souvenirs qui me restent sont bons, ça monte raide au début, puis il y a un faux plat, et ça réattaque sec jusqu'à l'arête. C'est juste avant de basculer sur l'autre versant qu'on arrive sur les fameux rochers de la vidéo.

Paul estima le dénivelé d'un coup d'œil : environ trois cents mètres. Faisable. Il se gara et s'empara du sac à dos dans le coffre. Le ciel était une chape de mercure, mais il ne pleuvrait pas. Gabriel s'inquiéta :

— Ta jambe, ça va aller ?

— Les aveugles voient et les boiteux marchent, comme dit je sais plus qui dans la Bible. Alors, pourquoi ça n'irait pas ?

Le gendarme enfila le sac sur son dos, puis répondit à un appel téléphonique. Cédric Daméus avait enfin terminé les analyses de l'ADN collecté sur le pendentif. Après l'avoir écouté, Paul raccrocha et expliqua à Gabriel qu'il avait été impossible d'obtenir quoi que ce soit : les traces étaient insuffisantes.

D'un coup du menton, Paul incita son ex-collègue à le précéder. Ils s'engagèrent dans la fraîcheur de la forêt, à l'assaut des dénivelés, le nez collé à un infime chemin de terre, de racines et de pierres. Plusieurs fois, Gabriel se retourna : Paul était à la traîne, mais il suivait sans se plaindre, même si les traits plissés de son visage et ses mains appuyées sur son genou à chaque rocher témoignaient de sa souffrance.

Le sentier n'avait pas de nom, pas de fléchage, mais Gabriel se rappelait être déjà passé par là. C'était ici que

Julie lui avait appris à déraper ou à se pencher vers l'arrière pour déplacer son centre de gravité dans les pentes.

Au bout d'une cinquantaine de minutes, les deux hommes atteignirent le rocher en forme de menhir. Ils reprirent leur souffle, burent à la même bouteille d'eau, leurs fronts luisants de sueur. Après avoir récupéré, Paul sortit la tablette du sac, lança la vidéo et s'en servit comme guide pour s'orienter vers l'endroit où Julie avait opéré le panoramique.

Gabriel repéra l'arbre le premier. Il passa avec émotion ses doigts sur la croix, cette cicatrice d'écorce qui allait le projeter brusquement en septembre 2007. Il imagina Julie juste devant lui en train de l'entailler avec la lame de son couteau suisse. Il l'entendait respirer. Il sentait presque son odeur. Pourquoi avait-elle pleuré ?

Il s'empara de la pelle pliante harnachée sur le côté du sac, prêt à déterrer le passé, comme l'avait annoncé Paul, tandis que celui-ci enfilait une paire de gants en latex. Cinq minutes plus tard, le tranchant de l'outil butait contre une surface dure. Un éclat de métal brilla à la pelletée suivante.

36

Une boîte à secrets vieille de douze ans…
Gabriel s'agenouilla et termina de creuser avec les mains. Il saisit avec la plus grande attention la boîte en fer, en chassa la terre et la déposa devant lui. Elle était complètement rouillée, mais pas encore percée. Ça laissait une chance de découvrir son contenu intact.

Les deux hommes échangèrent un regard comme s'ils se recueillaient. Paul prit une photo avec son téléphone avant de s'agenouiller à son tour. Du bout des doigts, il tira sur le minuscule cadenas réduit à l'état de poussière d'acier. Puis il souleva le couvercle, dévoilant un épais sachet à zip, type sac de congélation. Il le présenta à la lumière du jour.

À l'intérieur, un carnet à la couverture gondolée. Malgré le plastique de protection, l'usure du temps semblait avoir fait des ravages. Paul tendit à Gabriel une paire de gants en latex avant que, la gorge serrée, ce dernier ne touche l'objet.

— Vas-y doucement, prévint Paul. Si le papier s'effrite ou se déchire entre tes mains, tu arrêtes tout.

Des feuilles étaient collées entre elles, d'autres avaient la raideur du papyrus. Julie avait visiblement écrit au stylo plume, l'encre bleue avait bavé ou disparu. Les premières pages étaient illisibles, hormis des morceaux de mots ou des bribes de phrases. Ils purent néanmoins deviner des dates en haut de certaines d'entre elles.

— 17 juillet 2007… 21 juillet 2007… Le 23 ici… souffla Gabriel. Peut-être une sorte de carnet intime qu'elle aurait démarré l'été 2007. Elle y écrivait tous les deux, trois jours, on dirait.

Paul tendit la main.

— Donne-le-moi. On le confiera au technicien du labo. On n'a toujours pas de service spécial pour tout ce qui est traces et documents, mais ils pourront essayer de jeter un œil. Si on doit pousser plus loin, on l'enverra à Écully.

— Attends…

Gabriel tentait de décrypter, entre les coulées d'encre et les taches d'humidité.

— « … à ses côtés… », « … impatience nos rendez-vous… », « … deviner ce qu'il aime, il reste myst… ».

Il releva les yeux vers le gendarme.

— Bon Dieu, Paul, elle fréquentait quelqu'un.

Le capitaine ne laissa rien paraître, lui qui avait écouté les révélations de Louise le matin même.

— Sans doute une amourette d'été ? avança-t-il. Quelqu'un du lycée, un copain de Sagas. Normal, pour une jeune fille de son âge.

Gabriel secoua la tête. Il s'était assis dans la pente contre un arbre.

— Non, Julie avait déjà eu des copains et nous les avait toujours présentés, parfois trop rapidement, d'ailleurs. Ça n'a pas été le cas cet été-là. Par contre, à plusieurs reprises, le mot « hôtel » apparaît dans le carnet, à moitié effacé, mais c'est bien ce mot. Julie travaillait à l'hôtel de la Falaise tout le mois de juillet 2007. L'homme dont elle parle a peut-être été un client ? Comment elle l'aurait connu, sinon ?

Ses pupilles prirent la lumière alors qu'il levait son regard vers les cimes des arbres agitées par un vent d'altitude.

— Et puis il y a ce pendentif qu'elle prétendait avoir acheté. C'est lui qui lui a offert, j'en suis sûr, maintenant. C'est pour cette raison qu'elle a menti. Elle avait une relation, et personne n'était au courant. On est passés à côté de ça, Paul.

Ses yeux plongèrent de nouveau dans le carnet. Froissement du papier jauni. Sur une feuille découpée et collée sur une autre, il découvrit le dessin d'une position d'échecs, avec l'échiquier et les pièces réalisées d'un trait soigné. Dessous, un titre : « L'Immortelle de Kasparov ».

— Ici… ce n'est pas l'écriture de ma fille, souffla-t-il.

— Sûr ?

— Parfaitement. Ce n'est pas elle qui a écrit « L'Immortelle de Kasparov ».

Paul constata qu'il avait raison. L'encre utilisée était noire, déposée avec finesse, élégance et régularité, contrairement aux pages précédentes.

— Julie m'avait déjà parlé des « immortelles » aux échecs, se remémora Gabriel. Ce sont les parties les plus remarquables des grands joueurs. Celles qui restent dans l'histoire.

Gabriel continua son examen. Il tomba alors sur une série d'esquisses à l'encre noire, réalisées avec talent. La première représentait un être double composé de deux individus masculins, jumeaux, l'un au visage souriant, l'autre effrayant avec sa barbichette noire – une sorte de diable – collés par le sternum. Dessous était écrit, toujours de cette écriture étrangère, « xiphopage ». Les pages suivantes comportaient des labyrinthes extrêmement complexes, dont on avait tenté de venir à bout : un trait bleu, hésitant, s'aventurait entre les couloirs étroits, zigzaguait, revenait en arrière. Julie avait ensuite copié la même phrase plusieurs centaines de fois : « Comment expliquer les tableaux à un lièvre mort ? »

— C'est quoi, ce délire ?

Plus loin encore, Gabriel découvrit de nouvelles esquisses : Julie nue, pendentif au cou, dans des positions provocantes. Jambes écartées sur un lit. Agenouillée, mains au sol. Bandeau sur les yeux, bouche ouverte et langoureuse. L'encre, sans doute de qualité, avait résisté au temps. Peut-être de l'encre de Chine.

— C'est elle. C'est ma fille de seize ans. Quel salopard de pervers a pu dessiner des trucs pareils ? Quel fumier a posé la main sur elle ?

Paul gardait le silence, penché au-dessus de son épaule. Gabriel, lui, ne s'arrêta pas davantage sur ces images insupportables. En tournant la page apparut une liste de mots notés avec deux écritures différentes, en alternance, comme dans un jeu où on se prêterait le stylo après chaque réponse. Julie avait crayonné « anna », lui « rever », elle « pop », lui « snobons », elle « radar », lui « semâmes », et ainsi de suite.

— Des palindromes.

Le regard de Paul s'égara dans la pente, jusqu'à l'endroit lointain où les arbres ne formaient plus qu'un mur noir infranchissable.

— Comme à l'usine hydroélectrique. Bordel, qu'est-ce que tout ça signifie ?

Gabriel prit le temps de la réflexion. Paul avait raison, c'était à en perdre son latin. Plus d'une dizaine d'années séparaient les mots dans le carnet de ceux écrits à la centrale.

— Ça veut dire que ma fille a connu un homme, l'été 2007, qui, d'une façon ou d'une autre, est mêlé au kidnapping. Un individu qui aime les échecs comme elle, a une belle écriture, lui propose des jeux intellectuels, des problèmes à résoudre. Un féru de mécanismes complexes et de logique doublé d'un salopard qui la représente dans des positions dégradantes. Est-ce que ce tordu l'a forcée à faire *ça* ? À se mettre à quatre pattes, complètement nue ? À se soumettre ?

— Ce sont juste des dessins. On ne sait pas.

— Te fous pas de ma gueule. « Comment expliquer les tableaux à un lièvre mort ? » Putain, comment on peut recopier un truc pareil sur des pages et des pages ? Pourquoi elle a fait ça ? C'est quoi ? Une punition ?

Gabriel fixa l'esquisse de l'être double, l'espèce de siamois, et imaginait l'emprise intellectuelle d'un homme mûr sur une jeune fille, la manière dont il avait pu la manipuler, l'embobiner, l'attirer dans sa toile. Il bouillait à l'idée qu'il ait pu bafouer l'innocence de son enfant. Il s'efforça de rester concentré. Il devait découvrir l'identité de ce type.

Il poursuivit son exploration, repéra d'autres listes, rédigées dans un procédé identique d'alternance d'écriture. Liste de héros de romans policiers, liste de criminels célèbres, liste d'instruments de torture, liste d'armes létales, liste de façons de tuer. Lui : « Pendaison », elle : « Noyade », lui : « Étranglement », elle : « Empoisonnement »… Une autre liste lui donna envie de vomir : celle des moyens de se débarrasser d'un corps. Elle : « Enterrement », lui : « Bûcher », elle : « Donner à manger à des cochons », lui : « Sodebin ».

— Sodebin, tu sais ce que c'est ?

Paul secoua la tête. Gabriel pressentait un homme discret, instruit, un séducteur capable d'hypnotiser Julie, un dominateur. Quelle sombre conscience pouvait pousser une jeune femme à participer à ces jeux sinistres ?

Les dates s'étalaient sur juillet et août. Malgré l'état du papier, Gabriel décryptait les vestiges d'une relation passionnelle, mais vicieuse, à base de soumission, de manipulation. Julie avait-elle vu en cet homme le moyen de braver tous les interdits ?

Il avait beau chercher, jamais sa fille ne citait un lieu ou un prénom. Elle le nommait toujours d'un pronom impersonnel. « Il », « lui »... Comme si elle avait peur qu'on finisse par tomber sur ce carnet. Elle voulait le protéger. Où se rencontraient-ils ? À quelle fréquence ? Comment avait-elle pu si bien cacher leur relation ?

Vers la fin, le ton changea. Gabriel comblait mentalement les morceaux qui manquaient. « Il a des comportements de plus en plus bizarres... », « Il voudrait que je quitte tout, que je parte avec lui... », « Je suis seule... », « Il me fait peur... ».

Les dernières lignes lisibles du carnet étaient : « Toujours et toujours ses énigmes à résoudre. Avec ses labyrinthes, il est devenu fou... Il me parle de meurtres, de manière de décrire des cadavres en décomposition. Il est obsédé par ça. Je ne veux plus jamais le revoir... » Ça datait de septembre 2007. Les chiffres du jour précis étaient illisibles, mais Julie avait dû noter ces mots juste avant d'enterrer la boîte en fer.

Il posa le carnet sur ses jambes, plaqua son crâne contre le tronc, les yeux levés vers les cimes noires des mélèzes.

— C'est lui, Paul. Je suis sûr qu'il est derrière tout ça. Il voulait l'emmener, et il n'a pas supporté qu'elle ne le suive pas. Des mois plus tard, il s'en est pris à elle. La Ford grise, Wanda Gershwitz. Tu m'as parlé de mercenaires. Ils ont agi sous ses ordres.

Paul s'était mis à aller et venir sur un faux plat, là où, plus de douze ans auparavant, Julie avait posé son VTT et sa caméra.

— Pas de précipitation, d'accord ? On n'en sait rien.

Gabriel n'écoutait pas, plongé dans ses déductions.

— Solenne m'a décrit le genre de phrases que vous avez reconstituées à partir des pages envoyées par le corbeau. « Je sais qui est le responsable », « Je sais où elle est ». Ce corbeau est au courant pour les palindromes, le pendentif, et tout l'univers policier qu'on retrouve dans ce carnet. Ces putains de palindromes sont censés nous mener vers cet homme, mais comment ?

Il se rappela la liste. *Ressasser*, *Laval*, *Noyon*, *Abba*, *Xanax*. Du chinois.

— Peut-être le corbeau les a-t-il vus ensemble cet été-là ? S'est-il immiscé dans leur relation ? A-t-il un jour eu accès au contenu du carnet ? En tout cas, au lieu de nous aider, il décide au contraire de nous détruire encore plus. Qu'est-ce qui peut motiver de tels actes ? La colère ? La vengeance ?

Ses yeux emplis de questions plongèrent dans ceux du gendarme.

— Louise sait peut-être quelque chose. C'était sa meilleure copine. Elles étaient toujours ensemble.

Paul fit mine de réfléchir, puis secoua la tête.

— Elle ne m'a jamais parlé de quoi que ce soit, tu penses que j'aurais creusé la piste, sinon. Je crois me souvenir qu'avec Louise on a passé une bonne partie de l'été 2007 à Argelès, chez mes parents. Et si Julie avait une relation avec un homme d'âge mûr, une relation un peu... complexe et déviante, elle ne l'a sûrement pas crié sur tous les toits. Elle écrit d'ailleurs qu'il lui fait peur et, pourtant, elle n'est pas venue te voir, toi, son propre père... C'était un secret inavouable.

Il n'avait pas tort. L'individu l'avait peut-être intimidée, lui imposant de garder le silence.

— Tu lui poseras quand même la question, répliqua Gabriel. Il faudra aller interroger Romuald Tanchon, aussi. Il n'a plus les registres papier de l'époque, tout ça est ancien, mais peut-être un détail lui reviendra-t-il. Et…

Paul tendit la main pour récupérer le carnet.

— Je sais ce qu'il y a à faire.

Il plaça l'objet dans la pochette transparente, la zippa et alla la ranger dans le sac à dos. En se relevant, Gabriel remarqua des rectangles cartonnés bleu ciel tombés sur les aiguilles de mélèze, entre ses jambes.

— Qu'est-ce que c'est ? demanda Paul en revenant vers lui.

— Une souche de tickets de bus, elle devait être dans le journal intime.

Gabriel observa avec attention.

— « Arrêt Sapinière ». Il reste quatre tickets.

— Sapinière, Sapinière… répéta Paul, tentant de stimuler ses souvenirs. Je crois que c'était le dernier arrêt sur la route du col, environ deux kilomètres après la station hydroélectrique. Ils ont supprimé la ligne de bus aux environs de 2009-2010, peu de temps après la fermeture de la centrale. Ce terminus permettait de se rendre au lac Noir, le lac réservoir en haut du barrage. C'est à plus de quinze bornes d'ici. Qu'est-ce que Julie serait allée faire là-bas ? Il n'y a strictement rien.

— Il y avait forcément quelque chose. Peut-être la réponse à toutes nos questions.

37

Silencieux, ils avançaient dans les pas de Julie, à plus de sept cents mètres au-dessus de Sagas, sur une route sinueuse où planait la mort noire.

Gabriel voyait sa fille devant lui, il devinait sa frêle silhouette, ses longues jambes, elle était là, elle venait juste de descendre du bus et le véhicule repartait avec un bruit de pistons après avoir fait demi-tour sur un terre-plein. Elle se mettait à marcher, seule. C'était pile à cet emplacement, mais douze ans plus tôt.

Il observa attentivement cet endroit désormais réduit à une bande de gravier entre bitume et verdure. Flanc de montagne à gauche, forêt à droite, un paysage indompté sur des kilomètres. *Où allais-tu, Julie ?* Une centaine de mètres plus loin, une petite voie faite de caillasse et de terre s'enfonçait entre les mélèzes, barrée d'un panneau en fer dévoré par la rouille, où l'indication « Propriété privée » était à moitié effacée. Gabriel imagina la frêle silhouette de sa fille s'engager par là.

Dans l'habitacle, les deux hommes ne parlaient pas. Le silence s'était de nouveau installé entre eux à leur retour dans la voiture. Gabriel avait vu la difficulté avec laquelle son ex-collègue avait redescendu le sentier. Dix fois, il avait eu envie de lui dire combien il regrettait son geste, cette fameuse nuit du règlement de comptes. Mais peut-on regretter ce dont on ne se souvient même pas ? Le passé était le passé, et des excuses ne pourraient rien effacer. Son trou de mémoire ne changerait pas l'homme qu'il était.

La poigne glacée de novembre transformait l'infinie forêt en un festival d'ombres lugubres. Les troncs serrés et noirs isolaient le véhicule dans une bulle d'inconnu, hostile et sauvage.

Gabriel imaginait sa fille sur le bas-côté, avec son sac à dos et ses baskets, comme lorsqu'il la voyait dans le rêve. Elle tirait sur les épines des pins, elle les reniflait, soufflait dessus, avant de poursuivre son chemin. *Alors comme ça, tu passais la journée ici, puis tu rentrais à la maison, t'enfermais dans ta chambre, comme n'importe quelle ado de ton âge. Et, en cachette, tu écrivais dans ce carnet…*

Plus loin, le chemin longea l'arête du cirque glaciaire par la gauche, offrant un panorama à couper le souffle. Quatre-vingts mètres en contrebas, on devinait le lac Miroir. Des perspectives plus profondes dévoilaient la vallée piégée dans la grisaille.

Après deux ou trois minutes où il avait été impossible de rouler à plus de dix kilomètres-heure à cause des pierres et des nids-de-poule, ils aperçurent une maison dévastée, nichée au bout d'une allée envahie par la végétation. Absence de porte, volets et fenêtres brisés, toiture à la charpente visible.

— Qui habite ici ? demanda Gabriel.

— Je n'en sais rien. J'ignorais même qu'il y avait une maison.

Ils allèrent jeter un œil à la demeure abandonnée, par acquit de conscience. Les pièces étaient vides, le plancher ravagé, le plafond menaçait de s'effondrer. Ils sortirent vite et délaissèrent leur véhicule. En descendant à l'arrêt Sapinière, Julie avait forcément fait ce trajet à pied. Sa destination ne devait plus être très loin, en espérant que ce ne fût pas cette ruine…

Ils suivirent donc la voie. D'un coup, le paysage s'ouvrit sur le lac Noir, la lèvre du barrage d'enrochement et son bâtiment cubique de maintenance. De là partaient les tuyaux de conduite forcée à destination de la vieille centrale hydroélectrique. Si on faisait abstraction de cette verrue anthropique, les lieux respiraient la beauté et la liberté. Les montagnes encerclaient l'étendue d'eau, venant y mourir en pente douce et y déversant leurs glaces fondues dès l'arrivée des premiers rayons de soleil printaniers. Entre les sapins, les eaux vives d'un torrent chantaient.

Paul inspira à pleins poumons, les mains sur les hanches, et pointa du doigt un autre chalet en rondins, enfoncé d'une dizaine de mètres dans la forêt. La route de terre s'arrêtait là. C'était donc la seule demeure des environs. La toiture en tuile d'ardoise descendait presque jusqu'au sol. Les volets étaient fermés.

Les deux hommes s'approchèrent. La poussière qui recouvrait la vitre de l'unique fenêtre d'une remise à outils, à droite de l'habitation principale, empêchait de voir à l'intérieur.

Paul frappa à la porte. Son acolyte était nerveux. Il revoyait les dessins odieux, la nudité de sa fille étalée sur papier à l'encre de Chine, les labyrinthes que ce taré la forçait à résoudre. Y avait-il la moindre chance que l'auteur de ces horreurs vive ici ?

Pas de réponse. Paul renouvela les coups, tapant cette fois du plat du poing.

— Gendarmerie nationale ! Ouvrez, s'il vous plaît !

Gabriel, observant que le cadenas de la remise n'était pas verrouillé, s'y aventura. Du coude, il enfonça un interrupteur. Une ampoule nue brilla au plafond. Des outils et un vélo de course sans roues encombraient le passage. Il souleva une bâche opaque étalée sur le sol et dévoila un pot de peinture fermé, mais déjà utilisé : des coulées rouge sang avaient dégouliné sur le rebord. Encore fraîches. Des pinceaux trempaient dans des bouteilles en plastique coupées en deux. Là aussi, l'eau était rouge.

Il avisa ensuite un établi. Agrafées sur un panneau de liège, des photos de famille jaunies et à demi effacées. Un homme, une femme, un enfant d'à peine deux ans. Des sourires, des pâtés de sable sur la berge d'un lac. Elles s'affichaient par centaines, superposées en un pêle-mêle inextricable, mélangées à des articles de journaux et des tracts qui concernaient la disparition de Julie. Des gros titres : « Le drame de Sagas toujours pas résolu », « Un an après, l'affaire piétine », « Qu'est devenue Julie Moscato ? ». Le propriétaire de la remise avait tout découpé, répertorié avec soin, souligné des phrases, entouré le visage de la jeune fille, avec obsession.

Gabriel retenait son souffle. Il connaissait cette famille. Derrière lui, la porte grinça. Paul s'avança à son tour en silence, découvrit le pot de peinture, puis l'enchevêtrement de photos.

— C'est pas vrai, souffla-t-il, abasourdi.

Il désigna le gamin au milieu de ses parents.

— C'est David, le copain de ma fille !

Paul s'appuya sur le rebord de l'établi, sous le choc. Il aperçut, par le battant resté ouvert, dissimulée à l'arrière du chalet, la voiture de ce dernier. Aucun doute : le petit ami de Louise était leur corbeau. Un vrai coup de poignard dans le dos.

Gabriel avait désormais les yeux rivés sur un album à la couverture rigide, posé au fond d'un casier en plastique.

Sur chaque page, insérés dans des encoches, des clichés en couleurs, imprimés sur papier glacé, d'une qualité parfaite. Sur le premier d'entre eux figurait un homme, dont la partie haute était cachée par un drap bleu, de ceux utilisés pour les opérations chirurgicales ou les autopsies. Une bande Elastoplast, pleine d'auréoles sombres, soutenait un menton perclus d'entailles noires et maintenait la bouche de l'anonyme fermée. Le bas du nez, à peine visible, avait pris une teinte violette. Gabriel pensa à un cadavre accidenté d'une fraîcheur toute relative.

Il tourna les pages, qui dévoilèrent des gros plans de cicatrices sur des fémurs, des bouches qui semblaient encore hurler. Ici, un pied masculin marbré d'auréoles violacées apparaissant sous un tissu blanc. Là, une cuisse de femme avec une tache de naissance en forme de tête de cheval. Plus loin, une main jeune aux ongles vernis. Les veines du bras qui pendait de la table en acier avaient été tranchées : suicide.

D'où venaient ces photos de cadavres ? David Esquimet avait-il photographié les morts confiés à son entreprise de pompes funèbres ? Les corps étaient comme dissimulés, de façon presque pudique. Il était impossible de les identifier.

— Quel taré ! tonna Paul.

Il referma l'album et, d'un bref mouvement de tête, indiqua qu'il fallait ressortir, à présent. Au moment où il franchissait le seuil de la remise, David Esquimet sautait les deux marches du perron du chalet et s'élançait en courant droit devant lui. Quand Paul capta son regard durant quelques instants, le monde s'effondra autour de lui. Il brandit son arme.

— Fais pas le con, David !

Le fuyard ignora l'invective. Habillé d'un vieux survêtement avec sweat à capuche et de baskets noires, il s'enfonça entre les troncs à grandes foulées.

38

Les gouttes en suspension dans l'air s'accrochaient à leurs vêtements comme des diamants. Gabriel avait rapidement doublé Paul. Il ouvrait la bouche au maximum, inhalait l'air pur ; même si son cœur flambait dans sa poitrine, il ne lâcherait pas la traque, cette fois. Le salopard en fuite était l'agresseur de la centrale. Il savait où était Julie, peut-être même lui avait-il fait du mal. Il était son unique chance de connaître le sort de sa fille. Plutôt crever que de le laisser s'échapper.

Esquimet dévalait entre les mélèzes comme s'il slalomait. Gabriel bondissait, poussait les troncs du plat des mains, dérapait sur les aiguilles mortes. Les eaux du lac lui apparurent d'un coup, d'un bleu foncé, un véritable œil ouvert sur le néant. La silhouette qu'il pourchassait dévia sur la droite et prit une pente de caillasse qui la fit atterrir sur la berge de gravillons gris. Quand Esquimet se retourna, il vit que son poursuivant avait gagné du terrain et courait depuis le sommet sans descendre vers la rive. Il se sut piégé. Une seule solution s'imposait. Il reprit sa course, épousant les contours du lac.

À ce moment, Gabriel comprit : sa cible se dirigeait vers le barrage. En retrait, Paul hurlait des propos incompréhensibles, l'afflux de sang dans ses tempes et le bourdonnement de la course dans ses oreilles couvraient tout le reste. Il avança à petites foulées douloureuses puis, à son tour, se laissa entraîner dans le dévers de roches qui roulèrent sous ses pieds. Il chuta sur les fesses, se redressa et, malgré la brûlure de ses muscles, se remit à courir.

Cinquante mètres plus loin, le fuyard grimpa une courte échelle en métal. À genoux puis debout, il se mit à évoluer sur une bande de dix centimètres de large, les bras écartés, oscillant à la manière d'un funambule maladroit.

Un fil de béton, entre la vie et la mort.

Les barreaux de l'échelle étaient glacés. Une fois en haut, Gabriel se leva, ses mains battant l'air pour garder l'équilibre. Un pied devant l'autre. À sa droite, le vide. En contrebas, il devinait, minuscules, les trois tuyaux de conduite forcée qui bifurquaient en direction de la centrale.

Esquimet regarda derrière lui, lentement, le visage rongé par la peur. Seuls une dizaine de mètres séparaient les deux hommes, désormais.

— Dégage ! hurla-t-il. N'avance plus d'un pas ou je saute !

Gabriel recula, le souffle court. Le paysage semblait se tordre autour de lui – les effets du vertige. La fuite d'Esquimet par l'autre rive était impossible à cause d'un pan de montagne contre lequel allait buter le barrage. Paul arrivait au bord du lac, à l'agonie. Il s'immobilisa à bonne distance de l'échelle pour garder Esquimet dans son champ de vision.

— On va s'éloigner, d'accord ? Tout… Tout ce que tu voudras. Mais… ne fais pas de bêtises, David.

Le gendarme fit un signe à Gabriel qui, les jambes flageolantes, redescendit et vint à ses côtés. D'un geste, il le poussa derrière lui. La panique s'emparait d'Esquimet. Il tanguait dangereusement.

— Je ne veux pas aller en prison.

Il pleurait. Même de là où il était, Paul devinait que tout son corps tremblait.

— Tu n'iras pas… en prison, répliqua le gendarme en reprenant son souffle. On va… trouver une solution, d'accord ?

— Quelle solution ? Vous allez gentiment me laisser repartir ?

— Pourquoi pas ? Un peu de… de peinture sur des murs, des pages de roman… envoyées par la poste. Qu'y a-t-il de mal à ça ? Pense à Louise. Pense à ma fille.

Esquimet secoua la tête.

— Rien à foutre, de ta fille.

Il regarda Gabriel.

— Je suis désolé pour toi. Ce n'est pas à toi que j'en veux.

Quand il le vit se pencher lentement vers le vide, jambes fléchies, bras tendus en avant, Gabriel hurla de désespoir :

— Dis-moi où elle est ! Je t'en supplie. Dis-moi où est ma fille ! Ça fait douze ans que je la recherche ! Où est son corps ?

L'homme ne les voyait plus, peut-être même ne les entendait-il plus. Il se signa et se laissa basculer vers l'avant. Gabriel poussa un long cri qui se mêla à celui d'Esquimet, que l'écho répercuta, jusqu'à ce que le silence s'abatte sur la montagne. Paul grimpa à l'échelle et jeta un œil en contrebas…

David Esquimet n'était plus qu'un corps désarticulé échoué sur les rochers au bas de la falaise, à quelques mètres de la centrale.

39

Atroce. Ce qu'il avait vu était tout simplement atroce. Il fallut une bonne minute avant que Paul redescende, tremblant de tout son corps. Il se mit à aller et venir, les yeux au sol, agrippa Gabriel par le col, le repoussa.

— Qu'est-ce qu'on a fait ? Qu'est-ce qu'on a fait ?

— On n'a rien fait, on a juste…

— Ferme-la. Laisse-moi réfléchir.

Il s'assit sur les cailloux, se prit la tête entre les mains, imaginant déjà l'horreur lorsqu'il faudrait annoncer la nouvelle à Louise. C'était un cauchemar.

Il fixa du regard la courbe du barrage, le lac, la forêt de mélèzes. Un vent gelé sifflait à ses oreilles, le linceul de la mort venait se déposer sur ses épaules comme une couverture d'épines. Dans le silence absolu des grands espaces, il se remit debout, fit un tour complet sur lui-même, sondant la nature qui, soudain, montrait un visage hostile. Ils étaient seuls au sommet d'un cirque glaciaire où personne ne mettait les pieds en automne. Un panneau « Propriété privée » à un kilomètre de là. Pas de témoins.

D'un coup, il se mit à marcher d'un pas ferme en direction de la pente de caillasse, sans un regard pour

Gabriel. Ils remontèrent jusqu'au chalet. Paul referma la porte de l'habitation avec sa main gantée.

— C'est dans cette baraque que Julie est venue en 2007 ! affirma Gabriel. Esquimet est impliqué ! Il faut aller jeter un œil à l'intérieur, il faut...

Paul l'agrippa une nouvelle fois par le col.

— Et puis coller notre ADN partout ? T'es barré ou quoi ? Le petit ami de ma fille est mort, bordel ! T'es pas gendarme, t'es qu'un civil, il n'y a pas d'enquête ouverte. Si on apprend que j'étais ici en dehors de toute procédure légale, je vais me prendre l'IGGN au cul et avoir de sérieux problèmes qui conduiront à une mise à pied et ruineront ma fin de carrière. Quant à Louise, il est évident que ce sera fini entre elle et moi. Je n'ai pas envie de tout perdre à cause de tes délires.

En se décalant, il observa le véhicule de David Esquimet. Il aurait dû faire le tour des lieux en arrivant sur place, plutôt que d'aller s'enfermer dans la remise. Il avait merdé.

— Je reviendrai plus tard, officiellement. On fera les choses dans l'ordre. Mais faut que je réfléchisse à la meilleure façon de nous tirer de ce guêpier.

Il entra dans la remise, dénicha un chiffon, frotta les endroits où ils avaient pu laisser des traces.

— Je m'arrangerai pour que le technicien soit moins méticuleux ici.

Gabriel l'imita. Avec une vieille serviette, il s'occupa de l'établi, astiqua les pages de l'album, et sortit en dernier. Paul remit le cadenas comme il était à leur arrivée, puis ils reprirent leur marche rapide à travers bois. Parvenu au véhicule, le gendarme s'empara du sac zip rangé dans le coffre.

— Rien ne doit permettre de remonter jusqu'à nous. Si je rapporte ce carnet à la brigade et qu'on finit par trouver à l'intérieur un lien quelconque avec ce chalet ou Esquimet, ça va forcément éveiller les soupçons. Je vais m'en débarrasser.

Gabriel le lui arracha des mains.

— Hors de question. Je le garde. On ne peut pas se permettre de le perdre.

Paul respira. Il devait se calmer à tout prix.

— D'accord, d'accord, mais tout ce qui concerne son contenu ne doit en aucun cas franchir tes lèvres. Donne-moi au moins les tickets de bus. Ils ne te servent à rien, il faut que je les fasse disparaître. Dans le fond, ce sont eux qui nous relient à Sapinière, et Sapinière nous relie à cet endroit.

Gabriel saisit le briquet au fond de sa poche, posa les tickets de bus sur le sol et les embrasa. Il fixa le dessin de la tête de loup du briquet et, le temps d'un souffle, il se revit dans le rêve.

— … tu fous ?

Il secoua la tête, dispersa les cendres avec ses pieds, avant de monter dans la voiture. Paul démarra, la gorge serrée. Il lorgnait dans son rétroviseur, avec la peur qu'un randonneur quelconque surgisse de nulle part et les surprenne.

— Je te dépose pas loin de ton hôtel. De là, tu récupéreras ta Mercedes, t'iras sur le plateau. Tu dois aller reboucher le trou. Aplanis tout, remets des aiguilles de pin dessus. Le film, il va devoir circuler entre les mains des enquêteurs, pour éviter de donner l'impression de cacher quelque chose. Peut-être quelqu'un finira-t-il par identifier le lieu, auquel cas on ne trouvera que de la terre si on creuse. Moi, il faut que je m'occupe, ou je vais péter un câble. Je retourne à la brigade faire toute cette paperasse que je n'ai pas eu le temps de traiter. Et puisque je n'ai pas encore envoyé d'équipe à la centrale pour la peinture, je le ferai demain matin. Il est tard, je…

Il roulait trop vite et fit claquer les essieux contre un rocher.

— Putain…

Il s'arrêta d'un coup, vérifia l'état des pneus et se rassit.

— Je ne crois pas qu'on ait crevé, Dieu merci.

Son visage, de nouveau concentré sur la route, avait la couleur du lait.

— Le corps sera visible depuis l'arrière de la centrale quand on s'y pointera. On découvrira Esquimet, on lancera une enquête, on en déduira qu'il est allé se suicider au barrage, ce qui est la vérité, après tout. C'est ce qui s'est passé, oui. Le remords l'a poussé jusque-là…

— Le remords, oui. Il s'est suicidé.

— On débarquera chez lui, on fouillera ce putain de chalet, on s'apercevra qu'il était le corbeau, et peut-être plus.

Paul fixa Gabriel. Il savait ce que ce *plus* signifiait.

— Dis-moi que ça fonctionne. Dis-moi que ce plan à l'arrache est viable.

Gabriel le réconforta.

— Il est viable. Esquimet est sorti de chez lui, il a refermé la porte, est monté sur le rebord du barrage, et il a sauté.

Ils rejoignirent la route principale. Paul prit la direction de Sagas, regarda une fois de plus dans son rétroviseur. Personne. Ses mains, crispées sur son volant, se détendirent.

— Après Albion, tu rentres à l'hôtel et tu te cloîtres dans ta chambre. N'oublie pas : le carnet n'existe pas, donc l'homme de 2007 dont parle Julie non plus. Pas d'histoire d'amour, pas d'amant, c'est bien compris ?

— Oui.

— Demain matin, tu remonteras dans le Nord pour les factures et compagnie. Tu ne m'envoies pas de messages, rien, c'est moi qui te contacterai d'ici un jour ou deux. La priorité, c'est que tu t'éloignes de moi et de cette ville avant qu'on finisse tous en taule.

Gabriel hocha la tête.

— Je ferai ce que tu me dis de faire. Mais je veux tout savoir sur l'enquête. La moindre de tes avancées, tu dois m'en informer. Ton affaire, c'est la mienne.

— C'est quoi ? Du chantage ?

— De la collaboration, plutôt. T'as beaucoup à perdre, moi plus rien. Que tu le veuilles ou non, toi et moi, on fait équipe maintenant.

40

Vidé, Paul s'était retiré dans son bureau, au bord de la nausée.

Il avait l'impression d'être un poisson piégé dans une nasse. Il avait merdé grave. L'amoureux de sa fille, coupable ou pas, était mort à cause de lui. Il avait effacé des preuves sur une carte vidéo, détruit des indices essentiels, compromis sa carrière. Tout ça en même pas vingt-quatre heures.

Heureusement, personne n'avait pu se rendre compte de son absence de la brigade une partie de l'après-midi, puisque personne, hormis le gars de permanence, ne travaillait. Et, quand bien même, on était le week-end, il était donc libre d'aller et venir. En outre, nul n'avait contacté la gendarmerie pour déclarer une chute du barrage. Dans ce chaos, il s'en tirait à peu près bien.

Corinne appela pour connaître l'heure de son retour, il prétexta un trop-plein de boulot, comme toujours, et il régla sa paperasse, torturé par la chute d'Esquimet et son cri – un vrai chant du cygne. L'homme habitait l'appartement au-dessus de son entreprise de pompes funèbres mais était propriétaire de l'ensemble de l'immeuble. Dans ce cas, à qui appartenait la maison proche du lac Noir ? Héritage familial ? Le père Esquimet avait passé l'arme à gauche à cause de l'alcool quelques années plus tôt. Quant à la mère de David… décédée dans la prime jeunesse de son fils.

En tout cas, même si l'envie le rongeait, il n'entreprit aucune recherche sur le chalet où s'était à l'évidence rendue Julie durant l'été 2007. Ne pas laisser de traces. De toute façon, il le saurait dès le lendemain. Patience.

Il pensa au carnet de Julie, aux jeux, aux esquisses, aux phrases bizarres. Il se rappela le dessin de l'être à deux visages et le mot inscrit dessous : « xiphopage ». Il s'empara d'un vieux dictionnaire rangé dans une armoire.

Terme de tératologie. Monstres xiphopages, monstres qui résultent de la réunion de deux individus depuis l'extrémité inférieure du sternum jusqu'à l'ombilic commun. Les frères siamois appartiennent à ce cas.

Un monstre xiphopage… Qu'avait voulu raconter l'auteur de l'esquisse ? Le bien d'un côté, le mal de l'autre ? L'amant de Julie avait-il un double visage ? Un homme avec une belle situation, un métier, parfaitement intégré, d'un côté. Le pire des pervers de l'autre, capable de commanditer un kidnapping et d'arracher une jeune femme à ses parents.

Il s'enfonça dans son siège, pensif. Louise allait morfler, mais elle s'était amourachée d'une ordure. Un homme qui torturait Corinne depuis des années en lui envoyant des lettres anonymes, ravivant sans cesse le souvenir de sa fille disparue. Un individu qui, peut-être, possédait les clés de cette énigme depuis le début, mais avait gardé ce monstrueux secret pour lui.

Ses dernières paroles tournaient en boucle dans l'esprit du gendarme. « Ce n'est pas à toi que j'en veux », avait-il dit à Gabriel juste avant le saut final. Pourquoi avoir lâché une phrase pareille ? En excluant Gabriel, avait-il de ce fait sous-entendu que c'était à Corinne qu'il en voulait ? Pourquoi ? Comment David était-il au courant des palindromes et donc du carnet ? Et puis, quel lien existait-il entre lui et l'homme que fréquentait Julie, *a priori* beaucoup plus âgé ?

Était-ce son père ?

Après réflexion, l'hypothèse du père de David lui parut absurde. Les années d'avant sa mort, le père Esquimet n'avait rien d'un type fréquentable. Rongé par l'alcool, pas le genre à dessiner des labyrinthes. Julie n'aurait jamais pu s'amouracher d'un homme pareil.

Paul rentra à Albion aux alentours de 22 heures, la tête farcie de ténèbres. L'envie de questionner Corinne au sujet d'Esquimet, du passé, le dévorait, mais lui non plus ne devait pas éveiller le moindre soupçon.

Il s'installa à table sans appétit. Sa femme ne l'avait pas attendu, elle regardait une série, allongée sur le canapé, une couverture sur les jambes. Son blanc de poulet et ses petits pois étaient froids. Il ne chercha pas à se rapprocher d'elle lorsqu'elle lui annonça qu'elle allait se coucher. Cinq minutes plus tard, elle revint en silence. Elle resta sur le seuil de la pièce.

— On se croise à peine, tous les deux. Tu passes tes journées et tes nuits au bureau, encore pire qu'avant, et quand tu es là, tu ne dis rien…

— C'est compliqué, en ce moment, avec cette affaire de meurtre.

Du bout de sa fourchette, il poussait un petit pois.

— Ce n'est pas juste en ce moment, répliqua-t-elle. Ça fait des mois que ça dure.

Elle patienta, espérant une réaction, une réponse, et puisqu'il ne bougeait pas, elle s'éloigna. Paul balança sa fourchette sur la table. Il n'y arrivait plus.

Il alla s'étendre sur le canapé, se laissa hypnotiser par les flammes dans l'âtre de la cheminée. Comme elles, leur couple était en train de mourir. Corinne ne guérirait jamais du manque de sa fille. L'absence de Julie était un cancer qui, avec une lenteur implacable et sournoise, continuait à la tuer et à le détruire, lui, indirectement. Alors vivre avec un poids sur sa conscience dont il ne pourrait jamais parler risquait de l'éloigner d'elle davantage. Paul s'en voulait de ne plus réussir à se battre.

Depuis le retour de Moscato, les vieux secrets crasseux de Sagas remontaient à la surface. Julie et son amant mystérieux, Tanchon et ses coucheries, Louise et son odieux chantage. Et maintenant Esquimet. Qui était le prochain sur la liste ?

Toute la nuit, il cogita. Louise serait interrogée, ainsi que les employés du défunt. On sonderait l'état psychologique d'Esquimet de ces dernières semaines, et Louise jurerait qu'il n'était pas suicidaire, qu'ils avaient des projets de vie commune… Mais Paul avait la parade : Esquimet était le corbeau, il photographiait des cadavres, cela justifiait son geste. Il ne supportait plus de vivre ainsi, il regrettait ses actes, ce genre de baratin. Mettre fin à sa vie avait été la seule solution. La ligne était assez solide pour le juge Cassoret, il en était sûr. Le gendarme tiendrait avec fermeté les rênes de l'enquête, tout en essayant d'épargner sa fille le mieux possible parce qu'elle allait prendre double peine : amant corbeau, amant mort.

À 6 h 30, Corinne décolla pour sa journée. Il la laissa petit-déjeuner seule, attendit son départ avant de se lever, recroquevillé sous la couverture. À ce moment-là, il se détesta.

Arrivé à la brigade à 8 heures, il adressa un bref signe à sa fille déjà sur place et s'installa à son bureau. Elle avait forcément tenté de joindre Esquimet, puisqu'elle aurait dû passer la nuit chez lui. Elle devait être inquiète de son silence.

Ce n'est qu'aux alentours de 9 heures qu'il déroula son scénario ignoble, mais nécessaire : il s'embarqua avec son second, Benjamin Martini, en direction du lac Miroir. Cédric Daméus suivait dans son propre véhicule pour les relevés éventuels d'empreintes qu'aurait laissées l'auteur des tags. Louise n'avait pas posé de questions ni cherché à les accompagner, il n'avait donc pas eu à lutter. Il devait à tout prix lui éviter la vue du carnage.

Paul se gara sur le devant de la centrale, offrit à son collègue un peu d'avance pendant qu'il traînait aux abords du coffre pour récupérer l'appareil photo, tandis que Daméus, lui, emportait sa valise de matériel. Le capitaine voulait absolument que l'un d'eux découvre le corps.

Et son stratagème fonctionna. L'adjudant l'appela dès qu'il arriva à l'arrière de l'usine. Paul accourut, gorgé d'adrénaline. Il contempla la masse de chair ayant percuté un rocher à plus de cent kilomètres-heure. Tête explosée, membres disloqués dans des angles impossibles, et des litres de sang déversés autour de lui. Le comble : on allait contacter Esquimet pour ramasser les morceaux. Il ne répondrait pas. Et pour cause.

Martini était cueilli de bon matin. Daméus, qui avait posé sa valise à ses pieds, était figé. Paul s'approcha avec prudence. On aurait dit un tableau de Pollock, macabre. Le gendarme leva un œil vers le sommet de la paroi, où l'on distinguait le bord du barrage.

— Il ne s'est pas loupé.

Les deux hommes le fixaient, exhalant des nuages de vapeur. Paul devait faire attention à ne pas trop en dire ni trop en faire. Pas de zèle, d'allusion, suivre les procédures. Il revint vers eux et sortit son téléphone de sa poche.

— J'avise le proc.

— Deux morts en trois jours, lâcha Martini d'une voix blanche. Tu penses qu'il pourrait y avoir un rapport avec le meurtre de la berge ?

— On a un taux de suicide dans la vallée que personne ne nous envie, surtout en période de mort noire. Ça m'a tout l'air d'un type qui a sauté, mais n'anticipons rien. Va me chercher la Rubalise. On sécurise et on fait rapidement ce pour quoi on est venus en attendant les renforts. Photos des murs, relevés de traces si besoin. Ça tombe mal, mais tu connais le dicton. Un malheur n'arrive jamais seul.

Alors que les gendarmes s'activaient, le capitaine passa les coups de fil nécessaires. Un obstacle médico-légal allait être dressé, il allait y avoir autopsie, analyses toxicologiques, tout le toutim… Après avoir raccroché de son dernier appel, il observa la scène sanglante. Il se dit qu'il était en train de vivre la pire semaine de merde de sa vie.

41

Emmitouflée dans sa parka, Louise débarqua avec le reste de l'équipe au niveau du parking. Paul alla au-devant d'elle et du jeune Brunet. Il pointa le sommet du barrage.

— L'individu a certainement sauté de là-haut. On va aller jeter un œil. Amenez-vous.

Louise tourna la tête vers le lieu du drame. Les techniciens d'investigation et un autre collègue se dirigeaient vers l'arrière de la centrale, accompagnés par l'adjudant Martini qui allait coordonner les actions. Vu que son père patientait déjà à côté de sa voiture, porte ouverte, elle refréna sa curiosité et s'installa à l'arrière. Une fois Brunet assis du côté passager, ils se mirent en route.

— Une idée sur l'identité ? questionna Louise.

Paul mit le chauffage à fond. Le vent humide descendu des cimes lui avait glacé les os, mais pas autant que ses mensonges.

— Aucune. Quatre-vingts mètres de chute, ça ne pardonne pas.

Il regagna la route principale et s'orienta vers le col. Envie de gerber. Coup d'œil discret dans le rétroviseur. Louise pianotait sur son téléphone avec gravité. C'était une bonne chose qu'elle s'inquiète de l'absence de nouvelles d'Esquimet, ça rendrait peut-être la descente moins violente. Deux ou trois kilomètres plus loin, il leur demanda de veiller à la présence de routes ou de chemins permettant d'aborder le cirque par le haut. Ce fut Brunet qui aperçut le premier le panneau « Propriété privée ».

Paul passa devant la maison abandonnée et se gara après une centaine de mètres seulement, incapable de progresser davantage à cause de l'état de la chaussée et du véhicule mal adapté. À pied, ils prirent en silence le chemin qui menait à la berge du lac Noir, jusqu'à atteindre l'échelle. Paul agrippa les barreaux.

— Les gants !

Louise brandissait une paire de gants en latex, le fixant avec un air de reproche. Paul s'en empara, mais ne les enfila qu'une fois en haut. Il tendit la main vers l'appareil photo que tenait Brunet.

— Donne-le-moi.

Il visa, appuya sur le bouton : l'échelle, le rebord de béton, le corps écrasé en bas, autour duquel s'activaient les fourmis de l'investigation. Il redescendit et laissa ses deux accompagnateurs constater, chacun leur tour.

— Ton avis ? lança-t-il à sa fille quand elle eut fini.

Elle mit du temps à répondre, les mains au fond de ses poches. Des rouleaux d'humidité dévalaient de la forêt et se répandaient au-dessus des eaux noires du lac.

— Il est monté, s'est avancé d'une dizaine de mètres, là où l'aplomb est le plus impressionnant, et il a sauté. Une chose est certaine : il ne voulait pas se rater.

— Vous savez s'il y a déjà eu des suicidés, ici ? intervint Brunet.

— Pas à ma connaissance, répliqua Paul. C'est sans doute plus facile de se jeter d'un pont quelconque dans la vallée que d'atteindre le lac Noir. Il faut repérer le chemin qui grimpe jusqu'ici et terminer à pied. Autrement dit, une sacrée volonté d'en finir. À moins qu'il habite les environs ?

Louise avait relevé le col de sa parka jusqu'à la moitié de son visage. Sans rien dire, elle entama sa marche vers un chalet qu'elle avait repéré, au loin, entre les arbres. Paul la suivit sans rien dire, du plomb dans les rangers.

L'inéluctable était en marche.

Louise toqua à la porte. Son père posa sa main gantée sur la poignée et ouvrit.

— Il y a quelqu'un ?

Odeur de braises. Craquement du bois. Une table taillée d'un seul bloc dans un tronc immense trônait au milieu du séjour. Peaux de bêtes au sol, bustes d'animaux accrochés de chaque côté de la cheminée, vieux fusils en guise de décoration. Le plus frappant était les livres. Des mètres et des mètres de dos colorés, serrés les uns contre les autres dans la bibliothèque en bois massif qui couvrait deux pans de mur, du sol au plafond.

Pourtant, ce n'était pas cette collection que fixait Louise. Son regard était happé par le canapé, où reposaient une chemise blanche, un pantalon de lin beige et une paire de mocassins. Paul vit ses traits noircir comme un ciel d'orage. Il assistait à ce moment où l'on a l'impression que des milliers d'invisibles piqûres nous transpercent, cet instant terrible où une moitié de nous sait déjà, et où l'autre ne veut pas encore y croire.

Elle souleva un vêtement, le renifla.

Son odeur. *Son* parfum.

Elle ne put empêcher les larmes d'arriver. Elle recula, sonnée, heurta la table au centre de laquelle reposaient un paquet de feuilles, un stylo bleu, des enveloppes et une boîte de gants en latex. Le matériel du parfait corbeau.

— Mon Dieu, souffla Paul.

Louise s'était mise à secouer la tête, à balbutier des « Non, non, ça ne peut pas être lui, pas lui, pas lui ». En pleurs, elle se précipita dehors et courut à travers les bois.

— Louise, attends !

Elle ne l'écoutait pas. Le capitaine tendit les clés de voiture à Brunet, qui ne comprenait rien à ce qui se passait.

— Elle va tout redescendre pour aller voir le corps. Accompagne-la en bagnole et fais gaffe à elle. Dis à Martini et Daméus de rappliquer. C'est ici que ça se passe.

42

Zen. Rester zen, à tout prix.

Une fois seul, Paul s'approcha de la table et observa le paquet de feuilles format A4, au papier légèrement jauni. Des pages manuscrites… L'écriture était fine, serrée, l'encre noire. Sans aucun doute la même que celle du carnet, celle de l'amant de Julie. Sur la page du dessus, en bas à droite, un numéro : « 495 ». Et sur la précédente, des lettres entourées à l'encre bleue, cette fois… Esquimet s'apprêtait à envoyer un nouveau message à Corinne.

En attendant l'arrivée des autres, il parcourut les pièces par sécurité. Dans la cuisine, le réfrigérateur était branché, avec de la nourriture à l'intérieur. Pas de télé ni d'ordinateur dans le salon. Un nécessaire de toilette dans la salle de bains, mais le strict minimum. Au bout du couloir, les deux chambres sentaient le renfermé, mais étaient propres, les lits faits. Gabriel devina qu'Esquimet avait dormi dans l'une d'elles peu de temps auparavant – celle avec la croix accrochée au-dessus de la tête de lit –, à cause des draps fourrés dans un sac à linge.

Dans le placard traînaient des vêtements : vieux jean, survêtements, surchemises à carreaux. Il s'attarda sur le cadre ornant la table de nuit, la seule touche personnelle de la pièce. Une femme blonde, la trentaine. Un air de ressemblance. Sa mère, très certainement.

Paul ne savait toujours pas si ce chalet appartenait à David Esquimet. S'il l'avait racheté. S'il s'agissait d'une résidence secondaire de son père récupérée par héritage. Ni qui avait donné rendez-vous à Julie ici, durant l'été 2007. Il revint dans le séjour au moment où Cédric Daméus, Benjamin Martini et un brigadier d'une trentaine d'années en franchissaient le seuil.

— Où est ma fille ? demanda-t-il.

— Brunet s'occupe d'elle, répliqua Martini. Elle est effondrée. On n'a pas bien compris. Qu'est-ce qui se passe ?

— Il se passe que le suicidé est probablement David Esquimet.

— Le… Le David Esquimet des pompes funèbres ?

— Lui-même. Et, de toute évidence, il est aussi notre corbeau.

Les hommes se regardèrent, interloqués. Une fois la nouvelle encaissée, Paul demanda à l'adjudant de se charger des procédures judiciaires et au brigadier Julien Berger de commencer à relever des éléments susceptibles de les intéresser.

Sous les ordres de Martini qui consignait chaque fait, Daméus préleva les empreintes sur la poignée de porte – intérieur et extérieur –, puis se focalisa sur les objets présents sur la table. Il posa trois cavaliers jaunes numérotés – un devant les feuilles, un devant l'enveloppe, un autre devant le stylo –, prit des photos, emballa le stylo, puis scella méticuleusement la page du dessus dans un film transparent pour préserver les traces papillaires éventuelles.

Pendant ce temps, le capitaine scrutait la bibliothèque. Rapidement, il identifia les romans policiers, qui étaient en large majorité. Combien y en avait-il ? Des milliers ? Pourtant, jamais Paul n'avait croisé Esquimet avec un livre à la main. En aucune circonstance le petit ami de sa fille n'avait fait la moindre allusion à son goût pour la lecture et pour cet univers en particulier. Il avait sacrément bien caché son jeu.

Les œuvres étaient classées par nom d'auteur, et selon l'ordre alphabétique. Il se décala, lettre L. Maurice Leblanc. Tira à lui *L'Aiguille creuse*. La couverture montrait Arsène Lupin, le visage grave, qui observait un code secret noté sur un morceau de parchemin. Il feuilleta jusqu'à la page 187 – celle que Corinne avait reçue par la poste. Elle était manquante. Tout comme la 112 de *Dix Petits Nègres*, déniché plus loin, au milieu de l'impressionnante collection de livres d'Agatha Christie.

David Esquimet avait donc officié ici. Dans cette pièce, il avait préparé ses courriers anonymes, pour ensuite les poster dans des villes lointaines.

Et, en parallèle, il couchait avec Louise. Quoi de mieux qu'un loup dans une bergerie pour obtenir des informations sur l'évolution de l'affaire ? Il s'était servi d'elle, il ne l'avait jamais aimée. « Rien à foutre, de ta fille. »

— Capitaine ?

Daméus et Martini firent signe à Paul de venir. Le technicien lui tendit la page sous sa protection en plastique.

— Si on met bout à bout les lettres entourées du nouveau message, on obtient : « Ce livre apporte la réponse à toutes vos qu ». Je suppose qu'il comptait écrire « questions ».

— Bizarre qu'il ne soit pas allé au bout de sa phrase, s'étonna l'adjudant. Pourquoi s'arrêter au milieu d'un mot ?

— Il doit y en avoir, des bizarreries qui traversent la tête d'un type prêt à se fracasser sur des rochers... Page 494... Qu'est-ce que c'est ? Un extrait de manuscrit ?

Daméus acquiesça.

— L'avant-dernière page, oui, semble-t-il. Un dénouement sur les falaises d'Étretat, pas loin de la célèbre aiguille.

— *L'Aiguille creuse*, marmonna Paul.

— On a ici quinze pages rédigées à la main, numérotées de 481 à 495. La fin d'une histoire.

— Toutes les autres pages doivent se trouver dans cette baraque.

Paul parcourut en vitesse ces quelques feuillets. Il y découvrit un mot souligné en noir, vraisemblablement par l'auteur lui-même : « Xanax ». Un des palindromes peints sur le mur de la centrale.

Il reposa le paquet, dubitatif... Pensa au pendentif en forme de livre de Julie. Le mystérieux amant était l'auteur de ces écrits. Était-il en rapport avec le milieu littéraire ? Un écrivain ?

Il lut avec attention les deux dernières pages. L'ambiance, les descriptions, et le dénouement, particulièrement tragique... Ça avait tout l'air d'un roman policier. Un original, qu'Esquimet avait en sa possession. Peut-être caché dans cette maison. *Ce livre apporte la réponse à toutes vos questions.*

Le brigadier Berger appela de l'extérieur. Paul demanda à Daméus de poursuivre son travail dans la maison et, accompagné de Martini, se précipita vers la remise, dont la porte était ouverte.

Berger se tenait devant le patchwork de clichés sur le rectangle de liège. Paul fit mine de tout découvrir, tira des conclusions à voix haute, exigea de son brigadier qu'il photographie l'ensemble avant de tout décrocher. Il ausculta également l'album des photos de cadavres.

Martini, à ses côtés, semblait écœuré.

— Photographier des morts. Quel malade !

— On l'embarque, décida-t-il en collant l'album entre les mains de son adjudant. Et pas la peine de faire les empreintes ici. On a assez de matos pour prouver qu'Esquimet était notre corbeau. Ce que je veux, maintenant, c'est la confirmation que cette propriété lui appartient.

Martini acquiesça sans rechigner. Paul était sur le point de sortir, mais Berger lui lança :

— Elle était punaisée sous un article de journal, expliqua son brigadier en lui tendant une photo.

Paul la regarda attentivement : une dizaine d'infirmières posaient devant les urgences de l'hôpital de Sagas. L'une d'entre elles tenait une ardoise, sur laquelle était noté « juin 1989 ». Esquimet s'était acharné sur la femme la plus à gauche. Elle avait le visage tellement gribouillé qu'il se résumait à un trou dans le rectangle de papier glacé.

— Les identités sont notées derrière, murmura le jeune Berger.

À ce moment-là, Paul sentit sa gorge se nouer. Il retourna le cliché et crut qu'il allait manquer d'oxygène.

L'un des noms de la liste était entouré en rouge. Le numéro qui lui était attribué correspondait à l'infirmière à la face trouée. « Corinne Jourdin ».

Le nom de jeune fille de sa femme.

43

Progressivement, les longues silhouettes noires avaient disparu dans son rétroviseur. Les vallons avaient chassé les montagnes, puis, au fil des heures, les champs s'étaient étirés, ternes et fatigués.

En quittant Sagas avant le lever du soleil, Gabriel s'était mis à angoisser. Il n'avait plus fait de rêve lucide. Plus de faille dans son inconscient, tout s'était de nouveau verrouillé, et sa courte nuit de sommeil n'avait été qu'un mur d'encre impénétrable. Toute sa vie se résumait désormais à cette voiture et à un sac de sport presque vide. Autour de lui, c'était le néant, l'inconnu, un monde qui lui glissait entre les doigts comme du sable. Sagas était ce qu'elle était, une vieille dame d'un autre âge, mais Gabriel s'y était senti à l'aise, même privé de sa mémoire.

Avant Lille, il avait prévu de faire étape à Orléans, la ville où Mathilde Lourmel avait disparu neuf ans plus tôt. En fouillant durant la nuit dans la paperasse du carton, il avait mis la main sur une page avec des adresses de parents de victimes qui, eux aussi, avaient créé des associations ou participé aux journées des enfants disparus.

Parmi eux, Pierre et Josiane Lourmel. En passant Lyon, il avait appelé le numéro de portable dont il disposait aussi, mais il n'était malheureusement plus attribué. Gabriel espérait avoir plus de chance en se rendant directement sur place, à condition que les Lourmel n'aient pas déménagé. Il devait comprendre pourquoi il avait fait une recherche sur le profil ADN de leur fille, et d'où venait le visage issu de son rêve.

Il s'arrêta sur une aire d'autoroute pour faire le plein d'essence – il se demanda au moment de payer s'il n'y avait pas eu une erreur, vu le montant exorbitant –, et avala un croissant – tout aussi hors de prix – dans l'habitacle de sa voiture.

Il arriva aux abords d'Orléans à 10 heures. S'il se fiait à son GPS, le couple habitait à l'ouest de la ville, à quelques encablures seulement de la Loire, dans une rue à sens unique où s'enchaînaient des façades crème aux volets colorés.

Une fois garé, il se présenta devant une lourde porte en bois. Un papier collé sur le plastique de la sonnette indiquait « Josiane & Pierre Lourmel », le deuxième prénom ayant été biffé au stylo rouge. Gabriel appuya sur le bouton. Il s'attendait à trouver porte close à cette heure, mais il perçut du bruit à l'intérieur. Cependant, on ne lui ouvrit pas, alors il insista.

— Allez vous faire foutre ! cracha soudain une voix féminine.

Gabriel entendit un bruit de chaise qu'on tirait, une télé dont on avait augmenté le son. Il renouvela ses coups et, face à l'échec, plaqua ses lèvres contre le chambranle.

— Je m'appelle Gabriel Moscato. Je suis le père de Julie Moscato qui a disparu le 8 mars 2008, à Sagas.

Le silence, puis le battant qui s'entrebâille au ralenti sur un visage aux joues creusées et aux yeux injectés de sang. Malgré les cheveux blonds emmêlés, les traits ternes et gris, la femme avait dû être belle. Elle parut soudain gênée. Elle essayait de se tenir droite, le menton relevé, mais, de toute évidence, elle avait bu de bon matin.

— Qu'est-ce que vous voulez ?

— Vous poser quelques questions. Sur Mathilde.

À l'étincelle dans le regard de Josiane Lourmel, Gabriel comprit qu'ils se connaissaient. Elle le laissa entrer et alla éteindre la télé d'un pas traînant. Ça sentait la clope mélangée à l'odeur de vaisselle sale. Sur la table du salon trônait une bouteille de vodka à moitié vide. Des mégots étaient écrasés sur une assiette où agonisaient des emballages en aluminium de cachets et les reliefs du repas de la veille. Gabriel remarqua les nombreuses photos d'une jeune femme, posées sur les meubles ou accrochées au mur. Ses pupilles s'arrêtèrent sur une phrase, encadrée, fixée au-dessus de la cheminée : « Quelque part, quelqu'un sait quelque chose. » Une fleur bleue et jaune avait été dessinée dans le coin droit inférieur. Il se tourna vers Mme Lourmel.

— Cette phrase…

La femme restait au milieu de la pièce, les bras croisés, comme si elle avait froid.

— Je vous l'ai piquée. Chaque jour, je veux me dire que, oui, même encore aujourd'hui, quelqu'un sait ce qui s'est passé. Un homme, une femme qui, en ce moment même, a une vie, une maison, un travail.

Gabriel observa cette mère, sa détresse et la lente érosion du temps qui l'entraînaient au fond de la bouteille. Gabriel avait-il été dans son état, ces dernières années ? Avait-il sombré, lui aussi, au point de rester cloîtré ? Il n'était pas rare, quand on avait tout perdu, de se perdre soi-même.

— Votre fille… toujours rien ? demanda Josiane Lourmel en s'allumant une cigarette.

— Non… Ça fait douze ans.

— Neuf ans et neuf mois en ce qui me concerne. Sur ce coup-là, vous me battez haut la main.

Elle voulut rire, mais toussa. La clope lui échappa de la bouche. Elle la ramassa.

— Excusez le bordel. Je m'attendais pas à de la visite.

— Je suis ici parce que j'ai un gros problème de mémoire, expliqua Gabriel. Pour tout vous dire, je ne sais même plus si on se connaît. J'essaie de combler les trous du passé, dans la mesure du possible, et de récolter toutes les informations qui, d'une façon ou d'une autre et à défaut de me ramener ma fille, me ramèneront des souvenirs.

Gabriel lut une forme de compassion dans les yeux de son interlocutrice. Elle alla préparer deux cafés serrés. Puis ils s'installèrent sur le canapé au tissu parsemé de taches de gras ou de sauce. Josiane Lourmel scruta le visage de Gabriel. Elle le fixa suffisamment longtemps pour les mettre mal à l'aise tous les deux, alors elle se rabattit sur son café, dont elle but une gorgée. Sa tasse tremblait dans sa main.

— La mémoire, vous dites… C'est quoi ? Une maladie ?

— Pas vraiment. Un truc neurologique. Compliqué.

Elle désigna son téléphone filaire.

— Je ne sais pas ce qui est pire : rester prisonnier du passé ou avoir oublié. Regardez, j'ai même conservé ma vieille ligne téléphonique. Même si longtemps après, je me dis que ce téléphone pourrait encore sonner, et que Mathilde pourrait être à l'autre bout de la ligne.

La bouée de sauvetage… Le radeau de survie… L'espoir des désespérés.

— Pour répondre à votre interrogation, reprit-elle, on se connaît, oui. Enfin, façon de parler. On se rencontrait une fois par an à la journée des enfants disparus, à Paris. Avec les autres, on allait planter des graines de myosotis vers la forêt de Saint-Germain, là où personne n'irait les arracher. « *Forget me not* », c'est le nom anglais de la fleur, le symbole de la manifestation. Vous vous souvenez de ça, quand même ?

Gabriel secoua la tête.

— Quand s'est-on vus pour la dernière fois ?

Pendant quelques secondes, Josiane Lourmel pompa nerveusement sur sa cigarette.

— 2015, je crois. J'ai arrêté d'aller à ces putains de rassemblements. Voir tous ces visages d'enfants sur des photos, ces noms alignés par centaines, y compris celui de ma fille. Ça servait à rien, ça ramenait pas nos gosses.

Gabriel ignorait s'il avait lui-même cessé de se rendre à Paris.

— Savez-vous si des liens quelconques auraient pu être établis entre la disparition de votre fille et la mienne ? demanda-t-il. A-t-on déjà relevé des choses qui auraient pu rapprocher les deux affaires ?

— Rapprocher les deux affaires ? Jamais. C'est quand même pas à vous que je vais apprendre combien de personnes disparaissent tous les ans ? Pourquoi voudriez-vous qu'il y ait un lien ?

Gabriel observa une photo de Mathilde derrière Josiane : les joues rondes, les iris verts pétillants, et ce franc sourire d'une jeune adulte bouillonnante de vie. Exactement comme dans son rêve, un peu plus jeune, peut-être. Il revint vers la femme qui, tout en écrasant son mégot d'un geste fiévreux, semblait soudain méfiante.

— C'est difficile à expliquer, parce que, comme je vous l'ai dit, je ne me souviens pas, continua Gabriel. Mais quand j'ai rouvert un carton avec toute la paperasse de l'affaire et des actions que j'ai menées par le passé, il s'est produit un truc au moment où j'ai vu votre nom et celui de Mathilde. On aurait dit, je ne sais pas, que la disparition de votre fille tenait une place particulière au fond de ma tête.

Les yeux de Mme Lourmel brillèrent soudain.

— Vous êtes sur une piste ?

Gabriel ne voulait pas lui donner de faux espoirs. Il ignorait lui-même ce qu'il cherchait.

— À cause de ma mémoire, c'est impossible de le savoir pour l'instant. Mais j'aimerais que vous me parliez de Mathilde. Peut-être votre histoire va-t-elle provoquer un déclic. On doit tenter le coup.

La femme avait reposé sa tasse. Elle se passait la langue sur les lèvres depuis quelques instants, comme si un insecte invisible la gênait. Elle se leva d'un coup et alla s'emparer de la bouteille de vodka.

— Je vous sers un verre ?

Gabriel déclina l'offre. Son interlocutrice sembla déçue. Elle se versa une dose d'alcoolique et but une pleine gorgée. Ses traits se détendirent.

— Mathilde venait de fêter ses vingt ans. Elle était… toujours de bonne humeur. Tout le monde l'appréciait, ouais, et je dis pas ça parce que je suis sa mère. C'était vraiment une bonne fille…

Gabriel ne dit rien. C'était douloureux de l'entendre évoquer sa fille au passé.

— … Elle étudiait le droit à la fac d'Orléans et vivait encore ici, avec nous. On n'avait pas vraiment les moyens de lui prendre un logement en ville et puis, à quoi bon, puisqu'elle pouvait rentrer tous les jours ? C'était une bonne raison de la garder auprès de nous, avant qu'elle prenne son envol. Mon mari avait toujours eu peur de ça, du jour où elle partirait…

Elle fit rouler son verre entre ses paumes. Désormais, elle ne regardait plus Gabriel comme elle l'avait fait au début de leur conversation. Peut-être par pudeur…

— Elle courait beaucoup le long des quais, au moins trois fois par semaine, été comme hiver. Le soir, elle s'équipait d'une lampe clignotante, rien ne l'arrêtait…

Elle fixait son alcool, la fièvre dans le blanc des yeux.

— Le 3 février 2011, elle est sortie courir aux alentours de 17 heures. Il tombait de la neige fondue, mais ça ne l'a pas découragée. J'étais à la maison, mon mari bossait dans sa boîte d'informatique. On ne l'a jamais revue…

Gorgée de vodka. Le moment de la disparition – celui entre le juste avant et le juste après – faisait partie de ceux définitivement gravés dans l'esprit des proches. Le dernier sourire, le dernier geste, le dernier mot devenaient les ultimes souvenirs.

— Quatre juges d'instruction se sont succédé sur l'affaire, des dizaines d'enquêteurs, et tous s'y sont cassé les dents. Le dossier a été fermé en octobre 2015, en invoquant l'article 175 du code de procédure pénale. Quelques lignes donnant le droit à un magistrat de nous enterrer vivants, une page qu'on tourne, sans qu'on puisse rien y faire. Ça a été un vrai coup de poignard dans une plaie déjà bien à vif. Ça voulait simplement dire que, aux yeux de la justice, ma fille n'existait plus. Tel un objet perdu.

Quatre ans de procédures, et terminé. Gabriel ne savait toujours pas comment il avait pu survivre à ça. Il acquiesça pour signifier qu'il comprenait.

— L'enquête n'a donc rien donné… Pas la moindre piste sérieuse ?

— Que dalle. Ils ont interrogé un ou deux témoins qui ont effectivement vu quelqu'un courir sur les quais avec une lampe clignotante ce soir-là, mais c'est tout.

Il faisait froid, noir, cette fichue neige fondue tombait. Les flics ont d'abord parlé d'une chute accidentelle dans la Loire ; ils ont ratissé les berges sur des kilomètres, ils ont fouillé absolument tous les bras d'eau pendant des jours, mais ils n'ont pas repêché de corps...

Elle secoua la tête, résignée.

— Le pire, c'est de ne pas savoir ce qui s'est passé. Accident ? Meurtre ? Kidnapping ? Est-ce qu'on lui a fait du mal ? Nous n'avons eu aucune réponse. Ceux qui prennent nos enfants sont les fossoyeurs de nos existences.

Elle mit son verre entre ses lèvres et en vida le contenu, cul sec. Dans l'horreur des faits, Gabriel et ses équipes avaient au moins eu des os à ronger – Wanda Gershwitz, la Ford grise –, mais, dans le cas de Mathilde, c'était le néant absolu.

— Elle empruntait toujours le même parcours ? demanda-t-il. Pour courir, je veux dire.

— C'est quoi, vos questions à la mords-moi le nœud ? Qu'est-ce que ça peut faire, si elle empruntait le même parcours ? Vous voulez quoi, à la fin ? On n'est jamais allés par chez vous, en Savoie. Cinq cents kilomètres et trois ans séparent les disparitions. Ma fille et la vôtre n'avaient rien en commun, hormis le sport, tu parles d'un critère. On s'est vus quatre fois à tout casser et vous ne vous souvenez même plus des myosotis qu'on allait planter, alors, c'est quoi ce truc au fond de votre cervelle qui vous a poussé jusque chez moi ? Qu'est-ce que vous avez découvert ?

Gabriel avait ravivé des flammes dangereuses dans le regard de la mère de Mathilde. Il regrettait déjà d'être venu ici remuer la boue du passé. Il n'y avait rien à trouver, rien qui puisse expliquer les profils ADN réclamés à Solenne ou son cauchemar. Il se leva, mal à l'aise.

— Je suis désolé de vous avoir dérangée.

Josiane Lourmel se redressa à son tour.

— Vous êtes désolé, ouais. Tout le monde est désolé.

Elle se dirigea vers la cuisine et nota son numéro de téléphone sur un Post-it. Elle plia le papier à l'intérieur de la paume ouverte de Gabriel et lui referma la main, posant la sienne par-dessus, avant de plonger ses yeux dans ceux de l'homme qui lui faisait face. Elle serra ses doigts fins un peu plus, tandis qu'une étrange chaleur montait dans son ventre et que son pouls s'accélérait. Gabriel ne bougea pas.

— Restez encore un peu, si vous voulez. On pourrait discuter.

— Il faut que je rentre chez moi…

Elle finit par retirer sa main, gênée.

— Bien sûr, mais appelez-moi, n'importe quand. Si vous avez la moindre information, si des choses vous reviennent concernant ma fille, je veux que vous me le disiez. Me laissez pas tomber, d'accord ? Par pitié, arrachez-moi à cet enfer.

Gabriel glissa le papier au fond de sa poche, perturbé par le courant passé entre eux durant ces brefs instants. Finalement, il parcourut les quelques pas qui le séparaient de la porte et remarqua la photo encadrée à proximité du portemanteau : Mathilde s'exhibait en maillot de bain deux pièces, debout au bord d'une piscine extérieure, souriante, lunettes miroir juste baissées pour dévoiler un minois baigné de charme et d'espièglerie. Une tache brune se distinguait sur sa peau hâlée, au niveau de la cuisse gauche. Gabriel s'approcha.

— Cette tache… fit-il en la montrant du doigt. C'est une marque de naissance ?

Josiane Lourmel décrocha le cadre du mur avec beaucoup de précaution.

— Elle aimait bien qu'on la photographie, elle prenait toujours ses postures de star. Elle devait avoir dix-sept ans, sur celle-là. C'était à Porto-Vecchio, je crois... Porto-Vecchio... soupira-t-elle. Tout a l'air tellement irréel, aujourd'hui. Comme si tout ça n'avait pas existé. Mais pourquoi vous vous intéressez à sa tache de naissance, maintenant ?

— Parce que... ça a réveillé un souvenir. Ma fille aussi en possédait une, mentit-il. Sur l'omoplate droite. Elle avait la forme de la Guadeloupe. Une sorte de papillon.

Mme Lourmel hocha la tête.

— On avait donné un nom à la tache de naissance de ma fille. On l'appelait Ourasi, en référence au célèbre trotteur quadruple vainqueur du prix d'Amérique. On le voit bien sur la photo, sa tache, c'était une parfaite tête de cheval.

44

— Enfin, te voilà. Referme la porte derrière toi, s'il te plaît.

Corinne était venue pendant sa pause du midi, à la demande de Paul, qui la pria de s'asseoir. Elle comprit immédiatement que c'était grave. Elle s'installa sur la chaise. Paul avait décidé de ne pas y aller par quatre chemins :

— David Esquimet est mort. Il a sauté du haut du barrage du lac Noir.

Corinne eut un mouvement de recul et tourna la tête vers le bureau de droite. À travers les persiennes baissées aux trois quarts, elle devinait Louise, appuyée sur ses coudes, perdue dans ses pensées.

— C'est pas vrai…

— C'est la triste réalité, répliqua Paul en suivant son regard.

— Comment elle va ?

— Je lui ai dit de rentrer chez elle, elle préfère pourtant être ici. Ce n'est peut-être pas plus mal, elle ruminera sûrement moins. Elle était accrochée à lui, mais elle le fréquentait depuis seulement trois mois. Elle est forte, elle s'en remettra. Ce qui risque d'être plus compliqué, en revanche, c'est quand elle se rendra compte qu'elle couchait avec son pire ennemi.

Corinne se demanda qui se tenait en face d'elle. Le père, le mari, ou le gendarme froid et procédural qui gérait un suicide de plus ?

— Qu'est-ce que tu veux dire ?

— David Esquimet était notre corbeau. Il opérait depuis un chalet situé aux alentours du lac Noir, dont il n'avait évidemment parlé à personne.

Corinne aurait dû être soulagée, mais une tension dans la colonne vertébrale la maintenait en alerte. Comme si, par elle ignorait quel processus, elle avait toujours su qui était le coupable.

— Accroché au mur de sa remise à outils, poursuivit Paul, il y avait un sacré paquet d'articles de journaux sur la disparition de Julie, mélangés à des photos de famille. David Esquimet quand il était plus petit, son père, sa mère… Ça nous conforte dans l'idée que l'affaire du corbeau et l'enlèvement de Julie sont liés : David Esquimet savait des choses. Comment, pourquoi, on ne sait pas encore, mais j'ai parlé au juge Cassoret : à la vue de tous ces nouveaux éléments, il a décidé de réétudier l'ouverture possible du dossier de Julie.

Corinne mit ses deux mains devant sa bouche, au bord des larmes.

— Ça nous donnera du budget, des moyens. C'est une bonne nouvelle.

Elle acquiesça, s'essuyant le coin de l'œil.

— Oui, oui. C'est une bonne nouvelle.

Paul ne lui laissa pas beaucoup de temps pour savourer le moment. Il poussa vers elle une photo protégée par une pochette en plastique.

— Dans sa remise, on a découvert ça aussi.

Corinne observa le cliché. Les infirmières, l'hôpital, l'ardoise avec l'année 1989, et son visage gribouillé. Elle eut soudain l'impression qu'une bulle du passé remontait des profondeurs de sa mémoire pour venir éclater à la surface de son esprit.

— Mon Dieu... Ça fait plus de trente ans. Ça ne peut quand même pas être ça.

Paul se pencha vers l'avant.

— Si, c'est sûrement *ça*. Explique-moi.

— Tu vas porter ce que je te dis au dossier ?

— Je te mentirais si je te disais que non.

Elle hésita longuement, mordillant le bout d'un de ses ongles.

— J'avais une vingtaine d'années, je venais de commencer ma carrière, c'était avant que je rencontre Gabriel... J'étais infirmière de bloc, en chirurgie gynécologique. Bon sang, je... je n'ai jamais parlé de cette histoire à personne.

Le silence envahit de nouveau la pièce durant d'interminables secondes.

— C'est important, Corinne.

— Je... Je travaillais avec un professeur du nom de Chardeau, se lança-t-elle enfin. Patrick Chardeau. Il avait des décennies de boutique à Sagas et tenait son service d'une main de fer. Tout le monde le craignait, le genre de notable prétentieux, capable de faire et défaire des carrières d'un claquement de doigts. Le cliché même du type qui a réussi et méprise tout le reste...

Pupilles dilatées. Elle était là-bas, dans le bloc de l'hôpital.

— Cette nuit-là, il devait pratiquer une hystérectomie, une ablation de l'utérus sur Catherine Esquimet. Chardeau n'était pas au mieux de sa forme. Il était arrivé en retard, ce qui ne lui ressemblait pas, il nous hurlait dessus. On en a tous pris pour notre grade. Vu son état de tension extrême, il n'aurait pas dû opérer. On a appris plus tard qu'il possédait un cheval de course, et que celui-ci avait été abattu suite à une mauvaise chute le jour de l'intervention. Il avait perdu gros.

— Mais l'opération chirurgicale a quand même lieu...

— Oui, dans une ambiance exécrable. Tout semble cependant se passer correctement, or, au moment de sortir la patiente du bloc pour la ramener en réa, le pouls se met à filer. Chardeau revêtait sa tenue civile quand ça s'est produit. Il rouvre la patiente en urgence et constate une grave hémorragie. Il y avait du sang partout. Il met trop de temps à découvrir que le problème provient de l'intestin grêle. Il a été percé, probablement lors de l'intervention. Je t'épargne les détails techniques, mais Catherine Esquimet décédera au bloc quinze minutes plus tard d'un arrêt cardiaque...

Sa voix grelottait d'émotion. Elle réclama un verre d'eau, que Paul lui servit. Il resta debout, à proximité de la fenêtre, appuyé contre la cloison. Dehors, les étourneaux avaient disparu. Des gars de la brigade avaient vu la gigantesque masse noire reprendre sa migration dès les premières lueurs de l'aube, plein ouest.

— Chardeau nous demande de rester au bloc jusqu'à ce que le directeur de l'hôpital débarque en pleine nuit. Tout se déroule alors très vite. On laisse entendre qu'il est de notre intérêt de signaler que tout s'est déroulé dans les meilleures conditions, mais qu'il y a eu des « complications » qui ont mené au décès de la patiente. En aucun cas on ne doit évoquer l'état de nervosité extrême du chirurgien.

Elle secoua la tête.

— Si longtemps après, je... je me souviens encore du mari qui attendait dans une chambre, avec le môme sur ses genoux. David Esquimet n'avait même pas cinq ans… Le père était complètement perdu quand ce salopard de Chardeau lui a appris la nouvelle, l'air désolé. Claude Esquimet ne comprenait pas qu'il ne reverrait plus sa femme ailleurs que sur une table de thanatopraxie.

Paul imaginait l'horreur de la scène. Le mari embaumant sa propre épouse. Sans doute avait-il constaté les dégâts causés par le chirurgien lors des soins de conservation.

— Il a essayé de porter plainte pour homicide involontaire, continua Corinne, mais c'était trop tard. Devant la commission, en bons élèves, on a tous fait front, on a répété notre petit laïus… Je te passe le baratin de l'hôpital, qui a conduit au verdict de « geste chirurgical non fautif ».

« Geste chirurgical non fautif »… Paul ne voyait pas trop en quoi ça consistait. C'était certainement aussi cohérent que d'affirmer qu'on pouvait appuyer sur la détente d'un flingue de façon non intentionnelle.

— Suite à cette affaire, Chardeau a quitté Sagas et est parti terminer sa carrière ailleurs, en toute impunité. Claude Esquimet n'a même pas obtenu un centime… Et moi, il a fallu que je vive avec cette mort sur la conscience. Mais qu'est-ce que j'aurais pu faire ? Dénoncer l'omerta qui régnait sur l'hôpital ? J'étais jeune, je voulais garder mon job. Et puis, c'était le pot de terre contre le pot de fer.

Elle lui rendit la photo.

— Jamais je n'aurais pu penser une seule seconde que les lettres avaient un rapport avec ça. Ça fait plus de trente ans ! répéta-t-elle.

D'expérience, le gendarme savait que tout finissait toujours par se payer, tôt ou tard, même quand on se croyait à l'abri. Et lui aussi, un jour ou l'autre, aurait à passer à la caisse.

Il s'affaissa sur sa chaise.

— David Esquimet a grandi sans sa mère, souffla-t-il. Au fil des années, il a vu son père sombrer dans l'alcool et mourir à petit feu, *a priori* à cause de ce drame. La disparition de Julie a été l'occasion pour lui d'expulser sa haine. Tu as été la malheureuse élue d'une vengeance opportune. Tu paies pour tous les autres.

Ses mots, son ton glacèrent Corinne. Elle le considéra alors comme on regarde une barque détachée de sa corde, emportée par les courants sans qu'on puisse rien y faire. Elle sut, à ce moment-là, que leur couple ne s'en remettrait pas. Vivre avec des secrets faisait mal, mais les livrer détruisait davantage.

— Qu'est-ce qu'il a fait à ma fille ?

— On ne sait pas grand-chose encore. Mais, dans ses messages, il a toujours prétendu savoir où elle était. On pense que c'est vrai.

— Comment c'est possible ?

— Il est probable qu'il ait vu des choses à l'époque, et qu'il les ait toujours gardées pour lui. Un visage, une identité, une plaque d'immatriculation, bref, un élément qui nous aurait permis de remonter la piste. Tout ça, c'est devenu trop lourd à porter pour lui. Alors il a mis fin à ses jours.

Il soupira. *Et au grand concours de mensonges, le vainqueur est…*

— Pour l'heure, on fouille le chalet, on essaie de comprendre son lien avec ta fille. Ce qui est sûr, c'est qu'Esquimet était attiré par le morbide. On a embarqué un album avec des photos en gros plan de parties de cadavres : des bras, des jambes, des torses. Il y avait des accidentés, des suicidés. Peut-être agissait-il dans sa salle d'embaumement. On enquête, on pose des questions.

— Mon Dieu…

— On a aussi mis la main sur les feuillets de la fin d'un manuscrit qui a tout l'air d'un roman policier et n'a vraisemblablement pas été écrit par lui. Il comptait nous envoyer les deux dernières pages avec un nouveau message, proclamant que ce fameux manuscrit contiendrait la réponse à toutes nos questions. On recherche les autres pages, il y en aurait presque cinq cents.

Corinne hocha doucement la tête. Elle pensa à un livre maudit, maléfique, décrivant par le menu le calvaire de sa fille. Elle se releva et récupéra son sac en bandoulière. Paul fit le tour du bureau et vint la serrer contre lui.

— Merci. Tu as été courageuse de mettre cette vieille histoire sur la table. Mais au moins, maintenant, on avance.

Elle s'écarta de lui.

— Ça m'a rongée pendant des années, jusqu'à ce que je finisse par presque oublier. On dit que le temps a raison de tout, qu'il est capable de guérir toutes les blessures. Peut-être qu'un jour je guérirai aussi de l'absence de Julie.

Elle jeta un coup d'œil à sa montre.

— Il faut que j'y aille. Tu… Tu diras bon courage à Louise de ma part. Si elle veut, elle peut dormir à la maison quelque temps.

— Je n'y manquerai pas.

Avant de sortir, elle se retourna une dernière fois.

— Si tu pouvais rentrer tôt…

Leurs regards restèrent accrochés à peine une seconde, mais ce fut suffisant pour que Corinne obtienne sa réponse.

Elle fit volte-face et disparut.

45

Une route, en pleine campagne. Gabriel s'était arrêté au bord d'un champ, à dix kilomètres d'Orléans. Il vidait ses tripes dans un fossé, anéanti par sa découverte.

L'album de David Esquimet contenait la photo d'une marque de naissance en forme de tête de cheval présente sur une cuisse féminine. Comment imaginer qu'il puisse s'agir d'une simple coïncidence ? Aussi incompréhensible que cela puisse paraître, Esquimet avait eu, face à lui, le cadavre d'une jeune fille disparue à Orléans en 2011, Mathilde Lourmel. Dans une mise en scène macabre, il l'avait installée sur une table en acier, et un nouveau cliché avait rejoint son album bourré d'autres horreurs du même acabit.

Il se redressa avec difficulté. Il imagina David Esquimet, penché au-dessus du corps de Mathilde pour immortaliser une partie de son anatomie. Que faisait son cadavre au milieu de sa collection ? L'avait-il ensuite enterrée ? Incinérée ?

Il n'osa prolonger ses pensées et se jeta au volant de sa voiture. Bouffer du bitume, à fond. Rouler pour ne pas crever d'angoisse, pour se donner un but. Il pensa à Josiane Lourmel, à ses mots implorants, à sa famille et sa vie détruites pour toujours. Plus personne à aimer, aucune croyance, aucune conviction à laquelle s'accrocher. Elle n'avait qu'à attendre un coup de fil qui ne viendrait jamais. « Je ne sais pas ce qui est pire : rester prisonnier du passé ou avoir oublié », avait-elle dit. Gabriel ne voulait pas finir comme elle. Tout, mais pas ça.

Il composa le numéro de Paul, malgré les instructions, tomba sur le répondeur, laissa juste deux mots : « Rappelle-moi. »

Aux alentours de 15 heures, Lille lui apparut d'un bloc, telle une vague de béton venue se fracasser sur son pare-brise. Tours commerciales piégées entre des gares, routes tordues engorgées de véhicules, coups de klaxon de tous les côtés. De la région, Gabriel ne connaissait quasiment rien. Sa mère était venue s'échouer dans le Nord suite à une mutation de son père, au temps où lui s'était mis en ménage avec Corinne à Sagas. Il était censé vivre dans le coin depuis son divorce, mais il ne ressentit, à la vue de la capitale des Flandres, qu'un grand vide.

Quartier de Wazemmes. Explosion de couleurs. Enseignes de restaurants chinois, odeurs de kebab, petits cafés entre deux boutiques de vente de téléphones portables ou deux épiceries. Des légumes débordaient des étals d'un marché couvert, un type découpait de la viande à la machette dans un fracas de métal. Les gens s'interpellaient, les moteurs des voitures ronronnaient, crachant un bruit de fond permanent. Gabriel était étranger à ce maelström dans lequel les peaux jaunes, grises, noires, blanches se mêlaient, mais il se dit que, s'il avait voulu passer inaperçu, il aurait choisi ce genre d'endroit.

Il dégota une place de stationnement, sortit avec son sac de sport entre les mains et remonta la rue. Des regards de types en pleine discussion se posèrent sur lui, une vieille dame avec un cabas hocha le menton en guise de salut.

Guidé par son téléphone, Gabriel se sentait agressé, épié. Connaissait-il ces gens ? Avait-il déjà parlé avec eux ?

Toujours sans nouvelles de Paul, il pénétra dans un hall d'immeuble vieillot et introduisit l'une des clés de son trousseau dans la porte. Ça fonctionnait. D'après l'adresse fournie par son ex-collègue, il habitait l'appartement 23. Il inspecta la boîte aux lettres associée et eut un frisson quand il lut « Walter Guffin » sur un rectangle blanc. Dedans, un tas de prospectus, qu'il jeta à la poubelle. Il grimpa au premier, arriva devant chez lui avec appréhension. C'était étrange, il avait l'impression de violer l'intimité d'un inconnu.

Il glissa une autre clé dans la serrure. Elle s'insérait à la perfection, mais ne tournait pas correctement. Il mit cinq minutes, jouant avec le pêne, pour enfin réussir à ouvrir. Quand il découvrit l'intérieur, il comprit mieux ses difficultés.

Il avait été cambriolé.

46

Tout était sens dessus dessous dans l'appartement. Tiroirs par terre, coussins du canapé dispersés, table retournée. Gabriel s'avança, abasourdi, jusqu'à la chambre. Même désordre. Le deux-pièces avait été mis à sac, mais la télé était toujours là, ainsi que le système d'enceintes et l'ordinateur dans un coin. Ce n'était donc pas un cambriolage classique. Le ou les responsables du chaos cherchaient quelque chose de précis.

Gabriel s'assit sur le sommier et serra la clé accrochée autour de son cou. Puis il piocha le carnet intime de sa fille dans sa poche, feuilleta en silence ses pages gondolées. L'âpreté des dessins mit son sang en ébullition. De nouveau, il s'attarda sur les labyrinthes que Julie avait tenté de résoudre, le dessin du monstre double, le fameux xiphopage. Il revit Julie et Mathilde piégées dans le reflet du miroir, au fond de la grotte sordide. Lui, à deux doigts de les toucher. Incapable de leur venir en aide. Tout ça était incompréhensible, dément.

Il se redressa brusquement et balança de toutes ses forces le radio-réveil contre le mur. Il poussa un long cri. La fraction de seconde suivante, il pensa à courir et à se jeter par la fenêtre. Tout serait tellement plus simple. En finir une bonne fois pour toutes, plutôt que de lutter contre des moulins à vent. Il se mit à aller et venir, furieux envers lui-même et son propre esprit qui lui avait volé douze ans de sa vie et refusait de les lui rendre.

La crise passée, il laissa son rythme cardiaque ralentir et réfléchit. Hors de question d'appeler les flics : ils ne seraient pas aussi conciliants que Paul s'ils apprenaient sa fausse identité. Et puis, comment expliquer l'enfer de ces derniers jours sans qu'on le colle en taule ou en hôpital psychiatrique ? Il allait lui falloir se débrouiller seul.

Il entreprit d'inspecter les lieux avec plus de minutie. Son logement était petit, une trentaine de mètres carrés à tout casser. Pas de décoration, de touche personnelle, le strict minimum. Sans doute l'avait-il loué meublé. Il remit un peu d'ordre, redressa la table, jeta un œil aux paquets de cigarettes et bouteilles d'alcool – du whisky et du rhum – bien entamées, ramassa la paperasse. Pas grand-chose, des factures au nom de Guffin et, malheureusement, aucune trace de ses papiers d'identité. Il alluma son ordinateur. Gabriel essaya plusieurs mots de passe, sans succès. S'en remettre à la chance était inutile. Comme pour sa mémoire, le contenu de son disque dur lui resterait inaccessible.

Il se rendit dans la kitchenette, ouvrit la porte du réfrigérateur. Il souleva un paquet de jambon, observa les dates sur les pots de yaourt. Rien de périmé. Tout indiquait qu'il avait effectivement vécu ici les jours précédant son arrivée à Sagas. Quand son appartement avait-il été visité ? Avant ou après la mort de Wanda Gershwitz ?

L'armoire de la chambre avait également été fouillée sans ménagement. Il la rangea et détecta des vêtements féminins. De la lingerie en dentelle, un pyjama en soie blanc et rose. Il renifla le parfum. Wanda était venue ici, elle avait dû dormir dans ce lit.

Il piocha, non sans contentement, un tee-shirt uni bleu, un pull à col roulé anthracite, un caleçon et des chaussettes propres avant de se diriger vers la salle de bains. Les traces d'une présence féminine se manifestaient là aussi – deux brosses à dents dans un verre, un shampoing pour cheveux colorés. Il avait vécu avec cette femme qui avait ruiné sa vie. Il imaginait à peine son état chaque fois qu'il la serrait contre lui. L'impression, certainement, de valser avec le diable.

Il se débarbouilla sans décoller son regard du miroir. De courts cheveux grisonnants pointaient sur son crâne, les poils juste autour de sa bouche poussaient en pagaille, lui donnant des airs de repris de justice. Il s'empara d'un rasoir, de la mousse et fit disparaître le bouc, dévoilant une ride profonde au niveau de son menton, pareille à un coup de lame.

C'était lui. Gabriel Moscato, cinquante-cinq ans. C'était bien lui.

Il parcourut du bout des doigts son visage sec et effilé, décela au fond de ses yeux la signature de l'homme qu'il avait toujours été : un père prêt à déplacer des montagnes. Jamais il n'abandonnerait ses recherches. Il allait tout faire pour accéder à la vérité, identifier celui ou ceux qui avaient fait du mal à Julie. Ceux-là mêmes qui avaient dû saccager cet appartement, ces animaux qui avaient balancé un corps sur les rives de l'Arve et avaient tout fait pour l'incriminer lui. Il pensa à David Esquimet, à ses photos, aux palindromes sur les murs de l'usine. Où était la place de chaque pièce dans ce casse-tête ?

Il alla à la fenêtre, poussa discrètement le rideau, et observa la rue, les voitures, les gens qui circulaient avec leur destin en main. Et lui, au milieu de ces trajectoires, perdu dans la nébuleuse de l'oubli, incapable de s'extraire de son propre cauchemar, était décidé à se battre jusqu'au bout.

Il ignorait où tout cela allait le mener, mais, à ce moment-là, il n'avait qu'une seule certitude : sa quête nordiste devait commencer chez sa mère.

47

Entre un troquet et une cordonnerie, dans la rue face au cimetière de Sagas, se trouvaient les pompes funèbres Esquimet. C'était une large bâtisse de pierre dont le rez-de-chaussée était composé d'une partie marbrerie et d'une partie funérarium. David Esquimet pouvait entrer et sortir de chez lui par l'arrière, évitant ainsi de passer par le fonds de commerce.

Paul avait déniché un jeu de clés dans le blouson de la victime. Avec, il ouvrit la porte d'entrée et grimpa la volée de marches, accompagné du jeune Brunet – le reste de l'équipe était toujours en train de fouiller le chalet. Il avait demandé à un employé de l'attendre en bas afin de lui poser des questions.

Une autre clé lui donna accès à l'habitation de l'étage. C'était un vieil appartement de célibataire au plancher craquant, aux murs tapissés à l'ancienne, avec ses meubles rustiques en bois massif, tellement imposants que le fait qu'ils aient pu être transportés jusque-là relevait du mystère. David Esquimet n'avait pas fait beaucoup d'efforts de décoration depuis la mort de son père.

Paul balaya le salon du regard, sans déceler de bibliothèque. Il s'orienta vers le couloir, passa devant la salle de bains. Une première chambre avait été transformée en bureau. Des photos étaient accrochées sur un pêle-mêle : ses parents, David plus jeune, puis des portraits de Louise et lui, au bord de la rivière ou en promenade dans la nature. Le gendarme serra les dents. À l'évidence, Esquimet n'avait rien laissé traîner de compromettant ici et avait tout fait pour que Louise ne découvre pas sa face cachée.

Il s'empara de l'appareil photo numérique posé à côté de l'ordinateur. C'était un beau modèle, un Canon de qualité. Il parcourut les images que contenait la carte mémoire : là non plus, aucune trouvaille. Esquimet avait effacé ses horreurs.

Il se tourna vers son subordonné.

— Ordinateur, appareil photo, portable, tu embarques. Faudra faire analyser les disques durs.

Il inspecta l'autre chambre et fut saisi d'un frisson en imaginant que Louise avait dormi dans ce lit avec ce taré. Il s'approcha de la fenêtre qui donnait sur le cimetière, il chercha la tombe de sa première femme, perdue au loin dans le gris des stèles. Avec une vue pareille, Esquimet passait en quelque sorte ses journées et ses nuits en compagnie des morts. Tout cela était d'un glauque…

Il jeta un œil dans l'armoire, repéra des coffres métalliques remplis de paperasse. Tout était rangé avec soin, à l'aide de classeurs et d'onglets. Il ne tarda pas à mettre la main sur les avis d'imposition. Ils indiquaient, comme il s'y attendait, que David était effectivement le propriétaire du chalet du lac Noir.

— Tu t'occuperas des papiers aussi ! cria-t-il. Passe tout au crible. Il nous faut ce fichu manuscrit. Je descends.

Il rejoignit l'employé des pompes funèbres au bas des marches. L'homme s'appelait Denis Huron, thanatopracteur, pas loin de la soixantaine. Il travaillait pour les Esquimet depuis plus de vingt-cinq ans – d'abord le père, puis le fils – et était encore ébranlé par la mort brutale de son jeune patron.

— C'est tellement soudain, fit-il en glissant les mains dans ses poches. Hier, il était là, et aujourd'hui, c'est fini. Pourquoi il a fait une chose pareille ?

— C'est ce que l'enquête va chercher à déterminer. Vous étiez au courant que David était propriétaire d'un chalet du côté du barrage ?

Huron mit du temps à s'arracher à ses pensées et à répondre.

— Je savais, oui. David en avait hérité de son père, qui lui-même en avait hérité de ses parents. Le grand-père, le vieux, il a aidé à la construction de la centrale hydroélectrique ou je sais pas quoi. David vivait au-dessus de la boutique pour des raisons pratiques, mais je crois qu'il aimait bien aller là-haut de temps en temps. Jamais je n'aurais cru qu'un jour il...

— Et son père, Claude, il habitait ici ou au chalet ?

— Il a toujours habité ici. Il préférait louer le chalet aux touristes qui aimaient les coins paumés. Il faut l'avouer, c'est quand même très joli, au lac Noir. Et ses petites affaires lui rapportaient pas mal de blé.

— Il passait par une agence de location ?

— Une agence de location ? Vous avez déjà vu une agence ici ? Non, c'était au black. Y a jamais eu de problèmes avec ça. Il affichait même des petites annonces à la boulangerie ou dans les commerces, avec des photos et son numéro de téléphone.

Il n'y aurait aucun moyen simple d'identifier les locataires de 2007, mais Paul entrevoyait de plus en plus clairement le scénario qui s'était déroulé. L'homme qui avait eu une aventure interdite avec Julie avait loué le chalet au père de David. Peut-être cet individu avait-il séjourné à l'hôtel de la Falaise auparavant, le temps de trouver un logement plus confortable. Il était tombé sur la petite annonce. Il avait alors quitté l'établissement de Romuald Tanchon pour s'installer là-haut, invitant Julie à le rejoindre dans le plus grand secret.

— Je sais que ça remonte à loin, mais si je vous dis « été 2007 », celui avant la disparition de Julie Moscato… vous savez si le chalet était occupé ? Par un artiste, un écrivain… ?

Denis Huron ne sembla même pas vouloir se creuser la cervelle. Il haussa les épaules du tac au tac.

— J'en sais rien du tout. Quoi qu'il en soit, j'ai jamais entendu parler d'un écrivain. Pourquoi vous voulez savoir ? C'est quoi le rapport avec David ?

— Les enquêtes nous poussent à creuser toutes les pistes, c'est tout. On veut s'assurer qu'il n'y a pas autre chose derrière ce qui ressemble à un suicide, vous comprenez ?

Huron acquiesça, et Paul se dit, à s'écouter parler, qu'il aurait sans doute mené une excellente carrière de comédien.

— J'aimerais voir la salle de préparation des corps.

Denis Huron s'engagea dans un couloir, à gauche de l'escalier. Il ouvrit la porte du fond, alluma la lumière et descendit trois marches. Ils franchirent un sas où étaient suspendus des combinaisons, des masques et des calots. Paul remarqua les tenues et draps emballés, de couleur bleue, rangés dans un casier.

— Je vous demanderais d'enfiler les surchaussures, réclama Huron en lui en tendant une paire. On n'a pas de défunt pour l'instant, mais c'est une question d'hygiène.

L'homme les glissa à ses pieds d'un geste, se tenant sur une jambe, puis l'autre, avec un équilibre parfait. Paul, lui, dut s'asseoir sur un tabouret pour s'exécuter.

— Combien d'employés travaillent ici ?

— Cinq, mais seulement deux thanatopracteurs. David et moi. Il était patron, mais la paperasse et la vente, c'était pas son truc. Il préférait le terrain, comme on dit.

— Donc il pratiquait souvent des soins ?

— Ça dépend de ce que vous entendez par « souvent », on n'est pas à Chicago non plus. Peut-être deux ou trois dans les meilleures semaines. Le reste, c'est moi qui m'en occupais.

Paul se releva avec une grimace, appuyant les deux mains sur son genou valide. Ils franchirent une lourde porte étanche. La température ne devait pas dépasser les dix degrés dans la salle sans fenêtre, au plafond bas, éclairée d'une lumière crue qui renforçait son aspect clinique. Elle mesurait une quinzaine de mètres carrés et disposait du nécessaire pour les soins de conservation. Vaste évier, siphons d'évacuation, système d'aération, autoclave de stérilisation des instruments, matériel de drainage. Tout était propre, aseptisé. Paul remarqua deux tiroirs de morgue entrouverts et vides. Il s'approcha de la table en acier inoxydable, positionnée en plein milieu. Il réfléchit, immobile, puis se tourna vers son interlocuteur.

— Comment sont apportés les corps ?

— Par le garage juste à côté de l'endroit où vous êtes entré. Il a un accès direct sur le couloir, où on a un brancard à disposition pour faciliter les derniers mètres. Après les soins, on les transfère à la chambre mortuaire pour que les familles puissent venir se recueillir.

— Les corps peuvent rester ici la nuit ?

— Oui. Quand ils arrivent tard ou le week-end, on les met dans l'une des deux cases réfrigérées et, en général, on s'en occupe le lendemain.

Paul promena ses doigts sur le métal glacial, observa les angles, puis il se dirigea vers les cases en question, dont on contrôlait la température interne avec un thermostat. L'odeur de cadavre était ici plus forte qu'ailleurs.

— Je vais vous demander d'être franc avec moi. Certains gestes de votre patron pouvaient-ils vous suggérer qu'il développait une forme d'attrait pour les morts ?

— Une forme d'attrait ? Qu'est-ce que vous voulez dire ?

— Était-il du genre à photographier ses clients ? À les toucher autrement que de façon professionnelle ? Vous a-t-il déjà mis mal à l'aise ?

Le visage d'Huron s'empourpra de colère.

— Vous nous prenez pour des espèces d'obsédés, ou quoi ? Bien sûr que non, y a jamais eu de ça ici ! David était un pro, très respectueux. On ne peut pas faire ce métier si on ne respecte pas les défunts.

Paul l'avait méchamment vexé, mais il n'était pas là pour faire dans la délicatesse. Il ouvrit la galerie de photos de son téléphone et le tendit au thanatopracteur.

— Je ne vous pose pas ces questions à la légère. On a découvert ces clichés dans la remise attenante au chalet de David. Ils étaient imprimés et soigneusement rangés dans un album. Il y en a une trentaine. J'aimerais que vous y jetiez un œil.

Huron chaussa les lunettes attachées par une cordelette noire autour de son cou. Ses sourcils gris disparurent derrière la grosse monture lorsqu'il les fronça. Il balaya l'écran de son index.

— Merde alors...

— À votre avis, cette pièce a pu servir de décor à ce que vous voyez ?

— Difficile à dire. On possède ce genre de tissu, mais comme toutes les salles de soins ou n'importe quelle morgue. On voit mal la table. Hormis le sujet, tout est flou. Je ne peux rien vous dire… Mais, bon sang, qu'est-ce que tout ça signifie ?

Paul vint se placer juste à ses côtés.

— David a peut-être réalisé ces mises en scène quand il était seul, la nuit par exemple. De l'étage, il pouvait venir ici directement, et donc sans personne pour le surprendre. Il avait le champ libre…

Huron avait perdu toute son agressivité. Il s'était appuyé contre un mur, abasourdi.

— Regardez attentivement ces membres, ces détails, ces blessures, poursuivit Paul. Ça vous parle ? Auriez-vous déjà vu des cadavres avec ces caractéristiques ? Ça n'est pas forcément récent. Prenez votre temps. C'est très important.

Il réajusta ses lunettes sur son nez et s'attarda sur chaque cliché. Il finit par secouer la tête.

— Je suis désolé.

Paul récupéra son téléphone.

— Vous allez être convoqué pour passer à la brigade dans les prochains jours, afin de mettre tout ça sur papier. Ne vous inquiétez pas, ce ne sont que des formalités, tous les employés vont y avoir droit. On veut juste essayer de cerner la personnalité de votre patron.

Denis Huron acquiesça avant de sortir, bras ballants, pareil à un combattant groggy. Paul resta seul dans le ronflement de la ventilation, les narines saturées des odeurs de produits d'hôpitaux. L'espace d'une seconde, il vit Julie couchée là, nue, bras et jambes écartés, le corps marbré des stigmates de la mort.

Il s'empressa d'éteindre la lumière et quitta la pièce avec l'impression qu'un courant glacé lui caressait l'échine.

48

Tristement, les croix latines blanches s'étiraient à l'infini. Des cimetières militaires bordaient la nationale qui fendait les champs en direction d'Arras. Une campagne du deuil et du souvenir de l'absolue boucherie que fut la Grande Guerre, et plus particulièrement à cet endroit où s'était tenu le front.

Gabriel aussi menait sa propre guerre, un combat sans merci contre le trou noir de sa mémoire et les kidnappeurs de sa fille. Son téléphone sonna. Paul.

— Pourquoi t'as cherché à me joindre ? C'est moi qui devais te rappeler, attaqua-t-il.

Gabriel se gara sur le bas-côté.

— Écoute bien. Avant de rentrer dans le Nord, je me suis arrêté à Orléans, chez Josiane Lourmel, la mère d'une autre disparue.

— Orléans ? Une autre disparue ? Qu'est-ce que tu me racontes ?

— Il y a deux mois, j'ai demandé à Solenne une extraction des données du FNAEG concernant Julie et une certaine Mathilde Lourmel. Je ne sais pas pourquoi je lui ai fait cette requête. C'est pour cette raison que je suis allé voir la mère de Mathilde, pour essayer de comprendre. Sa fille a été enlevée un soir de 2011, alors qu'elle courait le long des quais de la Loire. L'enquête n'a mené à rien, mais j'ai vu une photo de la gamine. Accroche-toi : elle possède une marque de naissance à la cuisse, en forme de tête de cheval...

— Comme celle dans l'album d'Esquimet ?

— La même.

Un long silence. Gabriel imaginait l'impact de ses révélations. Le fait que Solenne ait agi dans le dos de son supérieur, le croisement entre plusieurs enlèvements, l'implication d'Esquimet dans une affaire de plus en plus sordide. La voix grave de Paul résonna :

— Si c'est vrai, si cette Mathilde est décédée et qu'Esquimet l'a immortalisée dans un album, comment t'aurais pu faire le lien avec elle de ton côté ? Pourquoi t'aurais eu besoin de son profil ADN en même temps que de celui de Julie ?

— Je n'en sais strictement rien, j'ai peut-être remonté une piste, ici, dans le Nord, qui m'a permis d'établir un rapport. J'ai retrouvé mon appartement de Lille cambriolé. Le ou les responsables cherchaient probablement quelque chose que j'ai caché dans un coffre chez ma mère. Je file là-bas en ce moment même. Du neuf, de ton côté ?

— Ça suit son cours, mais on n'avance pas au même rythme que toi, ici. Je t'en reparle plus tard. Fais gaffe à toi. Et rappelle dès que t'as des infos.

Après avoir raccroché, Gabriel remit le contact, incapable, comme Paul, d'assembler les pièces du puzzle. Il espérait que le passage chez sa mère lui livrerait d'autres clés.

Alors que le soleil peignait l'horizon de couleurs vives, il s'engagea sur une route transverse, au-dessus de Neuville-Saint-Vaast, et dénicha une cité de maisonnettes toutes identiques, d'une tristesse totale, avec leurs murs de crépi gris et leurs toits de tuiles rouge sombre. Tout était figé, sans vie. En posant le pied sur le trottoir, il eut l'impression de respirer l'odeur de la mort.

Il tapa trois coups à la porte, la gorge serrée. Deux topazes d'un bleu arctique brillèrent dans l'entrebâillement. Jeannine ôta la chaînette de sécurité et écarta le battant. Gabriel fut violemment heurté par les ravages de la vieillesse. Si les yeux de sa mère étaient restés les mêmes, elle n'était plus qu'une brindille avec des mains anormalement longues, des coudes noueux. Ses cheveux semblaient avoir blanchi d'un coup et se dressaient en touffes éparses. Elle qui avait toujours soigné son apparence, ses tenues… Elle s'appuyait sur une canne, toute voûtée.

Gabriel l'embrassa tendrement et se rendit dans la foulée aux toilettes. Il y chiala en silence, son poing écrasant ses lèvres. Il était pareil au prisonnier qui affronte la liberté après des années de réclusion, redécouvre des visages changés, un monde différent, et se rend compte que ce temps perdu entre quatre murs ne pourra jamais lui être restitué.

Il se frotta les paupières, inspira profondément et sortit. Jeannine faisait chauffer de la soupe aux poireaux dans sa minuscule cuisine réduite à un four micro-ondes, deux plaques électriques et un réfrigérateur. La fenêtre donnait sur des champs et les terrils lointains du bassin minier qui, à cette heure, se résumaient à un festival d'ombres chinoises.

— Toi, tu as des soucis, fit-elle en posant deux bols sur la table.

— Ça va, m'man. C'est toujours mon problème de mémoire. Mais tout devrait vite s'arranger, d'après le médecin.

Il but la soupe, avala goulûment des tranches de pain beurré. Un peu de chaleur dans son estomac le soulagea. Il s'accorda un répit avec sa mère, discuta, parce qu'il ne pouvait repartir comme un voleur, et que récupérer des briques du passé pour reconstruire le mur de ses souvenirs lui procurait un bien immense. Enfin, il existait, enfin, quelqu'un était capable de lui parler de lui.

Sa mère lui raconta. Avant Lille, il avait loué une maison en périphérie d'Arras, pas loin d'ici. C'est lui qui l'avait installée dans ce béguinage et se chargeait d'une partie de ses frais de santé – les prélèvements étaient effectués automatiquement sur son compte. Après un tas de petits métiers, il avait travaillé près d'un an dans une entreprise de bâtiment, avant de déménager sans préavis dans la capitale des Flandres.

Elle lui confirma ce qu'elle lui avait déjà appris au téléphone : depuis qu'il avait quitté son emploi et vivait à Lille, elle ne l'avait presque pas vu, sauf pour cette histoire de coffre. À ce moment-là, elle avait constaté son changement d'apparence et sa nervosité.

Après leur repas, elle l'emmena dans sa chambre et désigna le placard.

— C'est là qu'il est, ton coffre. Tellement lourd que t'as dû le trimballer avec un diable et demander l'aide du fils d'un voisin.

Gabriel fit coulisser la porte. Le coffre d'une cinquantaine de centimètres de haut était vissé sur un lit de parpaings remplis de béton. Impossible qu'on le déplace pour le voler.

Il s'agenouilla et détacha le lacet à son cou. Quand il eut vérifié que la clé correspondait parfaitement à la serrure, son sang se glaça. Les poumons de sa mère sifflaient juste derrière lui. Elle aussi, elle voulait savoir.

Il y avait deux paquets. Un large emballage opaque, posé en diagonale pour rentrer dans le compartiment, protégeait à l'évidence un tableau ou un cadre. Il le posa sur le lit sans l'ouvrir, s'intéressant d'abord à l'autre paquet, une enveloppe kraft de format classique. Alors qu'il en extrayait son passeport, sa carte d'identité, sa carte bancaire et son permis de conduire, au nom de Gabriel Moscato, il éprouva un profond soulagement : il redevenait enfin lui-même.

Il décacheta une autre enveloppe qui accompagnait ses papiers, en extirpa quatre feuilles agrafées deux par deux. Celles du dessus contenaient des graphiques agrémentés de chiffres et de notations complexes. De sa main, il avait inscrit :

Profil ADN de Mathilde Lourmel envoyé par Solenne, le 30/08/2020

Profil ADN de Julie envoyé par Solenne, le 30/08/2020

— Qu'est-ce que c'est ? demanda sa mère.

Gabriel, en pleine réflexion, tarda à répondre.

— Rien, juste des données techniques qu'une ex-collègue de Sagas m'a communiquées, il y a environ trois mois.

Il se pencha sur les feuilles du dessous. L'émotion le contraignit à s'asseoir sur le lit. Il s'agissait encore de courbes et de profils ADN, mais issus d'une source différente. De la même façon, il avait noté, sur chaque feuille agrafée :

Profil ADN 1 renvoyé par labo privé Internet, issu d'échantillon sanguin, le 24/08/2020

Profil ADN 2 renvoyé par labo privé Internet, issu d'échantillon sanguin, le 24/08/2020

Le choc, lorsqu'il compara. Les échantillons de sang correspondaient exactement aux données extraites des fichiers de la police.

En d'autres termes, quelques jours avant de réclamer les profils ADN à Solenne Peltier, Gabriel avait fait parvenir à un laboratoire privé des échantillons du sang de sa fille et de celui de Mathilde Lourmel.

49

Rapidement, Paul éteignit les phares et sortit de son véhicule. Une fois le soleil couché, il régnait, aux alentours du chalet de David Esquimet, une ambiance digne d'un film d'horreur. L'éblouissant paysage de la journée s'était effacé derrière les ombres des sapins. Les silhouettes des montagnes se resserraient en dents de scie autour de lui, comme la mâchoire d'un habitant des abysses. En contrebas, le lac suggérait l'œil froid d'un reptile aux aguets.

Lampe torche en main, le gendarme se rendit jusqu'à l'habitation, décolla les bandes de scellés et franchit la porte. Il appuya sur un interrupteur. L'ampoule du plafond éclaira les yeux en verre des animaux empaillés. L'endroit était lugubre.

Tout l'après-midi, ses hommes avaient fouillé les lieux de fond en comble et n'avaient trouvé aucune trace du manuscrit dont ils possédaient la fin. Brunet n'avait rien découvert non plus dans l'appartement du centre-ville.

Paul refusait que la piste puisse s'arrêter là, que les énigmes envoyées par David Esquimet ne soient pas résolues. Les pages manquantes étaient forcément cachées quelque part. Il fallait à tout prix comprendre le schéma psychique de l'homme qui s'était jeté du haut du barrage pour avoir une chance de mettre la main sur ce qui était censé leur apporter ne serait-ce qu'un début de solution.

Un froid sec hantait les pièces. Paul souffla dans ses mains et avança. C'était donc ici, entre ces murs, que l'histoire entre Julie et l'inconnu avait eu lieu. Paul était de plus en plus persuadé que l'amant était un écrivain de romans policiers. Julie avait dû en avoir des étoiles plein les yeux. Il imaginait aisément l'état d'esprit de la jeune fille : elle qui adorait les intrigues policières avait eu la chance de côtoyer l'un de ses représentants, d'accéder aux secrets de l'écriture et de la création. Une fille de Sagas, aux journées de vacances rythmées par l'ennui et la monotonie d'un travail à l'hôtel, pouvait s'offrir le luxe de rêver. Qui n'aurait pas succombé ?

Un auteur… On disait souvent que ces gens-là imaginaient ou rédigeaient leurs livres à l'abri du monde. Qu'ils s'isolaient de longues semaines afin de puiser l'inspiration. Existait-il un endroit meilleur que celui-ci, pour ça ?

Il balaya le salon du regard et se remémora les dessins du carnet intime : Julie nue, en proie aux exigences de l'individu. Les jeux pervers, les listes répugnantes notées sur les pages gondolées… C'était au cœur de ces montagnes que ça s'était passé. Il songea aux ultimes mots crayonnés par la jeune femme en septembre 2007 : « Avec ses labyrinthes, il est devenu fou… »

Paul avait lu avec attention les quinze dernières pages du manuscrit. Il avait décelé une écriture sombre, tourmentée, conduisant à un périlleux dénouement sur les falaises d'Étretat. Une fin sans lumière, sans perspectives, un coup de massue. Il n'était pas un grand amateur de ce genre littéraire, mais il lui semblait que peu d'histoires se terminaient d'une façon aussi sinistre : les lecteurs n'avaient-ils pas besoin d'espoir, même à la fin d'un roman noir ?

Il devinait, derrière cet écrivain, un être obscur, anxieux, obsédé. Un homme qui, peut-être, n'avait plus su distinguer le réel de l'imaginaire et avait reproduit ses fantasmes dans le monde physique. Il s'approcha de la table du salon et s'assit à la place où, la veille, David Esquimet s'était installé pour entourer les lettres qui formeraient la phrase : « Ce livre apporte la réponse à toutes vos questions. »

Un flash. David Esquimet ne parlait pas de manuscrit, mais de livre. *Ce livre apporte la réponse à toutes vos questions.*

Ce livre… Et s'il ne fallait pas chercher un paquet de feuilles, mais un livre déjà publié ?

Il se tourna vers la bibliothèque. Dénicher le roman dont il tenait la fin manuscrite, c'était identifier son auteur. Et identifier son auteur, c'était, peut-être, commencer à entrevoir les plans souterrains de cette morbide entreprise de destruction.

50

Étourdi par sa découverte, Gabriel se sentit soudain flottant. Des mouches noires dansèrent devant ses yeux. Il se coucha sur le lit. Les images tournoyaient dans sa tête. La voix de sa mère lui parvenait par intermittence.

— Ça va aller, balbutia-t-il. La fatigue. Ce n'est pas grave.

Au bout de deux minutes, les nuées disparurent. Il se redressa et alla se servir un verre d'eau, abasourdi. Le sang… Cela signifiait-il que sa fille était vivante, quelque part, comme le lui avait suggéré son rêve ? Peut-être qu'il n'avait pas pu la sauver ni même la voir, mais qu'il avait néanmoins réussi à récupérer son matériel biologique. Où ? Comment ? Et *quid* de Mathilde Lourmel ?

Quand il retrouva sa mère, elle avait le nez plongé dans ses feuilles.

— Ça veut dire quoi, tout ça ? Pourquoi il y a le prénom de ma petite-fille là-dessus ? Gabriel, qu'est-ce que tu me caches ? Je veux savoir.

Il lui prit les papiers des mains et les rangea dans l'enveloppe. Puis il l'emmena jusqu'au salon où il l'aida à s'asseoir sur le canapé.

— Je ne sais pas moi-même ce que je cherche. J'ai besoin d'être seul une minute, OK ?

Dans la chambre, il déchira l'autre emballage. Et là, le choc.

Des visages.

Deux visages avaient été peints sur une toile, l'un à l'envers, l'autre à l'endroit. Les peaux d'un blanc mat, paraissant écrasées au couteau à peinture avec des gestes secs et violents, contrastaient avec le rouge sombre du réseau de veines et d'artères, au niveau des cous. Les joues, le front, les pommettes présentaient des entailles d'un brun foncé. En arrière-plan, des murs noirs voûtés, des racines d'arbres suspendues au plafond. Comme dans son cauchemar.

L'un des visages était celui de Julie. Sa fille, le regard effrayé, le trait des lèvres tranchant, un éclat au fond de l'œil semblable à un bris de verre. Une Julie plus âgée que celle fixée dans sa mémoire. Une femme d'une bonne vingtaine d'années. Vingt-deux, peut-être vingt-trois ans.

Gabriel sentit la bile remonter dans sa gorge. Voir ce tableau, c'était un coup de poing en plein ventre, de ceux qui font suffoquer. Il le fit pivoter. Aucun doute : l'autre visage correspondait aux traits de Mathilde Lourmel. Ses longs cheveux noirs s'éparpillaient en un réseau arachnéen et se connectaient à ceux de Julie. Elle aussi semblait avoir peur de quelque chose. *De quelqu'un.*

L'œuvre d'un fou. Il avait devant lui une peinture terrifiante, pénétrante. Une œuvre qui lui évoqua les créations les plus sombres de Goya, et qui expliquait à elle seule la quasi-totalité de son rêve lucide. Les deux filles, prisonnières du miroir comme elles l'étaient de la toile. Son décor, l'atmosphère… Tout était là. Son rêve avait été la retranscription du tableau.

Il chercha une signature. Il la dénicha, en tout petit, dans le coin inférieur droit du tableau : « A. G. » Ses jambes tremblaient. L'auteur de cette monstruosité avait certainement eu Julie et Mathilde en face de lui comme modèles. Quand ? Et quel était le lien avec David Esquimet et ses ignobles photos ?

Deux filles enlevées à des années d'intervalle, captives d'un artiste démoniaque. Ça allait au-delà de tout ce qu'il pouvait imaginer. Ses doigts effleurèrent le visage de son enfant. La peinture accrochait, et Gabriel eut une désagréable sensation, qui s'amplifia lorsque son index descendit sur le cou peint, véritable entrelacs de chairs et de muscles. Il remarqua alors les traces sur les épaisseurs rougeâtres, comme si on avait gratté la peinture. Comme si…

Gabriel déplaça son regard. Il découvrit exactement les mêmes traces au niveau du cou de Mathilde Lourmel. Alors, du bout de l'ongle, il arracha un peu de matière à son support comme il avait déjà dû le faire des semaines plus tôt. Il l'écrasa entre ses doigts, les frotta l'un contre l'autre, jusqu'à ce que le solide redevienne légèrement visqueux sous l'effet de la chaleur.

Il renifla. L'odeur, la couleur, la texture. Aucun doute. Du sang.

51

Comme guidé par sa révélation, Paul se dirigea vers l'imposante bibliothèque. Restait à espérer que le livre dont il possédait la fin manuscrite fasse partie de la collection personnelle des Esquimet, ce qui semblait plus que probable. Prenant une grande inspiration, il décida de procéder méthodiquement : écarter dans un premier temps les publications antérieures à 2007. Il prit les ouvrages un à un et observa les dates. Dès qu'il tombait sur un livre d'un auteur français imprimé après 2007, il le posait sur le sol. Dans un second temps, il ouvrirait chacun d'entre eux et irait jeter un œil à la fin.

Heureusement pour lui, nombre d'ouvrages ne respectaient pas ce critère. De toute évidence, Claude Esquimet avait été passionné de littérature anglo-saxonne – Connelly, Ellroy, Hammett –, ainsi que de vieux classiques français ou belges – Boileau-Narcejac, Leblanc, Simenon… Au bout d'un quart d'heure, la pile à analyser atteignait pourtant déjà un mètre. Après une heure, elle avait triplé, et il restait la moitié de la bibliothèque à parcourir. Des livres dataient d'après la mort de Claude. Son fils David lisait donc aussi des polars et avait continué à nourrir la collection.

Paul eut un coup de fatigue. Il ôta ses lunettes de vue, se massa les globes oculaires, plus totalement certain de la justesse de sa démarche. Peut-être ce début de manuscrit n'avait-il jamais existé, ou avait-il été brûlé, ou jeté. Peut-être ferait-il mieux de retourner auprès de Corinne, pour éviter le naufrage. Il alla boire un verre au robinet, s'aspergea le visage pour se réveiller. Sa jambe droite le faisait souffrir, comme si on y enfonçait une poignée de clous.

Son instinct le poussa pourtant à reprendre sa tâche, piochant les livres sur les étagères les uns après les autres. Soudain, son regard fut attiré par un titre.

Senones. Un palindrome.

Il tira le roman de son rayonnage, scruta la couverture froide, bleutée, représentant une ligne de bitume vue d'en haut, s'enfonçant dans une forêt de pins vertigineux. Au bas de la surface glacée était indiqué « Thriller ».

Et sur la quatrième de couverture…

Automne 2008. Senones, une petite ville de quinze mille habitants, encastrée au fond d'une vallée, est sous le choc : le corps d'un enfant de neuf ans a été retrouvé dans l'une des turbines d'une usine hydroélectrique, dans une mise en scène qui rappelle un meurtre irrésolu vieux de vingt-cinq ans. Pour le lieutenant Bernard Minier et son équipe va commencer une longue descente aux Enfers, la traque infernale d'un tueur impitoyable, un monstre invisible qui les conduira des profondeurs des Alpes aux Highlands d'Écosse.

Paul retint sa respiration, se rendit à la dernière page, mais le soufflé retomba d'un coup : la fin ne coïncidait en rien avec celle qu'il recherchait.

Il referma le livre, sceptique : Senones, la date de sortie, l'usine hydroélectrique… Paul refusait de croire au hasard : l'enquête l'avait mené à cet ouvrage. L'auteur s'était probablement inspiré de Sagas et des alentours pour bâtir son histoire. Il était venu ici afin de repérer des lieux.

Il chercha une photo du romancier, en vain. Il s'appelait Caleb Traskman et, d'après le résumé, était l'auteur d'une bonne dizaine de romans, dont la plupart relataient les enquêtes de son personnage récurrent, Bernard Minier.

Caleb Traskman… Paul n'en avait jamais entendu parler. Était-il français ? Son patronyme indiquait plutôt une origine anglo-saxonne, mais ça pouvait être un faux nom. Impossible de vérifier l'information sur son portable : il pouvait téléphoner, mais ne captait pas le réseau Internet. Il allait falloir se débrouiller à l'ancienne.

Il leva les yeux vers l'emplacement qu'il venait de libérer et constata la présence de nombreux autres titres du même auteur. Après avoir récolté autant de romans que ses mains pouvaient en contenir, il se dirigea vers la table. Traskman semblait être un écrivain particulièrement prolifique.

La plupart des couvertures étaient sombres, mystérieuses, voire terrifiantes. Des citations de journalistes s'affichaient sous les résumés : « Maître de vos nuits blanches », « Le suspense à son comble », « Un architecte de l'horreur »… Traskman faisait dans le polar et dans le frisson. Les romans étaient de vrais pavés, dont les moins épais devaient faire dans les quatre cents pages. À l'arrière de l'un d'eux, Paul obtint la réponse à l'une de ses interrogations : Caleb Traskman était le pseudonyme d'un auteur français qui vivait dans le Nord.

Paul étudia les dates de publication, lut les résumés et les fins. Il tomba alors sur un ouvrage intitulé *Le Manuscrit inachevé*, un titre qui résonnait étrangement avec leurs propres trouvailles de la journée : ne possédaient-ils pas la fin d'un manuscrit ?

Ciel tourmenté et mer déchaînée. Tons gris et vert-bleu. Le nom de Caleb Traskman était imprimé en grand. De belles lettres argentées. Le livre était paru en 2018, bien après la mort de Claude Esquimet. C'était donc son fils David qui se l'était procuré.

Le résumé de l'histoire lui serra le ventre. Ça parlait, entre autres, d'un corps découvert dans un coffre et, surtout, de l'enlèvement d'une jeune femme de dix-sept ans sur une plage du Nord. L'âge de Julie.

Ses doigts tremblaient de nervosité quand il se rendit une fois de plus à la fin. Le roman comportait cinq cent vingt-huit pages, un nombre supérieur à celui du manuscrit, mais la mise en pages n'était pas la même. Paul estima que ça pouvait coller.

Il dévora le dernier chapitre. Le dénouement était différent de celui qu'il détenait, mais les noms des personnages – Léane Morgan par exemple – et le lieu de l'affrontement final – les falaises d'Étretat – étaient semblables.

Le doute n'était plus permis : les pages manuscrites en possession de David Esquimet étaient celles rédigées de la main de Caleb Traskman.

Il lui fallait lire ce polar. Dénicher, derrière les mots, les sinistres secrets de l'écrivain.

Il avait la nuit pour ça.

52

Rageuses, des flammes crépitaient dans l'âtre de la cheminée. Le bois sec du mélange de frêne, chêne et pin craquait régulièrement. Des lucioles rougeoyantes zigzaguaient, s'essoufflaient, jusqu'à s'écraser sur les braises aux couleurs de la lave.

Paul était installé dans un fauteuil du salon, le nez dans *Le Manuscrit inachevé*. Chaque page qu'il tournait lui faisait l'effet d'un coup de couteau enfoncé en plein cœur. Il était tellement absorbé par sa lecture – et ses improbables découvertes – qu'il sursauta quand une main se posa sur son épaule. Corinne se tenait derrière lui, emmitouflée dans une robe de chambre bleue aux poches brodées. Des cernes gris portaient le poids de ses tracas.

— Louise s'est enfin endormie. Je lui ai donné un somnifère, pour aider un peu.

— D'accord…

Paul regarda sa montre. Bientôt minuit. Il n'avait pas vu le temps passer.

— Je vais me coucher, dit Corinne.

— Très bien.

Elle soupira.

— Toujours aussi bavard. Tu ne veux pas me dire ce qui se passe ? Tu n'as pas mangé, et tu préfères lire un bouquin plutôt que de discuter de cette abominable journée. Je n'en peux plus, Paul.

Il abandonna le roman à côté du carnet et du stylo qu'il gardait près de lui sur la table basse. Ses yeux brillaient de fatigue, mais aussi d'une forme d'excitation.

— Quelque chose est en train de se produire, Corinne. Quelque chose de fort, qu'on attend depuis douze ans. Je n'en connais pas encore l'issue, sûrement que ce sera rude, difficile à affronter, mais il est possible qu'on finisse par savoir. Enfin…

Elle serrait le col de son vêtement. Son regard était captivé par le ciel de tempête de la couverture.

— Ça a un rapport avec ce qu'il y avait dans le chalet ? Avec ce livre ?

Il acquiesça.

— Est-ce que Julie t'avait déjà parlé de cet auteur de romans policiers ? Caleb Traskman ? Il a écrit des histoires particulièrement tordues et dérangeantes. Meurtres, enlèvements…

Corinne haussa les épaules.

— Je n'en sais rien, il ne me semble pas. Pourquoi ?

Paul se leva et s'avança vers le couloir.

— Viens, suis-moi. Il y a un truc que j'aimerais te montrer.

Il passa en silence devant la chambre où dormait Louise, puis poussa la porte de celle de Julie, restée intacte. Corinne la dépoussiérait toutes les semaines, remettant méticuleusement tous les objets à leur place. Paul se dirigea vers la bibliothèque, un beau meuble en chêne que Gabriel avait fabriqué de ses propres mains. Il y avait une centaine d'ouvrages, de Jules Verne à Stephen King. Il désigna des livres rangés dans le coin inférieur, à gauche.

— Elle possédait trois livres de Caleb Traskman.

Il les prit un à un, et les ouvrit. Dans chacun d'entre eux, la première page, celle où s'affichait d'ordinaire le titre, avait été arrachée.

— J'ai vérifié tout à l'heure en rentrant : elle a fait ça uniquement pour les livres de cet auteur.

— Je… Je ne comprends pas.

— Je crois qu'ils étaient dédicacés.

Corinne tenait un des livres en main. Elle le feuilletait machinalement, sans lire.

— Dédicacés ? Où et comment aurait-elle obtenu des dédicaces ? Il n'y a jamais eu le moindre écrivain en visite à la librairie de Sagas. Enfin, pourquoi tu me racontes une chose pareille ?

— Je pense qu'il existe un lien entre ce Caleb Traskman et la disparition de Julie. Je pense que cet auteur de thrillers dont la popularité n'est plus à démontrer est impliqué au plus haut point dans cette affaire. J'en suis même persuadé. Il l'avoue dans *Le Manuscrit inachevé*. Pas de manière claire et directe, mais avec des codes, des allusions qui ne peuvent pas être des hasards… Comme s'il cherchait à se livrer. Les messages à la centrale hydroélectrique, les lettres, le roman : tout est lié.

Les lèvres de Corinne tremblaient.

— Comment c'est possible ?

Les larmes arrivaient. Paul la serra contre lui, lui caressa le dos.

— C'est ce qu'on va vite essayer de découvrir. Mais il est probable que Traskman soit venu à Sagas, il y a longtemps. En simple voyageur incognito. Qu'il ait loué le chalet au père de David pour se lancer dans la rédaction d'un roman, ce qui expliquerait les pages manuscrites trouvées là-bas. Il aurait pu croiser Julie alors qu'elle travaillait à l'hôtel, s'il y a séjourné avant, et… peut-être qu'il s'est passé quelque chose entre eux. Quelque chose de sentimental, je veux dire. David Esquimet aurait été le témoin de tout ça.

Il s'écarta, affronta le regard de sa femme. À ce moment-là, il décela, en elle, la fragilité du cristal.

— Caleb Traskman est mort, mais son fils est toujours en vie, fit-il d'une voix assurée. Il doit savoir des choses.

— Mort, répéta Corinne mécaniquement.

— Il s'est tiré une balle dans la tête il y a trois ans. C'est écrit dans la préface du *Manuscrit inachevé*, son dernier livre, préface que le fils a rédigée. Mais on reparlera de tout ça plus tard, tu ne tiens plus debout. Tu as pris combien de somnifères ?

— Deux. Avec un Xanax.

Le cocktail de la plupart de ses soirées, depuis des années. Paul n'était même plus surpris. Il la soutint jusqu'à leur lit. Il l'allongea, remonta les draps, l'embrassa sur la joue et la contempla une poignée de secondes. Depuis quand ne l'avait-il pas regardée de la sorte, avec tendresse ? Finalement, tout n'était peut-être pas complètement mort en lui.

À pas de loup, il s'éloigna. Jeta un œil dans la chambre de Louise. Elle était recroquevillée au-dessus des couvertures, l'oreiller serré contre elle. Elle avait l'air de dormir profondément, apaisée. Il referma la porte et regagna le salon. Corinne, Louise, c'était tout ce qui lui restait. Il n'avait pas le droit de tout foutre en l'air.

Le roman de Traskman l'attendait sur la table basse. Les lettres en argent semblaient danser au rythme des flammes. Lorsqu'il s'en empara, il eut l'impression de tenir un objet maléfique entre ses mains. Oui, c'était ça : ce livre, c'était le Mal. Le Mal absolu que des milliers de personnes avaient dû avoir sous le nez, sans en saisir le sens caché.

Sans saisir qu'il s'agissait d'une confession.

Il se cala de nouveau dans le fauteuil et reprit sa lecture. À 3 heures du matin, il l'avait terminée. Il avait lu la fin proposée par le fils, puis avait enchaîné avec des photocopies de la version originale rédigée par le père. Sa main tremblait lorsqu'il tourna la dernière page. Il se précipita vers le bar et se servit un verre de whisky, qu'il avala d'un trait.

Bon Dieu.

Glacé par ce tête-à-tête qu'il s'imposait depuis des heures avec Traskman, il envoya un SMS à Gabriel :

Achète à la première heure un livre intitulé *Le Manuscrit inachevé*, de Caleb Traskman. Lis-le immédiatement. Je t'envoie les scans de la fin qu'on a trouvée chez Esquimet. Traskman est l'homme qu'on cherche. Un écrivain de romans policiers, Gabriel. Dès la préface, tu comprendras, mais va au bout. C'est hallucinant. Je vérifie que le fils de l'auteur habite toujours le Nord. Si c'est le cas, demain, je débarque. Efface ce message.

53

Oeil vif, esprit en éveil, Gabriel sombra en silence dans les premières pages du *Manuscrit inachevé* de Caleb Traskman.

Préface de J.-L. Traskman

« Juste un mot en avant : un xiphophore. »

Ainsi débute le livre de mon père Caleb Traskman. J'ai déniché son manuscrit dans un carton remisé au fond de son grenier, où il avait la fâcheuse tendance à tout entasser. Le paquet de feuilles format A4 se cachait dans ce fourbi depuis un an, bien au chaud sous une lucarne qui, cet été-là, déversait une belle lumière du Nord. Mon père n'avait jamais révélé l'existence de ce manuscrit à personne, sûrement l'avait-il écrit seul dans son immense villa, face à la mer, lors des dix mois durant lesquels ma mère mourait à petit feu dans un hôpital, rongée par Alzheimer.

Cette histoire, à l'époque sans titre, il ne l'a pas bouclée. Pourtant, j'estime qu'il ne devait manquer qu'une dizaine de pages sur les presque cinq cents que compte le manuscrit. Pas grand-chose en soi, mais une catastrophe pour le genre littéraire dont il était devenu l'un des plus illustres représentants. Les thrillers de mon père faisaient trembler des centaines de milliers de lecteurs, et je tenais entre les mains sans doute l'un de ses meilleurs romans. Tordu, labyrinthique, angoissant à souhait. L'un des plus noirs, aussi. L'histoire de cette écrivaine, Léane, forgée dans le même fer que lui, m'a subjugué et m'a rappelé à quel point les livres de mon père étaient les miroirs de ses peurs profondes et de ses pires obsessions. Je pense qu'il n'était en paix avec lui-même que lorsqu'il déversait ses horreurs sur le papier. Et des horreurs, il y en a dans ce roman, foi de Traskman.

Alors, cette fameuse fin, me direz-vous ? Cette conclusion où tout était censé se résoudre, nom de Dieu ? Pourquoi Caleb Traskman, le roi de l'intrigue et des dénouements grandioses, n'avait-il pas livré toutes les réponses ? Pourquoi n'était-il pas allé au bout de son dix-septième livre ?

J'aurais pu croire qu'il avait tout arrêté à la suite du décès de ma mère, laissé le manuscrit en plan, sachant peut-être déjà qu'il se tirerait une balle dans la tête trois mois plus tard avec une arme de flic. Ou alors il n'avait pas su boucler son histoire. Oui, j'aurais pu croire cela si certains éléments du texte ne me racontaient pas le contraire, ne me murmuraient pas à l'oreille que, dès le début de l'écriture, mon père savait qu'il ne le finirait pas. Comme si cette « non-fin » faisait elle-même partie de l'intrigue, du « mystère Caleb Traskman ». Un dernier coup d'éclat avant sa mort.

Malgré tout, les plus cartésiens d'entre vous penseront : pourquoi s'acharner à rédiger un livre sans fin ? Pourquoi passer un an de sa vie à construire une maison dont on sait qu'on ne posera jamais la toiture ? Il y a là encore, au moment où je vous écris, une véritable énigme à résoudre, mais qui relève plutôt de la vie privée.

Quand Évelyne Leconte, son éditrice de toujours, a été au courant de l'existence de ce manuscrit, elle a d'abord sauté au plafond. Mais quand elle l'a lu et a découvert que le livre se résumait à un tour de magie dépourvu de son ultime effet, elle a sombré dans un profond désespoir. Il était inconcevable de publier un roman posthume de Caleb Traskman sans sa flamboyante conclusion, même si, je présume, nombre de ses lecteurs se seraient tout de même jetés dessus.

Alors est venu le temps des théories, de la confrontation des idées pour essayer de résoudre le casse-tête proposé par mon père. Nos bains de neurones dans les bureaux parisiens ont duré des semaines. À chaque réunion, nous étions une dizaine autour de la table à avoir lu et relu le manuscrit, à en avoir décortiqué chaque page, dans le but de comprendre pourquoi Caleb avait souligné des palindromes, pourquoi son obsession des chiffres rayonnait dans ce livre.

Durant ces moments d'incompréhension et de doute, on se regardait en chiens de faïence. On s'est longtemps acharnés sur l'incipit, ce « Juste un mot en avant : un xiphophore ». Pourquoi cette phrase ? Quelle était sa réelle signification ? Croyez-moi, pas un employé de la maison d'édition n'ignore aujourd'hui qu'un xiphophore est un petit poisson d'eau douce tropical, que l'on appelle aussi porte-épée ou porte-glaive à cause de la forme de sa nageoire caudale. Vous voilà bien avancé, n'est-ce pas ?

Puis, un jour, Évelyne, celle qui le connaissait depuis plus de trente ans, a suggéré une solution.

LA solution.

Elle avait enfin trouvé la clé, elle avait décelé la mécanique implacable de l'esprit tortueux de mon père. Cette fin était somme toute évidente, à bien y réfléchir, et tous les éléments s'exhibaient devant nos yeux dès les premiers mots (et les derniers). Mais, confiée entre de bonnes mains, l'évidence est parfois ce qu'il y a de plus difficile à percevoir, c'était là tout le génie de Caleb Traskman.

Il ne restait plus qu'à la rédiger, cette fin, et les regards se sont alors tournés vers moi. Je n'ai pas le talent du patriarche mais j'avais, en digne héritier, publié deux polars sans prétention, quelques années auparavant. Vous trouverez donc, vers la fin du roman, une note indiquant le moment où j'ai pris la plume. Vous remarquerez également que l'on a laissé tels quels les mots soulignés et certains autres éléments importants tout au long de l'intrigue. Vous avez entre les mains ce qui s'est retrouvé entre les miennes l'été dernier.

Il existe quelques points que nous n'avons pas réussi à résoudre dans la rédaction de cette fin, ou que nous avons dû imaginer. Difficile de savoir où mon père voulait exactement aller et comment il avait prévu de conclure cette histoire. Face aux lacunes que le récit original ne nous a pas permis de combler, il a fallu faire des choix, prendre des décisions qui n'auraient peut-être pas été celles de l'auteur. Pour mesurer la complexité de la tâche, imaginez juste la Joconde sans son visage, et qu'on vous demande de le peindre, ce visage… En tout cas, j'espère que ma conclusion répondra à vos attentes, j'ai tout fait pour.

Et pour respecter jusqu'au bout le travail de Caleb, entretenir jusqu'au dernier mot l'esprit de ce livre, il fallait un dénouement comme celui que vous découvrirez. Si vous avez été attentif durant votre lecture, la réponse à la question que vous vous poserez forcément s'y trouve.

Ah, une dernière chose. Je pense aux lecteurs les plus assidus de Caleb, qui seront aussi les plus sceptiques quant à la nature même de ce prologue. Je devine leur rai-

sonnement : c'est Caleb Traskman en personne qui est en train d'écrire ces mots, il en serait bien capable. Le prologue fait partie de l'histoire, ce qui implique que Caleb a également rédigé la fin en travestissant son style d'écriture. C'est votre droit, et jamais je ne pourrai prouver le contraire. Mais peu importe, au final. Un roman est un jeu d'illusions, tout est aussi vrai que faux, et l'histoire ne commence à exister qu'au moment où vous la lisez.

Ce livre que vous vous apprêtez à entamer (mais ne l'avez-vous pas déjà entamé ?) a pour titre Le Manuscrit inachevé. *C'était mon idée, et toute la maison d'édition a adhéré. Il n'y avait pas d'alternative.*

54

Immédiatement après avoir appuyé sur le bouton de l'interphone situé en face du nom « Walter Guffin », Paul traîna sa jambe malade jusqu'au deuxième étage. L'immeuble se révélait peu engageant, la lumière dans la cage d'escalier ne fonctionnait pas. Quand il eut franchi le seuil de l'appartement, Gabriel referma en forçant – il faudrait appeler un serrurier prochainement. Son ex-coéquipier restait debout, le roman de Caleb Traskman sous le coude. Vêtu d'un jean, il avait troqué son pull à épaulettes contre une veste en laine à fermeture Éclair.

— Tu l'as lu ? questionna Paul sans s'embarrasser des politesses d'usage.

Gabriel désigna de la tête la table du salon où reposait son exemplaire.

— Avec les deux fins.

Il avait la mine sombre, ses yeux paraissaient plus noirs que d'ordinaire et reflétaient clairement le manque de sommeil. Vu le nombre de petits vaisseaux sanguins qui lui rougissaient le contour des iris, Paul se demanda s'il n'avait pas pleuré une partie de la nuit. Il jeta un regard rapide autour de lui : cet endroit était d'une froideur de morgue. Il imagina sans peine la vie qu'avait dû mener

Gabriel ici, avant de venir s'échouer à Sagas et d'y perdre la mémoire.

— T'as de l'eau ? J'ai tracé sans m'arrêter. Plus de huit heures de route dans les bottes...

Gabriel lui servit un verre. Il le regarda avaler le liquide à grosses gorgées. Paul avait fait les sept cents kilomètres seul, sans collègue, un pur gendarme de terrain. C'était son affaire. Son échec.

— Martini gère l'enquête à Sagas, dit-il comme s'il avait lu dans ses pensées. Sur le trajet, j'ai téléphoné au juge, je lui ai longuement expliqué les découvertes chez Esquimet et autour du roman de Traskman. Je l'ai également encouragé à le lire vite, pour qu'il mesure la portée de cette histoire. À présent, tout le monde est informé de la plus probable des hypothèses : durant l'été 2007, Traskman a loué le chalet au père de David Esquimet pour écrire une histoire, il a eu une aventure avec Julie, et l'écrivain a orchestré son kidnapping six mois plus tard. Tout le monde sait enfin ce que toi et moi on a appris grâce au carnet. On en est presque au même niveau d'information.

Il se débarrassa de sa veste et la posa sur le dossier d'une chaise.

— Je précise « presque », parce que, évidemment, je n'ai pas encore parlé de la tache de naissance trouvée dans l'album photo qui pourrait être celle d'une autre disparue : j'aurais du mal à expliquer comment tu pouvais être au courant pour les photos de cet album et je ne veux prendre aucun risque. Il est hors de question de laisser penser que tu étais au chalet le jour de la mort d'Esquimet et de remettre en cause son suicide. Pour le moment, dans le cadre rigoureux de l'enquête, Esquimet immortalisait juste des morts « classiques », dirons-nous, dont il devait réaliser les soins de conservation.

La priorité en ce qui nous concerne, c'est Julie, c'est Traskman. Ensuite, on avisera.

Gabriel acquiesça puis lui adressa un signe de la tête en direction du couloir.

— Avant toute chose, je dois te montrer un truc.

Il l'invita à le suivre jusqu'à sa chambre. Le tableau était posé au milieu du lit à côté d'un tas de paperasse éparpillée. Sous la lumière du jour, les faciès effrayés aux cheveux entrelacés paraissaient flotter au-dessus de la toile, comme deux Méduse capables de transformer leur observateur en pierre.

— Bon Dieu… C'est Julie ?

— Julie et Mathilde Lourmel.

Les deux hommes échangèrent un regard intense, chacun cherchait dans les yeux de l'autre des réponses à l'impossible.

— Une partie de ce qu'on croit être de la peinture est composée de leur sang, expliqua Gabriel. Ce sang, je l'ai envoyé pour analyse à un labo privé fin août. C'est pour cette raison que j'ai demandé les profils ADN des deux filles à Solenne. Pour pouvoir comparer. Les courbes sont rigoureusement les mêmes.

Le capitaine de gendarmerie, comme l'avait fait Gabriel avant lui, gratta la matière sèche, le rouge carmin de l'épaule écorchée de Julie. Il fixa le petit fragment au bout de son doigt.

— Leur sang, répéta-t-il, abasourdi.

— À certains endroits seulement. Enfin, je crois. J'avais caché le tableau dans un coffre-fort, chez ma mère. C'est probablement ce que le cambrioleur voulait récupérer.

Ils continuèrent à scruter l'œuvre immonde. Gabriel inspira fort pour éviter de craquer de nouveau.

— Leur expression de terreur, souffla-t-il. Ça veut dire qu'on leur a fait du mal. Que le taré qui a fait ça ne s'est pas contenté de les mettre en scène. Il leur a même pris ce qu'elles avaient de plus intime : leur sang.

Il glissa une main hésitante au fond de sa poche, tortilla le Post-it que lui avait remis la mère de Mathilde. Il y avait pensé une partie de la nuit, il s'était souvenu de cette chaleur qui s'était répandue entre eux, et cet air suppliant qu'elle avait pris en lui tendant son numéro. Mais il ne la rappellerait pas. À quoi bon ? Mieux valait encore vivre dans l'ignorance que d'affronter une monstruosité pareille. En tout cas, il ne restait plus le moindre doute quant au fait que les kidnappings des deux jeunes femmes étaient liés.

Gabriel pointa l'un des coins.

— On voit à peine la signature, ici. Juste des initiales, en tout petit : A G.

— Ce n'est donc pas Caleb Traskman qui a peint ces visages.

— Ni David Esquimet.

— Tu as une piste sur la façon dont tu t'es procuré ce tableau ?

Gabriel saisit l'un des relevés de compte au milieu de la pagaille qui régnait sur le lit et le lui donna. Une ligne était entourée.

— J'ai fait un achat de trois cent quatre-vingts euros le 10 août dans un truc qui s'appelle Chez Jacob, en Belgique. J'ai vérifié sur Internet. Chez Jacob est une boutique fourre-tout pas loin de la gare de Bruxelles-Nord, une sorte de brocante. Ça pourrait coller.

Paul reposa les papiers. Cette œuvre commençait vraiment à le mettre mal à l'aise.

— Je vais l'embarquer et la transmettre à notre labo. Tu me fourniras tes documents bancaires et tes factures, aussi. Elles devraient nous éclairer davantage sur ces derniers mois.

Ils allèrent s'installer en silence à la table du salon. Gabriel rapporta deux canettes de bière et des chips à grignoter. Il avait peut-être oublié une partie de sa vie, mais certainement pas le regard que lui adressait son ex-collègue à ce moment-là, brûlant comme pour le maintenir en vie, ni leurs longues soirées rien qu'à deux enfermés dans un bureau, à se pencher sur les affaires en cours. Ils étaient de retour dans le passé.

Paul lui tendit une photo.

— Maintenant, occupons-nous de ce Caleb Traskman…

55

— Seule photo que j'ai trouvée de lui. Je l'ai découpée derrière un de ses livres. Elle date de 1993, il avait trente-cinq ans à l'époque. Notre homme s'appelle en réalité Christian Lavache, je comprends qu'il ait choisi un pseudo…

Gabriel observa le portrait que lui présentait Paul. Trente-cinq ans en 1993… Ça voulait dire quarante-neuf lors de sa rencontre avec Julie.

— Visiblement, malgré son succès, Caleb Traskman savait autant protéger sa vie privée que le faisait le personnage principal dans son dernier bouquin, cette Léane Morgan. Aucune info sur lui sur Internet, rien. J'ai quand même déniché des articles de presse. Dans ses rares interviews, il ne parle que de son œuvre, jamais de sa vie personnelle. Il ne permettait pas qu'on le photographie. Il semblait assez torturé et évoque à plusieurs reprises le fait, accroche-toi bien, que, s'il n'avait pas écrit toutes ses histoires très sombres, il serait probablement devenu criminel. Ça n'a pas l'air d'être raconté sur le ton de la plaisanterie.

L'homme aux cheveux longs et noirs portait de larges lunettes aux verres légèrement teintés, qui lui coupaient le visage en deux. Un bouc, taillé au cordeau, contrastait avec une peau d'une blancheur presque maladive. Il fixait l'objectif de trois quarts, sans sourire, comme s'il cherchait à se dérober.

— T'es allé voir Romuald Tanchon avec ce cliché ? demanda Gabriel.

— Oui, juste avant de prendre la route. Évidemment, il n'a plus le moindre souvenir de l'avoir vu. Tu m'étonnes, comment se rappeler, après autant de temps ? À ma connaissance, personne n'a parlé d'écrivain présent à Sagas à l'époque. Traskman est venu sans fanfare, s'est fondu dans la masse… Mes gars ont passé quelques coups de fil. Comme indiqué dans la préface, l'écrivain est décédé en 2017, le suicide n'est pas contestable. Il s'est tué à quatre cents mètres de chez lui, d'une balle dans la tête. Deux témoins marchaient sur la plage à ce moment-là. Vu l'état du visage, le fils n'a pas pu l'identifier, mais l'ADN a confirmé l'identité. De ce fait, le dossier a été vite plié : sa femme était morte quelques mois plus tôt, Traskman était suivi pour dépression… Point barre.

Paul écrasa son index sur la couverture.

— *Le Manuscrit inachevé* est le roman posthume de Traskman. Tu l'as lu toi-même, l'histoire se passe fin 2017, avec des faits d'actualité et des techniques de police démontrant qu'il l'a nécessairement écrit à cette période-là, et non aux alentours de 2007. Dans la préface, le fils explique que son père n'a pas imaginé le dénouement, mais nous, on sait où se cachait la fin originale.

— Entre les mains de David Esquimet.

— Exact. Ça a contraint le fils à prendre la plume. Les dénouements sont certes différents, mais il a bien su décrypter les différents ressorts imaginés par son paternel pour proposer une conclusion cohérente.

Paul but une gorgée de bière.

— Difficile d'expliquer comment Esquimet s'est procuré ces pages, mais une chose est sûre : il voulait nous mener, avec ses indices, au *Manuscrit inachevé*. Tout comme Caleb Traskman, en écrivant ce livre, voulait révéler de façon cachée et subtile sa responsabilité dans la disparition de Julie. C'était d'une certaine manière sa confession *post mortem*. Un moyen de livrer ses crimes à ses lecteurs, mais sans que ces derniers s'en aperçoivent. Ce qui est encore plus pervers.

Un silence. Paul se racla la gorge, et continua :

— C'est un livre sacrément barré, avec ces histoires de manuscrit dans le manuscrit. Un vrai jeu de poupées russes, qui montre l'esprit particulièrement complexe et tourmenté de Traskman.

— Un labyrinthe mental…

Paul sortit un carnet sur lequel il avait pris des notes.

— On peut dire ça, oui. Enfin bref, j'ai listé les éléments découverts au fil des pages, et qui ne laissent aucun doute quant à l'implication de Traskman dans notre affaire. Sur le fond, mais surtout sur la forme. Le fond, d'abord. *Le Manuscrit inachevé* est un des romans indépendants dans l'œuvre de l'écrivain, avec des personnages inédits. Sarah Morgan, une jeune fille de dix-sept ans, se volatilise un soir, lors d'un entraînement sportif. Comme ta fille. Même âge, physique très proche. Dans une mise en abyme de son propre métier, Traskman parle d'écrivains à l'esprit torturé, d'êtres abjects capables des pires horreurs : séquestration, perversité, meurtre. Un exemple : « La longue confession d'un violeur et meurtrier récidiviste, plutôt, jamais attrapé, et qui décide de tout avouer à travers un roman, dans ses vieux jours. »

Paul posa sa main à plat sur le livre, de manière à appuyer ses propos.

— Mais la fiction de son roman, c'est notre réalité : il est évident, lorsqu'on connaît toute l'histoire, que Traskman évoque sa personnalité, ses démons, son goût pour le crime. Il décrit les scènes avec une précision chirurgicale, c'est comme si on y était. Tu te rappelles, le siamois à deux têtes dans le carnet de Julie ? C'est lui, le monstre. C'est lui, celui qui, derrière une certaine forme de normalité, accomplit le mal. Et il ne s'est pas suicidé parce que sa femme était morte, ou parce qu'il était en dépression, mais…

— … pour ce qu'il avait fait *dans la réalité*.

Paul hocha la tête et se replongea dans ses notes.

— L'Immortelle de Kasparov est également citée. Elle tient une place essentielle dans l'histoire et la traque du coupable. Sans oublier que, au début du roman, il est question d'une Ford grise avec de fausses plaques, dans laquelle est découvert un corps. Exactement le véhicule utilisé pour kidnapper Julie.

Gabriel aussi avait remarqué ces détails. Comment aurait-il pu en être autrement ? L'histoire du *Manuscrit inachevé* l'avait pénétré au plus profond de sa chair. D'autant que, hormis ce dont lui parlait Paul, l'un des personnages principaux était amnésique, comme lui. Malgré son silence, son ex-collègue poursuivait sa démonstration :

— Pourtant, l'histoire en elle-même n'est pas celle de ta fille, l'enquête des flics ne ressemble en aucun cas à la nôtre, puisque, dans le livre, ils travaillent sur un homicide du côté de Grenoble. En fait, le récit répond simplement à la mécanique de ce genre de roman : enlèvements, meurtres, suspense. Avec ces seuls éléments, c'est-à-dire avec le fond, ce serait difficile de prouver à cent pour cent la culpabilité de Traskman. Après tout, n'importe qui a pu suivre l'affaire de la disparition de Julie, tellement elle a été médiatisée, et inventer une fiction à partir de là. Mais, en ce qui nous concerne, il y a aussi la forme…

Il ouvrit son exemplaire à différentes pages préalablement cornées.

— « Ressasser », « Laval », « Noyon », « Abba », « Xanax »… Tous les palindromes notés à la centrale hydroélectrique sont soulignés dans le livre. Le fils lui-même, dans la préface, admet qu'il ignore pourquoi son père les a mis en valeur de la sorte. Mais ne manie-t-il pas l'art de l'illusion, de la magie, à la perfection ? « Je vous montre quelque chose, mais vous ne le voyez pas. » En braquant le projecteur sur ces palindromes, Caleb Traskman pointait sans doute du doigt Sagas, un autre palindrome. Évidemment, c'est invisible, et c'est seulement avec une vision d'ensemble que l'on peut comprendre chaque partie. Traskman était un grand stratège, il voulait livrer une confession codée, quasi indétectable. De ce fait, il a utilisé un tas d'astuces qui, une fois rassemblées et interprétées, mènent à une forme de vérité : il est l'auteur d'un crime inavouable.

— Comme pour les noms de certains de ses personnages.

Paul acquiesça avec entrain.

— T'as remarqué aussi ? « Jullian Morgan », « Judith Moderoi »… Les deux premières lettres des noms et prénoms, Ju Mo, en référence à Julie Moscato. D'autres détails de cet acabit parsèment le bouquin. Le numéro de plaque de la voiture volée : JU-202-MO. Et puis cette citation incompréhensible de début de roman, « Juste un mot en avant : un xiphophore », t'as capté ?

Gabriel secoua la tête.

— Avant-hier, j'ai vu ce mot dans le dictionnaire quand j'ai voulu trouver la signification exacte de « xiphopage », expliqua Paul. « Xiphopage » est le mot qui précède « xiphophore ». « Juste un mot en avant : un xiphophore » nous renvoie donc à « xiphopage », le monstre double dessiné dans le carnet de Julie. L'un avec le faciès jovial, et l'autre particulièrement effrayant.

— Un symbole, commenta Gabriel. Il y a la part de soi que tout le monde voit, et celle qui est maléfique...

— Exactement. Et Caleb Traskman cite même le xiphopage dans son dénouement. C'est dire s'il y tient. En permanence, l'écrivain joue sur cette ambivalence dans le livre. D'une certaine façon, il a caché son crime dans *Le Manuscrit inachevé*, il le montre à tout le monde, mais personne ne le voit. Et ça, bon Dieu, c'est sacrément culotté. Voilà ce que je pense : Caleb Traskman est l'homme venu habiter de façon anonyme le chalet des Esquimet durant l'été 2007 pour écrire ou imaginer l'un de ses romans, *Senones*, publié l'année d'après. Senones est le nom d'une ville imaginaire, identique en tout point à Sagas. Il est d'abord resté à l'hôtel de la Falaise où il a fait la connaissance de Julie, avant de s'installer au lac Noir. Là, il a poursuivi sa relation secrète avec ta fille. Ils ont eu une aventure à la fois intellectuelle et physique qui s'est mal terminée. Peut-être dans un accès de folie Traskman a-t-il voulu emmener Julie, et elle a refusé... Une fois chez lui, ses démons le torturent. Il n'arrive pas à l'oublier, elle l'obsède, il la veut auprès de lui, il exige qu'elle lui appartienne.

— Alors, environ six mois plus tard, il commandite son kidnapping.

— Au cours de ses recherches pour ses romans, il a dû développer un important réseau : des flics, des juges, et, à l'opposé, un tas de racailles qui l'ont peut-être un jour rencardé. Parmi eux, des contacts qui mènent à la bande de Wanda Gershwitz, des mercenaires prêts à tout pour de l'argent…

Gabriel essaya de visualiser le scénario, de faire des liens avec l'histoire du *Manuscrit inachevé*. Jusqu'à quel point cette intrigue était-elle autobiographique ? Le destin de la jeune fille enlevée dans le roman, Sarah Morgan, était-il, de bout en bout, inspiré de celui de Julie ?

— Si tout ça est vrai, nuança-t-il, que viendrait faire Mathilde Lourmel là-dedans ? Quel est le rapport avec le tableau ? Et les photos morbides d'Esquimet ?

— Je ne sais pas, Gabriel, cette histoire de photos et de tableau est encore un mystère. Mais pour le reste, les gars ont vérifié sur Internet : la maison au bord de la mer du Nord dont parle Jean-Luc Traskman, celle où il aurait trouvé le manuscrit de son père, celle-là même qu'habite Léane Morgan dans le roman, elle existe réellement… Tu as lu, comme moi, dans le bouquin, le nombre de fois où Traskman insiste sur son isolement. Il raconte que, même si quelqu'un criait, personne n'entendrait jamais rien.

Gabriel approuva en silence. Le Paul face à lui était celui qu'il avait toujours connu. Réfléchi, impliqué, habité par ses enquêtes…

— D'après son fils, Traskman a planqué ce texte au fond de son grenier avant de se flinguer. Julie était-elle encore à ses côtés à ce moment-là, bien vivante ? Des parcours comme celui de Natascha Kampusch nous prouvent que rien n'est impossible en termes de durée de séquestration. Et puis, il y a ces quelques phrases, dans la fin originale, que le meurtrier échange avec l'héroïne. Il raconte que… qu'il a aimé celle qu'il a maintenue prisonnière.

Il sortit une copie des pages originales. Il y avait souligné plusieurs passages.

— Je cite : « Elle provoquait quelque chose que je n'avais jamais ressenti. Question de gènes, peut-être. Alors, je l'ai gardée avec moi, chez moi, dans une pièce spéciale. Je ne lui ai pas fait de mal. Ce sont les circonstances qui ont fait que j'ai dû m'en débarrasser, la livrer à celui qui saurait s'occuper d'elle… »

Gabriel encaissait, mais le puzzle était toujours loin d'être complet. Que s'était-il réellement passé ? Comment Julie avait-elle pu se retrouver sur une peinture auprès d'une autre disparue ? Quel élément déclencheur avait poussé l'écrivain au suicide ? Traskman l'avait-il livrée aux Russes, après une longue détention, pour qu'ils en finissent ?

Paul regarda sa montre.

— Déjà 17 heures… Avant de partir ce matin, j'ai récupéré l'adresse du fils Traskman. Je vais aller l'interroger en audition libre et voir si on peut en tirer des informations. Si c'est le cas, je lance les procédures officielles avec les flics du coin, perquise dans l'ancienne maison de Traskman et tout le toutim.

Paul piocha une dernière poignée de chips.

— Je veux saisir le fils sur le vif. Il habite à une dizaine de bornes d'ici et, d'après les impôts, il est toujours le propriétaire de la fameuse villa de son père.

Il était déjà debout, en train d'enfiler sa veste de laine, quand il balança ses consignes :

— Donne-moi un sac-poubelle, on emballe le tableau, par précaution. Je le récupérerai quand je repartirai pour Sagas. Toi, tu travailles en off sur la piste de la boutique à Bruxelles, t'essaies de savoir d'où vient cette peinture, mais tu ne fais pas le con : si t'apprends quelque chose, quoi que ce soit, tu ne vas pas plus loin et tu me transmets. Je pense qu'à ce moment-là il faudra impliquer la police belge. Mais, pour l'instant, je dois rester ton seul contact.

Tout en ouvrant ses placards en quête d'un sac, Gabriel désigna le coin salon.

— Si t'es embêté pour ce soir… Ce n'est pas grand, mais il y a toujours le canapé et…

— Te bile pas. J'ai prévu de prendre un hôtel aux frais de l'armée. Les factures, c'est parfait pour justifier que, toi et moi, on n'a aucune forme d'accointance. Plus on gardera une distance entre nous, mieux ce sera. Je repasserai demain.

Gabriel photographia le tableau avant qu'ils l'emballent. Lorsqu'il vit le visage de sa fille disparaître derrière le plastique noir, il sentit la tristesse l'envahir.

— Elle est morte, Paul. Il n'y a plus le moindre doute.

Paul glissa le tableau sous le lit. Oui, Julie était vraisemblablement morte, comment pourrait-il en être autrement ? Il avait lu, durant la nuit, l'une des histoires les plus sombres qu'il lui avait été donné de lire. *Le Manuscrit inachevé* était la négation même de la lumière, un trou noir engloutissant tout. Il ne trouva pas la force de rassurer l'homme abattu à ses côtés. Lui redonner espoir, c'était lui mentir.

Alors, pour toute réponse, il lui tapota affectueusement le dos, comme l'aurait fait l'ami de jadis.

56

Écrin de verdure. Vue sur le golf de Brigode. Jean-Luc Lavache, alias J.-L. Traskman, habitait le quartier chic de Villeneuve-d'Ascq, à l'est de Lille. Sa villa de plain-pied, complètement isolée, était protégée par un lourd portail en fer forgé. Paul chercha un moyen de prévenir l'homme de sa présence, mais il n'y avait pas d'interphone. Il refusa de faire demi-tour : Traskman était là, la voiture dans l'allée et la lumière à l'étage en témoignaient. Il enjamba l'obstacle puis avança dans le jardin paysager.

Il dut insister longuement, crier à plusieurs reprises « Gendarmerie, ouvrez, s'il vous plaît » pour qu'on daigne venir à sa rencontre. Malgré le soin évident qu'il semblait porter à sa personne, Traskman lui parut beaucoup plus âgé qu'il ne l'imaginait. Courts cheveux clairsemés blond-gris, peau du cou flasque sous un menton imberbe. Son teint harmonieusement hâlé jusqu'au bout des doigts laissait supposer soit des vacances récentes, soit des séances de bronzage. Paul détesta la façon dont il le regarda, de haut en bas, avec un air de supériorité.

— Qu'est-ce que vous voulez ?

Paul lui montra sa carte de gendarmerie.

— Capitaine Lacroix, officier de police judiciaire, brigade territoriale de Sagas, en Savoie. J'aimerais vous poser des questions au sujet de votre père.

Jean-Luc Traskman observa le livre que Paul tenait, accompagné d'une pochette à élastiques. Puis il plaça une main sur le chambranle de la porte, de façon à faire barrage. Ses lèvres s'ourlèrent, dévoilant des dents d'un blanc éclatant.

— Tout ce qui devait être dit a été dit au sujet de mon père. Pour les questions, il y a les avocats ou même vos collègues de la police qui se sont occupés de son suicide.

— Je ne veux parler ni aux avocats ni à la police. Je veux parler au fils. J'ai insisté auprès de mon juge d'instruction pour une audition libre, sans contrainte pour vous, mais si vous le souhaitez, alors on va faire ça dans les règles : je demande au juge de vous convoquer dans nos locaux à sept cents kilomètres d'ici.

Traskman manipula son téléphone, en pleine hésitation, puis finit par s'écarter, sans un mot, et accompagna son hôte jusqu'au gigantesque salon. Cuisine à l'américaine, parquet flottant chauffé, larges baies vitrées. Paul lorgna vers la bibliothèque, où le nom « CALEB TRASKMAN » s'affichait à toutes les sauces, avec des titres dans toutes les langues.

Le propriétaire l'invita à s'asseoir sans lui proposer à boire.

— Si vous pouviez faire vite. Pour tout vous dire, je suis dans la phase de rédaction de mon prochain roman.

Paul s'était installé sur le rebord d'un fauteuil, penché vers l'avant.

— Une histoire de meurtre ou d'enlèvement, comme votre paternel ?

— C'est une piètre façon de résumer le genre policier.

— Je dois avouer que je ne suis pas un fin connaisseur… Mais venons-en à ce qui m'amène ici. Tout d'abord, Sagas vous évoque-t-il quelque chose ?

— Absolument pas.

Paul plaqua sa carte de gendarmerie sur la table en forme de plume et mit son index dessus.

— Vous n'avez rien perdu. Sagas est une petite ville de montagne qui n'a rien de glamour, croyez-moi, mais c'est là que, durant l'été 2007, votre père a probablement passé plusieurs semaines, à l'abri des regards. Il y est venu soit pour s'inspirer, soit pour écrire *Senones*. Senones, Sagas, des palindromes, comme dans *Le Manuscrit inachevé*, vous voyez l'idée ? Vous étiez au courant de cette longue virée ?

Paul guettait la moindre réaction de son interlocuteur, qui ne montrait aucun signe de nervosité particulier.

— Pas du tout. Je suis parti vivre à Paris au début des années 2000 pour bosser dans l'audiovisuel. On ne se voyait presque plus, avec mon père, nos rapports étaient plutôt tendus. Il n'avait que dix-sept ans quand je suis né. À cet âge-là, on n'est certainement pas prêt à être père. Il m'en a toujours voulu, inconsciemment, de lui avoir gâché sa jeunesse…

Il avait presque craché ce dernier mot.

— Du temps où je vivais encore à la maison, ça lui arrivait de disparaître des semaines pour ses recherches ou ses repérages, sans dire où il allait. Tantôt à crapahuter avec les flics à la capitale, tantôt au fin fond de la Bretagne, à visiter un vieux phare. Alors cette ville-là, Sagas, peut-être qu'il y est allé, mais dans le fond, je n'en sais rien.

— Votre mère, elle savait, elle ?

Il secoua la tête, les lèvres pincées d'agacement.

— Vous n'avez pas l'air très renseigné… Ma mère a été internée en 2002 à l'unité pour malades difficiles de Châlons-en-Champagne, parce que, à partir de l'âge de quarante ans, suite à une interminable période de repli sur soi et de dépressions successives, elle s'est mise à s'arracher les cheveux et la peau au point de mettre sa vie en danger. Rien n'a pu la guérir, elle a passé les quinze dernières années de sa vie quasiment attachée en permanence ou dans une camisole, le seul moyen d'éviter les mutilations. Et si vous cherchez des explications à ça, sachez qu'il n'y en a pas. Elle était folle, purement et simplement folle, dans le sens le plus trivial du terme.

Paul fronça les sourcils.

— Pourtant, dans la préface du *Manuscrit inachevé*, vous dites que…

— Je n'ai pas menti, c'est juste une question de tournure de phrase. Dans la préface, j'ai écrit (il s'empara du livre) : « sûrement l'avait-il écrit seul dans son immense villa, face à la mer, lors des dix mois durant lesquels ma mère mourait à petit feu dans un hôpital, rongée par Alzheimer ». L'un n'empêche pas l'autre. Ma mère est bien morte d'Alzheimer à l'hôpital… Une aubaine, en définitive, pour une personne comme elle. Elle nous avait oubliés, mais elle avait aussi oublié de se mutiler. Sa perte de mémoire, ça a été sa liberté, finalement.

Une personne comme elle. Il parlait avec la compassion d'un proctologue. En tout cas, ce type avait eu une drôle de vie : une mère folle emportée par la maladie, un père suicidé, et lui, seul dans une baraque qui devait flirter avec le million d'euros.

— Votre père était donc l'unique habitant de la villa de la baie de l'Authie depuis 2002…

— Brillante déduction, répondit-il non sans ironie. Mais sachez que, même entouré de sa famille ou de la multitude de fouille-merde qui cherchaient juste à tirer profit de sa notoriété, mon père a toujours vécu en solitaire. Il ne supportait pas le monde. Sa plus profonde angoisse a toujours été de ne plus réussir à créer, et il disait que… seul l'isolement était capable de le soulager. Enfin, ce genre de choses. Mais je crois que vous ne m'avez toujours pas donné la raison de votre présence ici…

Malgré les spots, le salon était plongé dans la pénombre. Paul lui tendit une photo de Julie extraite du dossier d'instruction. Elle portait le pendentif.

— Elle.

Jean-Luc Traskman l'observa avec attention tandis que Paul l'observait, lui. Le regard de l'écrivain resta neutre.

— Vous ne l'avez jamais vue ?

— Jamais. Qui est-ce ?

Il n'avait pas l'air de mentir. Paul entreprit d'entrer dans le vif du sujet. L'heure de l'électrochoc était venue.

— Elle s'appelle Julie Moscato, elle a disparu le 8 mars 2008 lors d'une sortie à vélo dans la forêt aux alentours de Sagas. Des éléments concrets nous portent aujourd'hui, douze ans après, à envisager l'implication de votre père dans son kidnapping.

L'homme en face de lui se leva brusquement.

— Un kidnapping ? Mon père ? Qu'est-ce que vous me racontez ?

— Le fameux été 2007, votre père a entretenu une liaison secrète avec cette jeune fille de dix-sept ans dans un chalet perdu sur les hauteurs de Sagas. Il a voulu la ramener dans le Nord, elle a refusé. Six mois plus tard, elle se volatilisait, embarquée de force dans une Ford grise. Nous avons de très fortes raisons de penser que des individus ont agi sur ordre de votre père.

Jean-Luc Traskman s'était appuyé sur le rebord du fauteuil, visiblement abattu. Paul s'empara du *Manuscrit inachevé*.

— Tout est dans son dernier livre. Les noms des personnages, les événements, les jeux de mots, tout nous ramène à Sagas et à Julie Moscato. Ces pages, les plus noires qu'il ait écrites selon vos propres mots, ce sont ses confessions.

— Non, non… Vous n'avez pas le droit de débarquer comme ça et de me balancer des conneries pareilles à la figure. Surtout maintenant que mon père est mort. Tout ça, ce n'est que de la fiction. Des horreurs, oui, sans doute, mais bon sang, ce n'est pas la réalité. Une histoire dans un livre ne prouve rien.

— Sauf quand il y a autant d'allusions, de points communs avec un dossier criminel.

— On ne vous a jamais dit que les auteurs de fiction s'inspiraient des faits divers ? Qu'ils avaient leurs sources dans la police, dans les palais de justice, et qu'ils racontaient parfois des histoires encore plus vraies que nature ?

Il se mit à aller et venir, avec le pas déterminé d'un avocat en pleine plaidoirie.

— Mon père fouinait dans les archives de la police, écumait les musées de médecine, les morgues, et si on lui avait demandé de coucher avec un mort pour savoir à quelle vitesse le corps se refroidissait, croyez-moi, il l'aurait fait. Il était obsédé par ça, les ténèbres, le crime, la façon dont un cadavre se décompose. C'était sa came, vous comprenez ? Alors ce roman, ne me dites pas qu'il l'incrimine.

Paul ne pouvait pas lui parler du contenu du carnet de Julie, au risque de devoir le faire figurer au dossier plus tard et de les compromettre, Gabriel et lui, mais il détenait d'autres éléments tout aussi convaincants. Il sortit un mince paquet de feuilles de sa pochette à élastiques.

— Ce sont des photocopies, les pages originales sont entre les mains de mon équipe. Regardez.

Traskman s'empara des feuilles d'un geste rageur. Mais, au fil de sa lecture, la stupeur se peignit sur son visage.

— L'écriture de mon père… C'est… C'est la fin originale du *Manuscrit inachevé* !

Incrédule, il s'attarda sur la toute dernière page. Il découvrait un trésor sans oser y croire. Ses prunelles claires couraient sur les lignes, bondissaient de paragraphe en paragraphe. Paul devinait l'excitation qu'il devait ressentir, et qui venait se mélanger au choc des dernières révélations.

Une fois l'euphorie passée, son visage s'obscurcit de nouveau.

— Ces pages… où les avez-vous trouvées ?

— À Sagas, dans le chalet perdu dans la montagne où votre père a passé du temps. Elles étaient entre les mains d'un individu au courant de sa relation secrète et de son implication dans l'enlèvement de Julie Moscato. Il voulait nous envoyer le feuillet qui clôt le roman. Comme vous le voyez, il avait entouré des lettres qui, mises bout à bout, forment la phrase : « Ce livre apporte la réponse à toutes vos questions. »

Il lui montra les copies des autres messages de David Esquimet.

— Cela fait plus de trois ans que l'individu en question nous fait parvenir des courriers anonymes dans lesquels il prétend savoir ce qui s'est passé… Ce que vous avez devant vous, ce sont des pages extraites de romans policiers qui révélaient des phrases, dont le but était de mener à un seul homme : Caleb Traskman.

Le fils n'arrivait plus à cacher son émotion. Ses doigts tremblants faisaient frissonner les feuilles entre ses mains. Il les reposa sur la table, les yeux égarés dans le lointain. Il s'assit, une dizaine de secondes à peine, puis fixa Paul, tel un malade émergeant d'une anesthésie.

— Je reviens...

Il se leva, disparut au bout d'un couloir. Paul en profita pour observer les lieux. Pas de photos de famille. Et une décoration minimaliste qui se résumait aux livres de son père qu'il n'aimait *a priori* pas beaucoup. Une minute plus tard, Jean-Luc Traskman réapparut avec, lui aussi, une pochette à élastiques entre les mains. Il la tendit à Paul et alla se rasseoir en face de lui.

— Allez-y, ouvrez.

Le gendarme écarta le rabat cartonné et découvrit un ensemble d'enveloppes au nom de l'auteur reconnu, dont la partie haute avait été éventrée au coupe-papier. Il s'empara de la première d'entre elles et en sortit son contenu.

L'impression d'un film qui se répétait.

Dans le feu de son regard, des pages de roman arrachées. Des lettres entourées à l'encre bleue.

Caleb Traskman avait, lui aussi, reçu des lettres anonymes.

57

En route, au son de la radio et des nouvelles dont il saisissait à peine le sens pour la plupart d'entre elles, Gabriel s'enfonçait dans la nuit, sur les interminables autoroutes belges, droites et monotones, qui creusaient une campagne à ficher le cafard. D'après ses recherches sur Internet, Chez Jacob ouvrait à partir de 14 heures et fermait à 23 heures, tous les jours sauf le dimanche.

Avec une régularité de métronome, des halos orangés soulignaient la forme des entreprises métallurgiques qu'il croisait, des cheminées vomissant des flammes bleues et vertes. Gabriel le savait : sa quête le poussait vers le Tartare, l'endroit le plus profond des Enfers. En retournant en Belgique, il plongeait dans son propre passé fracturé.

Il aborda la capitale aux alentours de 20 heures, sous un ciel menaçant. Après avoir affronté encore quelques bouchons du Ring, il s'engagea une demi-heure plus tard en direction du quartier Nord, longea les voies de chemin de fer encastrées entre les hautes tours et les hôtels aux larges vitres miroir. Plus grand monde ne traînait dans le coin, les derniers trains de province avaient déversé leurs passagers harassés. Désormais, des silhouettes lugubres rasaient les murs de béton de la gare. Avec l'acuité d'un vampire à l'affût, le peuple de la nuit reconquérait son territoire.

Gabriel n'avait aucun souvenir d'être venu un jour ici, d'y avoir mené des recherches. La terre belge lui était aussi étrangère que la surface de la Lune. Il se gara non loin d'une station de taxis et sortit, emmitouflé dans son blouson.

Un vent du nord sifflait entre l'acier gris des bâtiments et agitait les câbles électriques. Le quartier n'avait rien d'engageant – comme souvent à proximité des grandes gares. Après une centaine de mètres, guidé par son téléphone, il tourna rue d'Aerschot. Il sentit les effluves de sexe et d'argent liquide qu'on se passe de main en main. Des voitures roulaient au ralenti, éclaboussaient les piétons de leurs phares allumés, s'arrêtaient devant des silhouettes perchées sur des hauts talons. Un minimum de mots, un claquement de portière, un ronflement de moteur qui se perdait dans la nuit, avec la promesse de caresser le diable.

Il ne fallut pas plus de trente secondes pour qu'il soit abordé par une prostituée au teint de lait, au corps de bimbo, lui proposant un éventail de prestations tarifées. Elle avait à peine vingt ans, accent slave, prisonnière moderne d'exploiteurs de misère. Au bled, on leur faisait miroiter un boulot, la protection de leur famille, la belle vie dans les pays de l'Ouest, voire un mariage. Mais, une fois sur place, elles arpentaient le trottoir, battues, menacées par des matrones et privées de leurs papiers.

Plus loin, des filles effeuillées dansaient dans des vitrines éclairées de rose, de vert, de bleu pâle. Des démons à louer ou à rejoindre, dans la moiteur d'arrière-salles où les chairs flasques se collaient les unes aux autres. Des types zonaient de l'autre côté de la rue, cigarettes au bec, appuyés contre les murs ou renfoncés dans des poches d'obscurité. Des proxénètes, veillant sur leur écurie et l'observant, lui qui avançait vite, la tête baissée, grain de sable dans une mécanique parfaitement huilée.

Encore trois cents mètres, et il bifurqua dans une rue perpendiculaire, accélérant le pas, écrasé par cette sensation tenace d'être suivi. À cet instant, il songea au traceur sous le siège de sa voiture, à son appartement cambriolé, au cadavre mutilé de la berge. Le tueur se terrait forcément quelque part, peut-être aux aguets.

Il lui sembla d'ailleurs apercevoir un mouvement, derrière lui, au moment exact où il jetait un dernier coup d'œil avant de tourner à gauche. Une fois hors de vue, il se mit à courir, s'engagea sous le porche d'un immeuble. L'ombre apparut à l'angle, regarda dans sa direction, marqua une légère hésitation et continua sa route dans l'autre rue, d'une démarche hâtive. Gabriel était-il réellement traqué ? Il s'attarda cinq minutes supplémentaires et finit par se convaincre de l'absence de danger : comment aurait-on pu être à ses trousses ?

Il rejoignit ensuite une artère populaire où s'alignaient échoppes et vitrines surchargées de babioles, la plupart fermées et protégées par des grilles. Des commerces alimentaires étaient encore ouverts. Les passants ne traînaient pas, silencieux, nez plongés dans leurs écharpes.

Enfin il arriva devant une façade minuscule à la devanture poussiéreuse, où s'entassaient d'étranges objets : un serpent enroulé autour des barreaux d'une échelle miniature, un agneau en bois sculpté fusionné avec un bébé, un « kit vampire », ou encore un bébé dragon flottant dans un bocal au liquide trouble. Deux ou trois tableaux étaient également exposés, rivalisant de monstruosité : une femme à tête de méduse, une forêt aux arbres tordus, leurs branches enfoncées dans la bouche d'un chien hurlant… Chez Jacob était le genre de boutique inclassable. Sur le Web, il était écrit « cabinet de curiosités ».

Aucun doute, il était à la bonne adresse. Il lorgna encore une fois autour de lui, méfiant, poussa la porte. L'endroit était plus grand qu'il n'aurait cru, tout en profondeur, mal éclairé, certainement pour instaurer une ambiance de circonstance. Gabriel avait l'impression de s'aventurer dans le grenier d'un collectionneur fou. Le lieu ressemblait à un mélange de normalité et d'impossible, à l'image de l'ornithorynque, le fameux animal au bec de canard, à la queue de castor et aux pattes de loutre.

Un homme d'une soixantaine d'années arriva de l'arrière-boutique, curiosité parmi les curiosités. Maigrichon, pull rouge à col roulé, pantalon en velours côtelé kaki, et des lèvres trop fines pour recouvrir les dents de sa mâchoire supérieure, implantées vers l'avant comme pour racler les fonds d'assiettes. Il adressa un bref signe au visiteur et se planta derrière son comptoir pour y lire un magazine, avec l'air d'une vieille gargouille fatiguée. Gabriel s'approcha de lui.

— J'aimerais que vous me renseigniez sur un tableau que j'ai acheté chez vous en août dernier.

— Quel genre de tableau ?

Gabriel afficha la photo sur son écran de portable. Le sexagénaire fit le tour du comptoir et vint à ses côtés pour mieux la voir. Lorsqu'il reconnut l'œuvre, il leva un œil sombre vers son visiteur.

— Ah, c'est vous. Votre tête… Je ne vous avais pas reconnu. Vous aviez des cheveux. Et étiez beaucoup moins calme. Enfin, je vous dis ça, mais vous le savez déjà.

— Justement. J'ai un problème de mémoire. Est-ce que vous pourriez m'expliquer exactement ce qui s'est passé ?

L'homme pointa le pouce vers son arrière-boutique.

— Juste deux secondes, j'étais en train de faire chauffer de la cire pour un moulage, et… vu l'odeur, je pense que j'ai oublié d'éteindre. J'arrive…

Gabriel était donc venu avant de revêtir l'identité de Walter Guffin. Il en profita pour faire le tour des babioles entassées, accrochées, suspendues. Il renifla les parfums de tannin, de cuir, de bois verni. Ces objets racontaient tous une histoire. D'où venaient-ils ? À qui avaient-ils appartenu ? Pourquoi leurs propriétaires les avaient-ils achetés avant de s'en débarrasser ? Chacun témoignait d'un vécu, et le tableau en sa possession aussi, forcément. Il avait une raison d'être.

Il dénicha des toiles exposées çà et là, chercha à lire les signatures quand il y en avait. Mais rien ne ressemblait à l'affreux portrait de Julie et Mathilde.

Le commerçant le rejoignit en s'essuyant les mains sur une serviette.

— Voilà…

Le vendeur emmena Gabriel vers la vitrine et désigna le coin où reposait le bocal avec le bébé dragon.

— Le tableau était à cet endroit-là. Quand vous êtes entré, il y a environ trois mois, vous vous êtes rué dessus, sans un bonjour, rien. Vous l'avez saisi et vous avez commencé à pleurer. Mais votre détresse a été de courte durée. Parce que, après, comme je m'approchais, vous m'avez violemment attrapé par le col et plaqué contre le mur. Vous étiez à deux doigts de me tabasser. Vous vouliez savoir d'où venait cette peinture.

Gabriel imaginait aisément son état lorsqu'il avait découvert le visage plus âgé de sa fille depuis le trottoir, après si longtemps et si loin de Sagas. Il devinait son émotion, son excitation mêlée à la peur et la colère.

— D'où venait-il ?

— Je l'ai acquis auprès d'une riche veuve qui vendait une grande partie des collections de son mari. Le vieux était mort d'une crise cardiaque, si mes souvenirs sont bons. Elle avait déposé une petite annonce dans la presse spécialisée, je me suis rendu chez elle pour voir si quelque chose pouvait me plaire.

Il fit un geste circulaire.

— Comme vous le constatez, je suis plutôt branché bizarreries – naturelles, scientifiques ou ethnographiques. Bien sûr, d'autres acheteurs de ses connaissances s'étaient pointés avant moi et avaient pris le plus intéressant, je présume. Il ne restait plus grand choix, en revanche il y avait ce tableau. Il était terriblement… morbide, mais il collait à mon univers. Ça faisait au moins quatre ans qu'il traînait là, dans un coin de ma boutique quand vous avez débarqué.

Quatre ans… Gabriel trouvait la situation atroce : les visages apeurés de sa fille et d'une autre kidnappée, exposés au regard de tous, et personne n'avait fait le moindre lien avec ces vieilles affaires de disparitions françaises. Le petit homme alla pianoter sur son clavier d'ordinateur.

— Lorsque vous avez compris que je n'étais qu'un simple acheteur/revendeur et que je n'avais rien à voir avec l'œuvre en elle-même, vous vous êtes calmé. Heureusement, parce que vous aviez une sacrée force et vous étiez prêt à me tuer…

Il eut un rire nerveux.

— Ensuite seulement vous m'avez expliqué les raisons de votre « hystérie » : c'était votre fille, disparue depuis longtemps, qu'on avait peinte. Selon vos propres mots, elle avait été kidnappée dans une voiture volée à Ixelles, et l'artiste qui l'avait prise comme modèle avec une autre fille était forcément impliqué…

Clic de souris. L'homme faisait courir sa langue sur sa gencive supérieure. Gabriel lui demanda si c'était tout ce qu'il lui avait confié.

— Non. Vous m'avez aussi raconté que c'était cette voiture qui vous avait amené à fouiner en Belgique. Ixelles, les communes alentour, puis l'immense Bruxelles, pendant des années… Vous aviez passé énormément de temps dans le quartier de l'enfer, le quartier Nord, à cause de la prostitution, les clans de l'Est, la mafia, tout ça. Vous vous êtes baladé avec la photo de votre fille dans la rue d'Aerschot et dans les coins les plus sordides de la ville. Coup de bol pour vous, un soir, une prostituée a reconnu le visage sur votre photo. Pas en vrai, mais elle l'avait vu dans ma vitrine…

Gabriel connaissait enfin l'origine de toute cette histoire. C'était donc un peu par hasard, et certainement sans le moindre espoir, qu'il avait fini par tomber sur cette toile. Une découverte qui avait enclenché tout le reste. Il zooma sur l'une des autres photos qu'il avait prises.

— Regardez ici. Le tableau est signé par un certain « A. G. ». Vous auriez une idée de l'artiste qui se cache derrière ces initiales ?

— Vous m'aviez déjà posé cette question. Non, je n'en sais rien.

L'homme griffonna sur un Post-it avant de reprendre :

— Mais la propriétaire qui me l'a vendu, elle le sait probablement. Alors, comme il y a trois mois, je vous donne son adresse, anticipa le sexagénaire en lui tendant le papier. Sinon, votre mémoire, là, c'est grave ?

Gabriel était en train de lire : « Simone Chmielnik. Ransbèche. »

— Assez pour que je ne me rappelle plus vous avoir déjà vu, mais je survis. Ransbèche… Où ça se situe ?

— À une demi-heure d'ici environ, à la lisière de la forêt Brabant Wallonne. C'est un coin de riches, vous le verrez rien qu'aux baraques. Simone Chmielnik habite carrément un manoir, style Art nouveau. Enfin, si elle y vit toujours. Comme je vous le disais, c'était il y a quatre ans, et ce genre de maison, c'est beaucoup trop grand pour une femme seule…

L'homme réajusta, d'un geste minutieux, un cadre d'insectes naturalisés accroché juste derrière Gabriel et tendit son cou lorsqu'un couple à l'allure gothique entra. Tout en leur indiquant d'un geste qu'il allait s'occuper d'eux, il baissa d'une octave pour s'adresser à Gabriel sur le ton de la confidence.

— Je dois vous avouer que, même avant votre première venue et vos explications, je me suis toujours dit qu'il y avait un truc bizarre avec cette peinture.

— Pourquoi ?

— Elle était posée dans une grande pièce du manoir, parmi un tas d'objets que la veuve avait mis en vente. Quand je lui ai dit que seul ce tableau m'intéressait, elle me l'a collé entre les mains et m'a demandé de foutre le camp. Et vous savez quoi ? Elle ne m'a pas réclamé le moindre centime.

58

Ne pouvant détacher le regard de la pile de courriers sortis de la pochette à élastiques, assis au bord du canapé, Paul était abasourdi.

— Je les ai découvertes quelques semaines après que mon père a mis fin à ses jours, expliqua Jean-Luc Traskman. Je faisais des allers-retours à la villa pour ranger ses affaires et régler les problèmes de droits de succession. Ces lettres étaient au fond d'un coffre caché dans son bureau. Postées régulièrement, entre 2015 et son décès, d'un peu partout depuis le sud-est de la France. Comme vous, des pages de romans policiers. Comme vous, des lettres entourées, des « Je sais ce que vous avez fait », ou encore « Un jour, tout le monde saura quel monstre vous êtes »…

Paul était sous le choc.

— Et votre père n'est pas allé voir la police…

— Apparemment non. Il avait tout conservé, sans en parler à personne.

Le gendarme comprenait mieux : David Esquimet avait joué sur les deux tableaux. Il ne s'était pas contenté de se venger de Corinne en la torturant à travers ses énigmes. Il avait prévu de faire payer Caleb Traskman pour le mal fait à Julie. Peut-être même ses menaces avaient-elles contribué au suicide de l'écrivain.

Jean-Luc Traskman reprit les feuilles du manuscrit.

— Ainsi, cette fin existait bel et bien, il était allé au bout de son histoire. Tout est tellement plus clair, à présent... Je dois vous dire que, lors d'un de mes séjours à la villa, une quinzaine de jours avant que j'ouvre son coffre, je me suis aperçu que la maison avait été visitée. Une vitre à l'arrière avait été brisée, un individu était entré, mais n'avait visiblement rien volé. La police est venue faire des relevés qui n'ont pas mené à grand-chose. Forcément, vu l'architecture de la maison.

— Pourquoi, qu'a-t-elle de particulier ?

Son interlocuteur fixa longuement les feuilles, pensif, avant de se ressaisir.

— Peu importe. Le texte original du *Manuscrit inachevé*, je ne l'ai pas déniché dans son grenier comme je l'ai indiqué dans la préface. Ça, c'était pour aiguiser les fantasmes des lecteurs de Caleb. Vous savez, le vieux manuscrit qu'on sort de la poussière, du fin fond de cartons entassés. C'était beaucoup plus vendeur...

Tout était prétexte à business, songea Paul. Même la mort. Malgré son dégoût, il se contenta d'acquiescer pour inciter le fils à poursuivre.

— En réalité, le paquet de feuilles était avec les lettres de menace. Mon père fonctionnait encore à l'ancienne, il détestait l'informatique. Il écrivait ses histoires à la main et n'avait aucune sauvegarde. Il faisait déjà ça quand j'étais gamin : chaque fois qu'il terminait un chapitre, il l'enfermait avec les pages déjà rédigées dans son coffre. Je vous laisse imaginer mon état quand je suis tombé sur tout ça... Je possédais une œuvre originale de mon père, œuvre qu'il avait gardée dans le plus grand secret. Ce qui n'était pas dans ses habitudes.

D'un mouvement de tête, il désigna l'exemplaire de Paul.

— Je crois n'avoir jamais lu aussi vite. Un livre dans le livre, les personnages torturés, le suspense… C'était l'une de ses meilleures histoires. L'une des plus sinistres, aussi. Alors quand j'ai découvert qu'il manquait le dénouement, ce fut un vrai coup de massue. C'était comme…

— La Joconde sans visage.

— La Joconde sans visage, oui. La suite, vous la connaissez, c'est écrit dans la préface. Nombre de lecteurs m'ont reproché la fin que j'ai inventée, trop ouverte selon eux, mais c'est parce qu'ils n'ont pas su la décrypter. Pour imiter mon père jusqu'au bout, lui qui adorait poser des énigmes au terme de ses histoires, j'ai caché la résolution dans la toute dernière phrase du roman. Il suffit de prendre la première lettre de chaque mot la constituant, de les mettre bout à bout, et vous l'avez, votre réponse. Mais… (Il leva le paquet de feuilles.) Ma fin est très différente de la sienne dans sa construction. Enfin, je veux dire, mon dénouement est noir, certes, mais ce n'est rien à côté de celui de mon père. J'avais une chance sur deux de voir juste : choisir le camp du bien ou celui du mal. En ce sens, je me suis bien planté.

Paul comprenait de mieux en mieux. De nouvelles pièces du puzzle s'assemblaient.

— Il va donc au bout, seulement, il ne range pas ces ultimes pages dans le coffre, résuma-t-il. On pourrait se demander pourquoi, puisque vous me dites qu'il le faisait systématiquement… Puis plus tard, il se suicide. Notre corbeau de Sagas est au courant par voie de presse… On a parlé de la mort de votre père, je suppose ?

— Oui, bien sûr.

— Alors le corbeau décide de venir visiter la villa, peut-être pour tenter d'en apprendre davantage sur le sort de Julie Moscato. Il casse une vitre, fouille la maison, les papiers, les tiroirs, tombe sur ces pages avant que vous ne les découvriez vous-même, et les embarque. On les retrouve chez lui des années après…

Il y eut un long silence, où chacun prenait la mesure de ces révélations. Paul savait que ses déductions tenaient la route. Jean-Luc Traskman, quant à lui, paraissait K.-O. debout. Il posa une main sur son front, comme en proie à une soudaine migraine. Le gendarme eut alors une idée. Il chercha quelque chose dans son téléphone avant de le tendre à son interlocuteur.

— Nous avons également saisi ces photos chez le présumé cambrioleur. Elles étaient rangées dans un album. Différents clichés de parties de cadavres – membres, nez, mentons. Vous m'avez dit que votre père écumait les morgues et les musées de médecine. Ces images morbides auraient-elles pu lui appartenir ? Auraient-elles également pu lui être volées ?

Traskman observa rapidement l'écran et lui rendit le portable.

— Il prenait des notes, il dessinait, mais il ne prenait pas de photos à ma connaissance. Ou en tout cas, pas de cette qualité-là. Il y a une fibre artistique, là-dedans…

Déçu, Paul ne baissa pas les bras pour autant et désigna le paquet de courriers.

— Votre père se suicide d'une balle de revolver. Vous, vous découvrez ces lettres quelques semaines plus tard. Vous ne vous êtes pas dit que ces menaces pouvaient être la raison pour laquelle il s'était ôté la vie ?

— Si, bien sûr, ça m'a traversé l'esprit.

— Alors, pourquoi ne les avez-vous pas apportées chez les flics ?

Jean-Luc Traskman sembla pris au dépourvu. Il haussa les épaules.

— Ce qui était fait était fait. Mon père avait pris une décision. Le suicide était flagrant.

Il voulut tirer la pochette à lui pour en finir, mais Paul empêcha son geste.

— Vous m'avez montré tout ça alors que vous n'y étiez pas obligé, reprit le gendarme. Au fond de vous, vous avez envie de savoir pourquoi il recevait ces courriers et pourquoi il a fait un choix si radical. Je me trompe ?

Pas de réponse.

— Ça fait douze ans qu'on cherche Julie Moscato, alors je vous garantis qu'on ne va pas lâcher la piste et qu'on va remuer de fond en comble le passé de Caleb Traskman et de tous ceux qui ont gravité autour de lui. On va fouiller la maison de Berck-sur-Mer, on va déterrer la vérité. S'il y a encore des choses que vous devez me dire, mieux vaut le faire maintenant.

Traskman réfléchit quelques secondes à peine, observa sa montre, se leva et pointa le couloir du pouce.

— Laissez-moi deux minutes pour éteindre mon ordinateur et les lumières. Rouler de nuit ne vous fait pas peur, je présume ?

Paul secoua la tête.

— Dans ce cas, je vous emmène sur la côte, à la villa, c'est à deux heures d'ici environ. Vos photos de cadavres, là, je ne vous ai pas tout dit. J'en ai déjà vu de ce genre chez mon père, et ce n'est pas impossible que votre corbeau les ait embarquées le jour de son intrusion…

Il fixa Paul de son regard le plus sombre.

— Vous allez vraiment comprendre quelle espèce de tordu était Caleb Traskman…

59

Tapi dans l'obscurité, le manoir des Chmielnik était impressionnant. Il se dressait d'un bloc devant la gueule noire de la forêt, ses deux tours rondes aussi hautes que les cimes des arbres dépouillés. De subtils éclairages baignaient le jardin paysager et le bassin d'agrément d'une clarté diaphane, tel un brouillard bleuté.

Quand Gabriel se gara, on avoisinait les 21 heures, mais le portail était encore ouvert. Il voulait tenter sa chance ce soir-là plutôt que de rentrer à Lille et de refaire la route le lendemain.

— Je peux vous aider ?

En le voyant s'approcher à pied de l'entrée principale, un homme avait surgi. Il venait d'une maison annexe, située à la gauche de l'immense bâtisse. Il se présenta comme l'un des membres du personnel chargé de l'entretien de la propriété.

Gabriel lui expliqua brièvement qu'il venait de France et souhaitait s'entretenir avec la propriétaire au sujet d'un tableau dont elle s'était débarrassée après la mort de son mari. Lorsque le type refusa, catégorique, de déranger sa patronne, il lui tendit son téléphone, qui affichait la photo du tableau.

— Dites-lui que c'est extrêmement important, que je suis le père de l'une des jeunes filles peintes sur cette toile. Elle comprendra.

L'homme hésita puis finit par entrer dans la demeure, le portable de Gabriel en main. Moins de cinq minutes plus tard, il l'invitait à le suivre. Après avoir refermé la porte derrière lui, il disparut, abandonnant le visiteur à la démesure du hall. Le sol était orné de mosaïques et les murs semblaient recouverts de feuilles d'or. Un lanterneau trouait un plafond en dôme, dont les peintures vives rappelaient celles des palais florentins.

La veuve l'attendait sur le seuil du salon, assise dans un fauteuil roulant, près d'une colonnade en marbre. Gabriel s'était imaginé une vieille bourgeoise maniérée à la peau tendue par la chirurgie esthétique, mais il rencontrait une femme marquée par le temps, à la longue chevelure blanchie, ses maigres épaules emmitouflées dans un châle en laine gris. Beaucoup trop frêle pour une si grande pièce. Il pensa à Corinne, à cette même façon qu'elle avait de se tenir sur une chaise quand elle avait froid. Les yeux noisette de son interlocutrice l'interrogèrent lorsqu'il s'approcha pour lui serrer la main, et ses premiers mots furent :

— Votre fille… vous l'avez retrouvée ?

Gabriel sentit son ventre se nouer. Son cerveau avait peut-être oublié, mais son corps lui parlait. Sans savoir pourquoi, il éprouva immédiatement une profonde empathie pour elle.

— Pas encore.

Elle croisa les bras. Gabriel percevait les courants d'air frais autour de lui, pareils à de tenaces fantômes, et il se dit, à observer cette veuve, seule, frigorifiée malgré le feu de cheminée derrière elle, que cette baraque à plusieurs millions d'euros n'était qu'un gigantesque tombeau.

Après qu'il lui eut, en quelques mots, exposé la raison de sa visite, Simone Chmielnik lui adressa un regard plus proche de la pitié que de la surprise. À l'aide d'une manette, elle orienta son fauteuil vers le salon, alla se servir un verre, lui en proposa un, qu'il accepta. La carafe en cristal de whisky reposait sur une tablette ronde, à côté du canapé. Un livre avec un marque-page traînait là : *Au revoir là-haut*. Visiblement, la veuve n'en était pas à son premier verre de la soirée.

— Vous cherchiez A. G. Arvel Gaeca.

— Vous le connaissez ?

— C'était mon mari.

L'éclatement d'une bûche creva le silence. Gabriel faillit en lâcher son alcool. Il ne s'était pas préparé à une révélation aussi abrupte. Simone Chmielnik pointa du doigt un tableau à l'autre bout de la pièce, proche d'une bibliothèque. Sur la toile, dans le clair-obscur saisissant d'une cour de prison, un homme, au sol, mains liées dans le dos, la tête en partie tranchée et maintenue par son bourreau.

— *La Décollation de saint Jean-Baptiste*. C'est la parfaite copie d'un Caravage, que mon époux avait achetée à un bon peintre anglais pour plusieurs dizaines de milliers d'euros. Regardez, il a même reproduit la signature de l'artiste, comme sur l'original, dans le sang du martyr qui coule du cou par terre. « Fra Michel Angelo », est-il écrit. Pour l'anecdote, le Caravage ne signait pas ses œuvres. Sauf celle-là. Sans doute un moyen de montrer qu'il avait réellement versé le sang, dans la vraie vie...

Gabriel n'était pas familier avec l'art, mais il se rappela, à écouter les propos de la veuve, que le Caravage était le fameux peintre assassin.

— Henri était un admirateur sans borne du prodige italien, poursuivit-elle. À un point tel que son pseudonyme, Arvel Gaeca, est l'anagramme de « le Caravage »...

Gabriel but une franche gorgée d'alcool. Il se sentait au bord du gouffre. Ses nerfs devaient se détendre, ou son corps tout entier allait finir par imploser. Il s'approcha du tableau, entendit le bruit du moteur électrique derrière lui. Il remarqua effectivement la signature.

— ... La production de mon mari n'avait rien à voir avec celle du Caravage, mais il y avait quand même ce rapport à la mort, la manière dont elle détruit la chair, corrompt la forme jusqu'au néant. Henri a longtemps représenté des animaux morts, des scènes de chasse cruelles où les chiens et les loups déchiquetaient leurs proies. Il connaissait tous les procédés exacts de la décomposition des corps, les délais, la façon dont la chair se meurtrissait. Normal, avec son savoir en chimie organique...

Elle secoua la tête, le nez plissé de dégoût.

— Il fallait le voir, avec ses couteaux, ses pinceaux, même des morceaux de bois ou de métal : il écrasait la matière, insistait sur les plaies, les peaux retroussées et sanguinolentes. Peut-être ces mises en scène lui permettaient-elles d'exorciser ses craintes, ou alors nous montrait-il, à nous qui fermons les yeux, ce vers quoi nous allons tous. Finalement, il a été emporté il y a quatre ans, sans souffrance, sur un court de tennis. Une belle mort, diront certains, même s'il n'avait que soixante-dix ans.

Les yeux de la veuve s'appesantirent sur la copie du Caravage.

— Je détestais ce qu'il faisait, ça me répugnait, mais il y avait des amateurs pour ses toiles. Il en faut apparemment pour tous les goûts… En tout cas, il ne fallait pas lui parler de ses affaires, de ses peintures, ça le mettait en colère. C'était son territoire privé. Il en était même venu à m'interdire l'accès à son atelier. (Elle eut un bref rire nerveux.) Avec une porte fermée à clé. Le salopard.

— Et ma fille, là-dedans ?…

— Je suis désolée, je n'ai pas plus d'explication sur votre tableau que la première fois. Quand vous avez débarqué ici il y a quelques semaines, vous m'avez raconté votre histoire, vous avez accusé mon mari de choses horribles. Vous n'étiez animé que par votre colère, et celle-ci vous faisait dire n'importe quoi.

Elle observa son alcool, fit tourner son verre pour faire danser les reflets sur la surface d'ambre du whisky.

— Ces visages sur la toile, ils pouvaient provenir de sources quelconques dénichées sur Internet. Les affaires d'enlèvements avaient été médiatisées, les visages étaient facilement accessibles. Je l'ai constaté par moi-même après votre départ, en menant des recherches. J'y ai vu les nombreux articles sur votre fille. Mon mari était d'une curiosité insatiable, il s'inspirait du monde autour de lui, et les faits divers sordides le fascinaient. Vieillir un faciès n'est pas très compliqué. N'importe quel peintre sait faire ça. Je sais que c'est écœurant, mais peut-être imaginait-il ces filles, des années plus tard, et les immortalisait-il sur ses toiles ?

— Ces visages, il les a eus en face de lui.

— Nous n'allons pas reprendre cette conversation. Je…

— Peu de temps après mon passage chez vous, l'interrompit-il, j'ai gratté une partie du tableau pour en décoller de la matière, que j'ai envoyée à un laboratoire privé. Cette matière, c'était du sang. Les comparaisons ADN sont formelles : votre époux était allé plus loin que le Caravage, il avait peint certaines parties de son œuvre avec le sang de ma fille et d'une autre disparue. Ne me dites pas que vous l'ignorez. Après cette découverte, je suis forcément revenu ici pour vous mettre les résultats sous le nez.

Elle accusa le coup en secouant la tête.

— Du sang, mon Dieu… Vous… Vous êtes certain ?

— Les courbes ne mentent pas.

— Je jure que je l'ignorais. Je ne vous ai pas revu avant aujourd'hui.

Gabriel la sonda. Prisonnière de son fauteuil roulant, elle lui paraissait sincère et profondément affectée. Pourquoi n'avait-il pas refait le chemin pour la confronter ? Pourquoi n'avait-il pas prévenu les flics pour qu'ils fouillent le passé de ce type ?

— D'une façon ou d'une autre, votre mari était impliqué dans la disparition de ces jeunes femmes. Et le vendeur de ce tableau m'a dit que vous le lui aviez collé entre les mains, comme pour vous en débarrasser. Vous ne lui avez pas réclamé d'argent. Vous savez des choses que vous refusez de me dire. Vous devez m'aider à découvrir la vérité. Je vous en prie.

Gabriel ne lâcherait pas le morceau. Après un long silence durant lequel la veuve avala son whisky cul sec, elle lui prit son verre vide des mains et, en maniant habilement son fauteuil, alla le poser sur la table.

— Je vais vous montrer. Suivez-moi.

60

Reproduisant sans doute un geste mille fois répété, elle parvint à se hisser sur un monte-escalier accroché à la rambarde, et appuya sur le bouton d'une télécommande. À ses côtés, Gabriel s'engagea sur les larges marches en bois précieux.

— Henri n'était pas qu'un peintre. Il était surtout un grand entrepreneur, haut diplômé et spécialisé dans l'industrie chimique. Après une partie de sa carrière en ingénierie, il s'est mis à acheter des entreprises en difficulté, à les remettre d'aplomb pour les revendre. Ça a fait sa fortune. Il avait tout, l'argent, l'influence, le pouvoir. Toujours en voyage aux quatre coins de l'Europe ou dans ses clubs de fumeurs de cigare pour les affaires. Le reste du temps, il errait dans les musées, au sein de cercles d'artistes, jusqu'à plus soif.

Le business d'un côté, la création de l'autre. Deux visages pour une même personne. Gabriel songea au xiphopage de Traskman. La veuve lui adressa un regard triste.

— Lui là-bas, et moi ici… En dehors de toutes ses sphères de connaissances. Feignant l'ignorance quand il rentrait d'une soirée au milieu de la nuit ou d'un hôtel quelconque, très certainement en bonne compagnie, pour s'enfermer là-haut, à préférer peindre ses horreurs plutôt que de passer du temps avec sa femme…

Elle soupira.

— Tellement pratiques, ces immenses demeures. On peut y vivre des semaines entières sans se croiser. Sans s'aimer. On ne dormait même plus ensemble. Et l'unique raison pour laquelle il ne divorçait pas, c'était pour préserver son empire.

Gabriel leva les yeux. Face à lui, entre deux étages, immortalisé sur une toile, Henri Chmielnik le dévisageait de trois quarts, le poitrail bombé sous un épais et luxueux manteau de fourrure. Il se tenait à droite d'un chalet entouré d'arbres, dans la neige. Ses deux poings étaient serrés l'un contre l'autre, devant lui, les index regroupés et pointant le sol. L'homme avait cette expression froide des prédateurs à l'affût, la lèvre supérieure légèrement retroussée. L'image même de l'arrogance, du dominateur.

— Il aimait beaucoup se contempler, souligna la veuve. Ce chalet, il en était aussi propriétaire. Perdu dans la région de Bieszczady, les Carpates polonaises, il s'y rendait plusieurs fois par an pour la chasse au loup. Un moyen de ne pas renier ses origines puisque ses parents étaient de Cracovie. Évidemment, ça faisait des années que je n'étais plus de la partie. Entre l'avion et le chalet difficilement accessible pour une personne handicapée…

Elle resta là, absorbée par les abysses de son passé.

— Il faudrait que je me débarrasse de ce tableau, mais je ne peux m'y résoudre. C'est comme si… ses yeux me l'interdisaient.

Gabriel observa l'homme aussi longtemps qu'il put. Cette ordure était partie avec ses secrets, et il n'avait même pas souffert. Ils parvinrent enfin tout en haut.

Là attendait un autre fauteuil roulant. Le monte-escalier s'arrêta juste en face, si bien que la femme prit place sans problème. Elle repositionna correctement ses jambes et actionna, cette fois, une manette pour que le fauteuil se mette en route.

Des pièces en enfilade, des chambres, des salles de bains. Au bout du couloir, une porte fermée.

— Son atelier, c'était son antre. Il verrouillait la porte chaque fois qu'il s'absentait, comme je vous l'ai dit. Mais j'avais fait faire un double. Il m'arrivait de venir ici, et de me demander ce qui ne tournait pas rond dans sa tête.

Elle dévoila un minuscule espace encombré où régnait le chaos. Vaisselle cassée, pots de peinture ouverts, pigments séchés sur des palettes, tubes de gouache aux couleurs mélangées, amas de papiers et photos en tout genre, abîmés, tachés, froissés. Sur des tables, des fioles salies, des bidons de produits chimiques. Un capharnaüm misérable, poussiéreux, au plafond bas, en parfaite opposition avec le clinquant de la demeure.

Gabriel devait l'admettre : impossible que Gaeca ait pu amener Julie et Mathilde ici pour les peindre. Il avait fait ça ailleurs.

— Vous avez touché à quelque chose ? demanda-t-il.

— Non. À rien. Je crois qu'Henri avait besoin de ce désordre, de cet écrasement des perspectives pour créer, comme Giacometti avec ses sculptures. Quand il est décédé, j'ai juste récupéré les toiles qui s'y trouvaient pour les vendre avec le reste. Je voulais m'en débarrasser au plus vite.

De l'index, elle désigna un recoin.

— La vôtre était là-bas, au milieu de toutes ces plaques en ferraille. Apparemment, il y tenait, puisqu'il l'avait conservée alors que… (Elle observa Gabriel, les bras rabattus sur son châle.) Ce que je veux dire, c'est qu'il y a eu de nombreux autres tableaux avec des visages. Des femmes, des hommes aux chairs offertes, meurtries, toujours dans ces mises en scène morbides. Et cette couleur, ce rouge granuleux… Ces figures vous fixaient d'une façon effrayante ou effrayée… « Les visages de l'horreur », je les appelais. Je voyais ces toiles quand j'entrais ici en cachette. Et quand je revenais plus tard, certaines avaient disparu. Mais celle avec votre fille, elle ne l'a jamais quitté.

— Que devenaient les autres ?

— À mon avis, il les donnait.

— Combien il en a réalisé ? Combien de visages ?

— Je ne sais pas. Une vingtaine ? Vous savez, quelques jours après votre dernière visite, il s'est passé quelque chose… J'étais tellement troublée par votre venue, par ce que vous m'aviez dévoilé, que je n'arrivais plus à dormir. J'ai eu besoin d'en discuter avec certaines de mes amies au club de bridge de Bruxelles… Je ne leur avais jamais parlé des peintures de mon époux. L'une d'entre elles m'a alors raconté en avoir vu une chez l'une de ses connaissances.

Le sang de Gabriel ne fit qu'un tour.

— Mon chauffeur m'a conduite là-bas, un après-midi d'octobre. Le tableau était accroché dans le bureau du mari, un riche homme d'affaires… C'était effectivement une toile d'Henri. Il s'agissait d'un visage de jeune homme. C'était… glaçant. D'après la femme, il était là depuis des années, elle en ignorait l'origine.

— Le mari en question est toujours en vie ?

— Oui, oui.

— Vous pourriez me donner son adresse ?

— C'est à une trentaine de kilomètres d'ici, je vous la donne dès qu'on redescend. Vous pensez que… là aussi, il y a cette histoire de sang ?

— Peut-être, oui.

Elle se rétracta sur elle-même avec la disgrâce d'une araignée qu'on brûle. Elle n'avait pas seulement froid. Elle avait peur. Peur de l'homme qu'avait pu être son époux.

— Bref, concernant votre peinture en particulier, une femme a débarqué peu de temps après l'antiquaire. Une femme bizarre. Jeune, tatouée, accent de l'Est… Sur le coup, j'ai cru à une Polonaise, mais elle était russe. Ils ne roulent pas les « r » de la même façon.

Dans la pénombre de la pièce, Gabriel retenait son souffle. Wanda…

— Elle avait appris la mort d'Henri et voulait savoir s'il me restait des tableaux avec des visages, expliquant qu'un ami à elle était prêt à payer un bon prix pour en acquérir un ou deux. Je lui ai dit que, à une semaine près, elle aurait eu le dernier. J'ai vu ses traits se crisper quand elle a compris que je n'avais aucune information sur l'acheteur. Elle m'a laissé son nom et son numéro de téléphone, pour la contacter au cas où l'homme reviendrait pour d'autres objets. Elle s'appelait Wanda quelque chose.

— Wanda Gershwitz, répliqua Gabriel d'une voix blanche.

— Oui, c'est ça… Et vous, vous êtes arrivé quatre ans après tout le monde, avec, sous le coude, la toile qu'elle recherchait à l'époque. Je vous ai tout raconté, exactement comme je viens de le faire à l'instant. Vous m'avez demandé le numéro de téléphone de cette Wanda. Et je suppose que c'est ce que vous allez refaire à présent. Je l'ai gardé, il est noté dans un carnet rangé au rez-de-chaussée…

Elle poussa un soupir.

— Vous voir, là, maintenant, me poser toutes ces questions… c'est comme si un cycle recommençait. Sauf qu'il y a trois mois, vous ne m'aviez pas parlé du sang… De la possibilité que mon mari ait été embarqué dans une affaire absolument sordide. Tous ces visages… Et sa fascination sans limite pour la mort… Mon Dieu, que cela signifie-t-il ?

Tout s'illuminait dans la tête de Gabriel. La découverte chez l'antiquaire durant l'été l'avait amené dans cette maison. Et, de là, il était remonté jusqu'à Wanda. Facile d'imaginer son état de tension lorsque Simone Chmielnik avait évoqué Gershwitz : douze ans après, il était enfin sur les traces de celle qui avait laissé sa fausse identité à l'hôtel de la Falaise. Elle avait dû être l'objet de toute son énergie, sa colère : la faire parler, c'était retrouver Julie.

Alors il avait changé son apparence physique, son identité, et s'était immiscé dans son monde. Il avait préféré exploiter la piste la plus directe, sans s'imposer une enquête policière en bonne et due forme, forcément plus longue et fastidieuse, et qui dans tous les cas lui aurait échappé. Il avait voulu garder le contrôle.

La veuve nota un numéro de téléphone sur une feuille. Elle déchira le papier et le mit dans la main de Gabriel.

— C'est mon numéro. Je veux que vous me téléphoniez si… si vous apprenez des choses.

Gabriel acquiesça et glissa le papier dans la poche de son blouson. Avec l'autorisation de son hôte, il entreprit une fouille de l'atelier – ce qu'il n'avait vraisemblablement pas fait la première fois, obnubilé qu'il avait été par Wanda. Peut-être existait-il un autre tableau, quelque part ? Il déplaça des pots, des barils, froissa des feuilles de journaux.

— Ces visages, demanda-t-il, les peignait-il intégralement ici ? Je veux dire, est-ce que vous l'avez vu en commencer ou en terminer dans cet endroit ?

— Je ne sais plus. Je n'en ai pas le souvenir. Quand j'entrais dans cette pièce, il me semble que les visages étaient toujours aboutis, ou sur le point de l'être, posés sur un chevalet. Mais… où voudriez-vous qu'il les ait peints ?

Gabriel ne dit plus rien. Il savait qu'il devait prévenir Paul, qui allait informer le juge, qui lui-même se mettrait en relation avec la justice belge. Des procédures à n'en plus finir, que la distance et des systèmes judiciaires différents ne simplifiaient pas. Aussi, avant de redevenir un simple spectateur, Gabriel décida qu'il pouvait bien avancer encore un peu seul. La veuve allait lui fournir le numéro de Wanda, mais, surtout, l'adresse d'un individu qui possédait lui aussi une des œuvres d'Arvel Gaeca.

Il s'apprêtait à arrêter là ses recherches quand, en remuant dans de la quincaillerie, un nom, gravé sur une plaque en fer carrée d'une vingtaine de centimètres de côté, agita comme une alarme dans sa tête.

Sodebin.

La plaque se mêlait à d'autres. Elle était rouillée, trouée, hors d'âge, tachée de peinture, mais elle lui évoquait quelque chose. Il se concentra, incapable de se rappeler où il avait déjà aperçu ce mot.

— Qu'est-ce que c'est ? fit-il en se tournant vers la veuve.

Il lui tendit la plaque. Ses mains effleurèrent celles de Gabriel. Sa peau était gelée.

— Sodebin… Un site de stockage de produits chimiques, que mon mari avait racheté et tenté de redresser. Il a fait l'acquisition du terrain et de l'entrepôt au début des années 2000. Mais le site ne tourne plus depuis bien longtemps, faute de rentabilité. Les employés ont dû être licenciés il y a un sacré bout de temps, peut-être dix ans, il y avait eu des articles de presse, je m'en souviens. Ça doit ressembler à une friche, aujourd'hui, j'ignore s'il a revendu quoi que ce soit. Ses affaires étaient trop compliquées pour moi, des avocats et des gestionnaires s'occupent de tout ça.

Gabriel visualisa soudain le carnet de Julie, le jeu entre Traskman et elle, les fameuses listes. L'écrivain avait noté « Sodebin » dans les moyens permettant de faire disparaître un corps.

Un courant glacé le traversa, et l'énergie qui le maintenait en vie rejaillit de ses entrailles. Le spectre de l'écrivain ressurgissait de la façon la plus inattendue qui fût, dans l'atelier d'un peintre belge.

— Votre mari connaissait-il un certain Caleb Traskman ? C'est un auteur français de romans policiers.

— Henri fréquentait du monde, énormément de monde, y compris dans le milieu artistique et littéraire. Il côtoyait des écrivains, c'est sûr. Mais celui-là, je l'ignore. Je vous l'ai dit, ce pan-là de sa vie m'était inaccessible.

L'esprit de Gabriel s'échauffait. Traskman, Chmielnik, et peut-être d'autres, étaient les rouages d'une mécanique dont le fonctionnement lui échappait encore. Quel était le lien ? Comment s'assemblaient les engrenages ? Il observa les lettres dorées sur la plaque que la veuve venait de reposer.

— Où se situe Sodebin ?

— En pleine campagne, du côté de Mons, à la frontière française. Mais vous savez, il n'y a rien là-bas, hormis des champs et des bâtiments à l'abandon. Il n'y a pas plus triste et isolé, comme endroit.

Simone Chmielnik eut alors l'impression d'affronter un fauve échappé d'un zoo. Gabriel Moscato redevenait le tigre qui s'était presque jeté sur elle, toutes griffes dehors, la première fois où ils s'étaient rencontrés. Un gros mâle à la recherche de son petit.

— Justement.

61

Elle longea l'hôpital maritime – le parfait décor pour un film d'horreur –, passa devant le phare et son œil de cyclope. Sur l'aire des camping-cars siégeaient quand même une dizaine de véhicules coincés entre des hangars à bateaux et des remparts de sable. Les grelots de lumière à l'intérieur témoignaient de la présence d'irréductibles venus s'échouer sur la côte, malgré des températures à pierre fendre.

C'était exactement ça. Paul évoluait entre les pages du *Manuscrit inachevé*, avançait dans les pas de Léane Morgan, l'héroïne du roman. Le phare, la route goudronnée en zigzag, son pare-brise fouetté par les bourrasques de sable, la colossale silhouette de la villa anglo-normande, dressée tel un golem, perdue entre les dunes de Berck-sur-Mer et coupée du reste du monde. *Là où personne ne vous entendrait crier.*

Au moment où il se garait derrière la Porsche de Jean-Luc Traskman, un SMS de Gabriel lui parvint :

J'ai le numéro de Wanda : 07 XX XX XX XX. Le type qui a peint le tableau s'appelle Henri Chmielnik, pseudo d'artiste Arvel Gaeca, le fameux A. G., un industriel mort il y a quatre ans. Il est fort probable que Chmielnik et Traskman se connaissaient. Je t'expliquerai.

Paul contempla son écran. Traskman, écrivain français. Chmielnik, peintre belge et industriel. Un clan de mafieux russes, dont l'une des membres allait enfin être identifiée grâce à son numéro de portable. Au milieu, Julie et une autre disparue...

À la relecture du message, il comprit que Gabriel était en train de tirer un spaghetti et que le reste du plat venait avec. Il lui répondit qu'il progressait lui aussi, qu'il arrivait à la maison de Caleb Traskman et le rappellerait dans la soirée. Après ça, il empocha son téléphone et courut vers le fils, impatient sur le seuil. Le vent piquant venu du fond de la baie le saisit à la gorge. Avant d'entrer, il jeta malgré tout un rapide coup d'œil vers les lumières palpitantes de la ville, loin sur sa gauche, et la grande bouche d'encre ouverte juste en face de lui : la Manche.

Traskman tenait dans sa main les photocopies enroulées des dernières pages du manuscrit de son père. Il claqua la porte derrière lui et alluma. Le gendarme fut surpris par l'architecture intérieure qu'il découvrit. Pour le coup, elle ne correspondait en rien à celle décrite dans le roman ni à l'image qu'il avait du style anglo-normand. Il se tenait dans une espèce de vestibule semi-circulaire, un genre de sas au plafond anormalement bas et arrondi, comme une caverne troglodyte. Pas moins de six portes fermées s'offraient à lui, régulièrement espacées, chacune éclairée par une lampe de couleur différente.

— Choisissez l'une d'elles, l'invita Traskman.

Paul tourna la poignée à sa gauche et se retrouva devant un mur sur lequel était peint le visage effrayant d'un être mortifère aux dents pointues, au crâne allongé en forme d'œuf. Il tranchait la gorge d'une jeune femme nue à l'aide de ses doigts en lames de rasoir. Ses yeux diaboliques lui évoquaient une carapace luisante de cancrelat.

— Voilà ce qu'était devenu mon père, expliqua Jean-Luc Traskman. Un homme qui, depuis l'internement de ma mère, s'était laissé posséder par ses propres démons…

Il dévoila derrière un autre battant un dessin tout aussi choquant : un être mou, aux longs bras élastiques, transperçait le front d'un vieillard avec un pieu. En arrière-plan, un cygne noir avait été dessiné, mais flottant sur des nuages.

— La figure du meurtre l'obsédait, sous toutes ses formes. Elle est omniprésente dans son œuvre et à l'intérieur de cette maison. La mort violente et mystérieuse d'autrui, ce bref instant où l'homme bafoue le cinquième des dix commandements, était le moteur de sa création.

Paul se rappelait l'interview de Traskman : *Si je n'avais pas écrit mes histoires, je serais probablement devenu criminel.*

— Il voulait que cette demeure lui ressemble, poursuivit le fils. De l'extérieur, elle est classique, irréprochable, puissamment ancrée dans les dunes. Mais à l'intérieur, ce sont… les ténèbres… Au fond, ce n'est pas chez lui que vous êtes, mais dans ce qu'était sa tête avant son suicide…

Ils longèrent un étroit couloir, au sol en béton noir, de nouveau tapissé d'issues, toutes fermées, à gauche comme à droite, sur lesquelles des couvertures de livres avaient été dessinées en format géant. Paul pensa à un sinistre couloir d'hôtel, façon *Shining*, puis prit à la lettre les mots de Jean-Luc Traskman : il s'enfonçait dans le cerveau tortueux du romancier. Il avait l'impression que l'écrivain de l'horreur, avec son bouc taillé à la serpe et ses larges lunettes fumées, pouvait surgir de n'importe où pour l'étrangler.

Il laissa traîner son regard sur *Senones* avant de franchir *Visages en miroir*. Ils atterrirent dans une pièce sans fenêtre. Des niches creusées dans les murs et habitées par d'étranges objets, des meubles aux formes courbes qui lui évoquèrent du plastique fondu, un canapé alambiqué et une bibliothèque incompréhensible : elle était au plafond, défiant la gravité, bondée de centaines de bouquins qui ne demandaient qu'à chuter et qui, pourtant, conservaient rigoureusement leur place.

— Ils sont tous collés, ou vissés, je ne sais pas par quelle astuce ils tiennent ainsi. Mais ils ne peuvent évidemment plus être lus. Avouez que l'effet est saisissant.

Paul ne dit rien, tétanisé à l'idée que le meuble finisse par se décrocher et l'écraser. Il s'écarta, observa les portes toujours aussi nombreuses autour d'eux. Combien d'entre elles étaient des trompe-l'œil ? De simples culs-de-sac ?

— Mon père a commencé à transformer la maison en 2003-2004. Il s'était adjoint les services de l'un des meilleurs architectes du nord de Paris, de dizaines d'artisans et d'artistes qui, au fil du temps, ont métamorphosé les quatre cents mètres carrés de la villa en un véritable réseau labyrinthique. Caleb était un fou de logique, d'illusion, de mécanismes complexes. Les engrenages le fascinaient autant que la magie…

Il s'orienta vers une énième porte, et de nouveau un couloir avec sa multitude d'issues, de virages à angle droit, de demi-tours… Sur les murs, des dessins fous, des feuilles de journaux collées, des faits divers sordides, des titres évocateurs comme : « Une fillette de 8 ans meurt noyée dans les gorges du Verdon » ou encore : « Accident de voiture contre camionnette : deux blessés à Villepinte ». Des centaines, des milliers d'articles s'enchevêtraient. Dans cette galaxie improbable, certaines phrases étaient soulignées au feutre, sur les conditions de découverte des corps, les descriptions des scènes de crime, les indices relevés par la police scientifique. Paul était sûr que, en fouinant, il tomberait sur la disparition de Julie.

Ils montèrent et descendirent trois marches sans la moindre utilité puisqu'elles ramenaient au même niveau. Paul se sentait perdu. Il imaginait aisément le désarroi de David Esquimet lors de son intrusion dans cet espace de folie. Le fils s'arrêta au milieu d'un couloir tapissé de photos en noir et blanc et en couleurs. Il sembla chercher quelque chose, hésita, revint en arrière, puis désigna une portion de mur.

— Là…

Il pointait une bouche d'homme ouverte, dont la lèvre inférieure s'écrasait sur l'acier d'une table d'autopsie. Les canines et les incisives étaient cassées. Les draps bleus ondoyaient avec élégance à gauche du visage, afin de créer une intimité avec l'observateur.

— Ça ressemble aux photos que vous m'avez montrées, non ?

Paul l'observa attentivement. Elle ne faisait pas partie de l'album saisi chez Esquimet, mais était en effet du même acabit. Il balaya le mur du regard. D'autres clichés de cadavres – dont certains avaient été à l'évidence victimes d'accidents violents – se mêlaient à des prises de vue toutes plus écœurantes les unes que les autres : un fakir avec de longues aiguilles plantées dans la peau des joues, un chien pendu au bout d'une corde, des dizaines de pattes de poulet essayant d'agripper le bas d'un crucifix, des êtres monstrueux : hommes-troncs, siamois, géants… Un Lilliputien à haut-de-forme était assis sur la trompe recourbée d'un éléphant.

— Dans mon souvenir, il y avait davantage de photos, constata Traskman. Certaines ont été décrochées. Regardez, le mur est à découvert ici, et là, et on voit les traces de colle. Ça ne fait aucun doute : vous l'avez, votre réponse...

Il avait raison. Mais pourquoi Esquimet les avait-il emportées ? Son goût particulier pour la mort ? Avait-il eu envie de se créer une petite collection personnelle ? Le gendarme ausculta scrupuleusement les autres clichés. Les membres, les ventres, les dos immortalisés sur papier glacé, toujours en gros plan.

— Si, comme vous me l'avez dit, ce n'est pas votre père qui est l'auteur de ces clichés, alors qui ?

— Je ne sais pas, je ne pourrais même pas vous dire si c'est le travail du même artiste. Vu le sujet, ça sent la transgression, et donc l'art contemporain. Mon père en était très amateur, il commandait des tas d'objets et de photos qu'il voyait dans les musées ou les galeries ; il y en a partout dans la maison, venus du monde entier.

Paul fit quelques prises de vue avec son téléphone. Ils se remirent en marche et atteignirent le bureau. Le gendarme avait la sensation d'évoluer dans une exposition retraçant l'histoire de la police scientifique, avec les vieux crânes jaunâtres alignés sur des étagères, l'impressionnant squelette d'étude veiné de traits noirs et de chiffres, les affiches de mesures anthropométriques qui tapissaient un mur : des faciès de criminels des années 1900, dont on avait mesuré l'écartement des yeux, la longueur du nez, la hauteur du front, pour en déduire leur propension au crime.

À gauche d'une autre bibliothèque – verticale et accessible, celle-là – trônait une antique machine de torture : une lourde chaise en bois hérissée de pointes en métal, aux sangles épaisses pour maintenir poignets et chevilles.

Elle était poussiéreuse, dans son jus, mais vernie – comme pour embellir cet affreux engin. Paul essaya de se rassurer, en se disant qu'il n'avait pas servi – ces dernières années, tout au moins.

Dans son dos, Jean-Luc Traskman sembla lire dans ses pensées.

— Cette chaise a toujours été là, aussi loin que mes souvenirs remontent. Du temps où cette villa était encore normale, j'ai toujours eu peur de venir ici. Vous avez vu ces visages de criminels ? Ils datent de l'époque de Bertillon, l'un des fondateurs de la police scientifique. Et ça…

Il désigna une rangée d'ignobles petites poupées en toile de jute, en gaze, en sparadrap, aux corps ligotés avec du fil de couture, aux orbites obscures, comme creusées dans un abîme, maculées de matière organique sombre, terre, boue, craie…

— Il a commencé à les fabriquer quand j'étais enfant. Ses « poupées cadavres », comme il les appelait. Pourquoi il faisait ça ? Je n'en sais rien, sans doute parce que ça ne tournait déjà pas très rond dans sa tête. Je détestais cette pièce. J'étais persuadé que ces poupées s'y déplaçaient et bougeaient des objets la nuit. Évidemment, mon père ne faisait rien pour me réconforter, au contraire… Il raconte ça dans l'un de ses premiers livres, *Les Fantômes de sable*.

— Vous parlez de lui comme d'un être froid, dépourvu de sentiments.

— C'est ce qu'il était. Je l'aurais davantage intéressé mort que vivant… Je vous donne un simple exemple : ma mère a toujours dit vouloir être enterrée au cimetière. Elle était catholique pratiquante, elle allait à la messe tous les dimanches. Mon père l'a fait incinérer, puis j'ai su qu'il avait fait analyser les cendres. Il tentait de savoir s'il y avait une possibilité d'établir qu'elles provenaient d'un être humain. À partir de ce jour, je l'ai haï.

Quel sinistre individu avait été Caleb Traskman ? Comment pouvait-on renier les volontés de sa femme pour satisfaire une telle curiosité ? Paul fut parcouru d'un frisson. Ce lieu, dénué de toute photo du romancier, de tout souvenir de famille, lui parut encore plus glacial. À quoi ressemblait précisément Caleb Traskman ?

Le bureau était large et imposant, probablement en bois précieux, rangé avec soin. Piles de feuilles blanches, stylos dans un présentoir, globe terrestre ancien et luminaire dont l'habillage semblait être en écaille de tortue. Traskman ôta un ensemble de livres de la bibliothèque et, dissimulé derrière, le coffre entrouvert apparut.

— C'est là que reposaient *Le Manuscrit inachevé* ainsi que les lettres...

Paul s'approcha. Le coffre était désormais vide. Face à eux, sur les rayonnages, des manuels de médecine, d'anatomie, de police scientifique, de chimie organique, des encyclopédies sur les monstres, les faits divers, le cinéma d'horreur. Un pan entier était consacré à l'art, à la peinture, et rien que les couvertures indiquaient qu'il y aurait, encore une fois, uniquement des œuvres en rapport avec la mort.

Paul se tourna vers son interlocuteur. Il afficha le tableau de Julie et Mathilde sur son téléphone.

— Arvel Gaeca ou Henri Chmielnik, ça vous parle ? C'est un peintre belge. Il représentait des visages décharnés de ce genre-là...

Traskman secoua la tête.

— Désolé.

Ce dernier se tenait près d'une fenêtre circulaire. La lumière du phare illumina fugacement ses traits, mais ses yeux restèrent sombres.

— En revanche, je vais vous donner ce que vous êtes venu chercher. Ce qui, depuis des années, me ronge. C'est plus, bien plus que de simples photos de cadavres placardées sur des murs…

62

Croisille, l'homme d'affaires qu'avait évoqué la veuve, avait investi massivement dans les parcs d'activités commerciales et, à la fin des années 1980, dans les vignobles français, devenant multimillionnaire. Il avait plus de soixante-quinze ans et n'avait semble-t-il toujours pas pris sa retraite. Dans le moteur de recherche, son nom n'était aucunement associé à celui de Chmielnik.

Dans son SMS pour Paul, Gabriel avait omis de mentionner qu'il allait faire un petit détour nocturne chez l'entrepreneur, ainsi qu'un passage à Sodebin. Hors de question de laisser des procédures judiciaires le ralentir. Il voulait avancer seul, sans qu'on lui mette des bâtons dans les roues.

La maison de Croisille, en campagne proche de Bruxelles, était de style plus sobre que celle du peintre – mais non moins imposante –, en retrait de la rue, sans voisins, éclairée par des lampes à gaz réparties dans un vaste jardin. Ce soir, visiblement, il recevait. Deux Porsche, une Audi et une Bentley d'une largeur de paquebot étaient garées dans l'allée.

Il arrêta sa voiture le long d'un muret, au cœur du hameau, et alla directement sonner à la porte d'entrée, sans prendre la peine de réajuster son blouson en cuir. Il en était conscient : il ressemblait à une espèce de videur peu recommandable, avec une gueule ravagée par la fatigue, mais peu importait. Il dut s'y prendre à plusieurs reprises pour que Croisille en personne vienne lui ouvrir, un cigare vissé au coin des lèvres. Costume, cravate, cheveux gris gominés vers l'arrière, et le teint hâlé des curistes. Il le reluqua d'un œil brillant.

— Qui êtes-vous ?

— Un père à la recherche de sa fille. J'aimerais vous parler d'Henri Chmielnik.

Le propriétaire fronça ses sourcils broussailleux.

— Chmielnik ? Je crois bien qu'il est mort. Mais vous avez vu l'heure ? Je vous conseille de ficher le camp de ma propriété.

— Vous le fréquentiez ?

L'homme se recula pour fermer le battant, mais Gabriel repoussa cette masse de bois sans ménagement. Lorsqu'il franchit le seuil, il vit le visage de Croisille blanchir comme s'il s'était pris un sac de farine sur la tête. Gabriel dominait d'une vingtaine de centimètres ce maigrichon au cou d'oisillon, aux mains squelettiques et aux yeux d'un noir pétrole. En retrait, dans le salon, trois individus tout aussi grisonnants étaient assis autour d'une table de poker, dans un nuage de fumée.

— Fichez le camp de chez moi, répéta-t-il, ou j'appelle la police.

Gabriel lui plaqua sous le nez l'écran de son téléphone, avec la photo de la peinture de Julie et Mathilde.

— Vous reconnaissez ?

Croisille se tourna brièvement vers ses acolytes. L'un des vieux s'était levé.

— Appelle la police.

Gabriel était désormais à deux pas de la pièce. Il tendit un index menaçant devant lui.

— Faites ça, et je vous écrase la tête sur vos jetons. Rasseyez-vous. D'ici quelques minutes, vous m'aurez déjà oublié si vous ne faites pas de connerie.

Gabriel y allait au culot, et ça marchait. Le vieux lui obéit, alors que les autres ne bougeaient pas d'un cil.

— Alors, ce tableau ?

— Ça ne me dit rien du tout, répliqua Croisille d'un ton froid. Qu'est-ce que vous voulez, bon sang ?

— Voir la toile d'Arvel Gaeca accrochée dans votre bureau.

La paupière droite de Croisille s'était mise à tressauter dans un réflexe.

— Pourquoi ? Que se passe-t-il avec cette toile ?

— Vous ne le savez pas ?

Il secoua la tête, en signe d'incompréhension. Le front de Gabriel s'était mis à suer, il sentait le démon de la colère le posséder. Son allure devait être effrayante, car Croisille intima à ses invités de conserver leur calme, leur indiquant qu'il s'agissait d'un malentendu, que tout serait vite réglé. Gabriel et lui traversèrent alors l'immense pièce au plafond haut et sculpté, aux murs ornés de tableaux de maîtres, avant de pénétrer dans le bureau au style lourd, surchargé d'objets hétéroclites – statuettes, masques, instruments d'astronomie. Croisille pointa le mur, à droite de la bibliothèque.

— Elle est là, votre peinture.

Le cadre était à hauteur d'homme, parfaitement mis en valeur par deux lumières douces. Il s'agissait du visage d'un jeune homme d'une vingtaine d'années, deux grands yeux ronds pleins d'effroi. Une partie de son menton était décharnée, ainsi que sa joue droite. Son cou se déployait en un réseau de tendons et de muscles rougeâtres, comme si une enzyme avait commencé à le digérer. Gabriel ne le reconnut pas, il ne l'avait vu nulle part dans ses pages de disparus, mais cela ne signifiait rien. En arrière-plan, de nouveau, les racines d'arbres suspendues à une voûte, les murs de pierre. Il s'approcha et caressa la matière. L'œuvre était bien signée « A. G. ». Il gratta. Dans son dos, Croisille protesta. Gabriel lui colla ses doigts frottés les uns contre les autres sous les narines.

— Vous reconnaissez la texture ? L'odeur ?

— Arrêtez ! Qu'est-ce... ?

Gabriel l'agrippa par la veste.

— Que savez-vous sur ce tableau ? À qui appartient ce visage ? lança-t-il, à bout de patience.

Avec son col de chemise serré, on aurait dit que la tête du vieux allait sauter tel un bouchon de champagne.

— Je n'en sais rien, bon Dieu. Avec Chmielnik, on a fait du business il y a des années. C'était un redoutable homme d'affaires que j'appréciais ; on a gardé le contact, on dînait ensemble deux ou trois fois par an. Un jour, il m'a confié qu'il était aussi peintre et m'a offert cette toile. Il n'y a rien d'autre à ajouter.

Gabriel le relâcha brusquement.

— Il vous l'a offerte... Vous ne l'avez pas choisie ? Pas achetée ? Il est venu, il vous l'a offerte, comme ça ?

— Exactement. C'était un cadeau.

Gabriel avait envie de lui fracasser le crâne. Chmielnik étant mort, Croisille ne parlerait pas. À moins qu'il ne sache vraiment rien. L'industriel prenait peut-être un plaisir pervers à distribuer des visages de personnes kidnappées à de riches connaissances. Il se dirigea vers le bureau, tira le fauteuil en cuir et s'y installa. Il désigna le tableau, trois mètres devant lui. Croisille était immobile.

— J'aime bien l'éclairage. Un sacré beau dispositif, pour un tableau que vous n'avez même pas choisi.

Et ce n'est pas très raccord avec le reste de la déco, hein ? Les longues-vues en cuivre, les belles statues en ébène… Pourquoi vous n'avez pas fichu cette horreur dans un coin ? Que lui trouvez-vous de si… extraordinaire pour l'accrocher pile en face de vous ?

— Visiblement, les subtilités de l'art vous échappent. Je n'ai rien d'autre à vous dire, je ne comprends pas ce que vous voulez.

Gabriel se redressa et revint vers lui, menaçant.

— Je crois que, au contraire, vous savez parfaitement ce que je veux. Vous voyez, elle, c'est ma fille, expliqua-t-il en sortant de nouveau son téléphone. Ma fille qui a disparu le 8 mars 2008. Et l'autre, à côté, a subi le même sort, mais en 2011. Sa mère est au fond du gouffre, à deux doigts du suicide.

Il rapprocha l'écran de Croisille, jusqu'à l'écraser sur son front.

— Chmielnik, ce putain de pervers avec qui vous preniez du bon temps, a peint ce tableau avec leur sang. Leur sang, vous saisissez ? Et il a fait pareil avec ce gosse que vous matez certainement de longues minutes chaque jour. Ce gosse que des salopards ont arraché à ses parents.

Gabriel, au fur et à mesure, avait acculé Croisille contre la bibliothèque.

— À quoi vous jouez quand vous êtes seul dans cette pièce ? Vous vous astiquez ? Vous fantasmez sur le destin tragique de tous ces mômes ? Vous vous sentez tout-puissant parce que, quelque part, vous le possédez ? *Vous savez des choses*… Dites-moi, bordel, ce que Chmielnik leur a fait ! Dites-moi où ils sont !

L'homme d'affaires secouait vivement la tête.

— Vous êtes fou, murmura-t-il. Complètement fou.

Une voix chevrotante s'éleva dans le dos de Gabriel.

— J'ai appelé la police. Ils arrivent.

Un vieux se tenait dans l'embrasure de la porte. Sa main tremblait sur le chambranle. Gabriel adressa un dernier regard assassin à Croisille et alla décrocher le cadre. Aucun d'entre eux ne chercha à s'interposer : le perturbateur de leur soirée était tel un taureau fou dans une arène.

— Bientôt, vous allez passer à la caisse, prévint Gabriel. Vous allez payer jusqu'à la fin de vos jours, vous et toutes les raclures de richards de votre trempe.

Tableau sous le bras, il jeta un rapide coup d'œil à la bibliothèque : seulement des livres reliés en cuir, aucun bouquin de Caleb Traskman. Il traversa le salon et disparut aussi subitement qu'il avait débarqué.

Personne ne lui courut après.

63

En silence, Traskman observait la nuit à travers la fenêtre aux allures de hublot. Les formes douces des dunes se dessinaient à chaque balayage du faisceau du phare.

— Après la mort de mon père, je voulais comprendre l'agencement de cette maison. On a beau s'y aventurer des centaines de fois, son architecture exacte reste une énigme. Eh bien, je n'ai jamais réussi à mettre la main sur ses plans. Il n'y a de traces des documents nulle part. J'ai même tenté de remonter à l'architecte, mais il était parti vivre à New York et n'a pas répondu à mes demandes. À mon avis, il avait reçu comme consigne de ne pas parler, et s'était arrangé pour faire disparaître l'ensemble des documents.

Jean-Luc Traskman enfonça une cigarette légère et fine au bout d'un porte-cigarettes et l'alluma. Une timide odeur de tabac anglais se répandit autour d'eux.

— Alors j'ai fait venir mon propre architecte ainsi que son métreur. Ça a pris des semaines, de référencer les deux cents mètres de couloir et les quatre cent quarante-quatre portes. Ici, au rez-de-chaussée, la bâtisse ne compte qu'un salon, une cuisine, des toilettes et ce bureau, pour une surface totale de seulement soixante-cinq mètres carrés. Un espace ridicule quand on voit la taille de la demeure. Mon père avait supprimé toutes les autres pièces d'origine, muré la plupart des fenêtres, pour occuper l'espace avec cette espèce de labyrinthe. Et si toutes les portes sont identiques, « seules » quarante-quatre ouvrent sur d'autres couloirs ou l'une des quatre pièces…

Les chiffres donnaient le tournis et confortaient l'image que Paul avait de Traskman. Un être perturbé, dangereux, dont la logique lui échappait.

— Mais là n'était pas le plus troublant. La maison n'a qu'un seul étage, elle ne possède ni cave ni grenier. Sa surface au sol, mesurée à l'extérieur, est de deux cent huit mètres carrés précisément. En essayant de faire le calcul de l'intérieur, en tenant compte de l'épaisseur des murs, des cloisons, on obtient effectivement une surface de deux cent huit mètres carrés pour l'étage, c'est cohérent. Par contre ici, au rez-de-chaussée, la surface n'est que de cent quatre-vingt-neuf mètres carrés. Les spécialistes ont refait leurs mesures et leurs calculs plusieurs fois : il manquait bel et bien dix-neuf mètres carrés.

Le faisceau blanc balaya le visage de Paul, révélant deux poches d'encre sous ses yeux.

— Comment vous l'expliquez ?

Sans lui répondre, Traskman l'invita à le suivre. Ils s'enfoncèrent dans les profondeurs de l'étrange habitation aux murs graffités, aux couloirs alambiqués qui viraient à gauche, à droite, les ramenaient sur leurs pas… La voix de Traskman résonnait au milieu de tout ça et, parfois, Paul le perdait de vue.

— Mon père a toujours été très prolifique. Jusqu'à sa mort, il avait publié seize romans, d'innombrables nouvelles, et avait été scénariste sur des dizaines de projets pour la télé. Il n'a jamais autant écrit que sur la fin.

Des livres de plus en plus complexes, de plus en plus gros, comme s'il avait un besoin de créer sans relâche. Certains, avec cet excès de création, s'épanouissent, d'autres au contraire tombent dans les abysses, parce que leur art les étouffe, les possède, les anéantit. Ça a été son cas. Savez-vous qu'il y a trois fois plus de suicides que la moyenne chez les artistes ? Explosion en plein vol, déchirures intérieures. Ils boivent, se droguent, détruisent leur famille, commettent des atrocités sur eux-mêmes et sur autrui. Comme beaucoup, mon père a basculé, jusqu'à s'ôter la vie. Je ne vous raconte pas la tête des flics qui ont mené leur enquête de routine, lorsqu'ils sont entrés dans la villa…

À un moment, il sembla lui-même perdu, exécuta un demi-tour et emprunta un autre chemin. Il s'arrêta enfin devant une porte, l'ouvrit pour dévoiler une peinture sinistre : la réplique exacte du xiphopage dessiné dans le carnet de Julie.

Il frappa du poing à deux endroits différents du mur.

— Vous entendez la différence ? demanda Traskman.

— Ça sonne creux, constata Paul. Un passage.

— Un passage secret. Le seul de toute la maison.

Jean-Luc Traskman inséra son index dans l'œil gauche de l'être au visage mauvais. Après un léger déclic, la cloison s'écarta, déclenchant par la même occasion l'allumage d'une ampoule. L'espace se révélait très étroit – à peine quarante centimètres de large –, et les murs n'étaient pas parallèles mais se rapprochaient au fil de leur progression. Trois mètres plus loin, une clé pendait à un crochet dans le mur. Traskman la glissa dans la serrure d'un lourd battant en bois.

Ils atterrirent dans une salle unique en forme de T, genre de pièce de Tetris habilement incrustée dans l'architecture générale de l'habitation. Les parois étaient intégralement tapissées d'une mousse noire alvéolée insonorisante. Un vrai petit lieu de vie, esprit loft cosy, composé d'un coin chambre, d'un espace salle de bains, d'un salon avec un fauteuil, un téléviseur, une bibliothèque fournie. Dans le coin cuisine, des corbeilles vides, rien pour cuire ou chauffer, mais un réfrigérateur débranché. Paul tourna sur lui-même, abasourdi. Il éprouva le besoin de s'appuyer quelque part.

— Julie était enfermée ici, souffla-t-il.

Sur une table, un jeu d'échecs, et une partie entamée. Jean-Luc Traskman croisa les bras, soudain frigorifié lui aussi.

— Mon architecte était là quand nous avons découvert ce lieu. Je n'ai touché à rien depuis. Le réfrigérateur était vide, le lit fait et comme neuf. Aucun objet, aucune griffure sur les murs ne laissait imaginer que quelqu'un ait pu être retenu ici…

Il affronta Paul d'un regard franc et soutenu, histoire de montrer son honnêteté.

— Cet endroit pouvait très bien être un délire de mon père sans aucune utilité, ou peut-être s'y cloisonnait-il lui-même. Peut-être était-ce sa manière de s'isoler, de se couper totalement du monde des vivants. Le Minotaure au milieu de son labyrinthe, si vous voulez.

Il désigna le jeu d'échecs.

— Et puis, rien n'empêche personne de jouer contre soi-même. Les blancs contre les noirs. Le bien contre le mal. Le xiphopage…

Sur ces mots, comme soudainement épuisé, il s'assit sur le fauteuil, déroula les feuilles qu'il n'avait pas lâchées jusque-là et y plongea les yeux. Paul laissa le silence les ensevelir, scruta la pièce avec attention. Une quinzaine de mètres carrés, sans fenêtre, sans possibilité de fuite. Sans espoir… Il osa à peine imaginer ce qu'avait dû être la vie de Julie entre ces murs. Combien de temps Caleb Traskman l'avait-il gardée auprès de lui, dans ce dédale maléfique ? Avait-elle été seule ou en compagnie de Mathilde ? Avait-elle seulement revu la lumière du jour, senti l'odeur de la mer ? Et toujours l'éternelle question : où était-elle, à présent ?

Heureusement que Gabriel n'était pas là, parce que ce dernier serait devenu fou et se serait probablement jeté sur le fils pour l'étrangler. Paul se tourna néanmoins vers celui-ci avec une rage à peine contenue.

— Vous auriez dû en parler à la police. Vous auriez dû leur donner les lettres de menace. Ils auraient réalisé des prélèvements ADN qui auraient sûrement levé une alerte dans les fichiers et permis de faire un recoupement avec notre affaire. À la place, vous avez préféré vous taire, de peur de ce qu'on aurait pu découvrir. Mais je comprends, les livres de votre père se vendent encore, et beaucoup plus que les vôtres… Vous ne l'aimez pas, mais vous aimez l'argent qu'il rapporte.

Jean-Luc Traskman fixa l'échiquier. D'un geste mécanique, il joua un coup. Puis il ne bougea plus, la tête entre les mains.

— Que va-t-il se passer, maintenant ?

— On va faire ce qui aurait dû être fait dès le début. Vous poser toutes les questions nécessaires et perquisitionner cette maison de fou. Au moins une jeune femme a été séquestrée ici. Elle est quelque part, certainement morte depuis longtemps. Et s'il faut aller jusqu'à raser cette baraque pour retrouver son cadavre, je vous garantis qu'on le fera.

64

Sans marquer le moindre arrêt, Gabriel s'enfonçait toujours plus dans les méandres de la campagne belge. Un peu avant Mons, à une encablure de la frontière avec la France, il avait bifurqué sur des routes secondaires, non éclairées, perdues dans la nuit. Il avait commencé à pleuvoir une demi-heure après son départ de chez Pascal Croisille. Une pluie drue, aux gouttes comme du gravier s'explosant sur la voiture et le forçant à une concentration décuplée, malgré les essuie-glaces activés à plein régime. Gabriel se fiait aux indications de son GPS. Une fatigue nerveuse pesait sur ses épaules, lançait des arcs électriques dans sa nuque, mais le feu brûlait en lui. Il aurait tout le temps de se reposer plus tard.

Les découvertes de ces dernières heures l'imprégnaient encore. Et il s'apercevait que, plus il avançait, plus les questions se multipliaient. Quel lien unissait Caleb Traskman et Henri Chmielnik ? Les deux artistes semblaient développer un attrait particulier pour le morbide. Mais de quoi s'agissait-il, exactement ? Croisille connaissait-il l'origine réelle du tableau en sa possession ? Gabriel se heurtait à des murs. Et le temps écoulé jouait contre lui. Ça le rendait fou.

La voix synthétique du GPS lui indiqua de tourner à gauche, sur une route qu'il distingua au dernier moment. Un kilomètre plus loin, ses phares révélèrent de hauts grillages barbelés, de part et d'autre d'une grille d'entrée coulissante, rehaussée d'un mélange de pointes et de lames dissuadant clairement les curieux. Une pancarte avec des symboles de dangers chimiques affichait : « Site dangereux, fermé et sous surveillance / Propriété privée / Intrusion strictement interdite sous peine de poursuites ».

Gabriel immobilisa son véhicule sur cette voie sans issue et se mit en pleins phares. À cause des trombes d'eau, il n'y voyait rien, mais il avait conscience d'errer au milieu de nulle part, ou plutôt au milieu de champs. Pas une palpitation de lumière à l'horizon, la première trace de civilisation devait être à dix kilomètres. Tout était mort. Autour de lui, la végétation se déployait de façon anarchique, jusqu'à fissurer le bitume.

Il remonta la fermeture de son blouson jusqu'au col et affronta le chaos. Il tenta de faire coulisser la grille, mais elle était retenue par un énorme cadenas en forme de U. Il l'ausculta de près pour constater qu'il ne présentait aucune trace de rouille, contrairement aux barreaux ou aux barbelés. De l'autre côté, il devinait à peine les serpents de tuyaux et l'imposante silhouette noire d'un entrepôt.

Il longea le grillage par la droite, les pieds dans la boue, l'eau glacée ruisselant sur ses joues. Qu'est-ce qu'il foutait ici ? Il s'était emballé, mais le contenu du carnet datait de plus de douze ans. Il n'avait plus rien à chercher sur ce vieux site à l'abandon.

Pourtant, il continua, poussé par une force qu'il ne s'expliquait pas. Il avait l'espoir de repérer une faille, un endroit où le maillage d'acier serait affaibli, troué, en vain. Le franchir était donc exclu puisque le fil barbelé était à double tranchant – des lames capables de vous ouvrir les veines, comme celles des sites militaires –, et installé en boules épaisses deux mètres au-dessus de lui. Alors il récupéra le cric dans le coffre de sa Mercedes et frappa sur l'anse du cadenas comme un forcené. Des vibrations dues au choc se répercutèrent jusque dans sa colonne vertébrale.

Il crut ne jamais en venir à bout, mais, après quelques minutes, l'anse céda enfin. Gabriel s'était arraché la peau des mains. Il laissa l'eau soulager ses paumes, alla éteindre ses phares, puis se faufila sur le site. Il passa devant une guérite de contrôle désertée, se glissa le long d'une sphère de stockage haute de plusieurs mètres. Plus loin, quatre cylindres verticaux se confondaient avec des fusées parées au décollage. Des tuyaux rampaient, des échelles grimpaient dans la nuit, courant sur des parois d'acier. Dessus, de vieilles étiquettes colorées étaient presque illisibles. Des symboles chimiques, des interdictions. Tout avait dû être vidé, nettoyé, récuré jusqu'à la dernière molécule.

Gabriel ignorait ce qu'il cherchait au juste. Il se fraya un chemin entre deux citernes grises et horizontales, fixées sur des socles de béton, s'engagea en direction d'un entrepôt situé à une vingtaine de mètres des sortes de fusées. Des montagnes de barils s'entassaient à côté de la porte d'entrée en acier. Et sur celle-ci, un cadenas en U identique à celui de la grille. Aucun moyen d'entrer, pas même par le quai de déchargement dont le rideau métallique avait été soudé. Il allait encore falloir y aller à coups de cric. Trempé, les muscles endoloris, Gabriel avait désormais le moral dans les chaussettes.

Et pourtant, il puisa en lui la force de recommencer à battre le fer. Pour se motiver, il se convainquit que ces difficultés avaient pour seul objectif de le décourager, de l'empêcher d'atteindre son but. *Mais quel but ?*

Cinq minutes plus tard, il était à l'abri. Exténué. Perclus de douleurs. La pluie cessa de lui glacer les os, c'était au moins ça de gagné. Dans l'obscurité du bâtiment, il déclencha la vive lumière de son téléphone en mode torche. Le simple souffle généré par ses pas anima des diamants de poussière dorée.

Il balaya l'espace du regard, scruta les parois sans repérer la moindre caméra de surveillance. Le panneau de l'entrée ne devait être que de l'intimidation. Il explora les lieux, passa devant un Algeco ouvert, posé sur des parpaings, dépouillé de son contenu, et progressa dans les entrailles de l'entrepôt. Après un large couloir, il s'aventura entre des allées d'alvéoles d'une dizaine de mètres de haut. Il eut l'impression d'évoluer au cœur d'une ruche infinie. Presque tous les compartiments hexagonaux contenaient de gros barils de couleurs différentes, tous couchés. Il y en avait, à vue de nez, plusieurs centaines.

Il observa ceux situés à son niveau. Les couvercles avaient été cerclés pour ne plus être retirés, et Gabriel cogna du poing sur quelques-uns d'entre eux : vides. Heureusement d'ailleurs, vu leur contenu. En effet, il découvrit sur les étiquettes que les barils verts avaient renfermé de l'ammoniac, les rouges de l'hydroxyde de sodium, les jaunes de l'acide chlorhydrique. Quant aux noirs, plus épais et imposants, il était question d'acide fluorhydrique, l'un des acides les plus puissants. Pas celui dilué et vendu dans le commerce. On parlait ici de milliers de litres au pourcentage très élevé.

Quoi de mieux pour faire disparaître un corps ? Certains de ces produits pouvaient désintégrer un être humain jusqu'à la dernière cellule en moins d'une journée. Il ne s'agissait alors pas d'un corps qu'on enterrait, brûlait ou jetait dans l'océan. C'était un organisme qu'on rayait purement et simplement de la surface de la terre, sans en laisser le moindre milligramme d'ADN.

Et Caleb Traskman le savait. L'écrivain, qui avait vécu à une centaine de kilomètres d'ici seulement, avait cité cet endroit dans la liste des meilleurs moyens de se débarrasser d'un cadavre.

Gabriel en eut le cœur au bord des lèvres. Il était inconcevable que Julie ait été amenée sur ce site, qu'on l'ait…

Il n'osa formuler le mot qui, malgré tout, vint heurter le seuil de sa conscience.

Dissoute.

65

Prudemment, Gabriel se remit à avancer avec ce mot abominable incrusté dans son crâne. Chmielnik et Traskman ne pourraient jamais payer pour leurs crimes parce qu'ils étaient partis avec leurs secrets. Mais Gabriel traquerait jusqu'au dernier ceux qui, de près comme de loin, étaient impliqués dans le calvaire de sa fille.

La lumière de sa torche révéla, dans une autre allée encadrée d'alvéoles, un transpalette électrique, planté en plein milieu comme si son chauffeur s'était soudainement volatilisé. Ses deux fourches léchaient le ras du sol. Gabriel s'en approcha. Si le site était abandonné, pourquoi cet engin était-il toujours ici ? Il glissa ses doigts sur le siège du cariste et nota l'absence de poussière. À l'évidence, le véhicule avait servi récemment.

La tension monta d'un cran et il resta immobile, retenant son souffle. Depuis sa descente dans les rues de Bruxelles, il sentait le danger rôder. La pluie frappait contre la toiture sans aucune nuance. Mais les barils, les allées, les perspectives figées finirent par le rassurer. Bien sûr, il n'y avait personne. Il n'avait remarqué aucun véhicule, l'entrepôt était fermé de l'extérieur, et, durant son trajet, il avait jeté à plusieurs reprises des coups d'œil dans son rétroviseur. Sur les routes de campagne, personne n'aurait pu le suivre sans qu'il s'en aperçoive.

Il observa de nouveau l'engin, puis leva les yeux jusqu'au plafond. Ces conteneurs à perte de vue, ayant jadis renfermé des produits extrêmement dangereux… Il tapa sur d'autres réservoirs de plastique, au fil de sa marche. *Bong*, *bong*. Vides. Tous vides. Alors, pourquoi le transpalette ?

Enterrement, *bûcher*, *donner à manger à des cochons*, *Sodebin*.

Arrivé à l'autre bout du bâtiment, il écarta un rideau de lanières en plastique noires et se retrouva aux abords de l'aire de fret dont il avait vu la porte soudée dehors. C'était ici que, à l'époque, les camions sécurisés chargeaient et déchargeaient les barils. Des chaînes armées de gros crochets pendaient, des palans, des treuils et des pinces hydrauliques destinées à saisir le matériel se dessinaient dans l'air tels des instruments du diable. Sur la droite se dressait une grande cuve cylindrique et vide en Plexiglas, de peut-être deux mètres cinquante de haut, avec un robinet à hauteur de poitrine. Gabriel découvrit également des cordages, des dizaines de jerricanes et deux bâches noires que sa lumière fit luire dans l'angle à côté de la porte coulissante.

En s'en approchant, il comprit qu'il ne s'agissait pas de bâches, mais de sacs mortuaires posés à même le sol. Deux sacs en plastique côte à côte, avec la fermeture remontée jusqu'en haut. La forme, l'épaisseur, il n'eut aucun doute : ils contenaient des corps.

Il se mit à genoux, presque religieusement, avec l'impression d'être un randonneur épuisé arrivé au bout du chemin, conscient que le retour serait encore plus difficile et douloureux que l'aller. Il fut happé par une forte odeur de produit d'hôpital, du type alcool à 70, mais ce n'était pas exactement ça. Cette odeur-là, plus âpre, prenait aux poumons. Sa main droite tremblait tellement qu'il dut cercler son poignet avec sa main gauche pour la guider jusqu'au fermoir du premier sac. Le bruit provoqué par les dents métalliques qui s'écartaient lui fut insupportable.

Face à lui, un corps de femme au crâne, aux sourcils, au sexe rasés, paupières baissées, d'une blancheur de talc. Le front haut, les pommettes saillantes, la mâchoire carrée. Il fut soulagé de ne pas reconnaître Julie et pensa immédiatement à un individu d'origine est-européenne. Il identifia enfin les effluves qu'il sentait lorsqu'il toucha du bout de l'index la peau d'un de ses bras, qui sembla en plastique : du formol. Comme si cet être, dont l'âge devait tourner aux alentours de la cinquantaine d'années, sortait d'un bassin de conservation.

Le nez enfoui dans son blouson trempé, il se décala vers le deuxième sac. Dans son mouvement, il crut entendre un raclement d'acier, provenant du tréfonds de l'entrepôt. Il coupa immédiatement l'éclairage de son téléphone, se redressa et fonça vers les lanières, à l'affût. Les allées d'alvéoles, le profond couloir central, le tout perdu dans l'obscurité… Ses pupilles dilatées cherchaient à capter le moindre photon. Il se concentra sur le rythme de la pluie sur la tôle, retint son souffle, attentif aux variations anormales. Rien. Personne.

Il resta sur ses gardes. Celui ou ceux qui avaient déposé ces cadavres allaient sans doute revenir. Après une bonne minute sans bouger, il retourna vers les emballages, dézippa le second. Il mit sa main sur sa bouche. À l'odeur de formol s'ajoutait celle, naissante, de la putréfaction.

Il découvrit un autre corps de sexe féminin, plus abîmé. Rasé, anonymisé de la même façon, environ de la même taille et dans la même tranche d'âge que l'autre. Il lui manquait le sein gauche. À la place, une cicatrice témoin de l'ablation. Gabriel brandit son portable et prit des photos sous tous les angles. Le flash illumina la pièce, les faces imberbes surgissaient alors dans la nuit, pareilles à des masques de terreur, pour se fixer dans la mémoire du téléphone. Il mitrailla, incapable de comprendre la raison de la présence de ces cadavres ici. D'où venaient-ils ? Qui les avait déposés à cet endroit ? Quel était le lien avec son enquête ? Avec Julie ?

Une bourrasque fit gémir la tôle, la pluie se fracassa comme si une coupe de cristal géante avait explosé au-dessus de sa tête. Gabriel grelottait dans ses vêtements humides, la météo était à l'image de ses sentiments. Un mélange de colère, de larmes, de chaos.

Il décida de composer le numéro de Paul. Il devenait urgent de faire un point avec lui, en toute transparence, cette fois. Les flics belges devaient maintenant mettre leur nez dans cette sordide histoire.

Soudain, il entendit de nouveau un bruit de métal. Un courant électrique le parcourut de la tête aux pieds. Les signaux du danger imminent.

Toujours agenouillé, il se retourna et mit une fraction de seconde de trop à comprendre ce qui arrivait. Une longue chaîne brune armée d'un crochet jaillit des ténèbres dans un mouvement parabolique parfait. La masse d'acier trempé vint le cueillir au niveau de la tempe gauche, alors qu'il tentait, dans un ultime réflexe, de s'écarter de la trajectoire folle.

Le choc le propulsa vers l'arrière, tel un boxeur qui se prend un uppercut anthologique.

La dernière chose qu'il sentit fut la chair flasque de l'un des cadavres collée contre sa joue.

66

À minuit, la baie de l'Authie n'était plus qu'un infernal puits d'encre. On entendait l'eau circuler, se faufiler dans un bruissement subtil de pierres qu'on frotte. Où que vous soyez au milieu de cette gigantesque étendue de sable, la marée pouvait vous encercler en une poignée de minutes, et les courants vous agripper pour ensuite vous entraîner vers le large, vous épuiser, vous noyer.

Depuis la jetée où Caleb Traskman s'était tué d'une balle dans la tête trois ans plus tôt, Paul observait en direction de la côte, téléphone vissé à l'oreille. À chaque rotation, l'œil inquisiteur du phare dressait un rapide portrait-robot des environs. De ce point de vue, en plein jour, on devait apercevoir la maison de l'écrivain, protégée par ses dunes. Un havre de paix, se disaient sûrement les promeneurs venus prendre un bol d'air. L'eau, le calme, la nature… Comment se figurer un seul instant les horreurs qui s'y étaient sans doute déroulées ? Comment imaginer à quel point le romancier avait sombré dans la noirceur la plus absolue, errant dans son labyrinthe comme le monstre mythologique ?

— Je te réveille ?

— Non, p'pa, ça va.

— Ne me dis pas que t'es encore au bureau ?

— Si. Pas envie de dormir, pas envie de rentrer. Je suis bien, ici.

Paul s'assit sur un rocher avec un soupir. Il perçut le rugissement grave d'un phoque, une longue plainte dans la nuit. Lorsqu'il s'était installé à l'hôtel Neptune, face à la digue, on lui avait expliqué qu'une colonie de plus d'une cinquantaine d'individus s'était établie sur les bancs de sable de la baie. Ils étaient, paraît-il, plus nombreux – environ quatre cents – en baie de Somme, à quelques kilomètres d'ici à vol d'oiseau.

— Comment tu te sens ?

— On fait aller. Brunet est allé à… à l'autopsie. Les analyses toxico n'ont rien révélé, hormis la présence d'antidépresseurs. D'après son médecin traitant, David était sous diazépam depuis des années. Il ne m'en a pas parlé, je ne l'ai pas vu. Les employés non plus n'avaient rien remarqué qui puisse indiquer un passage à l'acte. Il avait l'air tellement… normal…

La normalité, songea Paul. *Peut-être pire encore que la folie*. Au moins, la folie, elle se voyait.

— Martini doit te contacter demain, mais on va classer ça en suicide, ajouta Louise.

Paul ferma les paupières. Ça lui faisait du bien de l'entendre.

— D'accord…

Louise se déplaçait. Paul devina qu'elle se faisait une tisane dans la petite cuisine.

— En ce qui concerne l'album de photos morbides, aucun des salariés interrogés n'a noté de comportements étranges de la part de David, continua-t-elle. Et, pour le moment, nos techniciens n'ont rien, ni sur son ordinateur ni sur son téléphone. Il a peut-être effacé les preuves proprement et…

— Elles viennent du domicile de Caleb Traskman. David jouait sur les deux fronts, il envoyait aussi des lettres de menace à l'écrivain.

— C'est pas vrai…

— Après la mort de Traskman, il est venu visiter sa maison, si on peut appeler ça comme ça. Peut-être pour chercher des traces de Julie, je n'en sais rien. Mais ces clichés, il les a dérobés en même temps que les dernières pages du *Manuscrit inachevé*. J'ai découvert d'autres choses, le juge Cassoret est déjà au courant. Il va solliciter le juge du coin, qui lui-même sollicitera le commissariat de Berck-sur-Mer pour une cosaisine. Les équipes d'ici connaissaient Traskman, elles ont travaillé sur son suicide. D'ici un jour ou deux, ils perquisitionneront sa baraque et feront des relevés de traces. Ça vous évitera de vous coltiner la route.

— Qu'est-ce que tu as trouvé ?

Paul hésita. Une bourrasque le poussa à enfoncer son nez dans son col. Il avait froid, mais il aimait cette odeur de sel et d'algues.

— Dis-moi, papa.

— Une pièce cachée où le romancier a probablement enfermé Julie pendant des mois, voire des années.

Dans le silence qui suivit, il perçut très nettement la tristesse et la culpabilité de sa fille. Il frotta le coin de son œil. Le vent glacé chargé d'embruns lui arrachait des larmes. Il se releva et reprit sa marche vers le centre nautique. Tout était noir, sans vie, si bien qu'il lui sembla qu'il évoluait sur un fil tendu au-dessus d'un précipice.

— Écoute, Louise. Ce que je t'ai dit, en sortant de chez toi, l'autre fois… je ne le pensais pas. J'étais juste en colère.

— Non, c'est toi qui avais raison. Si je ne m'étais pas tue à l'époque, vous seriez remontés jusqu'à Traskman et vous auriez retrouvé Julie. Peut-être qu'elle serait là, à mes côtés, et que…

— C'est du passé, on ne pourra pas revenir en arrière. David aussi, il aurait pu parler, il était au courant de tout, mais il a préféré assouvir sa vengeance. Toi, tu avais peur… Accepte mes excuses, pardonne au père que j'ai été pendant toutes ces années. Si dur, si distant. Je vais tout faire pour que ça s'arrange. Avec toi, avec Corinne. On a la chance d'être ensemble, en bonne santé, qu'y a-t-il de plus important ?

Il ne se serait jamais mis à nu comme ça en face, il le savait. C'était comme marquer *Je t'aime* dans les SMS envoyés à Corinne sans le lui dire de vive voix. Même par téléphone, juste avant de passer ce coup de fil à Louise, il n'avait pas réussi à prononcer ces mots. Il se sentait petit, minable.

— Rien n'est plus important, confirma simplement Louise. Faut que je te laisse, maintenant, la batterie de mon téléphone va lâcher et j'ai oublié mon chargeur. On se tient au courant. À demain, d'accord ?

— À demain.

Il raccrocha en soupirant : encore un prétexte de Louise pour abréger la conversation. Il enchaîna sur le numéro de Gabriel. De nouveau, la boîte vocale. Pourquoi ne répondait-il pas, bon sang ? Il ne laissa aucun message et regagna la digue. Un court passage du *Manuscrit inachevé* lui trottait en tête, alors qu'il était seul au monde, lui l'homme qui boitait sous les oasis orangées des lampadaires.

Les vagues fatiguées blanchissaient à peine en contrebas de la digue. Berck coulait comme une baleine morte vers les abysses.

Paul composa le code d'entrée de l'hôtel, traversa le hall vide et se demanda qui venait dormir dans un endroit pareil au mois de novembre. *Des gens comme moi, des déracinés, ou des proches des patients des hôpitaux.* Après tout, des voyageurs venaient bien remplir l'hôtel de Sagas, alors pourquoi pas celui de Berck ?

Il monta directement dans sa chambre, avec vue sur la mer. Mais ça aurait pu être une décharge publique que ça n'aurait rien changé : pas un scintillement, pas le moindre reflet suggérant une étendue d'eau. On n'y voyait qu'un interminable désert d'obscurité.

Après la visite de la maison labyrinthe, Paul avait été incapable de manger, mais désormais la faim le rappelait à l'ordre. Il piocha toutes les cochonneries du minibar – cacahuètes, Toblerone… – et les dévora à même le lit. Chips l'après-midi, chips le soir… Le régime des gens pressés. Dans un rire nerveux, il se décapsula une bière, qu'il leva à la santé du mur blanc en face de lui.

— Aux déracinés !

Plus sérieusement, il entama des recherches sur Google à l'aide de son ordinateur portable. Il tapa les mots clés : « photographe, art contemporain, lilliputien trompe éléphant », se rendit dans la galerie d'images et ne tarda pas à trouver le petit homme au chapeau haut de forme vu plus tôt dans la soirée. D'autres photos s'étaient affichées d'elles-mêmes. Il reconnut notamment celles du fakir et du chien pendu.

Il cliqua sur cette dernière et, de lien en lien, atterrit sur un article de blog. Les clichés étaient extraits d'un livre intitulé *Révélations*, publié en 2012, dont la critique était élogieuse. L'ouvrage regroupait une partie du travail d'un certain Andreas Abergel.

Selon l'auteur, Andreas Abergel faisait partie des « photographes contemporains transgressifs » : des artistes intéressés par tout ce qui choquait et allait à l'encontre de la morale. Ils immortalisaient le sexe, la maladie, l'anormalité, bafouaient la religion, les interdits, puis les offraient en pâture au grand public. La page Web n'en disait pas davantage, mais Paul se savait sur la bonne voie. Les photos issues du livre étaient choquantes, provocantes, tout autant que les titres. *Christ Piss*, par exemple, représentait un crucifix immergé dans un verre d'urine, et était censé jeter l'opprobre sur le business juteux de l'Église catholique.

Ces analyses à deux balles échappaient à Paul. Tout ce qu'il voyait, lui, c'était un verre de pisse avec un crucifix en plastique dedans. Il retourna dans le moteur de recherche et tapa « Andreas Abergel ». L'artiste avait son propre site et une fiche Wikipédia bien fournie.

Né en 1967, à Rouen. Visage disproportionné au front de buffle, la paupière gauche décollée d'un œil rond semblable à du verre, le nez écrasé comme un groin. L'image même de la laideur. L'homme ne mesurait pas plus d'un mètre soixante.

Il avait vécu à New York, Londres, Berlin puis Paris. Réputés, ses clichés s'exposaient partout à travers le monde et les originaux signés se vendaient cher. D'après sa biographie, Andreas avait appris à dix ans que son grand-père, Yoram Abergel, avait été un survivant d'Auschwitz. Il avait fait partie du *Sonderkommando*, le commando du crématoire composé de détenus obligés de gérer à mains nues l'extermination de masse. Des Juifs qui enfermaient d'autres Juifs dans les fours… Des porteurs de secrets, sans contact avec les autres prisonniers. Yoram avait réussi à prendre cinq photographies de l'abord des chambres à gaz, à les cacher et à les sortir du camp lors de sa libération.

Le jeune Andreas Abergel avait découvert ces souvenirs de l'horreur la plus absolue. Derrière, son grand-père avait écrit : « Je pourrais me jeter sur les fils électriques, comme tant de mes camarades, mais je veux vivre », ou encore : « Dans notre travail, si on ne devient pas fou le premier jour, on s'habitue. »

On dit que ce moment marqua Andreas Abergel au fer rouge, qu'il éprouva l'atrocité humaine à travers une sorte d'héritage spirituel, le traumatisme des milliers de victimes de la Shoah. Son art lui permettait alors de projeter dans le monde une profonde souffrance intérieure.

Paul alla ensuite fouiner du côté des séries/collections/exhibitions, accessibles par un onglet dédié. La liste n'en finissait pas. *Histoire de la violence*, 1986… *Brûlures d'églises*, 1988-1990… *Profondeurs*, 1992… *Déformations*, 1994. *Erreurs humaines*, 1995-1996… À même pas trente ans, Andreas Abergel avait capté la monstruosité des corps blessés, torturés, heurtés par les malformations ou les erreurs génétiques. Il figeait l'abject avec une violence scandaleuse. Il voulait choquer les observateurs, leur faire mal, les arracher à leur petite vie bien normée en leur crachant tout ça à la figure : ces choses-là existaient, constituaient le réel, il fallait les montrer.

À plusieurs reprises, dans les interviews, il évoquait l'œuvre d'art la plus transgressive, la plus ultime de toutes, qu'il aimerait un jour créer, comme l'incontournable conclusion de son travail : immortaliser sa propre mort devant un public. Attraper ce moment incroyable où les chairs se disloquent, les organes défaillent, l'air ne gonfle plus les poumons. L'artiste prétendait réfléchir sérieusement à l'idée. Un lien menait d'ailleurs déjà à un site, relié à une webcam qui filmait un mur et un sol recouverts de toiles blanches. Un endroit gardé secret où il comptait « réaliser » son ultime œuvre. Quand Paul cliqua sur ce lien, il constata, grâce à un compteur intégré, qu'une centaine de personnes y étaient connectées au même moment que lui. Elles attendaient patiemment la mise à mort en direct du photographe.

L'œuvre d'art ultime...

Ce monde de folie le dépassait. Il revint aux photos. Les visages des modèles étaient exposés, les gens posaient, regards graves et sombres, l'ampleur de leur colère renforcée par le noir et blanc de la prise de vue. Chaque série comportait, d'après les descriptions, plusieurs dizaines d'éléments, mais, pour découvrir l'ensemble des créations, il fallait acheter les livres ou se rendre aux expositions : des listes d'endroits avec des dates étaient disponibles.

Le gendarme avala une poignée de cacahuètes, se passa la langue sur les lèvres et continua son exploration. *Immersion*, 1999. *Tenebra Lux*, 2001. *Jérusalem* 2003... Il arrêta de mâcher lorsqu'il vit apparaître, plus loin encore, *Morgue*, 2010-2016. Il lâcha le paquet de cacahuètes, fébrile, et lança le chargement.

Seulement deux photos présentaient la collection. De vieilles mains d'homme, violacées, posées l'une sur l'autre au niveau de l'abdomen, les ongles un peu longs et un crucifix glissé entre les doigts recroquevillés. On voyait le sexe mort, rabattu sur les bourses couleur de mûre. Juste en dessous, une cheville gonflée, visqueuse. Des serpents d'infimes veines noirâtres affleuraient tel un réseau de neurones. Paul reconnut les caractéristiques d'un noyé. Et toujours ces voilures bleutées et les aciers clairs des tables sur lesquelles les corps étaient allongés.

Paul s'empara de son téléphone et afficha quelques pages de l'album d'Esquimet. Il ne dénicha pas ces clichés-là précisément, mais, tout néophyte qu'il était, il sentait la patte de l'auteur dans le cadrage, l'éclairage, la mise en scène… Subsistait-il le moindre doute quant au fait que ces photos avaient été imprimées à partir de la série *Morgue* d'Andreas Abergel ?

Paul se sentait près du but. C'était comme un morceau d'objet que l'on découvre en creusant dans le sable : on gratte vite sur le côté et dessous pour voir de quoi il s'agit. Il revint sur la page Web de la série, la respiration courte, et glana toutes les informations disponibles au sujet de *Morgue*. Dans un texte de présentation, Andreas Abergel disait s'être inspiré de Théodore Géricault, et de la fascination que la mort pouvait représenter dans le romantisme du XIXe siècle.

« *J'utilise la photographie comme un peintre utilise sa toile. Les corps abandonnés sur les tables d'autopsie, pris dans le sommeil de la mort, ont une esthétique rare, quelque chose de précieux et d'éphémère qu'on ne trouve nulle part ailleurs. Il y a une beauté incroyable qui se dégage d'un cadavre. On devine toute la douleur en dedans, on la reconnaît à la crispation des doigts, à la courbure d'une lèvre, au poids de la paupière sur l'œil. J'aime voir les visiteurs s'arrêter devant mes œuvres, j'aime observer leurs visages se tordre face à ce qu'ils n'ont pas l'habitude de voir, et se dire : de quoi cet homme est-il décédé ? Qu'est-ce qui a emporté cette femme, dont seul un bout d'épaule s'est échappé de la draperie médico-légale ?* »

La draperie médico-légale… Quelle connerie ! Paul lut quelques articles et se focalisa sur celui où Abergel parlait de l'origine des photos. C'était ce qui l'intéressait par-dessus tout.

« *Pour la série* Morgue, *qui comprend plus de trois cents photos, il a fallu trouver un professionnel qui accepte de m'ou-*

vrir les portes de ces sanctuaires que sont les morgues ou les instituts médico-légaux. Cela n'a pas été chose aisée. Les corps sont porteurs de terribles tragédies, et certains sont encore sous le coup de procédures judiciaires. Les légistes ne sont pas des gens qui aiment partager leurs secrets, ils protègent leur territoire comme le loup sa tanière. Mais mon voyage au pays des morts a été possible grâce à un guide d'exception qui m'a accordé sa pleine confiance. L'anonymat des victimes a été préservé. Cette série, travail de longue haleine, a été réalisée entre 2010 et 2016, dans un lieu unique quelque part en France, dont je tairai évidemment le nom. »

Un lieu unique… Paul était surexcité : identifier la morgue, c'était retrouver le lieu par lequel les cadavres avaient transité. Le légiste en question avait peut-être eu, à un moment donné, Mathilde dans l'un de ses tiroirs, et Abergel en avait fait une photographie sans savoir qui elle était. En tout cas, ce légiste anonyme devait être au courant de l'origine du corps à la marque de naissance en forme de tête de cheval : tout cela était forcément tracé.

Plus bas sur la page, il se pencha sur la liste, interminable, des établissements où la collection *Morgue* avait été exposée. Malgré une grande controverse au début et une interdiction dans certains pays, les musées et les galeries d'art s'étaient arraché l'artiste, ces dernières années. Jack Shainman Gallery de New York, Huis Marseille d'Amsterdam, Galleria Alfonso Artiaco de Naples… Les visiteurs venus contempler l'œuvre d'Abergel se comptaient par dizaines de milliers.

Le regard de Paul s'arrêta sur le Palais de Tokyo, à Paris, et surtout sur les dates : 19 octobre-19 décembre 2020. Les photos étaient exposées en ce moment même dans le célèbre musée d'art contemporain.

Paul n'en croyait pas ses yeux. Du vrai pain bénit. Il allait pouvoir vérifier si la tache de naissance avait effectivement été photographiée par Abergel, et, si tel était le cas, se débrouiller pour récupérer le nom du légiste. Il alla décapsuler une autre bière pour fêter sa petite victoire. Il connaissait sa prochaine étape. Son euphorie ne dura pourtant qu'un court instant : il le savait d'avance, il n'y aurait que misère et désolation au bout du chemin.

Il chercha de nouveau à joindre Gabriel, sans succès. Il était plus d'une heure du matin. Cette fois, il laissa un message.

« Je suis à l'hôtel Neptune, à Berck-sur-Mer. Rappelle-moi, même à 3 heures du mat. Ton silence commence sérieusement à m'inquiéter. »

67

Groggy, Gabriel avait la sensation qu'un cheval lancé au galop lui donnait des coups de sabot. Quand il voulut relever ses paupières, seule la droite lui obéit. L'autre resta collée à la rétine, gorgée de sang.

Après la douleur, il y eut l'odeur. Une morsure foudroyante, l'impression qu'on allumait un lance-flammes à l'intérieur de sa gorge à chaque inspiration. Il sentit la brûlure jusqu'à la dernière alvéole de ses poumons.

Il y eut enfin la vision, si irréaliste et monstrueuse qu'il ne pouvait s'agir que du plus profond des cauchemars. De l'autre côté du Plexiglas du cylindre, face à lui, des lambeaux de chair rougeoyante tentaient de s'accrocher aux os comme des algues sur un rocher. Et, tels de minuscules crabes voraces, des bulles dévoraient par milliers la matière, qu'elle fût tendons, calcium, graisse, kératine. Gabriel vit littéralement un visage disparaître, puis le crâne, et tout ce qu'il y avait autour, en un panache incandescent qui s'élevait dans la froidure de l'entrepôt.

Un corps se dissolvait… Son œil valide roula dans son orbite. Il était debout, les mains attachées dans le dos, entravé par la chaîne qui l'avait percuté. Quelque chose lui cisaillait les chairs au moindre mouvement. Il se contorsionna pour constater qu'un Serflex reliait ses poignets et l'un des gros maillons. Il était capable d'avancer, de reculer de trois pas, mais la chaîne le ramenait toujours à son point de départ. Un pantin.

Dans le cylindre en Plexiglas, la couleur du liquide tournait au marron poisseux. À sa gauche, un baril en plastique noir était ouvert, son couvercle posé sur le sol. Un autre était en suspension dans l'air, vide, piégé dans les mâchoires de la pince hydraulique. Le transpalette semblait comme perdu au milieu de l'immense pièce, ses deux petits phares ronds allumés projetaient leur faisceau vers cette scène d'horreur.

Dehors, dans la nuit, il pleuvait encore à verse, les parois vibraient, l'eau ruisselait. Gabriel se demanda combien de temps il était resté dans les vapes. Soudain, un raclement de chaîne le réveilla tout à fait. Il sentit un courant d'air frais au-dessus de sa tête, releva le menton pour découvrir, maintenu par les pieds, le cadavre de la femme au sein en moins. Le cadre avec les visages de Julie et Mathilde était collé contre son abdomen, entouré de plusieurs épaisseurs de Scotch. Les bras morts se balançaient, flasques, juste animés par la force de translation. Au niveau du plafond, un treuil glissait dans des rails le long d'une poutre en acier.

À ce moment seulement Gabriel remarqua, dans une bouche d'ombre derrière les phares du transpalette, qu'une silhouette était aux commandes. Le reflet d'un masque à gaz plaqué sur un visage se détachait des ténèbres. L'individu jeta un cube noir, qui rebondit et atterrit aux pieds de Gabriel. Un traceur GPS.

— Toujours prendre ses précautions, annonça une voix à l'accent russe. Un deuxième traceur caché sous la voiture, au cas où le premier serait découvert… T'es le pire fouille-merde que j'aie jamais rencontré. J'aurais dû t'exploser la tête dans ta chambre d'hôtel, en même temps que Wanda.

— Où est ma fille ?

Gabriel peinait à articuler. Toute la partie gauche de son visage devait être enflée. Mais il ne souffrait pas. La peur l'anesthésiait.

— Cette conne de Wanda avait coupé les liens avec le milieu depuis trois ans. Elle s'était rangée, mais je continuais à la surveiller. Je me suis toujours méfié de ceux qui gravitaient autour d'elle. T'en faisais partie. Je t'ai observé. J'ai enquêté, j'ai décelé le loup en toi. Quand j'ai vu que tu retournais à Sagas, j'ai compris. Le père de l'un d'eux.

— Qui, l'un d'eux ? Pourquoi vous faites ça ?

— Parce qu'on me paie. C'est mon boulot.

L'homme se concentra sur sa tâche. Avec son masque à double cartouche, ses longs gants jaunasses, sa blouse d'un bleu uniforme, il ressemblait à une fourmi géante et effroyable. Au-dessus, le corps nu oscillait tel un pendule improbable.

— La soude caustique, ça te transforme en savon, mais ça ne marche pas pour les os. L'acide fluorhydrique, lui, il est encore plus puissant, il adore le calcium, il élimine tout. Il reste pas mal de réserves planquées ici entre les barils vides. De quoi travailler encore pendant longtemps…

Comme au jeu de la grue où l'on attrape des peluches dans les fêtes foraines, il guida le cadavre juste au-dessus de la cuve où le panache de fumée continuait à empoisonner l'atmosphère. Il attendit qu'il se stabilise.

— Je suis de nouveau passé faire un petit tour chez toi pour le tableau. Wanda devait juste le récupérer à la mort de Chmielnik parce qu'on n'aime pas laisser traîner ces choses-là. C'est sensible, tu comprends ? Mais il a fallu que ce putain de brocanteur venu de je sais pas où l'emporte avant nous. Et que toi, tu le retrouves… C'est ça qui a foutu la merde. Maintenant, je dois faire le ménage.

Il poussa une manette. La masse blanchâtre opéra une douce descente dans le cylindre. Les bras, le crâne, puis la totalité du corps s'enfoncèrent dans un chuintement identique à celui d'une canette de soda qu'on secoue et qu'on ouvre brusquement. Les crabes se ruèrent sur le moindre millimètre de peau et entamèrent leur sinistre besogne. Gabriel se retint de vomir : la masse organique fondait sous ses yeux. L'autre cadavre, lui, était déjà réduit à l'état de boule de graisse difforme.

— Le décès de Chmielnik n'a rien changé à ce qui se passe dans son entrepôt, il m'en a même laissé les clés. Je l'aimais bien, ce gars… Tu sais, ici, c'est le meilleur endroit du monde pour faire du nettoyage. Regarde…

Moins de deux minutes après l'immersion complète, il restait juste un morceau de la corde qui ligotait initialement les deux pieds nus de la femme. Gabriel toussa longuement et laissa s'échapper un filet de bile. Il rouvrait à peine l'œil qu'une décharge lui frappa la mâchoire. Masque à gaz autour du cou, l'homme l'agrippa par le col. Il n'était pas grand, mais c'était une brute tout en nerfs, aux courts cheveux blonds, plaqués comme si on lui avait posé une pieuvre sur la tête. Le tatouage d'une toile d'araignée lui mordait une partie du cou. Des traces de griffures lui barraient la joue gauche – probablement celles que Wanda lui avait faites pendant qu'il la tuait sur la berge.

— T'es pas du genre à lâcher l'affaire, enfoiré. Tu te rends compte que j'ai dû interrompre mon taf avec ces deux-là quand j'ai vu que t'étais réapparu dans le Nord ?

T'as su échapper aux griffes des flics, malgré ton sperme partout sur le cadavre de Wanda. T'es coriace comme un putain de grizzli.

Une nouvelle gifle, monumentale. Gabriel sentit le goût du sang dans sa bouche et lui cracha à la figure. L'homme s'essuya du dos de la main, d'un geste lent qui dévoila un sourire de squale.

— Elle était bonne, ta fille, quand je l'ai foutue dans ma bagnole. J'ai joué un peu avec, avant de la livrer à son destinataire.

— Je vais te tuer.

— Toi, tu vas me tuer ? On verra bien si tu feras le malin quand je te plongerai dans l'acide. Je débuterai par le haut de la tête, et je t'immobiliserai là, jusqu'à ce qu'on voie l'intérieur de ton crâne. Ensuite, je te laisserai pendouiller. Puis je réitérerai l'opération jusqu'à ce que l'os soit attaqué. Ça fera quoi, à ton avis, quand l'acide croquera ton cerveau ? Et puis attends, attends, j'ai encore un truc pour toi.

Il sortit le portable de Gabriel de la poche de sa blouse et lui fit écouter le message de Paul.

« Je suis à l'hôtel Neptune, à Berck-sur-Mer. Rappelle-moi, même à 3 heures du mat. Ton silence commence sérieusement à m'inquiéter. »

— L'hôtel Neptune… Quand j'en aurai fini avec toi, j'irai tuer ton collègue. Puis ta vieille mère. Je chaufferai une casserole d'eau bouillante et je la lui verserai sur le visage. Après, je lui briserai les os des mains, des pieds…

Gabriel voulut se jeter sur lui, mais l'homme l'évita à la manière d'un matador. Il rangea le téléphone et se rendit dans un coin de l'entrepôt. Sa voix se perdait dans le vide. Gabriel avait beau se battre contre ses liens à s'en arracher la peau, c'était trop serré.

— Je reviendrai ici finir le boulot. Il faut une bonne dizaine d'heures pour que l'acide fasse vraiment tout disparaître, jusqu'au dernier gramme. Trois cents litres d'acide par corps, c'est le meilleur dosage, crois-en mon expérience. J'en ai vidé mille dans la cuve, c'est juste deux barils. Il y a largement de quoi te transformer en bouillie, toi aussi.

L'homme réapparut avec de gros jerricanes vides qu'il déposa à côté de la cuve.

— On appelle ça « l'assassinat sans cadavres », chez nous. Sans corps, aucun moyen de retrouver qui que ce soit. Ils deviennent… (Il agita la main en l'air.) Pssscht…

Il s'arrêta devant Gabriel et brandit un revolver. Gabriel reconnut un vieux Makarov PM. Un pistolet russe.

— Beau flingue, n'est-ce pas ? Impossible à tracer, référencé nulle part. La prudence… Et des fausses plaques. J'en ai plein le coffre. Pas de papiers sur moi, pas de téléphone. Un inconnu, un fantôme. Personne ne sait qui je suis, personne ne peut remonter aux sources. Et si quelqu'un est trop curieux, bang ! Facile, la vie, camarade.

Il fit plusieurs allers-retours, empilant les réservoirs.

— Le truc incroyable, avec l'acide, c'est que ça n'attaque pas le plastique. Un corps, c'est six jerricanes. Tu ouvres le robinet et tu les remplis un par un. Puis tu les répands à droite, à gauche dans la nature, dans les égouts, les rivières, même dans les chiottes. C'est là que tu vas finir. Tu vas rejoindre la merde souterraine, éparpillé comme un putain d'engrais.

Gabriel se sentit vaciller. Seule la tension de la chaîne l'empêcha de sombrer. Il imagina Julie, Mathilde, et tant d'autres, volatilisés à tout jamais, rayés de la planète par ce taré.

— Tu vas me buter, alors dis-moi au moins ce que tu as fait de ma fille.

Le Russe sembla l'ignorer, concentré sur ses manipulations pour descendre le crochet du treuil entre Gabriel et la cuve. Il revint avec une nouvelle corde.

— Ça ne risque pas de te rassurer, mais je ne lui ai rien fait, répliqua-t-il en plissant les yeux à cause des émanations toxiques. Je ne suis qu'un messager. Ta fille, c'était juste un colis spécial que j'ai déposé à un destinataire. Le reste, c'est d'autres qui s'en occupent, et je ne suis pas au courant de tout ça. Leur secret, tu comprends ? Mais je crois bien qu'elle est morte pas si longtemps après.

— Salopard.

Vaste sourire. Il détacha le lambeau de corde qui pendait toujours du treuil et le balança dans la cuve au liquide devenu opaque. Puis il noua l'extrémité de l'autre lien d'un geste expert de marin, à la fois vif et appliqué. Gabriel devait trouver une issue. Il ne voulait pas crever. Pas comme ça. Il n'entrevoyait aucune solution de fuite. Juste un minuscule espoir : pour le plonger dans la cuve avec le treuil, le tortionnaire serait obligé de lui libérer les poignets. À un moment, il lui faudrait couper le Serflex.

— Ces deux corps que tu fais disparaître, qui sont-ils ?

— J'en sais rien, je m'en fous. Ferme-la, maintenant.

Il frappa Gabriel de toutes ses forces, l'assommant à moitié, et lui attrapa les deux jambes qu'il leva à hauteur de hanche pour l'attacher au treuil. Puis il alla actionner une manette, et ce dernier s'éleva. Le prisonnier était à un mètre au-dessus du sol, les bras en arrière, à lui démettre presque les épaules. En position de hamac, suspendu entre la chaîne et le treuil, il pleurait de douleur, aveuglé par les larmes. Sans doute son bourreau ne se méfia-t-il pas assez lorsqu'il coupa le Serflex avec une pince.

Au moment exact où il sentit l'emprise se relâcher, Gabriel se vrilla comme une truite sort de l'eau et attrapa au jugé le masque du Russe qu'il tira à lui, plongeant en même temps ses mâchoires grandes ouvertes vers le premier morceau de chair offert sur sa trajectoire. Il arracha un bout d'oreille, tandis que la solide sangle jugulaire du masque s'enfonçait dans la peau de son tortionnaire, juste au-dessus de la pomme d'Adam, et lui écrasait la trachée.

Ce dernier tenta d'agripper la sangle, le visage cramoisi, poussant des grognements. Puis il fonça vers l'avant, l'arrière, cogna contre la paroi de la cuve, chercha à saisir la tête de Gabriel qui ne faiblissait pas.

Impossible de dire combien de temps dura l'étranglement, d'interminables minutes certainement. Les muscles de Gabriel étaient tétanisés quand, enfin, il perçut l'épuisement du buffle blessé, qui résiste toujours mais ploie petit à petit, sous le poids de son propre corps. Le Russe tentait encore quelques coups de tête avec l'intention de se dégager quand soudain ses bras tombèrent, ses jambes mollirent. Le sol l'attira à lui, mais pas tout à fait, car Gabriel ne lâchait pas, pas tant que la poitrine bougerait.

Lorsqu'il libéra la pression sur la sangle, l'homme avait les yeux exorbités – deux puits de sang rouge vif. Ses mâchoires s'étaient rabattues dans un ultime réflexe et lui avaient cisaillé un bout de langue. Il tenait par un fil.

Pieds en l'air, nuque et épaules posées sur le sol, bras en arrière, Gabriel reprenait son souffle. Il cracha un mélange de chair et de sang. Au bout d'une minute, il s'agita et parvint à libérer ses pieds de la corde. Il chuta.

Perclus de douleurs, il puisa la force de se redresser. Tellement vivant que son cœur semblait se comprimer et se détendre dans sa gorge. Son agresseur le fixait, un masque d'effroi sur le visage. Il le fouilla, mais l'homme n'avait pas menti : aucune carte, ni ticket de caisse ou de parking, pas le moindre papier.

Gabriel récupéra son téléphone, puis tourna sur lui-même, les mains sur le crâne. Ses poumons le brûlaient. Il avait tué ce type. Question de survie, certes, mais il y avait bel et bien un cadavre à ses pieds, couvert de ses empreintes, de son ADN.

Il fixa du regard l'individu, les mâchoires serrées.

— Je n'irai pas en prison pour toi. C'est toi qui vas rejoindre la merde souterraine.

Il enroula la corde autour des pieds du Russe. Il le photographia avec son téléphone – la seule trace qu'il aurait jamais de lui –, ainsi que le cadavre de la seconde femme en train d'être dissous. Puis il se dirigea vers les manettes. Il ne lui fallut pas longtemps pour en maîtriser le fonctionnement. D'un geste il souleva le corps, d'un autre il le déplaça dans la direction voulue. D'un mouvement sec, il l'amena jusque dans la cuve.

— Pour Julie, salopard.

Les crabes se mirent immédiatement au travail. Les iris de Gabriel brillèrent de vengeance tandis que ceux de son tortionnaire disparaissaient en une mousse brune, jusqu'à laisser deux cavités béantes. Gabriel resta là de longues minutes sans bouger, le souffle court, à réfléchir à la suite.

Il essuya les commandes avec un chiffon, jeta le Serflex et le traceur GPS dans la cuve puis tourna le robinet pour créer un goutte-à-goutte rapide. Les crabes dansèrent au contact du béton froid. À ce rythme-là, il faudrait des jours pour que le cylindre se vide – largement de quoi digérer le Russe pendant ce temps-là – et la mélasse qui allait se répandre en un lac gigantesque rendrait toute analyse de la scène impossible. Gabriel imagina la tête des flics qui se pointeraient ici – parce qu'ils finiraient par venir, dans un mois, dans un an…

Quand il sortit enfin, la pluie mitraillait toujours les parois du bâtiment, les gouttes explosaient dans les flaques. Boitillant, trempé, il récupéra les cadenas fracturés, courut jusqu'à l'utilitaire du Russe qui s'était garé à proximité de la grille d'entrée, photographia la plaque probablement fausse, et ne toucha pas au véhicule pour ne pas laisser d'empreintes. Il se rua vers sa voiture.

Ses poumons sifflaient étrangement, sans doute brûlés par les vapeurs. Il ouvrit grand son carreau : il avait besoin de flotte sur sa peau et d'air pur dans sa trachée. Le miroir du rétroviseur lui renvoya une image effroyable : toute la partie gauche de son visage était boursouflée, violacée.

Cinq minutes plus tard, il regagnait la route à travers champs, pied au plancher. Il balança les cadenas dans un fossé. Fuir loin d'ici. Quitter à tout prix ce pays maudit. Il composa le numéro de Paul, qui ne lui laissa pas le temps d'en placer une.

— J'étais mort d'inquiétude ! Qu'est-ce que tu foutais, bon sang ?

— Dis-moi qu'on est les seuls au courant pour Chmielnik, que t'as informé personne du contenu de mon SMS.

— T'as vu l'heure ? Je le ferai demain.

— Non, il faut que tu effaces ce message. Il n'y a plus de Chmielnik, plus de Belgique. Il y a eu un problème.

Le kidnappeur de Julie, le type qui conduisait la Ford grise à l'époque… c'était lui ou moi.

— Le kidnappeur ? Lui ou toi ? Tu veux dire que… ?

— À l'heure qu'il est, il est en train d'être dissous dans de l'acide.

68

En apnée, les pieds enfoncés dans des chaussons en éponge à l'effigie de l'hôtel, Paul fit pénétrer Gabriel dans le hall. Il était presque 4 heures du matin. Des cris de mouettes angoissants balayaient la rue déserte et le vent d'ouest avait forci.

— Bon Dieu...

Son ancien coéquipier tenait à peine sur ses jambes et grelottait, les mains serrées sur le col relevé de son blouson en cuir. Pendant les trois heures de route, il avait failli s'endormir à plusieurs reprises. Sa tempe et son oreille gauches étaient couvertes de sang séché. Il serrait la toile de Pascal Croisille sous son coude.

Sans bruit, Paul l'emmena dans la salle de bains de sa chambre, l'aida à ôter son pull, ses chaussures, prépara un peignoir, tourna le robinet d'eau chaude. Gabriel plongea sous une douche brûlante et grogna de soulagement. Il leva son visage vers le pommeau. Les gouttes lui faisaient mal, mais il écarta ses mâchoires enflammées pour que l'eau chasse le goût de sang et d'acide au fond de sa gorge. Il était là, bien vivant. Un rescapé de l'enfer.

En se savonnant aussi doucement que possible, il observa les poils grisonnants sur son torse d'homme de cinquante-cinq ans, ses coudes noueux, ses longues mains meurtries. Il avait tellement serré la sangle autour du cou du Russe que sa paume était entaillée. *Pour Julie*, pensa-t-il, *c'est pour elle que je l'ai fait.*

Il se glissa dans le peignoir. Paul l'attendait, le tableau entre les mains. Il ausculta l'hématome à la tempe, l'état de la paupière.

— Tu ressembles à un boxeur qui s'est pris une dérouillée. Il faudrait t'emmener à l'hôpital.

— Ça va. Je crois qu'il n'y a rien de cassé. J'ai déjà vu des fractures, ça aurait tourné différemment. Pas d'hôpital. Vaut mieux ne pas attirer l'attention.

— Explique-moi ce qui s'est passé. Tout, de A à Z, demanda-t-il en s'asseyant sur le bord du lit.

Gabriel s'installa à ses côtés en grimaçant, courbaturé de partout. Il reprit le début de l'histoire, des mois plus tôt : ses recherches dans les alentours d'Ixelles suite à la découverte de la Ford grise ; la piste de la peinture, qui l'avait conduit à son créateur, Henri Chmielnik, *alias* Arvel Gaeca, un riche industriel spécialisé dans la chimie et décédé d'une crise cardiaque ; la veuve qui l'avait enfin orienté vers Wanda.

— J'avais retrouvé Wanda, mais elle avait décroché du milieu mafieux. Je suppose qu'en m'immisçant dans sa vie j'ai fouillé chez elle, dans ses papiers, je me suis rapproché de ses relations, mais ça ne m'a mené nulle part. C'est peut-être pour cette raison que j'ai décidé de la ramener à Sagas. Pour lui rafraîchir la mémoire et la contraindre à me raconter les événements qui s'étaient déroulés après l'enlèvement. Ça a sûrement été trop difficile à entendre, et… c'est à ce moment-là que je me suis effondré, la mémoire en vrac.

Il effleura son œil gonflé du bout de l'index, plissant le visage.

— Depuis le début, le Russe nous avait en ligne de mire. Un deuxième traceur était planqué sous ma voiture. Quand il a constaté mon retour dans le Nord, il s'est lancé sur mes traces, décidé à en finir avec moi une bonne fois pour toutes.

Paul hocha doucement la tête, bluffé par le coup de la double surveillance. Ses hommes n'avaient rien vu.

— Cette nuit, enfin, dans la soirée, je suis retourné chez la veuve de Gaeca après être allé dans le magasin de brocante où j'avais acheté le tableau en août dernier. J'ai appris deux nouveaux éléments par rapport à ma première visite. D'abord, il semblerait que Gaeca donnait ses monstrueuses toiles à des gens tout aussi riches que lui. J'ai rendu visite à l'un d'eux, Pascal Croisille, dans les soixante-quinze ans. Ce portrait était exposé dans son bureau. Il a évidemment affirmé n'être au courant de rien au sujet des modèles. Peut-être qu'il dit vrai, peut-être qu'il ment, impossible de savoir. Mais, dans tous les cas, le jeune homme peint est un gamin qui, un jour, a disparu. Comme Julie. Comme Mathilde et probablement d'autres. Encore une fois, Gaeca avait utilisé du sang.

Ils observèrent de nouveau le portrait. Paul éprouva un profond malaise. Qui était-il, ce gosse ? Quand s'était-il volatilisé ? À quel endroit ? Il détourna la tête et revint vers Gabriel.

— Parle-moi du Russe.

— J'y viens. Dans l'atelier de Gaeca, il y avait une vieille plaque en fer qui mentionnait Sodebin. J'ai fait le lien avec le carnet de Julie. Tu te souviens, Caleb Traskman citait ce nom dans la liste des meilleurs moyens de faire disparaître un corps.

— Je me rappelle, oui.

— Sodebin est une vieille usine de stockage de produits chimiques ultra-dangereux. J'y suis allé. Alors que je faisais un tour là-bas, le Russe m'est tombé dessus. Attends…

Il montra d'abord la photo de son agresseur. Langue tranchée, yeux exorbités. Paul fronça le nez. Puis Gabriel passa à la photo du corps dans l'acide, et finalement à celles des deux cadavres dans les housses.

— Ils reposaient dans un coin de l'entrepôt quand je suis arrivé. Intégralement rasés, y compris le crâne, on aurait dit, je ne sais pas, qu'ils avaient été plongés dans du formol avant d'être enfermés dans ces sacs. Ce type se servait de l'usine à l'abandon pour se débarrasser de ces corps-là avec des barils d'acide qui sont planqués parmi des milliers d'autres vides. Et apparemment, Gaeca lui avait, de son vivant déjà, fourni l'accès au bâtiment et à l'acide. Ça fait des années que ça dure. Des années qu'ils diluent des corps dans leurs cuves.

Paul essayait de remettre les bonnes pièces dans les bonnes cases, en vain. Que venaient faire ces deux cadavres à l'odeur de formol dans l'histoire ? Des individus kidnappés, là aussi ?

— Ce tordu a eu le temps de retourner chez moi pour récupérer le tableau de Julie et Mathilde. Il l'a balancé dans l'acide sous mes yeux. Il était à deux doigts de me tuer. Je n'ai pas eu le choix. Je l'ai plongé dans la cuve.

Le gendarme parcourut la pièce de long en large, les mains sur la tête. Il se retint d'abord de hurler puis retrouva un calme tout relatif.

— Un risque qu'on remonte jusqu'à toi ?

— Tout ce que les flics découvriront, et c'est pas demain la veille, c'est un utilitaire avec une fausse plaque et une mare de liquide dégueulasse dans laquelle ils ne dénicheront pas une seule cellule humaine. Ces corps digérés… Je n'avais jamais vu un truc pareil… C'était comme des cachets d'aspirine que tu lâches dans l'eau…

Il se perdit alors dans ses pensées. Que se serait-il passé s'il n'avait pas eu le dessus, dans l'entrepôt ? À l'heure qu'il était, il serait probablement suspendu au-dessus de la cuve, à moitié scalpé par le produit chimique.

— Peut-être que la police finira par aller poser des questions à la veuve au sujet de Sodebin. Dans le plus pessimiste des scénarios, elle se souviendra de mon passage et ils viendront m'interroger à mon tour. Mais je dirai que je ne suis jamais allé sur ce site. Notre conversation de ce soir n'existe pas. Tu n'étais au courant de rien. Tu ne dois pas t'inquiéter pour ton avenir.

— Ne pas m'inquiéter… Non, bien sûr, t'es en train d'expliquer à un gradé de la gendarmerie que t'as dissous un type à l'acide, mais je n'ai aucune raison de m'inquiéter.

Il vivait un cauchemar dont il ne pourrait s'extirper. À partir du moment où il avait commencé à mentir, à sortir des rails de l'enquête rigoureuse, il avait mis le pied dans un engrenage dangereux. Et Gabriel le savait. Désormais, le seul moyen de s'en tirer était de ne surtout pas céder à la panique.

— Bon, réfléchissons, marmonna-t-il. On ne peut plus impliquer la police belge, maintenant, ce serait beaucoup trop risqué. Ça veut dire qu'officiellement je ne communique ni sur ton escapade ni sur tes découvertes de l'autre côté de la frontière. Donc, pas de Gaeca, pas de Sodebin, pas de Russe, rien. On oublie…

Gabriel acquiesça mécaniquement. C'était la seule solution.

— On dira que le numéro de Wanda était écrit sur un morceau de papier dans ton appartement. Je veux quand même faire une requête chez les opérateurs et savoir qui elle est. Quant à ce tableau… y a-t-il une chance que le propriétaire signale le vol ?

— S'il est impliqué d'une quelconque manière, c'est dans son intérêt de se taire. Dans le cas contraire, il ne sait rien sur moi.

— Donc, cette peinture n'existe pas… Ça veut dire pas de procédure de recherche ADN et donc pas le moindre espoir d'identifier l'individu du portrait. On a du pot que je n'aie pas encore parlé de la toile représentant Julie à mon équipe. Comment j'aurais justifié sa disparition, sinon ? Putain, Gabriel, tu m'emmerdes, tu comprends ?

Gabriel ignora l'emportement de son ex-collègue et piocha dans le paquet de cacahuètes. Dès qu'il se mit à mâcher, il regretta son geste. L'un des coups portés par le Russe avait dû toucher ses gencives.

— Traskman, qu'est-ce que ça donne ?

Paul essaya de retrouver son calme. À son tour, il fit le point sur ses avancées. Les lettres de menace que l'écrivain recevait, l'architecture labyrinthique de sa maison, le vol par David Esquimet des dernières pages du manuscrit, ainsi que des photos présentes dans l'album morbide, et enfin la provenance des clichés.

— Andreas Abergel expose en ce moment même à Paris. Si la piste est bonne, je devrais remonter le parcours du corps de Mathilde Lourmel et mettre des identités sur les personnes impliquées. Mais je fais tout ça dans le cadre strict de mon enquête. Donc je ne te veux surtout pas dans mes pattes, pigé ?

— Comment tu vas t'en sortir avec le juge pour la tache de naissance ? C'est moi qui suis allé chez Lourmel et c'est moi qui ai fait le rapprochement.

— Je dirai que tu es allé là-bas, parce que, malgré ton trou de mémoire, tu avais le nom de Mathilde Lourmel en tête. Ensuite, je t'ai montré l'album d'Esquimet quand je suis venu te voir dans ton appartement pour récupérer tes papiers et tu as vu la marque…

— Ça se tient.

— Demain matin, ou plutôt dans quelques heures, tu vas rentrer chez toi, t'iras te faire soigner. Tu effaceras aussi toutes ces photos dans ton téléphone, et proprement. Il est temps que tu te poses, Gabriel, ou tu vas finir par crever sur la route, au mieux d'épuisement, au pire d'une balle dans la tête.

Gabriel dut admettre qu'il avait raison. Il acquiesça.

— Chez Traskman… aucune trace de Julie ?

Paul, l'air grave, mâcha ses mots quand il dut annoncer l'existence de la pièce secrète, là où, probablement, le romancier avait séquestré Julie. Gabriel sembla ne pas réagir. Il se tenait le dos voûté, les mains jointes entre ses jambes écartées. Seule une contraction au coin des lèvres exprimait l'extrême tension qui le maintenait encore éveillé.

— Avant de rentrer chez moi, je veux voir où elle était enfermée…

Il baissa la tête, la releva, l'œil valide rougi, posa de nombreuses questions, mais, étonnamment, ne montra aucun signe d'agressivité ni de colère envers ce fils Traskman qui avait gardé le silence. Cette nuit, il n'en avait plus la force.

— Ne pas impliquer la police belge ne nous empêche pas d'essayer de comprendre ce qui se passe, marmonna-t-il. Le Russe bossait pour quelqu'un, il l'a dit lui-même. Il y a encore des responsables derrière tout ça, Paul. Il faut qu'ils paient.

Le gendarme alla prendre une chaise et s'assit en face de Gabriel.

— Le Ruskoff t'a dit des trucs qui pourraient m'aider ?

Gabriel palpa sa paupière boursouflée. Il avait l'impression qu'un ressort cherchait à se détendre sous son globe oculaire.

— Pas grand-chose. Il s'occupait visiblement des kidnappings, épaulé par Wanda au début, puis sans doute seul. C'était aussi son job de… de plonger des cadavres dans l'acide de l'entrepôt de Sodebin. Gaeca savait.

— À l'évidence, Traskman aussi était au courant, et déjà en 2007. Ça signifie que les deux hommes se connaissaient intimement. L'un et l'autre savaient que des corps transitaient par l'usine pour un aller sans retour… Mais comment Gaeca a-t-il pu peindre le visage de Julie, si Traskman la retenait chez lui ?

— Ils se partageaient leurs horreurs. Chacun était au courant de ce que faisait l'autre. Ces types n'étaient pas faits du même bois que nous. Ils étaient différents, ils pensaient d'une autre façon, avec des motivations qui nous échappent complètement.

Il y eut un silence. Des complices criminels. Paul agitait les doigts en l'air, comme s'il cherchait à attraper une idée bloquée au seuil de sa conscience. Il finit par se masser les tempes.

— On n'y voit plus très clair. Il faut dormir, maintenant. Le mieux, c'est que tu restes ici pour ces quelques heures. Le matelas est large, on devrait survivre.

Il alla accrocher la pancarte « Ne pas déranger » sur la poignée côté couloir, puis enfila, lui aussi, un peignoir dans la salle de bains. Il revint vers Gabriel et se rassit à ses côtés, les épaules tombantes.

— S'il y a une semaine on m'avait dit que je partagerais un lit avec toi dans le trou du cul du monde… Avec nos peignoirs, on dirait deux vieux en cure de thalasso.

69

Seul, Gabriel marchait sur la digue, en direction de sa voiture. Quelque chose d'intimement beau et mélancolique se dégageait de cette grande baie où la mer se retirait si loin qu'on ne la distinguait plus. Le gris du ciel s'écrasait sur le gris de la mer, deux teintes aussi puissantes que les bleus du Sud, tout en contraste avec le jaune coquille d'œuf de l'étendue sauvage et ancestrale du sable.

Gabriel s'arrêta et fixa le fil d'argent de l'horizon. Le vent glacé qui frappait la partie toute raidie de son visage maintenait son corps dans un état de stress nécessaire. Il avait vu la maison de fous, ces couloirs qui n'en finissaient pas, cette représentation de la psyché dérangée de Caleb Traskman et la pièce cachée où avait vraisemblablement vécu Julie. Il avait croisé le regard abattu du fils Traskman, n'avait pas eu la force de s'en prendre à lui. Le tabasser n'aurait causé que des problèmes supplémentaires.

Il reprit sa marche et croisa deux voitures de police en pleine course vers la route du phare. Paul les attendait sur place afin de lancer les procédures. Les collègues du Nord allaient fouiller le labyrinthe, procéder à des relevés, sonder les alentours de la villa avec un tas d'appareils, à la recherche d'un ou de plusieurs corps. Cela prendrait des semaines, mais Gabriel le sentait, ils ne déterreraient pas Julie. Elle n'était plus ici depuis longtemps.

La vraie piste était désormais celle dans laquelle Paul allait s'engouffrer : celle de la photo avec la tache de naissance, sortie, l'espérait-il, de l'appareil d'Andreas Abergel. Gabriel se fit violence pour ne pas foncer vers la capitale et aller fouiner lui-même du côté du Palais de Tokyo. Paul avait déjà pris suffisamment de risques à cause de lui. Et il avait promis de le tenir au courant de ses découvertes. Si Abergel avait des noms ou des informations à livrer, Paul saurait les récupérer.

Descendu sur la plage, il contempla encore la mer, dérangeant à peine les bécasseaux resserrés en petits bouquets de plumes. Jamais il ne saurait ce que Julie avait subi ici. Combien de temps avait-elle dû espérer son secours ? Il n'avait pas été là. Il n'avait pas su l'aider.

Tristement, il regagna Lille, le quartier de Wazemmes, et remonta jusqu'à son appartement. Le Russe avait pris soin de refermer la porte derrière lui et n'avait rien retourné, cette fois.

Gabriel contacta un serrurier qui vint dans l'heure. L'homme ne lui posa aucune question lorsqu'il se rendit compte de l'état de son visage. Il fit le job, demanda son argent et disparut. Gabriel avala deux Dafalgan, se tartina la joue et la tempe de crème qu'il trouva dans la petite pharmacie de la salle de bains. La douleur le lancinait dès qu'il appuyait trop au niveau de l'arcade, mais elle lui rappelait qu'il était vivant et à quel point il l'avait échappé belle. Il se coucha sur le lit, exténué, comme si son corps décompressait soudain de la tension de ces derniers jours. Il s'endormit d'un lourd sommeil sans rêves.

À son réveil, vers 14 heures, il fouilla dans le réfrigérateur, dénicha du jambon et des carottes râpées sous vide, qu'il avala sans plaisir. Il faudrait aller faire les courses, bientôt, téléphoner au propriétaire pour l'informer de l'installation de la nouvelle serrure, mettre le nez dans sa paperasse et prendre des rendez-vous pour son problème de mémoire. Puis, sans doute, se dégoter un travail. Le solde de son compte en banque ne serait pas éternellement positif. Mais comment décrocher un job avec son cerveau en compote ? Que mettre sur son CV ? Il était gendarme, enquêteur. Sagas, son chalet à Albion, c'était toute sa vie. Sa vie d'avant…

Il observa autour de lui, ces pièces minables, cette absence de couleurs, de décoration. Le parfait cliché de l'homme célibataire, sans passé ni avenir, sans projets. Il angoissait déjà à l'idée des prochaines semaines : qu'allait-il devenir ? Au moins, tant qu'il parcourait les routes ou qu'on tentait de le tuer, il n'avait pas le loisir de ruminer. Quoi de pire que de se retrouver seul, à table, face à un mur aveugle ? Que ce claquement sinistre de sa fourchette contre son assiette ? Voilà pourquoi il n'avait jamais cessé de rechercher sa fille. Cette quête était la petite flamme qui l'avait maintenu en vie. Sans cet objectif chimérique, il aurait fini dans l'état de la mère de Mathilde.

À cette pensée, il extirpa de sa poche le Post-it avec le numéro de Josiane Lourmel. Il n'arrivait pas à oublier son visage et éprouva l'envie de l'appeler. Mais pourquoi ? Lui raconter que sa fille avait été photographiée sur une table d'autopsie, après être passée entre les mains de sadiques ? Lui révéler qu'un fou l'avait peinte avec son sang ? Avec regret, Gabriel chiffonna le papier et le jeta à la poubelle. Quand il exécuta ce geste, il se demanda s'il avait eu une vie amoureuse durant ces années d'oubli. Hormis Wanda, avait-il connu des femmes ?

Il déposa sa vaisselle dans l'évier et prit son téléphone avec, déjà, le furieux besoin d'avoir des nouvelles de Paul. Était-il déjà à Paris ? Avait-il pu parler au photographe et récupérer le nom du légiste ? Gabriel rageait d'être ici, inutile, alors que lui était là-bas. Il tournait en rond. Afin de s'occuper, il lança le navigateur Internet de son portable. Même enfermé chez lui, il pouvait essayer de tisser des liens entre Caleb Traskman et Henri Chmielnik. Peut-être Google mettrait-il en évidence des rapports entre les deux hommes. La façon, l'endroit où ils s'étaient connus, ce genre de choses.

Il tapa « Caleb Traskman, Henri Chmielnik », et « Caleb Traskman, Arvel Gaeca », mais ni l'une ni l'autre des requêtes ne renvoya de résultat pertinent. Il n'y avait aucun cliché des individus ensemble ni d'articles les citant tous les deux. Pour le monde virtuel, ces artistes étaient autant dissociés que le pape l'était de la tortue des îles Galapagos. S'ils se fréquentaient, ils le faisaient à l'abri de toute lumière.

« Arvel Gaeca », seul, ne donna rien non plus. Chmielnik n'était donc absolument pas connu en tant que peintre. Ses créations étaient restées anonymes, confidentielles, circulant sans doute de main en main en dehors des circuits officiels. Il s'agissait *a priori* bien de cadeaux qu'il offrait à droite à gauche. Gabriel se dit que le mot « cadeau » n'était peut-être pas le terme le plus approprié. « Poison » sonnait mieux à ses oreilles.

Dans la barre de recherche, il effaça « Arvel Gaeca » et tapa « Le Caravage », l'homme qu'adulait l'industriel belge. Il se plongea dans des articles. C'était bien ça : le peintre prodige italien avait tué un adversaire au cours d'un duel, avait fui et été contraint de finir sa vie en exil.

Gabriel s'intéressa à sa biographie. Il survola le passage sur sa jeunesse – suicide du père, mort de la mère à ses quatorze ans, extrême solitude… Sulfureux, le Caravage, véritable génie, avait enchaîné des œuvres éclatantes, mais agressives. Il avait converti des scènes tirées des Évangiles en scènes de la vie contemporaine. Sous son pinceau, le criminel pouvait arborer un visage doux, et l'innocent un corps laid. Il s'était concentré sur le négatif, l'envers du décor, la violence dans une dimension inavouable de beauté qui subjuguait, perturbait, choquait…

Le tableau *Judith et Holopherne* fit frissonner Gabriel. La décapitation et la gorge tranchée… Le sang jaillissant des artères… Le pouvoir de fascination de ces toiles était à des années-lumière de celles de Gaeca, mais Gabriel entrevoyait de subtils points communs. Notamment avec la *Méduse*, dont le Belge s'était sans nul doute inspiré pour les regards glaçants et les chevelures tortueuses de Julie et Mathilde.

Les dernières années du Caravage avaient été particulièrement sinistres. Après sa fuite à Malte, accusé de viol et de sodomie, il fut condamné. Il parvint à s'enfuir de prison, puis se peignit en victime repentante, réfugié à Naples : nombre de ses peintures furent destinées à racheter son meurtre. Gabriel s'appesantit sur *David avec la tête de Goliath*. Le Caravage s'y était représenté en « incarnation du mal ». Les nerfs, les tendons à l'air libre au niveau du cou, deux larges iris noirs exprimant la froideur la plus extrême… Il y avait incontestablement un air de ressemblance avec la production de Gaeca.

Gabriel apprit plus loin que, d'après certains spécialistes, le Caravage illustrait l'horreur la plus abjecte sans la ressentir. Il attendait de voir l'angoisse ou le dégoût se refléter dans les yeux des visiteurs venus admirer son travail pour mesurer la force évocatrice de ses œuvres. Arvel Gaeca cherchait-il à l'imiter en offrant ses visages maudits à des connaissances ? Scrutait-il chaque vibration de leur pupille, l'expression de leur regard au moment où les observateurs découvraient ses toiles ? Éprouvait-il une forme de jouissance en se disant : *Vous voyez la monstruosité, mais vous ne savez pas qu'elle existe réellement* ?

Gabriel but un verre d'eau, pensif. Il pressentait une connexion profonde entre Traskman et Gaeca, un fil d'Ariane qui allait au-delà de la simple rencontre charnelle, un lien beaucoup plus invisible et cérébral. Comme l'avait dit Paul, ces deux hommes ne faisaient pas partie du commun des mortels. Ils évoluaient à part, peignaient ou écrivaient l'acte interdit. Ils étaient des êtres renfermés, habités par leurs démons.

Il ouvrit la galerie photo de son téléphone. Paul avait raison, il fallait effacer ces images de cadavres. Il afficha celle du Russe en grand et se revit au fond de l'entrepôt, face à la mort incarnée. Lui attaché, l'haleine de son tortionnaire en plein nez, la violence des coups. Il se rendit compte à quel point ses mains tremblaient et essaya de se calmer.

Son regard revint vers le bourreau. Arvel Gaeca lui avait fourni, depuis de longues années vraisemblablement, le local et l'acide pour se débarrasser de corps. Traskman le savait. Et un autre individu était très certainement aussi au courant. *Parce qu'on me paie. C'est mon boulot*, avait dit le Russe. Qui tirait encore aujourd'hui les manettes de cette abominable machinerie ? Quel démon payait un homme pour dissoudre des gens ? Qui étaient ces victimes nues imprégnées de formol ? D'où venaient-elles ? Pourquoi ?

Gabriel passa aux clichés des corps. Sous la puissante lumière du flash, leurs traits avaient pris un aspect de cire adipeuse et contrastaient affreusement avec le noir des sacs mortuaires. Deux femmes… Quarante, cinquante ans, difficile à dire étant donné l'aspect caoutchouteux de leur peau. Il balaya son écran du doigt, fit défiler les différents angles de prise de vue.

Soudain, il revint en arrière. Sur le côté de la hanche gauche, à la limite de la fermeture Éclair, une espèce d'inscription. Gabriel zooma. Ça ressemblait à un tampon, à cause du liseré noir autour des lettres en écriture cursive. Une partie était cachée, mais on pouvait lire :

Medyczny
stoku : K417

Ça évoquait une langue slave. La femme avait été marquée comme une bête. Il sentit des picotements jusqu'au bout de ses doigts, se concentra sur les photos de l'autre cadavre, sélectionna une image où l'on voyait, là aussi, les hanches. Par chance, il avait davantage ouvert le sac dont les bords étaient bien écartés. Cette fois, l'inscription, toujours entourée de son liseré, était complète :

Uniwersytet Medyczny
w Białymstoku : K442

Son cœur s'emballa. Il retourna sur Internet et tapa le texte dans la barre de traduction, qui reconnut immédiatement la langue. Du polonais.

« Université de médecine de Białystok : K442 »

Une cascade d'émotions submergea Gabriel lorsque les engrenages s'assemblèrent dans sa tête. Des cadavres tamponnés et numérotés, l'université, l'odeur de formol : il s'agissait à coup sûr de corps légués à la science, plongés dans des bains de conservateurs, pour que les étudiants puissent s'exercer. Gabriel s'était déjà rendu dans ce genre d'endroit au cours d'un bizutage foireux, au moins vingt ans plus tôt. Dans la faculté, il avait le souvenir de têtes tranchées et immergées dans des aquariums, de macchabées dans de profondes piscines transparentes, de bras et de jambes qu'on disposait sur des dizaines de tables de dissection aussi naturellement que si on distribuait du courrier. Là-bas aussi, le marquage était imposé dans un but d'identification et de traçabilité.

Mais quel était l'intérêt d'exfiltrer des cadavres destinés à la science en Pologne, pour ensuite les dissoudre à l'acide en Belgique ? Ça n'avait aucun sens.

Complètement perdu et incrédule, il approfondit son enquête. Białystok. Une ville de plus trois cent mille habitants, située dans l'est de la Pologne, à quelques kilomètres de la frontière biélorusse.

La Pologne…

Autre engrenage, autre recherche : Bieszczady, la région des Carpates polonaises où Henri Chmielnik possédait un chalet. C'était à cinq cents kilomètres de Białystok, au sud, à deux pas de la Slovaquie et de l'Ukraine. D'après sa femme, Chmielnik y allait pour chasser le loup, seul, plusieurs fois par an.

Ça ne pouvait pas être un hasard. Gabriel observa attentivement la carte. Un chalet paumé au milieu des Carpates… Cette partie de la Pologne attirait ses yeux comme un aimant. Il repensa aux racines qui pendaient du plafond chaotique, sur les tableaux du peintre : les arbres… Puis à l'autoportrait démesuré de Chmielnik dans son manoir. Son air de supériorité et de condescendance. Un moyen de dire, comme pour les visages : « Vous voyez, mais vous ne savez pas. » Que cachait ce regard ? Que dissimulait ce chalet ? Chmielnik avait-il peint ses horreurs là-bas ?

Il alla vite fouiller la poche de son blouson et y récolta le papier sur lequel Simone Chmielnik avait noté son numéro de téléphone. Il hésita : l'appeler, c'était encore attirer l'attention. Mais il ne voyait aucune autre solution pour se renseigner.

Elle répondit au bout de deux sonneries, lui raconta que le chalet lui appartenait toujours et que personne n'y avait mis les pieds depuis la mort de son mari. Lorsqu'elle voulut savoir pourquoi il s'y intéressait, il lui expliqua être toujours en quête de tableaux similaires au sien : peut-être son époux en avait-il réalisé ou conservé dans cet endroit ? Il était même prêt à faire un aller-retour en Pologne, juste pour vérifier.

Elle n'y voyait pas d'inconvénient mais ignorait où se trouvait la clé du chalet, elle n'avait pas réussi à remettre la main dessus. Gabriel la convainquit de lui fournir l'adresse quand même. Il se débrouillerait pour y pénétrer sans faire de casse. Il avait été gendarme, il savait comment procéder.

Après lui avoir promis qu'elle connaîtrait elle aussi la vérité, il raccrocha, les yeux rivés sur le morceau de papier qu'il venait de griffonner. L'étincelle brillait de nouveau sur ses rétines : la traque reprenait.

Il se renseigna sur Internet : la Pologne, c'était à deux heures d'avion, et, comme pour tout pays d'Europe, une simple carte d'identité suffisait. Il se précipita sur un site de réservation. Des lignes Lille-Cracovie existaient. Un vol décollait à 18 h 05 et pouvait déjà l'emmener là-bas pour un prix dérisoire. Le plan dans sa tête était limpide : de Cracovie, il louerait une voiture pour la région de Bieszczady. Puis il se rendrait à Białystok.

Il lui restait moins de trois heures. L'aéroport de Lille-Lesquin n'était qu'à une dizaine de kilomètres.

C'était jouable.

70

Chasser une photo, comme s'il s'agissait d'un suspect à appréhender à tout prix.

Paul savait qu'en remontant à l'origine du fameux cliché, une facette de la vérité se dévoilerait. C'était comme s'il roulait dans un interminable tunnel depuis des heures et que, petit à petit, il entrevoyait une lueur, qui grandissait, grandissait, jusqu'à ce que la lumière du jour lui explose à la figure.

Son téléphone sonna. C'était Martini.

— J'ai eu un retour de notre téléphoniste concernant le portable de Wanda Gershwitz, annonça son adjudant sans introduction. Elle s'appelait en réalité Rada Boïkov, trente-cinq ans, domiciliée depuis trois ans dans un immeuble du centre d'une petite ville collée à la frontière belge, côté français : Halluin. C'est à vingt bornes de Lille...

Paul abordait le périphérique ouest de la capitale, déjà chargé alors qu'il n'était même pas 16 heures. Il augmenta le son du haut-parleur Bluetooth.

— Papiers visiblement en règle, pas de casier, rien de suspect dans les fichiers. On n'en sait pas beaucoup plus sur elle ni sur ses origines pour le moment. On est en train d'analyser les appels émis et reçus, mais un numéro a cherché à la joindre avec insistance ces derniers jours : celui d'un certain Rémi Barteau, le patron d'une brasserie d'Halluin. Je l'ai contacté. Rada Boïkov travaillait pour lui comme serveuse depuis son installation dans le coin. Il s'inquiétait de ne pas avoir de nouvelles.

— Tu m'étonnes, répliqua Paul en freinant sèchement à cause d'un ralentissement.

— Barteau m'a parlé de Moscato. D'après lui, fin août, Gabriel a commencé à venir déjeuner régulièrement à la brasserie. Discussions, grands sourires. À plusieurs reprises, il l'a vu récupérer son employée en voiture après le service. C'est de là que c'est parti, eux deux…

Tout concordait avec la version de Gabriel. Boïkov avait raccroché du milieu et était venue se perdre dans une ville frontalière où il l'avait retrouvée grâce au numéro de téléphone fourni par la veuve Chmielnik. Il l'avait observée, draguée, emmenée dans son appartement de Lille. La suite, Paul la connaissait.

De son côté, il informa l'adjudant que les procédures étaient lancées concernant la villa de Traskman : un commandant de la police locale, informé du dossier, allait se charger des investigations. Puis il mit rapidement un terme à la conversation. Il devait se concentrer : des voitures, des motos jaillissaient de partout, lui coupaient la route, klaxonnaient. Une demi-heure plus tard, les nerfs à vif, il prit la sortie porte Dauphine, remonta l'avenue Bugeaud et la rue Copernic. Il tourna cinq minutes avant de se garer enfin dans le parking du parc Kléber-Trocadéro. Quand il posa le pied en dehors de sa voiture, il respira avec soulagement. La dernière heure de route avait été éprouvante pour un ours qui quittait rarement ses montagnes.

Le Palais de Tokyo faisait penser à un imposant temple grec d'une blancheur éclatante, posé au milieu d'une large avenue bordée d'arbres et d'immeubles haussmanniens. L'aile est abritait le musée d'Art moderne de la Ville de Paris, et l'aile ouest le Centre d'art contemporain. Le gendarme contempla la tour Eiffel en arrière-plan – il n'avait pas le souvenir d'être venu dans le coin depuis au moins vingt ans –, la photographia et grimpa les marches qui se présentaient devant lui avec son allure de canard boiteux. Il s'était volontairement habillé en civil, il paya même son billet d'entrée – uniquement pour l'exposition *Morgue*. Il n'était qu'un visiteur parmi les autres, noyé dans la masse.

Des fléchages le guidèrent à travers l'architecture déstructurée du Palais. Le bâtiment était vivant et connu pour être façonné au jour le jour par les artistes, qui dessinaient ou peignaient sur ses murs, défonçaient ses couloirs, creusaient son sol. Une œuvre d'art à lui tout seul, ivre de liberté et d'exubérance.

Après avoir descendu un petit escalier, franchi deux portes souterraines – dont l'une avec un gardien contrôlant la validité de son billet –, il passa devant une salle de cinéma privé et s'engagea dans un couloir sombre, saturé d'illustrations en noir et blanc. Il croisa deux, trois personnes silencieuses, emmitouflées dans leurs blousons, puis fut propulsé dans la première salle. Là, tout avait été reproduit au détail près pour installer une ambiance inhabituelle, dérangeante : le sol en linoléum blanc, le plafond bas et écrasant, les cases funéraires fermées, alignées en trois rangées de six… Même la température avait été baissée artificiellement – il ne devait pas faire plus de dix degrés. Paul dut admettre l'efficacité de l'effet immersif.

Sur les murs, des encadrés détaillaient la biographie de l'artiste, ses influences, l'origine de *Morgue*. Des boutons permettaient de déclencher des audioguides offrant les mêmes informations. Paul appuya sur l'un d'eux, et une voix grave et monotone d'homme envahit l'espace.

En écoutant, il s'approcha des tiroirs, tira sur l'un d'eux au hasard et découvrit qu'il abritait une grande photo sous verre. Il reconnut celle de l'album d'Esquimet, avec la bouche écrasée sur la table métallique. Ici, elle portait une signature, « A. A. », et un titre : *Attaque cardiaque*, 2014.

Il entreprit d'ouvrir les autres. Les clichés morbides jaillirent de leur tombeau. *John Doe, chute mortelle*, 2013. *Sida*, 2011. *Mort par asphyxie*, 2015. *Brûlures*, 2016. Lorsque les quatre roulettes sur rails firent glisser le dixième tiroir et amenèrent le cliché sous ses yeux, sa gorge se noua.

Mort inconnue, 2013. C'était le gros plan de la cuisse avec la tache de naissance en forme de tête de cheval. Il l'avait retrouvée. Andreas Abergel avait bien eu le cadavre de Mathilde Lourmel devant son objectif.

Un feulement, derrière lui. Un groupe de cinq sortait d'un sas, à sa gauche. Les bouches pincées, aucun d'entre eux ne parlait. Ils observèrent Paul du coin de l'œil et s'en allèrent. La porte claqua dans leur dos, le silence retomba.

Le gendarme ausculta les dernières cases funéraires avant de prendre la direction du sas. Il poussa un rideau en plastique transparent – une sorte de bâche de chantier –, puis un second qui dévoila un espace plus glauque encore : deux tables de dissection en carrelage blanc occupaient le milieu de la pièce éclairée par une grosse lampe hors d'âge. Les murs avaient été également carrelés, de fausses vitrines avec du matériel installé. Paul pensa à ces vieilles salles d'autopsie des années 1940, pires encore que celle de l'hôpital de Sagas.

Un homme et une femme, de dos, discutaient au sujet d'un des cadres accrochés autour d'eux. Paul serra les poings au fond de ses poches quand il découvrit le visage du type : Andreas Abergel. Il lui signifia d'un geste qu'il aimerait lui parler. L'artiste lui adressa un bref hochement de tête, leva un doigt, l'air de dire « Deux minutes », et retourna à sa conversation. Une queue-de-cheval dépassant de sous une casquette noire dansait dans le dos de sa veste côtelée en daim couleur paille. Paul pensa à un hobbit ridicule jailli du *Seigneur des anneaux*.

Il visita pour patienter. Les objets soigneusement exposés dans les vitrines ressemblaient davantage à des outils de forge qu'à des instruments chirurgicaux. Scies sternales, marteaux, pinces… Aux murs, les parties anatomiques – ventres recousus, faces carbonisées, chairs transpercées – se succédaient en une danse macabre. Lui avait l'habitude de la mort, mais il imagina aisément le choc des visiteurs face à ces incarnations glaçantes. Tous ces accidentés, ces brûlés, ces asphyxiés…

L'une des photos avait été prise au ras de la table en acier. Depuis les orteils d'un cadavre, on voyait en arrière-plan, d'abord nette puis floue, la longue suture irrégulière réalisée par le légiste, de la pointe du pubis jusqu'à la clavicule. Le gendarme se demanda quelle était la motivation des gens qui venaient admirer ces horreurs. Que cherchaient-ils dans la mort abjecte d'autrui ? Pourquoi s'extasier devant des macchabées ?

Paul bloqua sur un œil, gigantesque, à droite de l'entrée. Sous verre, l'œuvre, carrée, présentait des côtés d'au moins un mètre. Dans le grand soleil noir de la pupille dilatée on distinguait clairement, par effet de réflexion, l'ellipse lumineuse de l'éclairage artificiel. La paupière semblait trop lourde, la couleur bleutée de l'arête du nez rappelait que la mort œuvrait, froide et implacable.

Cette vision le perfora de bout en bout. Cela ne dura qu'une fraction de seconde, un instant insaisissable durant lequel il eut l'impression de croiser quelque chose de familier. Non pas un regard, mais plus une présence, au-delà de cet œil mort.

Il s'approcha du cliché *Empoisonnée*, 2017. Vu de près, l'œil rappelait un gigantesque puits de ténèbres.

— Vous avez remarqué la lumière de la lampe Scialytique ? interrogea une voix dans son dos. C'est une fenêtre, elle représente la vie qui progressivement s'éteint pour laisser place à la mort. C'est elle qui attire votre attention et vous unit à l'*Empoisonnée*, dans un moment à la fois dramatique et contemplatif.

Paul se raidit. Pourquoi cette photo le perturbait-elle tant ? Andreas Abergel l'observait en coin. Ses sourcils épars ressemblaient à une forêt défrichée. Ses lèvres charnues étaient tels deux pneus superposés.

— Empoisonnée à quoi ?

L'artiste parut surpris par la question. Il scruta avec une certaine insistance son interlocuteur – un regard brûlant, vif, dérangeant – et se décala un peu. Une autre prise de vue montrait des pieds de bébé potelés, dont l'un était entouré d'un ruban bleu. *Méningite*, 2011. Abergel garda longuement le silence, paraissant en admiration devant sa propre création.

— J'aurais pu l'appeler *Mort obscène*. J'exhibe ici ce qui ne devrait pas être montré : la mort à l'œuvre sur le nourrisson. Qu'y a-t-il de plus injuste et cruel ? Ce cliché suscite toujours de violentes réactions, ce qui n'est pas pour me déplaire. Au XIXe siècle, on traitait les défunts comme des vivants, on les habillait, on leur donnait des postures, afin de les mettre dans l'album de famille. N'existe-t-il pas de nombreux portraits d'enfants en bas âge, décédés, dans les bras de leur mère ? Et ces hommes célèbres, comme Hugo ou Proust, qu'on a photographiés sur leur lit de mort et exposés ?

— Empoisonnée à quoi ? répéta Paul, immobile.

L'homme revint vers lui et le fixa sans ciller.

— Mon contact ne m'a pas fourni ce détail. Empoisonnée, c'est tout.

Paul acquiesça, puis se mit à marcher lentement. Abergel le suivit.

— Vous connaissiez l'origine de tous ces corps, avant de les immortaliser ?

— Pas précisément. Dans mon métier, il est toujours nécessaire de connaître son sujet pour ne pas le trahir, mais quand vous êtes face à un cadavre, ce n'est pas la même chose. Le défi, pour *Morgue*, n'était pas de savoir quels hommes et quelles femmes ils avaient été, mais de faire passer la beauté de la forme, de retranscrire la personnalité du défunt avant la morbidité du contenu. L'émotion est là. Il a fallu beaucoup travailler les couleurs et les matières pour atteindre l'effet recherché.

— Je peux vous montrer une photo particulière de l'autre côté ? J'aimerais que vous me la commentiez.

— Je suis là tous les après-midi pour ça.

Ils franchirent le sas. Paul fit coulisser le tiroir numéro 10 et apparaître la cuisse avec la tache de naissance. Abergel se positionna en face de son interlocuteur, de l'autre côté de la planche métallique.

— *Mort inconnue*, déclama-t-il d'une voix presque religieuse. Celle-là remonte à quelques années. Que vous suggère-t-elle ?

— C'est à vous que je pose la question.

L'artiste sembla faire abstraction du ton avec lequel Paul s'adressait à lui.

— Savez-vous qu'il existe environ cent quarante façons de mourir ? Certaines sont spectaculaires et faciles à identifier, même pour le néophyte : noyade, strangulation, pendaison, décès par arme à feu. D'autres sont plus délicates à deviner et nécessitent l'expertise du spécialiste : infarctus, rupture d'anévrisme, embolie pulmonaire… De manière générale, le légiste parvient à mettre un nom sur la cause d'un décès, même dans les situations les plus complexes, surtout avec la puissance de la science d'aujourd'hui. Cependant, on dénombre encore ce qu'on appelle des autopsies blanches. À défaut d'une conclusion tranchée, le seul rapport qu'est capable de fournir le médecin légiste, c'est un diagnostic d'exclusion : la victime n'est pas morte de ceci ni de cela. Mais jamais personne n'accédera à la vérité. C'était le cas pour cette victime.

Il pointa la marque de naissance.

— J'aime beaucoup cette photo, elle est une sorte de paradoxe ou, plutôt, de compensation. Je me suis dit que, si la mort était inconnue, la défunte ne devait pas l'être tout à fait. Ainsi, sans dévoiler son visage, je montre qui elle est grâce à cette tache si caractéristique sur la cuisse. L'image est paisible, contrairement à d'autres. Une mort inconnue est peut-être douce, sans douleur, pour celui ou celle qui y fait face. Je voulais retranscrire cette forme d'apaisement.

Paul n'écoutait qu'à moitié son baratin. Sortant son téléphone, il lui présenta un portrait de Mathilde récupéré sur Internet.

— C'était elle ?

L'artiste le considéra avec attention, plusieurs secondes, et haussa les épaules.

— Même si je le savais, je ne pourrais pas vous le dire, pour des raisons évidentes de confidentialité. Mais, en l'occurrence, je ne m'en souviens plus. C'était il y a sept ans, et les morts peuvent ne pas ressembler aux vivants, tout dépend de leur état. Et puis, imaginez-vous, je suis allé à la rencontre de plusieurs centaines de cadavres sur plus de cinq ans. Cette exposition n'en reprend qu'une partie, mais vous trouverez une iconographie plus vaste dans le livre du même nom, *Morgue*, vendu à la librairie du Centre d'art.

Il devait lever le menton pour accrocher le regard de Paul.

— Mais qui êtes-vous ? Un journaliste ?

Il était temps de monter d'un cran. Paul lui brandit sa carte sous le nez.

— Capitaine de gendarmerie Paul Lacroix. Je suis ici dans le cadre d'une enquête sur la disparition inquiétante de plusieurs personnes. La jeune fille que je vous ai montrée se prénomme Mathilde Lourmel, elle a été kidnappée en 2011 à Orléans. Elle portait, à la cuisse gauche, exactement cette marque de naissance en forme de tête de cheval.

Le photographe détourna la tête lorsqu'un couple entra. Il fit signe à Paul de le suivre dans l'autre pièce, loin des oreilles curieuses. Il avait ôté sa casquette, à présent, et la tenait entre ses mains.

— Vous êtes en train de me dire que c'est cette… ? Qu'elle était là, devant moi, sur une table de dissection deux ans après sa disparition ?

— Tout à fait.

Il s'appuya au mur, le regard dans le vague. Paul remarqua à quel point ses doigts étaient courts et boudinés – de véritables saucisses cocktail.

— Remontrez-moi la photo. Je veux la voir de nouveau.

Paul s'exécuta. Andreas Abergel scruta l'écran et sembla se perdre dans les méandres de sa mémoire.

— Mon contact avait sorti le corps d'un tiroir de morgue, puis on l'avait installé sur une table d'autopsie. Je me souviens que c'était une femme, oui. C'était sa jeunesse qui m'avait le plus frappé. Une fleur fauchée dans les champs. Il n'est pas impossible que ce soit elle…

Paul sentait le feu brûler en lui.

— Vous parliez d'autopsie blanche. La défunte était donc déjà passée sous le scalpel du légiste quand vous l'avez vue ?

— Oui, elle présentait les cicatrices caractéristiques.

— Ça signifie aussi qu'il y a forcément eu enquête judiciaire. Dans quelles circonstances a été découvert le cadavre, vous savez ?

— Non, non. Je vous l'ai dit, le légiste n'allait pas jusqu'à me transmettre ces détails-là. Il faut imaginer le contexte : on se voyait deux ou trois fois par an, il me faisait entrer de nuit dans la morgue, il risquait sa place et, moins il me communiquait d'éléments, mieux c'était pour lui. Il vérifiait tous mes clichés lors des prises de vue pour s'assurer qu'aucun visage ne pouvait être identifié. Au cours de nos rencontres, il me donnait les causes de la mort, me touchait parfois deux, trois mots sur les victimes, rien de plus.

Paul ne comprenait pas. S'il y avait eu enquête, il y avait nécessairement eu relevés d'ADN pour l'identification. Les résultats auraient dû concorder avec ceux de Mathilde Lourmel présents dans le FNAEG. De quoi était-il question ? D'un corps autopsié, enfermé dans un tiroir de morgue et non référencé ? D'un trafic de cadavres ?

Une sinistre idée lui traversa l'esprit et, à ce moment, une suée intense l'envahit. Comme prisonnier d'une espèce de ralenti cinématographique, il se tourna vers l'œil géant, ce grand puits d'encre qui l'aspirait, cet iris réduit à un cercle fin, pareil à celui qu'on peut apercevoir lors d'une éclipse totale de soleil. Alors, il sut ce qui l'avait autant ébranlé lors de son premier face-à-face avec cette œuvre.

La main qui tenait le téléphone commença à trembler. Il afficha avec peine une photo.

— Et elle, vous l'avez vue aussi ?

Cette fois, Andreas Abergel ne marqua pas la moindre hésitation.

— Oui, je l'ai vue. Dans les mêmes circonstances, malheureusement. L'*Empoisonnée* que j'ai immortalisée en 2017, c'était cette femme-là. Il me semble qu'elle était plus âgée que sur votre cliché, mais c'était bien elle, j'en suis certain.

Paul eut l'impression qu'une vague impitoyable venait de l'engloutir, le malmenait dans ses remous, le privait d'oxygène. Il apprenait, comme ça, abruptement, dans une salle sinistre d'un centre d'art contemporain et de la bouche d'un inconnu, que l'*Empoisonnée*, c'était Julie. Julie était morte.

Les plastiques du sas bruissèrent, le couple poursuivait sa visite. Paul se précipita vers eux, sa carte de gendarmerie brandie. Il avait les jambes en coton et, l'espace d'une seconde, il se demanda s'il n'allait pas chuter.

— Fichez le camp.

Sans un mot, déroutés, les visiteurs firent demi-tour. Paul revint vers Abergel, il essayait de ne pas craquer. Tant qu'il roulait dans la vague, tant que ses bouillons l'emportaient et le cognaient dans tous les sens, il ne s'effondrerait pas. Mais il fallait faire vite, parce que la marée allait se retirer et le laisser échoué sur la plage. Là seulement, il chialerait toutes les larmes de son corps.

Le photographe s'était décalé vers l'œil géant et l'observait comme s'il découvrait son propre travail pour la première fois. Deux rides verticales creusaient ses joues telles les branchies d'un requin.

— Ne me dites pas qu'elle a disparu, elle aussi.

— Il me faut l'identité de ce légiste.

Andreas Abergel se prit la tête entre les mains.

— Je suppose que je n'ai pas le choix ?

— C'est ça ou je vous embarque *illico*. Dans tous les cas, on remontera à lui. Alors, s'il vous plaît, faites-moi gagner du temps.

L'artiste serrait les mâchoires. Il fixa la pupille, quelques secondes, poussa un soupir et se plaça face au gendarme.

— Ce légiste, c'est une femme. Elle exerce à l'institut médico-légal de Lyon et elle s'appelle Coralie Fritsch.

71

Endormi, Gabriel sursauta lorsque le train d'atterrissage de l'Airbus A320 frappa le tarmac de l'aéroport Jean-Paul II de Cracovie. Tout juste après le décollage de Lille-Lesquin, il s'était de nouveau assoupi et n'avait pas vu passer les deux heures de vol. À moitié dans le coaltar, il saisit son sac de sport dans le coffre au-dessus de sa tête, ralluma vite son téléphone portable. Pas d'appel.

Un froid cinglant le cueillit quand on emmena les passagers, en bus, de la piste au hall de l'aéroport. Il devait faire à peine plus de zéro. Gabriel se rendit compte à quel point tout allait incroyablement plus vite en 2020 : l'acheminement des voyageurs, les contrôles – on l'observa simplement avec un peu plus d'insistance que les autres à cause de l'état de son visage. Il échangea ses euros contre des złotys, récupéra ensuite le plus petit modèle de voiture de location sur le parking d'Avis – on lui suggéra l'option viaTOLL, un forfait qui lui éviterait de payer à chaque péage. Il alluma le GPS et entra l'adresse du chalet de Chmielnik : Nasiczne. Pas vraiment une adresse, mais un nom de village. D'après la veuve, l'habitation se cachait à environ six kilomètres après la sortie du bourg, le long de la DW896. À ce moment-là, il verrait un chemin, sur la droite, enfoncé dans la forêt et permettant d'atteindre sa destination.

Moins de trois cents kilomètres et environ quatre heures de route, d'après son appareil. Il y serait aux alentours de minuit. Son plan était simple. Il se dégoterait un endroit où dormir une fois sur place puis irait jeter un œil au chalet tôt le lendemain, avant de partir pour Białystok et son université de médecine. Tandis qu'il s'engageait sur l'autoroute A4, Gabriel n'arrivait toujours pas à croire que son intuition l'avait mené jusqu'en Pologne alors que, le matin même, il marchait encore au bord d'une plage du nord de la France.

Avant l'embarquement, il avait fait une dernière recherche sur la région de Bieszczady et cette histoire de chasse au loup dont Arvel Gaeca semblait friand. Ce genre de traque existait réellement, et à grande échelle. La partie des Carpates polonaises vers laquelle il s'orientait était réputée pour ses nombreuses agences de chasse qui prenaient l'ensemble du séjour en charge. Pour quelques milliers d'euros, de riches étrangers, adeptes de la gâchette, venaient s'offrir le grand frisson : une escapade hors normes, avec l'autorisation du gouvernement de rapporter la peau et le crâne de l'animal en guise de trophée. Un tourisme sanglant qui permettait à cette région, une des plus pauvres du pays, de survivre.

Arvel Gaeca était un de ces prédateurs. Au milieu des monts et des forêts glacés, il avait, comme ces animaux qu'il piégeait, sa propre taverne. Un loup parmi les loups.

L'autoroute creusait l'interminable campagne, les phares de la Škoda plongeaient dans la nuit. Plus il avança vers l'est, plus le trafic se raréfia. Il dépassa des poids lourds aux citernes luisantes et aux plaques ukrainiennes ou allemandes, quitta la trois-voies au niveau de

Pustynia et poursuivit sur des nationales non éclairées. Quand il se prit de plein fouet son premier nid-de-poule et qu'il pensa avoir explosé son essieu avant, il redoubla de vigilance.

Autour, le paysage semblait s'étirer, se comprimer, entre plaines rases et forêts. Les étoiles perçaient, le quart de lune nimbait les environs d'une subtile couche d'ambre. Sur le tableau de bord, le thermomètre affichait une température de un degré. Elle descendit plus tard à moins un quand la voiture attaqua les reliefs, sous les voûtes d'arbres qu'il imaginait comme des mains se resserrant sur la tôle. Ici, les Carpates n'étaient pas des géants de granit comme il le croyait, mais un territoire de vallées vierges et de monts boisés, étendu à l'infini, à l'assaut des frontières ukrainienne et slovaque.

À partir de cet instant, il ne croisa plus un seul véhicule jusqu'à Nasiczne. Au milieu de l'obscurité, il distingua une poignée de maisons en rondins ou en parpaings, un camp de scouts désert, une vieille église en bois. Plus loin, il aperçut un panneau en forme de tête de loup, avec un lit et un fléchage indiquant de prendre sur la gauche : « Wolf Inn ». L'auberge du loup. Tout un programme.

Gabriel se gara à proximité d'un gros 4 × 4 flambant neuf. Une fois à l'accueil, il eut la sensation d'être le gibier qu'on observe. Depuis le bar, dans une arrière-salle, un groupe d'hommes équipés de vestes kaki et de pantalons de treillis tournèrent la tête dans sa direction, bières en main. Si Gabriel cherchait une atmosphère plus poisseuse que l'hôtel de la Falaise, il l'avait trouvée. Il songea aux ambiances à la *Dracula* de Bram Stoker. Tout, dans la décoration, les affichages, ramenait à la chasse et au mythe de la créature. Un colossal loup empaillé trônait même sur un socle en bois. Ainsi exposé, les babines retroussées, le museau plissé, il figurait la bête dangereuse à abattre.

Le réceptionniste l'aborda dans un anglais approximatif. Gabriel ne comprenait rien à son charabia et abrégea. Le tarif pour une nuit était exorbitant – l'équivalent de plus de cent cinquante euros – mais il régla sans rien dire. Il récupéra une clé, monta à l'étage et prit possession de sa chambre. Contre toute attente, elle valait son prix : lit *king size*, large baignoire à remous, matériaux précieux. Et le détail qui tue : des empreintes de pas de loup incrustées dans le béton ciré du sol.

Bientôt une heure du matin. Toujours aucune nouvelle de Paul. La piste de la photo l'avait-elle mené dans une impasse ? Peut-être n'avait-il pas trouvé la marque de naissance dans l'exposition d'Abergel ? Ce dont il était certain, c'était que son ex-collègue sauterait au plafond s'il venait à apprendre où il se trouvait en ce moment même.

Gabriel fit une rapide toilette, ôta son jean mais garda en main le briquet à tête de loup pioché dans une de ses poches. Une tête de loup... Quelle étrange coïncidence. Il s'enfouit sous les draps encore frais et fit jaillir la flamme du briquet. Elle happa l'oxygène dans un élégant feulement, puis brilla au cœur des ténèbres.

Il la souffla avec l'intime conviction que son épopée dans ce pays étranger n'était pas vaine.

72

Son collègue Benjamin Martini avait pris la route tôt, en ce jeudi matin, pour parcourir les deux cents kilomètres qui séparaient Sagas de Lyon et rejoindre Paul à l'hôtel B & B, rue Antoine-Lumière, à cinq minutes de l'institut médico-légal. Vêtu de son uniforme réglementaire, ce dernier l'attendait à la table du bar, une tasse de café devant lui. Vu les poches gonflées sous ses yeux, il avait dû passer une sale nuit. Les deux hommes se saluèrent d'une poigne solide. Martini se commanda un espresso.

— Hormis au juge, tu n'en as parlé à personne ? attaqua Paul.

— Non… Je peux voir la photo de l'œil ?

Paul feuilleta le livre de l'exposition *Morgue* qu'Abergel lui avait remis en main propre à la librairie du Palais de Tokyo, et s'arrêta sur la bonne page. L'adjudant l'observa avec attention.

— Ça fait bizarre. Je n'arrive pas à croire que c'est vraiment le sien.

— Ça ne rend pas pareil, là, précisa Paul. Si tu la voyais en taille réelle… Elle te glace le sang. J'ai effectué une comparaison avec des photos numérisées et agrandies de Julie, celles qu'un expert avait utilisées pour la vieillir avec son logiciel. La répartition des couleurs, les motifs dans l'iris... Aucun doute, c'est elle.

Martini parcourut rapidement le livre puis le lui rendit, l'air grave.

— Comment tu vas gérer le truc ?

— Il va bien falloir que je leur annonce. À Corinne, puis à Gabriel...

Il se passa une main sur le visage. Soupira.

— Bon sang... C'est le moment que j'ai toujours redouté dans cette enquête... Celui où, enfin, on saurait qu'elle est morte. Le pressentir et le savoir réellement, ce n'est pas pareil. Quelque part, il restait toujours un infime espoir.

Le serveur apporta l'espresso. Martini posa ses lèvres sur le rebord de sa tasse et but une gorgée en silence. Il ne savait pas quoi répondre. Son chef semblait ébranlé. Paul secoua la tête et embraya sur l'enquête.

— Coralie Fritsch a quarante-quatre ans, elle exerce la médecine légale à Lyon depuis plus de quinze ans. D'après Andreas Abergel, elle lui a ouvert les portes de l'IML parce qu'elle appréciait son travail, étant visiblement elle-même passionnée d'art contemporain. Il s'y est rendu une vingtaine de fois sur une période de cinq ans.

— Et elle le faisait pénétrer dans l'établissement la nuit, à l'abri des regards...

— Exact. J'ai donné un coup de fil là-bas de bonne heure. D'après la secrétaire, Coralie Fritsch est au planning, elle doit réaliser deux autopsies aujourd'hui, dont une à 10 heures. On va donc la cueillir sur place avant qu'elle attaque. On la confronte, on voit comment elle réagit. Elle n'est pas le seul légiste, Abergel aurait très bien pu photographier des cadavres qu'elle lui aurait montrés sans les avoir autopsiés. On doit être certains.

Benjamin Martini acquiesça, concentré.

— Julie, Mathilde Lourmel, peut-être d'autres victimes sont passées sous le scalpel d'un de ces médecins. L'une de Sagas, l'autre d'Orléans. Dans l'histoire, il faut rajouter des Russes, et un écrivain qui a retenu Julie prisonnière chez lui, à plus de sept cents bornes d'ici. Bon Dieu, Paul, à quoi on a affaire ?

Sans oublier les effrayants tableaux d'Arvel Gaeca ni les corps anonymes dissous dans les cuves, songea Paul. Martini n'entrevoyait que le bout de la pelote de laine, et c'était déjà suffisant pour n'y rien comprendre. Il regarda sa montre.

— On ne devrait pas tarder à en savoir plus. Finis ton café, on y va.

Ils se mirent en route dans la voiture de Martini. L'institut médico-légal se dressait avenue Rockefeller, dans le 8e arrondissement. Un bâtiment en U à la façade grise, style années 1930, planté dans le quartier universitaire – il dépendait de l'université Lyon 1 –, situé le long de la voie de tramway et voisin d'un supermarché bio. Ils garèrent le véhicule de gendarmerie sur le parking réservé au personnel et entrèrent. À l'accueil, on leur annonça que Coralie Fritsch était arrivée un quart d'heure avant et qu'elle était dans son bureau. On les orienta vers le bon couloir, un étage au-dessus.

Après avoir frappé à la porte, Paul s'imposa. Vêtue d'une blouse ouverte sur un pull beige, la légiste était assise dans son fauteuil, en train de pianoter sur son ordinateur. De courts cheveux d'un blond très clair encadraient une figure tout en angles, taillée au burin et marquée par les coups durs. Elle arrêta de taper lorsqu'elle remarqua les uniformes.

— C'est pour quoi ?

La voix était à l'image du personnage. Froide et éraillée. Paul s'avança et afficha sa carte de gendarmerie devant elle. Martini referma derrière eux, lorgna vers le vieux portrait d'Alexandre Lacassagne – le médecin fondateur de l'école de criminologie, entre autres – et vint se coller à son chef.

— Gendarmerie de Sagas. Nous aimerions vous poser des questions dans le cadre d'une enquête que nous menons.

Elle jeta un œil à sa montre.

— C'est que... une autopsie démarre d'ici un quart d'heure. Dès que les gars de la PJ sont là, on attaque. S'il y a moyen de faire vite...

Paul lui tendit le livre d'Andreas Abergel, tout en la fixant avec intensité. Il voulait voir son visage se décomposer, la peur l'étreindre, comme un animal soudain pris au piège. Quand elle découvrit de quoi il s'agissait, elle laissa sa main errer sur la couverture, mâchoires serrées.

— Je suppose que vous reconnaissez ? demanda Paul.

Elle releva les yeux et acquiesça.

— Andreas Abergel a des problèmes ?

— Pour l'instant, c'est plutôt vous qui en avez.

— Aucun secret professionnel n'a été violé, finit-elle par lâcher en se raidissant davantage. J'ai veillé à ce que les cadavres ne soient pas identifiables, je contrôlais l'ensemble des clichés qu'il prenait. Quoi que vous en pensiez, je faisais ça de manière très rigoureuse, et j'ai toujours respecté l'intégrité des corps.

Elle s'était reculée sur son siège. Malgré le ton qu'elle tentait de garder directif, elle s'était pris un sacré coup de massue.

Paul lui présenta la photo d'un article consacré à Mathilde Lourmel. Le gros titre indiquait : « Disparition tragique à Orléans ». On voyait le visage souriant de la jeune fille en encart.

— Parlez-moi d'elle.

La légiste secoua la tête.

— Ça ne me dit rien. Je ne comprends pas. Que voulez-vous, exactement ?

Le capitaine se pencha vers le livre et en tourna les pages, le laissant face à Fritsch.

— Ça ne vous dit rien… Remarquez, c'était il y a longtemps. On va vous rafraîchir la mémoire.

Il feuilleta l'ouvrage et écrasa son index sur la tache de naissance en forme de tête de cheval. En bas de page était inscrit, en lettres blanches sur fond noir : *Mort inconnue*, 2013.

— Cette marque de naissance appartient à la disparue d'Orléans. Ça signifie que le cadavre de Mathilde Lourmel est passé par votre IML en 2013. Forcément sous le coup d'une procédure judiciaire. Je suppose que vous possédez le rapport d'autopsie en bonne et due forme ?

Paul voulait l'acculer avant de la ferrer. Lui démontrer qu'elle n'aurait aucun moyen de s'en tirer. Elle observa de nouveau le cliché, les sourcils froncés.

— Non, je ne vois pas. Je ne suis pas seule à exercer ici, les corps qu'Abergel immortalisait n'étaient pas forcément les miens. Un collègue a pu s'en charger.

Paul et Martini échangèrent un regard : ils s'étaient attendus à cette parade.

— Faites une recherche, réclama l'adjudant d'un ton ferme. On veut un nom.

Elle s'empara de la souris de son ordinateur. Une série de clics, puis elle pianota. Paul contourna le bureau pour venir à ses côtés. La requête sur l'identité de Mathilde Lourmel ne donna aucun résultat.

— Rien. Mais vous savez, on réalise ici plus de huit cents autopsies par an et…

Paul lui glissa le visage de Julie sous le nez.

— Regardez attentivement cette photo, et ne me dites pas que vous ne vous rappelez pas, là non plus. C'était en 2017, il y a trois ans seulement. Un autre légiste, là aussi ?

Encore une fois, elle nia. Lorsque Paul exigea de consulter le dossier de Julie Moscato, elle ne le trouva pas. Les nerfs à vif, il saisit le catalogue de l'exposition en la bousculant, et afficha le gros plan de l'œil mort. Il écrasa si bruyamment sa paume sur le bureau que son interlocutrice sursauta.

— Vous avez vu le titre ? *Empoisonnée*. Ça veut dire que vous connaissiez la cause de la mort. Vous avez vu cette jeune femme, vous l'avez extraite d'un tiroir de morgue et l'avez sciemment offerte à l'objectif d'Abergel, alors ne me dites pas que vous ne savez pas !

— Vous vous doutez qu'on n'est pas là pour rien, on a des billes, renchérit Martini. Cet œil et cette tache de naissance qu'Abergel a photographiés en votre compagnie sont ceux de victimes qui, un jour, ont été kidnappées et n'ont plus donné signe de vie. Ce n'est pas un hasard que les deux aient atterri là. Votre nom clignote en rouge dans cette affaire.

Elle s'accouda à son bureau, serrant sa tête dans ses mains.

— Bon sang… Je n'ai rien à voir là-dedans. Tout cela n'a aucun sens. Pourquoi j'aurais pris le risque d'offrir à un public des clichés de ces corps-là si j'avais quelque chose à me reprocher ? Ce n'est pas moi, ce…

Elle se figea soudain, puis se pencha vers l'œil. Le bout de son index vint caresser le petit rectangle lumineux niché dans le trou noir de la pupille dilatée.

— Cette lumière…

Elle feuilleta le livre avec des gestes rapides, animée par une énergie soudaine. Paul et Martini s'observèrent sans rien dire. Fritsch s'arrêta sur un autre œil, visiblement masculin celui-là, à moitié recouvert d'une paupière morte et bleutée.

— *Accident de moto*, 2015. C'est ça...

Elle fixa les gendarmes, l'un après l'autre.

— Je me souviens de cet homme et de la plupart des photos de cet album, mais pas du tout de celles que vous me mettez sous le nez. Et je crois savoir pourquoi. Il faut que je vous montre quelque chose.

Elle se leva, glissa le livre sous son bras. Ils s'engagèrent dans le couloir puis descendirent d'un étage avant d'atterrir dans un vaste hall percé de nombreuses portes. Un cadavre attendait sur un brancard, aux côtés de deux employés des pompes funèbres et d'un policier. Des médecins circulaient, accompagnés d'étudiants. Ils passèrent devant un vestiaire où s'empilaient des blouses et où s'alignaient d'innombrables bottes en caoutchouc blanc et vert. *Une véritable usine comparée à Sagas*, songea Paul. Fritsch poussa une double porte qui débouchait dans une salle d'autopsie vide. Elle posa l'ouvrage sur la table en acier, l'ouvrit sur l'*Accident de moto*. Ensuite, d'un geste, elle agrippa la lampe Scialytique qu'elle fit pivoter grâce au bras articulé.

— Toutes nos salles d'autopsie sont équipées depuis plus de dix ans de lampes rondes comme celle-ci, à une seule ampoule. Vous pourrez vous renseigner auprès du directeur si vous voulez en être assurés. Je me rappelle, Abergel portait une attention toute particulière à l'éclairage, il avait aussi un tas de matériel, comme des réflecteurs en aluminium, pour obtenir le meilleur effet. Il voulait que la lumière puisse se refléter très précisément sur la pupille de son sujet. Regardez la photo, regardez la lampe. La forme circulaire. C'est la même...

Les gendarmes constatèrent sans trop savoir où elle voulait en venir. Fritsch tourna de nouveau les pages de *Morgue*, jusqu'à l'œil de Julie cette fois. Paul comprit avant qu'elle lui explique. Comme une évidence.

— Observez la forme de la lumière dans la pupille, maintenant, elle est elliptique, et, surtout, il y a deux sources lumineuses. Deux ampoules. Ce n'est pas le même type de lampe. Vous pouvez fouiller de fond en comble, vous n'en apercevrez aucune de ce style ici. Andreas Abergel n'a pas pris les deux photos qui vous intéressent dans cet IML.

Un peu comme lorsqu'on manque son train à la seconde près, le capitaine ressentit une rage intérieure le dévorer. Abergel lui-même, plein d'assurance, avait évoqué devant lui cette lumière dans la pupille. Comme pour lui révéler une vérité que Paul avait été, bien sûr, incapable de détecter à ce moment-là.

En l'envoyant à Lyon, il s'était clairement foutu de sa gueule.

73

Transi de froid, Gabriel remonta la fermeture de son blouson en cuir, le col fourré jusqu'au niveau des oreilles, et quitta l'hôtel. Il regrettait de n'avoir embarqué ni bonnet ni gants. Neuf heures, un degré. Une épaisse brume gorgée d'humidité s'enroulait autour des arbres et ramenait l'horizon à portée de main.

Dans la voiture, il tourna le chauffage à fond, regagna la DW896 et observa le compteur kilométrique dès qu'il laissa le village dans son dos. Cinq kilomètres plus loin, il roula au ralenti, l'œil rivé sur la droite, comme lui avait dit la veuve. Il détecta le chemin enfoui dans la végétation, dont nul panneau ne signalait la présence, et bifurqua dans la forêt sur une voie de caillasse en légère pente. Après une centaine de mètres, une grille lui interdit d'aller plus loin. « *Własność prywatna* », était-il inscrit sur une plaque. « Propriété privée », supposa-t-il. Un simple cadenas maintenait les portes en métal fermées.

Il longea pendant plusieurs minutes un grillage tendu entre les troncs d'arbres, qui délimitait, semblait-il, un vaste territoire. Gabriel le franchit sans difficulté, s'accrochant à des branches. Déjà que marcher dans une forêt embrumée était impressionnant, alors les Carpates polonaises, peuplées de loups qui, sans doute, l'avaient flairé à des kilomètres… Il s'attendait à ce qu'un hurlement transperce le silence, mais il n'y eut que le bruissement de ses pas.

La silhouette du chalet se découpa au milieu des troncs de hêtres, d'érables et de sapins blancs. C'était une imposante structure en rondins de plain-pied, à la porte en bois sculptée de rosaces. Les lourds volets étaient clos. Une ligne électrique partait de la toiture pour aller se perdre dans les ténèbres, peut-être vers l'habitation d'un autre riche propriétaire, quelque part. Gabriel fit rapidement le tour. Il estima que le seul moyen d'entrer était de forcer les volets. En tirant autant qu'il put, il tordit l'espagnolette, puis cassa la vitre.

« Je suis gendarme, je sais faire », avait-il dit à la veuve. Il se rassura en se disant que personne n'irait porter plainte.

Après avoir glissé son bras dans le trou et baissé la poignée, il ouvrit la fenêtre et se faufila à l'intérieur. Il colla sa main sur le radiateur, positionné en mode hors gel, ce qui assurait une dizaine de degrés minimum. Le plancher craqua sous ses pas. La pièce de vie, avec charpente apparente, était traversée de poutres massives. Une large cuisine d'un côté, le salon-salle à manger de l'autre. Le buste d'un loup trônait à gauche d'une cheminée en pierre, à proximité d'une série de trois fusils accrochés les uns en dessous des autres. Du gros calibre. Des tableaux de paysages, doux et apaisants, ornaient les murs. Rien à voir avec le clinquant manoir belge.

Depuis la mort brutale de Chmielnik, personne n'était censé avoir mis les pieds dans ce chalet et, pourtant, Gabriel n'eut pas l'impression d'un lieu à l'abandon. Il n'y avait presque pas de poussière. Il s'approcha des coussins du canapé d'angle en tissu et imagina l'industriel, assis à cet endroit, au coin du feu, en train de lustrer les crosses de ses armes et de se préparer à la traque aux loups.

Il se dirigea vers le couloir, jeta un œil à la grande salle de bains avec sa baignoire à remous et ses matériaux de qualité, explora la première chambre. Dans la penderie, des tenues de chasse, de lourdes bottines, des boîtes de cartouches. Les instincts de Chmielnik se réveillaient sans doute lorsqu'il revêtait ces habits. Il devait y avoir quelque chose de terriblement excitant à poursuivre ces prédateurs dans une telle forêt. À épauler. À verser le sang.

La seconde chambre, plus loin, devait être réservée aux amis. Armoires vides, décoration sommaire. Là encore, quelqu'un semblait avoir occupé les lieux récemment. Gabriel remarqua, posées près d'un portemanteau, deux toiles immaculées, emballées dans de la Cellophane, deux bouteilles de white-spirit ainsi qu'un jeu de pinceaux serrés par un élastique.

Il balaya la pièce du regard, avec la certitude que Chmielnik possédait un autre atelier, quelque part dans cette maison. Il lui paraissait évident que l'homme ne venait pas plusieurs fois par an dans cette forêt juste pour chasser le loup.

Gabriel visita chaque mètre carré de l'habitation, ouvrit toutes les portes, scruta le moindre placard. À l'extérieur, il parcourut l'ensemble de la propriété délimitée par le grillage, à la recherche d'une cabane, d'une remise quelconque, sans rien trouver. Il se rappela les peintures de Julie et Mathilde, celle du jeune homme chez Pascal Croisille : les murs irréguliers en pierre, et surtout les racines d'arbres pendues au plafond de la voûte basse.

Et s'il ne fallait pas regarder autour de lui, mais sous ses pieds ?

Il rentra, recommença son exploration, le nez au sol, bougea le canapé dans le séjour, poussa des meubles. Son cœur se serra quand, dans la chambre d'amis, il découvrit le large tapis noir et gris sous le lit – le seul de tout le chalet.

En poussant le lit, il constata des rayures sur le parquet, au niveau des pieds, qui le confortèrent dans son idée. Il imagina Chmielnik réaliser exactement les mêmes gestes, roula le tapis et dévoila une trappe carrée, d'au moins un mètre de côté. Un anneau d'acier était incrusté dans l'épaisseur du parquet. Gabriel eut le sentiment d'un aboutissement, d'une quête désespérée dont le dénouement douloureux se rapprochait enfin. Il leva le cercle métallique, et l'haleine des ténèbres lui arriva en pleine figure.

74

Contact électrique : des lampes s'allumèrent sous ses pieds. L'ouverture de la trappe avait dû déclencher un système automatique. Il descendit une échelle d'une dizaine de barreaux et finit dans un boyau semi-circulaire, aux parois faites de multitudes de roches plates empilées les unes sur les autres. On avait creusé sous la forêt pour y créer une grotte artificielle. Gabriel ne connaissait rien à la région, mais il avait déjà entendu parler d'histoires de Juifs réfugiés ou cachés dans les Carpates polonaises durant la Seconde Guerre mondiale. Peut-être y avait-il un lien, peut-être pas, mais les faits étaient là : le chalet d'Henri Chmielnik possédait un accès souterrain et, à ce moment-là, Gabriel se remémora la posture de l'homme d'affaires, sur son autoportrait, et surtout ses deux index pointés vers le sol. Comme pour signifier, aux yeux de tous, son secret.

Il suivit le cordon d'ampoules. Se baissa pour éviter les fameuses racines d'arbres qui pendaient, incrustées entre les pierres. Des cadres étaient accrochés aux parois, régulièrement espacés. Sous le verre, une feuille blanche, avec une phrase chaque fois, écrite d'une belle plume – Gabriel aurait mis sa main à couper qu'il s'agissait de celle de Traskman. « Comment expliquer les tableaux à un lièvre mort », « Coexistence alambiquée avec un coyote sauvage », « Infiltration homogène pour piano à queue », ou encore : « Poids et déplacement relatif du pèse-nerf dans un repère orthonormé ». Si la folie d'un être humain avait pu se lire dans une phrase, ç'aurait pu être l'une de celles-là.

En poursuivant, ses pas le menèrent au Graal : dans une cavité, sur sa gauche, l'atelier du peintre. Tout était encore en place, dans son jus. Les pigments dans leurs récipients, les pinceaux durcis, des dizaines de tubes à essais au fond rouge-noir, rangés dans un support en bois à proximité des gouaches. Gabriel eut la conviction qu'ils avaient contenu du sang lorsqu'il se pencha pour renifler. À côté, des rognures d'ongles regroupées en tas, des touffes de poils noirs roulées en boule, pareilles à des araignées démentes, et toutes sortes de déchets organiques et imputrescibles. Détournant le regard vers un angle, il aperçut une chaîne avec des cerceaux en métal, incrustée dans la roche, tout près d'un feu à pétrole.

Il s'accroupit, effleura le métal froid, porta la main devant la bouche pour se retenir de crier. Julie avait été enfermée ici, sous terre, son visage figé sur la toile d'un fou, d'un tortionnaire. Combien de temps Chmielnik l'avait-il maintenue captive ? Qu'avait-elle subi dans ce sous-sol ? Il n'y avait pas de restes de nourriture, pas de matelas, rien qui indiquât une détention prolongée. Qu'avait-il fait d'elle et de tous les autres, après les avoir immortalisés sur des tableaux ?

En se redressant, il dut se raccrocher à la paroi pour ne pas tomber. Il avait imaginé des choses abominables, mais pas *ça*. Où était l'espoir dans un endroit aussi sombre, profond, isolé, empreint de pareille démence ? Dans un flash, il revit la mère de Mathilde, suppliante face à lui. *Appelez-moi, n'importe quand. Si vous avez la moindre information, si des choses vous reviennent concernant ma fille, je veux que vous me le disiez. Me laissez pas tomber, d'accord ? Par pitié, arrachez-moi à cet enfer.*

L'enfer, il était ici. Dans l'anonymat de ces boyaux.

Gabriel regagna le couloir central. L'espace se rétrécit avant de se déployer de nouveau, comme s'il avait franchi un œsophage. Au fond, une dernière cavité l'attendait, à droite cette fois. Il s'y engagea et tomba sur une espèce de loge secrète, aménagée en intérieur cosy. Vastes tapis kilim au sol. Tentures en velours rouge habillant la pierre, dont les éclairages soulignaient le liseré couleur or. Au milieu trônait une table ronde, avec en son centre un chandelier portant des bougies à demi consumées. Autour, quatre fauteuils, en velours eux aussi. Et partout sur les parois courbes, encore des phrases incompréhensibles dans les cadres. « Symphonie sibérienne avec l'ombilic des limbes », « Ventres brûlés de vampires et autres rites d'annihilation », « Murmures oisifs d'une branche de sapin morte ».

Gabriel étouffait, il ne sentait plus le froid. À côté de chauffages portatifs, une armoire vitrée garnie de verres et de bouteilles d'alcool ambré – du cognac hors d'âge –, et une bibliothèque en bois précieux, alourdie d'une cinquantaine d'ouvrages.

Il les feuilleta rapidement, pour la plupart des iconographies d'œuvres d'art célèbres. Il n'y découvrit que des scènes sanglantes, des massacres, des assassinats. Le meurtre s'exposait au cœur d'une scène religieuse, sur un champ de bataille, dans une rue obscure et poisseuse. *La Femme étranglée*, de Paul Cézanne. Une tête décapitée posée sur une lyre dans *Orphée*, de Gustave Moreau. Des corps gisants, écrasés par la massue d'un géant dans une création d'Henri-Camille Danger. Gabriel prenait, ouvrait, reposait les différents livres. Rodin, Delacroix,

Degas, Munch, Beksiński et tant d'autres. Des peintres, sculpteurs, écrivains, obsédés, à un moment donné de leur vie, par la représentation de l'acte ultime, interdit, qu'ils avaient offert à la postérité : l'assassinat.

Il feuilleta, et feuilleta encore. Le travail de Francis Bacon n'était que violence pure, celui de Vincent Van Gogh l'expression d'une chute vertigineuse vers l'autodestruction. Des artistes fous, maudits, qui créaient leurs chefs-d'œuvre au bord de l'abîme, tantôt guéris, tantôt rendus malades par leur art autant salvateur que dévastateur. Gabriel songea à la maison de Traskman. À toute cette folie. Il se décala et s'empara d'un album de David Bowie, rangé à proximité de *Crime et Châtiment* et de *De sang-froid*, de Truman Capote. *1. Outside*, 1995. Il se rappelait que le chanteur y parlait de meurtre et d'art. L'un au service de l'autre.

Le meurtre, l'art… Ces rayonnages portaient haut et fort le fruit de cette improbable alliance. Gabriel s'approcha de la table, effleura les fauteuils, remarqua le tissu élimé au niveau de l'assise. Aucun doute : ils étaient quatre, à se réunir ici, dans le plus grand secret des ténèbres d'une forêt polonaise. Quatre monstres qui dégustaient de bons alcools, entourés de livres parlant d'horreur, dans la douceur de chauffages d'appoint, alors que des victimes étaient séquestrées à deux murs de là, dans le froid et le noir.

L'art et le meurtre… Les mots dansaient dans la tête de Gabriel. Il pensa à Traskman, à Gaeca, les vit assis face à lui, à se partager leurs secrets, leurs obsessions, leurs proies.

Un objet était enroulé dans un linge noir, à gauche du chandelier. Gabriel écarta les pans de tissu et découvrit la version agrandie du pendentif de Julie : un livre en laiton et étain, aux dimensions semblables à celles d'un vrai roman. Il était extrêmement lourd. En le secouant, Gabriel eut l'impression qu'il n'y avait rien à l'intérieur. Il le scruta avec attention. Il se rappelait vaguement les manipulations qu'avait faites Paul pour ouvrir le pendentif. Pousser un bouton caché... Retourner le livre et basculer un relief sur la partie supérieure gauche. Déclic. En tirer un autre. Après plusieurs essais, il vint à bout du mécanisme. Il ne restait qu'à appuyer sur un autre cercle, au centre d'un motif, dans le coin inférieur.

La couverture s'écarta, telle une invitation. Dans la cachette, un autre petit livre en cuir marron clair, pas plus grand qu'un carnet, et sur lequel était gravé un xiphopage, identique à celui sur la porte secrète chez Traskman. Il portait un titre inscrit à l'encre dorée.

Société secrète du Xiphopage

Gabriel le sortit de son compartiment et l'observa, la gorge serrée, comme s'il tenait un objet maudit, toxique, recelant les pires révélations. L'ouvrage contenait une cinquantaine de pages manuscrites, d'une belle écriture noire et régulière. Celle de Caleb Traskman.

Il commença la lecture.

75

Été 2005 (juillet)

Depuis le meurtre d'Abel par Caïn, l'artiste a figuré le crime. Chez les Goya ou Géricault, les mises en scène de l'acte interdit sont à l'origine de chefs-d'œuvre saisissants. « La Mort de Sardanapale » de Delacroix n'est que violence pure, et les observateurs qui se rendent dans les musées s'en extasient. Le cinéma comme la littérature transforment la représentation du meurtre en plaisir caché pour l'œil. Celui qui lit, qui regarde, est autant impliqué que celui qui agit, il devient complice par sa fascination pour le sang versé. Ainsi est fait l'être humain. Voyeurisme et délectation de l'abject.

Nous quatre, artistes émérites, créateurs de la société secrète du Xiphopage, avons ce point commun d'être différents de la masse, par la violence et l'immoralité de certaines œuvres de notre travail. Nous sommes jugés, parfois haïs, souvent incompris. Peu importe d'où nous venons, et quelle que fussent les difficultés de nos chemins de vie ou les souffrances que nous avons tous endurées : c'est toujours l'échafaud du jugement qui prime sur le reste, qui nous rabaisse et nous détruit. […]

Gabriel s'était assis dans un fauteuil, il tournait les pages en silence, ahuri. Ce livre existait depuis plus de quinze ans.

[…] Quoi de si odieux, de si révoltant que l'assassinat d'une créature humaine ? Mais quoi de plus jouissif, pour celui qui maîtrise l'art d'ôter la vie et qui, de surcroît, est capable de partager ce talent avec un public ? Par notre alliance au sein de la société du Xiphopage, nous souhaitons repousser les limites, atteindre la forme ultime de l'art contemporain transgressif, et l'exposer aux yeux du plus grand nombre.

Par ce manifeste, nous nous engageons, tous les quatre, à respecter l'ensemble des règles et processus énoncés, afin de mener notre entreprise à bien aussi longtemps que possible. Le simple respect du contenu des pages qui vont suivre assurera la pérennité de notre travail et laissera à tout jamais sa trace dans l'histoire de l'art. La différence entre nous et les artistes assassins, c'est que nous nous ferons prendre quand nous le désirerons, lorsque nous considérerons notre œuvre suffisamment riche pour qu'elle dévoile sa véritable finalité.

Gabriel avait envie de vomir. Il lisait ce que jamais son esprit n'aurait pu formuler. Il se trouvait confronté à des propos déshumanisés, des méthodes, des règles strictes, des modes d'emploi, avancés par une bande de dégénérés.

[…] Cette première partie du manifeste est consacrée à l'art du crime parfait, absolument nécessaire au succès de notre démarche. De tout temps, les plus illustres assassins ont tenté de le mettre en place, les romanciers de le détailler à travers leurs intrigues, les peintres de le figurer sur des toiles de la taille de murs entiers. Nous avons besoin, dans le cadre de nos actions, de développer notre propre définition du crime parfait, d'y adjoindre un ensemble de règles qui sont le fruit de nos longues réflexions communes et de nos connaissances approfondies dans les domaines criminels, connaissances acquises par nos recherches liées à nos arts respectifs. […]

Gabriel continuait à lire. Les règles du crime parfait se succédaient, par ordre d'importance. La première d'entre elles était l'absence de cadavre. Ne pas retrouver de corps était la bête noire des enquêteurs. Différentes méthodes étaient évoquées, comme dans le carnet de Julie. La destruction chimique tenait le haut du podium. Parce qu'un liquide pouvait être dispersé, absorbé par les sols, vidé dans les canalisations. Gabriel était face à un mode d'emploi. D'autres règles aussi concrètes que glaçantes s'enchaînaient. « Frapper au hasard », « Ne jamais nous voir ensemble », « Laisser du temps entre les crimes ». « N'entretenir aucun lien avec la victime. » On parlait aussi de substitution de cadavre, impliquant nécessairement « un complice au sein des forces en charge de l'enquête pour trafiquer les analyses ». Il était également stipulé que la société se réunirait ici systématiquement le premier vendredi de chaque mois, et qu'entre-temps aucun contact ne devait avoir lieu. Rien, dans leur agenda, papiers, données informatisées, ne devait permettre d'établir des liens entre les membres.

Gabriel dévorait ces propos d'une froideur absolue. Une autre partie parlait de « l'exposition » et de la diffusion de leur travail. Parce qu'il s'agissait non seulement de commettre le crime, mais ensuite de l'offrir en pâture au public. C'était bien là le moteur principal de leurs actions. Ils répandaient leurs œuvres parmi leurs connaissances, la population, pour que l'impact, quand viendrait la révélation, soit le plus fort possible. Tous ceux qui avaient lu, vu, feraient partie intégrante de la démarche artistique de ces malades. Gabriel assistait, à travers cet exposé, à la naissance d'une nouvelle forme d'art, la plus ignoble de toutes : l'art criminel.

[...] Nous tirerons profit de chaque spectateur. Ils auront, face à eux, le crime parfait sans le savoir, mais au fond d'eux-mêmes, dans le tréfonds de leur âme, ils sauront. Le Caravage aimait voir le dégoût se refléter dans le regard des admirateurs de ses tableaux. Nos crimes seront d'autant plus parfaits que l'horreur sera vue par des milliers de personnes. Des gens qui auront payé pour ça. Des individus qui, quand tout ceci s'achèvera, découvriront la vraie force de notre entreprise et la puissance de notre démarche.

Alors c'était juste ça. Tant de souffrance, tant de risques pour une putain de société secrète qui avait pour but de transformer le crime en spectacle déguisé ?

Il imaginait déjà l'impact sur les centaines de milliers de lecteurs de Traskman, lorsque la vérité éclaterait au grand jour. Il pensa au vieux Pascal Croisille, qui, vraisemblablement, n'était au courant de rien et qui, chaque jour, contemplait le portrait d'un jeune homme kidnappé et sans doute assassiné.

[...] Un jour, quand nous l'aurons décidé, viendra le moment de la révélation. Mais comme dans un bon livre à suspense, elle arrivera le plus tard possible. Cette révélation devra normalement être de notre fait, mais elle pourrait provenir d'une source extérieure sans que nous la maîtrisions, dont la plus évidente, bien que purement hypothétique, est la police.

[...] Au cas où une tierce personne viendrait à suspecter l'un des membres, il est demandé à chacun d'entre nous de réfléchir et proposer une solution efficace pour se soustraire à l'emprise de l'intrus et ainsi ne pas compromettre le fonctionnement de la société. Notre union, qu'elle soit blessée, amputée, suspectée, se doit de subsister jusqu'au dernier d'entre nous ou jusqu'à la révélation finale.

Toutes les méthodes de leur organisation n'étaient pas évoquées. Les moyens pour mettre en place les kidnappings n'étaient pas cités (il n'était nulle part question de Russes ou de mafia), le propos restait général. Jamais de noms, de lieux. Rien non plus sur la nature des œuvres diffusées. Gabriel savait que Chmielnik utilisait ses portraits pour figurer le crime, et Traskman ses livres, mais les deux autres ?

Il obtint une partie de la réponse, lorsque apparurent, sur la toute dernière page, quatre paraphes, les uns à côté des autres. Ces malades avaient signé le manifeste de leurs initiales.

CT, AG, AA et DK.

Caleb Traskman et Arvel Gaeca. Quant aux deux autres… Mais, soudain, le AA lui sauta aux yeux. Ça lui parut alors si évident.

Andreas Abergel. Le photographe.

76

Le carnet du manifeste en main, Gabriel avait regagné sa voiture en courant et s'était enfermé dans l'habitacle.

— Abergel est dans le coup !

Il percevait, à travers l'écouteur de son portable, le bruit de la circulation : Paul était sur la route. Un moment s'écoula avant que le capitaine de gendarmerie lui réponde.

— Comment t'es au courant ?

— Je peux te parler ?

— Vas-y. Martini suit dans son véhicule de fonction. On vient de découvrir, il n'y a pas une heure, l'implication du photographe. Mais bordel de Dieu, comment tu sais ça alors que t'es censé te reposer dans ton appartement ?

Gabriel sentit de la raideur dans la voix, mais il avait décidé de lâcher une partie de la vérité. Il lui expliqua l'idée de son voyage en Pologne, sa descente dans des souterrains sous une résidence secondaire d'Arvel Gaeca et l'existence de la société secrète du Xiphopage. En revanche, il ne parla pas de l'histoire des tampons sur les corps, en lien avec l'université de médecine de Białystok, parce qu'il comptait s'y rendre après leur conversation.

À deux mille kilomètres de là, Paul roulait plein pot sur l'A6. Il lorgna dans son rétroviseur et, comme s'il craignait qu'on ne les entende, baissa le son des enceintes reliées au Bluetooth.

— Merde, Gabriel ! C'était pas le deal et…

— Ils étaient quatre, enchaîna ce dernier en ignorant les reproches. Traskman, Gaeca, Abergel et un dernier taré dont les initiales sont DK. Ils ont écrit, il y a plus de quinze ans, un manifeste qui établit un tas de règles sur la façon de commettre un crime parfait et de l'exposer au grand public sans se faire prendre. Ces types-là se réunissaient une fois par mois, ils enlevaient des gens et… les représentaient ou les mettaient en scène à travers leur art. Si on suit leur logique, il est fort probable que la plupart des romans de Traskman publiés après 2005 cachent des crimes, et non pas seulement *Le Manuscrit inachevé*. Pour Arvel Gaeca, c'étaient les tableaux qu'il peignait *a priori* ici, en Pologne, et qu'il distribuait ensuite à des connaissances sans que celles-ci soient au courant…

Paul n'en croyait pas ses oreilles. Ce que lui rapportait Gabriel relevait de la pure folie.

— Quant à Andreas Abergel, ce sont les photos. Des clichés pris sur des tables en acier, une fois les victimes mortes. Le médecin légiste n'a rien à voir là-dedans. Abergel mélange sans doute ses clichés à ceux des autres corps qu'il a photographiés en salle d'autopsie pour les noyer dans la masse. Pour qu'on contemple ses crimes sans les voir vraiment, pour qu'on devienne des espèces de complices malgré nous.

— Je ne comprends pas. Tu parles de souterrains. Qui a retenu Julie ? Traskman ou Gaeca ? Tu as vu comme moi la pièce secrète chez l'écrivain.

— Les deux. Je crois que… que Traskman a vraiment été amoureux de Julie, et qu'il l'a séquestrée durant des années dans sa maison, en dehors peut-être de leur organisation. D'après l'un des principes fondamentaux de leur société, il ne doit exister aucun lien entre ses membres et leurs victimes. Or, Traskman avait connu Julie à Sagas. Il était lié à elle et avait donc trahi le manifeste rédigé de sa propre main deux ans plus tôt. À mon avis, il y avait la société et leurs crimes odieux d'un côté, Julie de l'autre. Jusqu'à ce que… je ne sais pas. Peut-être ses amis ont-ils fini par l'apprendre et se sont-ils emparés de Julie. Ou peut-être, si on se base sur la fin de son manuscrit original, Traskman a-t-il lui-même livré ma fille à ces salopards, avant de se tirer une balle dans la tête parce qu'il n'en pouvait plus, de tout ça. N'oublions pas qu'il recevait les lettres anonymes d'Esquimet. Quoi qu'il en soit, Julie est présente sur une peinture de Gaeca. Elle… Elle a donc été enfermée dans son sous-sol, en Pologne. Et théoriquement, parmi les « photos » d'Andreas Abergel, il devrait y avoir…

Gabriel était incapable de terminer sa phrase. Paul, lui, colla l'arrière de son crâne sur son appuie-tête. Ses mains se resserrèrent sur le volant. Il aurait aimé se retenir, mais c'était impossible.

— Elle y était, murmura-t-il dans un souffle. Un gros plan de… de sa pupille dilatée était exposé au Palais de Tokyo, le cliché date de 2017, l'année où Traskman s'est suicidé… Je suis désolé de te l'annoncer de cette façon, Gabriel, mais je ne peux pas ne pas te le dire. Tu n'aurais pas dû m'appeler, tu n'aurais pas dû… Elle est morte, Gabriel.

Gabriel sentit le téléphone glisser entre ses mains. Les larmes montèrent, vinrent faire palpiter ses narines. À l'autre bout de la ligne, Paul perçut un bruit de portière, des sanglots lointains, des cris rauques. D'une profonde inspiration, le gendarme, dont les yeux devenaient humides, tenta de repousser ses émotions. Monde de merde. La voix de Gabriel lui parvint de nouveau, deux ou trois minutes plus tard.

— Dis-moi que vous allez coincer Abergel.

— On a son adresse, on fonce chez lui. Toi, il faut que tu reprennes l'avion et que tu rentres vite. Éloigne-toi de toute cette crasse. Laisse-nous gérer.

Gabriel secouait la tête, pour se convaincre lui-même de ne pas obéir. Son visage tout entier, ravagé par sa souffrance de père, lui faisait mal.

— Oui, oui... Je vais rentrer.

— Fais-le vraiment, OK ? Je te tiens au courant. Je te demande une chose, c'est de ne pas prévenir Corinne. Je veux le faire quand je serai avec elle. Je sais que c'était votre fille. Mais elle est ma femme.

— Elle est ta femme, répéta-t-il mécaniquement.

— Je suis désolé, Gabriel. De tout cœur, pour tout ça.

Gabriel raccrocha, sonné. Julie, morte... Définitivement morte... Un coup de feu résonna quelque part dans la forêt et chassa de son esprit les images de sa fille. Il l'avait revue souriante, il avait entendu sa voix, elle avait été là, avec lui. Mais tout était terminé, à présent, Julie serait à tout jamais l'effroyable cri de détresse exprimé sur le tableau de Gaeca.

Au moment où ce psychopathe l'avait immortalisée avec son pinceau, elle était encore vivante, enfermée là-dessous. Puis elle était passée sous l'objectif cruel d'Abergel. Décédée, allongée sur une table glaciale, quelque part. Qui lui avait ôté la vie ? De quelle façon ? Il imagina le photographe tourner autour de son cadavre à la recherche du meilleur angle, et ça le mit tellement hors de lui qu'il ressortit. Une douleur éclata dans ses poings quand ils heurtèrent le tronc d'un arbre.

La littérature, la peinture, la photographie. Il en manquait un. Quel était le quatrième « art » ? Sous quelle « forme » découvrirait-il Julie dans son ultime périple ? De nouveau dans la voiture, il tourna la clé de contact et programma l'adresse de l'université de médecine de Białystok sur son GPS.

C'était là-bas qu'il obtiendrait la dernière pièce de ce sinistre puzzle.

77

À proximité du quartier du Marais, entre les 3e et 4e arrondissements de Paris, les gendarmes s'étaient garés dans un parking, du côté de la rue de Rivoli et du quai de l'Hôtel-de-Ville. Ils empruntèrent la rue du Roi-de-Sicile, comprimée entre ses immeubles de quelques étages, ses restaurants, ses boutiques de chocolat et d'épicerie fine. Paul se fichait de la beauté de ce qui l'environnait, à vrai dire, il ne voyait rien. L'inquiétude noircissait l'espace autour de lui. Il était plus de 15 heures et Andreas Abergel ne s'était pas présenté au Palais de Tokyo, alors qu'il y arrivait tous les jours pour 14 heures.

Martini et lui s'arrêtèrent devant une lourde porte cochère. Le nom d'Abergel s'affichait au milieu de dizaines d'autres sur l'interphone. Paul appuya partout, sauf sur la sonnette de l'artiste. On finit par leur ouvrir. L'angoisse monta d'un cran quand ils poussèrent le lourd battant.

Ils débouchèrent sur une large cour pavée, cernée de bâtiments, d'ateliers, de bureaux de production, de cabinets d'avocats… Des plantes poussaient le long des façades, les fenêtres étaient minuscules et poussiéreuses comme dans les vieux magasins d'antiquaire. Tout bruit de circulation avait disparu, on eût dit que Paris retenait son souffle. Paul se demanda comment pouvait régner un tel calme au cœur d'une si grande ville. Passé l'étonnement, les gendarmes se renseignèrent auprès des gens qu'ils croisèrent ou en frappant aux portes. Après des essais infructueux, une dame finit par leur montrer un escalier, dans le coin opposé de la cour : Andreas Abergel habitait dans un appartement au dernier étage.

L'escalier en bois était d'une raideur d'échelle, les murs si serrés que Paul avait l'impression d'évoluer dans les cales d'un ancien galion espagnol. Son genou le tiraillait, mais il gravit les marches grinçantes, Martini juste derrière lui. La vérité était là, à portée de main, il n'allait certainement pas flancher maintenant. On entendait la minuterie qui avait déclenché les lumières.

Les deux hommes atteignirent enfin le sixième étage. Ils dégainèrent leurs Sig Sauer en silence. Le front de Martini perlait de sueur. Il était mort de trouille.

— Ça va aller ? murmura Paul.

— On aurait dû prévenir les équipes. On fait une connerie.

— C'est moi qui juge, pas toi.

Martini la boucla. Paul colla son oreille à la porte : rien. Abergel avait-il pris la fuite ? Il tapait à peine du poing qu'il perçut le déclic de la poignée ronde, et que le battant s'écarta sous l'impulsion de son coup. Il échangea un rapide regard avec son équipier : ils étaient attendus.

Le hall était encombré de caissettes en plastique, d'accessoires de cirque, de costumes colorés rassemblés en tas. La gorge serrée, Paul franchit le seuil, l'arme brandie devant lui.

— Andreas Abergel ? Gendarmerie nationale !

Aucune réponse, pas le moindre craquement de parquet. D'un mouvement du menton, le capitaine signifia à Martini qu'ils allaient avancer. Sur le qui-vive, ils passèrent devant une cuisine ridicule où traînaient encore une assiette et des couverts sales. À gauche, la chambre était vide. En bout de couloir, les perspectives s'ouvraient pour dévoiler une large pièce en mezzanine, fauteuils, pans de tissus bleus, verts et rouges accrochés au mur, table, bancs de formes diverses et variées. Un atelier de photographie.

Immédiatement, deux canons se pointèrent vers l'homme entièrement nu, assis dans la position du lotus, sur une immense toile immaculée. Son corps était glabre, d'une blancheur de lait. Son crâne, intégralement rasé lui aussi, brillait sous les éclairages de nombreux spots. Dans son dos, une autre toile blanche était tendue, pareille à un écran de cinéma. Des réflecteurs parapluies l'encerclaient, une caméra et deux appareils photo sur pied le braquaient.

— Je savais que vous viendriez…

Paul fit deux pas en direction d'Abergel, le maintenant en joue. Il découvrit alors les mains de l'artiste. Dans l'une, il tenait une télécommande. Dans l'autre, un pistolet à canon court, léger et compact. D'un geste précis, l'artiste porta son arme sur le rebord de sa lèvre inférieure, juste au niveau du menton, le canon incliné vers le haut. Son index s'enroulait autour de la queue de détente. Il paraissait aussi serein qu'un bouddhiste en pleine méditation.

— J'ai jeté un œil, juste avant que vous arriviez, fit-il avec un calme absolu. Savez-vous combien ils sont, connectés aux caméras en ce moment même ? Plus de soixante-dix mille. Soixante-dix mille anonymes sans aucun doute impatients que je m'explose la cervelle et que je délivre mon ultime collection de photos : celle de ma propre mort. J'aurais aimé atteindre les cent mille, mais vous êtes là. J'ai l'impression qu'il va falloir abréger.

— Ne faites pas ça.

Quand Abergel accrocha son regard, Paul ne décrypta, au fond de ses pupilles, que l'expression d'une folie destructrice. L'homme était malade. Il ne ferait pas marche arrière. Tout ça faisait partie intégrante de son œuvre. Comme un écho à la pensée du gendarme, Abergel se mit à parler d'une voix monocorde :

— Entre le 21 mai et le 29 juillet 1890, Van Gogh a peint quatre-vingts tableaux parmi les plus puissants, avant de se tirer une balle dans la poitrine. Quatre-vingts tableaux qui se vendent aujourd'hui à des dizaines de millions d'euros, réalisés en à peine soixante-dix jours. Avec *Champ de blé aux corbeaux*, dans les tout derniers instants, Van Gogh avait atteint sa vérité, il était parvenu à une forme d'éternel, et il n'y avait plus rien à espérer après. Que peindre ? Et pourquoi ? En tant qu'artiste, il était déjà mort. Son suicide est venu comme un point d'orgue. Sans lui, Van Gogh n'aurait probablement jamais été Van Gogh.

Martini maintenait aussi le photographe en joue. La sueur lui piquait les yeux, et il s'essuyait en frottant son visage sur le haut de sa manche. Il ne comprenait rien à ce qu'Abergel expliquait.

— Ce que je m'apprête à réaliser marquera au fer rouge les esprits et le monde de l'art contemporain. Vous vous rappelez Banksy et sa mise au point d'un mécanisme de destruction de son œuvre juste après une vente ? Désormais, elle est inestimable. L'art peut être tellement incompréhensible et stupide, parfois.

Vous le découvrirez quand mes photos s'arracheront à prix d'or.

Il pointa un ordinateur avec sa télécommande.

— J'ai veillé à ce que celles qui vont bientôt être prises soient envoyées automatiquement à l'adresse mail de mon agent, et vous ne pourrez rien y faire. Mais ce n'est pas le clou du spectacle. Car ce qui suivra m'amènera beaucoup plus loin. Les types comme vous nous prendront pour des imposteurs, des malades, mais nous serons des porte-drapeaux, des surfaces de projection des fantasmes les plus hétéroclites, nous offrirons un voyage de l'autre côté du miroir aux vrais connaisseurs. Nous sommes allés plus loin que Van Gogh et Banksy réunis, nous serons de ceux qui ont révolutionné une manière de penser l'art. Personne ne pourra aller au-delà de ce que nous avons fait.

Rien n'avait de sens, tout au moins, pour un esprit logique et terre à terre tel que Paul. Comme Traskman, comme Gaeca, cet homme était juste un fou dangereux dont il fallait stopper le parcours sanglant.

— Qui ça, *nous* ? demanda alors Paul.

Abergel écarta les lèvres. L'acier du canon claqua d'abord contre l'émail de ses dents, puis disparut dans sa bouche. Martini recula d'un pas, levant les deux mains, afin d'apaiser la situation.

— Non, ne faites pas ça. Ne…

Il y eut soudain un crépitement, pareil à celui d'une ligne haute tension, puis les flashes libérèrent leurs cataractes de lumière à un rythme incroyable, alors que les deux appareils photo se déclenchaient en mode rafale. Le coup de feu partit et, instantanément, la toile blanche, derrière Abergel, se transforma en une voûte céleste sanguinolente. Des gouttes avaient giclé à plusieurs mètres de haut, fouettées par l'énergie d'une balle qui avait explosé l'arrière de la boîte crânienne. Abergel s'effondra. Le sang se répandit, sombre et épais, le long de sa joue droite. Ses yeux grands ouverts fixaient l'un des appareils photo.

Dix secondes plus tard, les flashes cessèrent.

Et la pièce retomba dans le silence.

78

Les plaines gondolaient à perte de vue, les forêts bruissaient, marécages et rivières luisaient comme des lames affûtées sous un soleil jaune pâle. Gabriel traçait sa route, à travers une flore épurée, aux dégradés de vert mouchetés de roux flamboyants. Parfois, il traversait des villages où les toits des églises décochaient des reflets d'or. Il devinait des cimetières, des maisons en bois, des voies pavées de pierres et de galets. Il lui semblait s'enfoncer dans la pureté de l'univers, loin du fracas, du béton, de l'éternelle course des hommes contre le temps. Un coin de la planète où on avait gratté le vernis, le mensonge, et où seule subsistait la vérité. C'était peut-être là, dans ce coin minéral de Pologne, qu'elle l'attendait.

Il chercha à joindre Paul à plusieurs reprises, sans succès. Avaient-ils interpellé Abergel ? Cette absence de nouvelles n'était pas bon signe. Il laissa des messages, puis gagna Białystok aux alentours de 16 heures. Il s'agissait d'une ville mosaïque où s'entremêlaient palais baroque, vieilles usines textiles, églises orthodoxes et catholiques. Les façades colorées, les larges avenues modernes contrastaient avec l'image terne et stéréotypée qu'on pouvait avoir des villes de l'ancien bloc soviétique.

Le mot « Esperanto » était affiché à tous les coins de rue – Hôtel Esperanto, Esperanto Cafe… Quand il passa au ralenti devant le Mural Ludwik Zamenhof Esperanto pris en photo par des touristes, il comprit que cette langue internationale était apparue exactement ici, à quelques mètres de lui. Une grande plaque commémorait le docteur Ludwik Zamenhof, né à cet endroit et créateur de l'espéranto.

Il se gara à cinq minutes de l'académie de médecine installée au cœur de l'agglomération, dans l'imposant palais Branicki, vestige du XVIIIe siècle. Gabriel n'aurait pas imaginé une telle immensité, avec ses jardins à la française, ses bâtiments universitaires alentour, ses deux hôpitaux et ses installations sportives. Les étudiants fourmillaient, siégeaient sur les bancs, discutaient entre eux. Des jeunes avec l'avenir devant eux, de futurs médecins, radiologues, chercheurs. Gabriel n'aurait jamais le bonheur d'aller à une remise de diplômes. Cette faculté représentait tout ce qui lui était désormais interdit : l'espoir.

Gabriel aborda un groupe à qui il expliqua, en anglais, qu'il cherchait l'endroit où les corps légués à la science étaient entreposés. Rapidement, un troisième année lui parla du laboratoire d'anatomie et l'accompagna vers l'aile qui l'intéressait. Gabriel se renseigna : ici, plus de cinq mille étudiants polonais, mais aussi d'autres venus d'Allemagne, de Norvège, d'Espagne… L'établissement avait une réputation internationale grâce à sa technologie de pointe et son enseignement de qualité.

Laissant derrière eux le musée de l'histoire de la médecine ouvert au public, ils s'enfoncèrent sous les arcades du palais baroque. Après avoir parcouru des couloirs, descendu des marches, le jeune s'arrêta devant une porte vitrée, au-dessus de laquelle s'affichait : « *Hic est locus ubi mors gaudet succurrere vitae* ». « Ici est le lieu où la mort est heureuse d'aider la vie. » Le fameux laboratoire d'anatomie. De l'autre côté du battant, une secrétaire était installée derrière un bureau, au téléphone. Gabriel remercia son guide et entra.

En attendant qu'elle raccroche, il fit mine de jeter un œil aux brochures qui, vraisemblablement, vantaient les mérites du don du corps à la science. La légère odeur de produits conservateurs agita ses narines. L'environnement, la faculté, la proximité des étudiants… Comment des cadavres avaient-ils pu quitter ces murs pour se retrouver en Belgique ?

Quand la réceptionniste fut disponible, Gabriel lui expliqua, toujours en anglais, qu'il aurait aimé parler à un des responsables du laboratoire.

— Désolée, ils sont en réunion. Vous devez prendre rendez-vous. Nos professeurs sont occupés. C'est à quel sujet ?

Gabriel était dans un état de tension extrême.

— C'est très important, ça concerne des corps référencés chez vous, découverts là où ils n'auraient pas dû être. J'ai fait tout le chemin depuis la France et je ne bougerai pas d'ici avant d'avoir vu un responsable.

Elle hésita, puis finit par se lever en soupirant. Une minute plus tard, elle revenait avec, sur ses talons, un géant en blouse, aux sourcils et aux cheveux couleur banquise. Ses yeux d'un bleu sombre, protégés par une paire de lunettes à la monture circulaire, renforçaient son aspect cadavérique. Gabriel lui donnait au moins soixante-dix ans et avait l'impression qu'un coup de vent aurait pu le casser en deux.

Après que la secrétaire eut regagné sa place, l'homme scruta attentivement le visage marqué de son interlocuteur. Il s'adressa à lui dans un bon français, en se tirant le lobe de l'oreille gauche. Sur le devant de sa blouse était écrit « Pr Stefan Adamowicz ».

— L'équipe de direction est actuellement dans l'autre aile, je suis l'un des professeurs d'anatomie de la faculté. L'assistante m'a parlé d'un problème avec des corps ?

Gabriel lui tendit un papier, sur lequel il avait noté : « Université de médecine de Białystok : K417 et K442. »

— J'aurais besoin de renseignements sur les deux cadavres portant ces numéros. J'aimerais en savoir plus sur la façon dont ils sont sortis de vos murs pour finir dans des sacs mortuaires au fin fond d'un entrepôt en Belgique.

Le professeur fronça les sourcils.

— Un entrepôt ? La Belgique ? Qu'est-ce que vous racontez ?

Gabriel lui montra l'écran de son téléphone. Il fit défiler les clichés, puis zooma aux endroits où l'on voyait les tampons.

— Visiblement, ils ne sont pas les seuls à avoir atterri là-bas, expliqua-t-il. Depuis des années, un homme y transporte des corps issus de chez vous et s'en débarrasse en les dissolvant dans de l'acide industriel…

Autre photo : le cylindre, le visage dévoré, les bras se détachant du corps dans une mélasse couleur terre d'Amazonie. Le septuagénaire resta sans voix, l'œil rivé à l'image.

— Les gendarmeries française et belge sont sur le coup, continua Gabriel. Si vous ne me répondez pas, c'est à eux que vous aurez affaire très bientôt.

Adamowicz ôta ses lunettes et les garda serrées au creux de sa main.

— Vous n'êtes pas de la police, donc. Qui êtes-vous ?

— Un père qui cherche la vérité, et s'il faut patienter durant des heures avant que la réunion se termine et qu'un responsable me l'apporte, cette vérité, alors j'attendrai.

Le professeur, perplexe, scruta de nouveau sa figure amochée, puis considéra les effroyables photos. Il hocha la tête doucement.

— De l'acide… En presque quarante ans de carrière, je n'ai jamais entendu une histoire pareille. Ces corps sont sous notre responsabilité, à tous, et j'ai autant envie de comprendre que vous. La mort ne vous fait pas peur ?

— J'ai l'habitude.

— Dans ce cas, suivez-moi.

Les deux hommes s'enfoncèrent dans le couloir. Ils franchirent une porte à ouverture magnétique, descendirent une volée de marches qui les projeta dans une vaste pièce où un groupe d'étudiants se serraient autour d'un professeur et d'une table de dissection. Des dizaines d'autres tables reliées à des systèmes d'évacuation et d'aspiration étaient alignées, d'une propreté irréprochable. On sentait que l'air circulait, mais les flux n'empêchaient pas les odeurs de formol mêlées à celles des cadavres. Le professeur Adamowicz adressa un bref signe à son collègue et poursuivit son chemin.

— On récupère ici environ cinq cents corps par an, fit-il en présentant son badge devant un lecteur. La plupart sont exploités sur place, pour former les médecins. De la salle d'entreposage dans laquelle nous allons pénétrer, ils passent à la préparation, puis à la dissection. Par la suite, ils sont… (il chercha ses mots quelques secondes) incinérés. Nous veillons au plus grand respect de nos donneurs. Leurs identités ne sont pas divulguées.

Les seuls renseignements transmis aux étudiants sont l'âge et la cause du décès.

— Quand vous dites « la plupart »...

Adamowicz poussa un battant qui débouchait sur un espace deux fois plus grand, referma derrière eux et alluma les lumières. Gabriel évoluait à présent dans un univers où la mort régnait, où l'on devinait le tendre feulement de sa faux aiguisée. Huit immenses cuves rectangulaires, transparentes, étaient là, recouvertes d'épaisses bâches tendues par des élastiques. Elles faisaient, au bas mot, trois mètres de haut. À l'intérieur, des hommes, des femmes, nus, par dizaines, empilés comme des dominos. Avec l'épaisseur du verre, les membres étaient déformés, les visages boursouflés, immondes.

— Si je dis la plupart, c'est parce que l'autre partie est revendue à des entreprises polonaises spécialisées en matériel médical. Celles qui ont besoin de perfectionner une prothèse, des agrafes, des outils chirurgicaux, par exemple. Nous fournissons également divers centres de recherches.

Le commerce de cadavres, le business de la mort... Ces abominations dépassaient Gabriel. Dans un silence aquatique, il s'approcha de l'une des piscines. Les lampes teintaient le liquide conservateur en jaune clair, presque sirupeux. Le peuple silencieux de ces eaux aseptisées ressemblait à de grossières poupées caoutchouteuses.

— Tout cela est extrêmement encadré et contrôlé, poursuivit le professeur. L'intérêt scientifique des tiers auxquels les corps sont expédiés doit être démontré. Dans le cas où les feux sont au vert, des certificats assurant l'origine des corps sont émis par notre équipe dirigeante. Les entreprises ou les centres que nous fournissons doivent les garder précieusement, car ils sont essentiels à la traçabilité. Chaque cadavre qui entre et sort d'ici est enregistré, les informations sont cryptées, dupliquées sur des serveurs. Un certificat, chez les clients d'un laboratoire, n'a d'existence juridique que s'il est également présent dans nos bases de données. Ce double contrôle permet d'éviter, vous vous doutez, le trafic de cadavres.

Un trafic de cadavres… L'expression fit son chemin dans l'esprit de Gabriel. Il affronta le regard vide d'un être à la tête désormais disproportionnée, car trop gonflée, puis baissa les yeux, pour remarquer le tampon sur ses hanches : celui-là portait le numéro K324.

— À qui les corps K417 et K442 ont-ils été envoyés ? demanda-t-il.

Stefan Adamowicz se dirigea vers un ordinateur, posé sur une paillasse, au fond de la salle.

— Je n'ai qu'un accès restreint à la base de données, je ne peux par exemple pas connaître l'identité de ces corps ni leur origine, mais je peux répondre à votre question.

Après avoir saisi un mot de passe, il lança un logiciel. Face à lui, de l'autre côté de la paillasse, Gabriel sentit sa gorge s'assécher. Il y était, il allait enfin avoir les ultimes réponses. La figure d'Adamowicz se crispa. Le carré lumineux de son écran se reflétait dans ses lunettes lorsqu'il observa son interlocuteur d'un air sombre.

— K417 et K442 sont effectivement enregistrés… Il s'agit de deux corps de sexe féminin, âge et poids identiques, qui ont quitté nos locaux il y a douze jours, à destination de Piaseczno, une ville à côté de Varsovie. C'est là-bas que se trouve le fameux plastinarium du professeur Dmitri Kalinine.

Dmitri Kalinine. DK. Le quatrième membre de la société. Gabriel était suspendu aux lèvres de l'enseignant en même temps qu'un courant électrique remontait jusque dans sa nuque.

— Par plastinarium, vous entendez…

— Un endroit où Dmitri Kalinine écorche les corps humains.

79

Assommé, Gabriel s'était adossé à un mur pour faire face à l'essaim de papillons noirs qui avait envahi son champ de vision. L'odeur entêtante du formol l'étourdissait. Il demanda à Adamowicz de l'accompagner à l'extérieur. Cinq minutes plus tard, ils s'assirent sur un banc. Livide, Gabriel happait l'air dans de larges inspirations.

— Expliquez-moi, balbutia-t-il.

Le professeur hocha brièvement le menton vers les étudiants qui le saluaient. Il gardait les mains au fond des poches de sa blouse, comme s'il avait froid. Son visage était empreint d'une gravité que le soleil ne parvenait pas à chasser.

— À la fin des années 1990, Dmitri Kalinine a inventé une technique à base d'acétone consistant à expulser toute l'eau des cellules humaines et animales, afin que le cadavre soit à l'abri de la putréfaction. Il applique ensuite une polymérisation, avec de la silicone, de la résine époxyde ou du polyester, ce qui donne un aspect plastifié, totalement malléable, au corps. Puis il le débarrasse de sa peau, pour le faire apparaître dans toute sa complexité musculaire, veineuse, artérielle ou viscérale. Il lui est alors possible d'imposer aux cadavres écorchés et imputrescibles des postures proches de celles d'êtres vivants en pleine activité. Des marcheurs, des danseurs…

Gabriel fut submergé d'images. Il avait déjà entendu parler de ça, il avait déjà affronté ces visions d'horreur dans des reportages, à la télé.

— Kalinine est d'origine russe. Un brillant anatomiste, qui a longtemps exercé à la très réputée académie de médecine de Novossibirsk, en Sibérie, avant de venir s'installer en Pologne pour se consacrer à la recherche et développer son procédé unique au monde. Il y a créé un institut privé de plastination. C'est à ce moment-là que notre université et deux autres du territoire ont commencé à lui fournir des corps pour ses études scientifiques…

La Sibérie, les Russes… Gabriel peinait à se concentrer sur les propos du professeur. Une idée effroyable, tel un point d'orgue à toutes ses découvertes, naissait dans sa tête.

— Kalinine a marqué une vraie révolution dans l'anatomie macroscopique. À l'époque, ses intentions étaient purement pédagogiques et louables : il voulait rendre accessible la connaissance anatomique aux étudiants, mais aussi au commun des mortels. Comment fonctionnons-nous ? De quoi sommes-nous constitués ? Rapidement, sous ce couvert, Kalinine a regroupé sa trentaine d'écorchés pour en faire une exposition, la première du genre, en Pologne. C'était juste avant l'an 2000. Ça a été un événement, un succès fulgurant. Les gens se déplaçaient par milliers de tout le pays, et même des pays voisins, pour voir ces fascinantes sculptures humaines. Devant tant d'intérêt, ces « plastinats », comme il les appelle, ont quitté le plastinarium et ont été présentés partout, de Tokyo à San Francisco, sous l'intitulé *Inside Body*… Elle a suscité de nombreux débats, de vives critiques, ce qui a sans doute contribué à en faire, en 2003, l'exposition itinérante la plus populaire au monde.

Gabriel imagina les visiteurs, en extase devant des cadavres dépouillés de leur intimité, privés de leur droit de reposer en paix. Des anonymes qui avaient vécu, respiré, et qui étaient finalement livrés pour l'éternité au regard du tout, nus, écorchés, coupés en tranches. Et il pensa à Julie, et à Mathilde. Et ces pensées-là lui furent insupportables.

— Il a continué ? fit-il en observant ses mains ouvertes et tremblantes. Son musée, ses écorchages, il continue encore aujourd'hui ?

Le professeur acquiesça.

— Plus que jamais. À ce jour, plus de vingt-cinq millions de personnes les ont vus. La fascination dépasse la peur du cadavre. Kalinine ne cesse de mettre en avant ses nombreux titres académiques et les traditions anatomistes de la Renaissance pour justifier son travail très controversé. Léonard de Vinci, Vésale... La dissection a toujours existé comme un volet primordial de la formation des spécialistes. Kalinine, pour se prémunir de toute polémique, a même recruté des médecins qui donnent des cours dans son plastinarium, lieu où se mêlent salle de conférences, expositions, et pièces équipées pour la préparation des corps. Il possède aussi un site Internet, sur lequel il revend des pièces anatomiques plastinées à plus de quatre cents laboratoires et universités – des organes, des muscles, des os – pour « l'éducation et l'instruction de la relève ». Certaines de ses pièces sont même ici, dans nos classes. Quant au nombre d'écorchés, dont la plus grande partie sont en permanence au plastinarium, il y en a plus de quatre cents, parmi lesquels une centaine d'animaux...

Quatre cents… Gabriel était incapable de parler.

— Mais nul n'est dupe, lâcha le professeur. Derrière le scientifique se cache l'artiste qui a soif de reconnaissance et veut laisser son empreinte. Pour chaque « sculpture », il y a une légende avec un titre, la date de création et la signature de Kalinine. Cette façon de faire s'inscrit dans la tradition de l'histoire de l'art, elle permet de distinguer une production d'une autre, il n'y a rien de scientifique là-dedans. Kalinine a en définitive créé une nouvelle forme d'art ultime. Il aime aller de scandale en scandale. Aujourd'hui, il a atteint un degré inégalable dans la transgression et le sacrilège. Il va jusqu'à inventer des plastinats de couples mimant l'acte sexuel, de femmes en gestation… Et il verse une rente à vie à un basketteur polonais de deux mètres quarante-huit, atteint d'une grave maladie, en échange de son futur cadavre. L'Église a intenté des actions en justice en vain, n'ayant aucun recours juridique défini.

Adamowicz poussa un soupir.

— Si Kalinine avait offert à son public de simples corps dans des cercueils, personne n'aurait eu envie d'aller les voir. Mais en leur donnant le titre d'œuvres, il attire les masses. Les gens observent l'anatomie comme s'ils regardaient un tableau violent. L'art n'est-il pas l'incarnation du vivant dans l'inanimé ? Certaines de ses « créations », si je peux dire, rappellent celles de Salvador Dalí, de Michel-Ange, de Joseph Beuys, dont il est un fervent admirateur.

— Et vous continuez malgré tout à lui fournir ce qu'il ne considère que comme de la matière première…

— Pas moi. Moi, je ne suis qu'un professeur pas toujours d'accord avec ma direction, surtout sur ce sujet. Et je peux vous dire que les débats sont nombreux au sein même de la faculté. Mais ce n'est un secret pour personne : il y a beaucoup d'argent en jeu. Kalinine paie aujourd'hui chaque corps une fortune. De surcroît, les donneurs qui lui sont envoyés ont fourni, de leur vivant, leur consentement pour qu'éventuellement leur cadavre soit utilisé à ces fins. Ça peut sembler bizarre, mais, pour quelques-uns, être dans un musée, passer entre les mains de Kalinine, c'est une alternative à la décomposition, un moyen d'exister éternellement... Certains professeurs racontent même, pour plaisanter, que ceux qui donnent leur corps au plastinarium le font pour avoir l'entrée gratuite à vie.

Il se tut, comme si son disque dur s'était subitement arrêté, puis revint vers Gabriel.

— À vous de me renseigner, à présent.

Gabriel fixait le sol, les pupilles dilatées, plongé dans ses pensées. Il revoyait les deux corps portés par des treuils et immergés dans l'acide pour qu'ils disparaissent totalement de la surface de la terre. Ces cadavres que Kalinine avait achetés ici, au laboratoire d'anatomie, afin de, officiellement, pouvoir les écorcher...

Ce qu'il n'avait jamais fait.

— Seule l'obtention des certificats l'intéressait, marmonna-t-il entre ses dents.

— Pardon ?

Gabriel se dressa et fit brièvement face à son interlocuteur, demeuré assis sur le banc.

— Merci.

Avant que le médecin ait le temps de réagir, Gabriel s'éloigna d'un pas rapide, la tête enfoncée entre les épaules. Il rejoignit la masse des étudiants, bifurqua derrière la grille et disparut dans la rue. Si les flics polonais venaient prochainement poser des questions, il était probable que Stefan Adamowicz leur parle d'un Français impossible à décrire à cause de son visage tuméfié. Il expliquerait que cet homme bizarre était en quête d'informations sur deux corps, les K417 et K442, lui avait montré des photos terribles, dont celles de chairs dissoutes. Ces enquêteurs chercheraient à saisir les motivations de l'étranger. Ils iraient certainement au plastinarium, retrouveraient les certificats en bonne et due forme établis par la faculté de médecine de Białystok et demanderaient à voir les écorchés associés. Et ils les auraient face à eux. Et ils n'y comprendraient rien. Parce que la vérité dépassait ce que tout cerveau normalement constitué pouvait imaginer.

Au moment où il regagna sa voiture, il reçut un SMS laconique de Paul : *Abergel s'est suicidé.*

Il balança son téléphone sur le siège passager et cala sa nuque contre l'appuie-tête, massant ses globes oculaires douloureux. Encore un de ces salopards qui leur glissait entre les mains…

Il programma l'adresse du plastinarium dégotée sur Internet. Dans trois heures, il serait sur place. Au bout du bout. Il ne ferait plus demi-tour. Il allait couper la dernière tête d'une hydre abominable qui, depuis des années, accomplissait le mal au nom de l'art. Julie, Mathilde, et sans doute de nombreux autres avaient été exposés à la plume de Caleb Traskman. Au pinceau d'Arvel Gaeca. À l'appareil photo d'Andreas Abergel. Et au scalpel de Dmitri Kalinine. C'était là que la sanglante épopée prenait fin.

Kalinine se fournissait en cadavres à la faculté, se débarrassait de certains d'entre eux dans des bains d'acide et les remplaçait par les anonymes que lui et sa bande de dégénérés avaient un jour kidnappés.

Puis il les écorchait, avant de les exposer aux yeux du public, certificats en main. Le crime parfait…

Les doigts de Gabriel se crispèrent sur le volant. Le règne de cette ordure était terminé.

Il allait le tuer de ses propres mains.

80

Moteur hurlant, Gabriel roula jusqu'à Piaseczno, une ville résidentielle dans la banlieue de Varsovie. Des grandes surfaces modernes, des hôtels, des belles maisons alignées bordées d'arbres. Le long d'une artère desservant une zone commerciale, un parallélépipède grisâtre de deux étages, à la façade percée de fenêtres fumées, isolé et entouré d'un vaste parking où stationnaient encore une quarantaine de voitures. On aurait presque pu croire à un hôtel d'aéroport, un lieu de transit d'anonymes, s'il n'y avait pas eu cette inscription, en lettres géantes rouges éclairées par des spots, sur le toit plat du bâtiment : « PLASTINARIUM ». Gabriel ressentit une tristesse plus profonde encore, à voir cet imposant édifice parmi tous les autres, à deux pas d'un Decathlon, comme un lieu de consommation où l'on se rendrait le samedi en sortant des courses.

On approchait de 18 h 15, la nuit régnait déjà, mais le centre était encore ouvert. Gabriel se gara loin, à proximité d'un entrepôt de marchandises. Il pianota sur son téléphone, fouina et s'imprégna du portrait de Dmitri Kalinine. Soixante-dix ans, un visage tout en os, un nez fin comme la lame d'un patin à glace, des orbites profondes d'où jaillissaient deux petits iris gris de serpent.

Même sur les clichés où on le voyait près d'une table de dissection, scalpel à la main, il portait un borsalino noir. Ce salopard affichait un demi-sourire qu'il perdrait bientôt définitivement. Gabriel allait y veiller.

Il se coiffa de la casquette noire tout juste achetée en centre-ville, ôta son blouson pour le remplacer par une parka neuve en Nylon de la même couleur, et enfila des gants en cuir. Ses mains tremblaient encore, il posa la paume à plat sur sa poitrine, sous son pull. Son cœur cognait trop vite, trop fort, mais c'était le cœur d'un père qui, peut-être, allait retrouver le corps de sa fille dans les méandres d'une abjecte exposition. Un père qui s'apprêtait à tuer un homme de sang-froid pour venger son enfant.

Il quitta son véhicule, baissa la tête en remarquant la caméra à l'entrée et se rendit dans le hall du plastinarium. Des visiteurs circulaient. Deux contrôleurs se tenaient près de tourniquets. Gabriel observa les affichages traduits dans différentes langues, dont l'anglais. Conférences, salles de projection, *exhibition center*. Des tarifs étaient indiqués, pour les groupes, les étudiants, les personnes âgées.

Plus loin, une citation de Kalinine : « La plastination révèle la beauté sous la peau, figée pour l'éternité entre la mort et la décomposition. » De nombreux articles de journaux internationaux vantant le succès des expositions étaient encadrés. Un panneau précisait que tous les corps provenaient de dons à la science, que les identités, âges et causes du décès demeuraient des informations confidentielles. Comme une mise en bouche, au milieu du couloir, sous un dôme de verre, une dizaine de cœurs étaient présentés, du plus petit – cœur de colibri – au plus grand – cœur de baleine. Veines bleues, artères rouges. Le voyage commençait.

L'endroit était démesuré. Où se cachait le laboratoire dans lequel Kalinine fabriquait ses écorchés ? L'homme était-il sur place ? L'agent, derrière son comptoir, fit tout pour le convaincre de rebrousser chemin : il n'y aurait plus de conférence ni de film projeté pour ce soir et, d'ici quelques minutes, un appel serait passé au micro, invitant les visiteurs à regagner la sortie. En anglais, Gabriel insista pour obtenir un billet quand même. L'employé le lui remit sèchement.

— Comme vous voulez.

— M. Kalinine est-il dans les locaux ? J'aimerais beaucoup m'entretenir avec lui.

— M. Kalinine ne rencontre personne en dehors de ses conférences ou de ses apparitions publiques. Il travaille tard et beaucoup. Il vous reste dix minutes avant les appels micro. La première partie de l'exposition concerne les animaux, elle est par là. Vous n'aurez pas le temps d'explorer les étages supérieurs, il faut deux bonnes heures si vous ne voulez rien manquer.

Ça voulait dire que Kalinine était là, quelque part, à l'œuvre. Gabriel tenta de calmer sa nervosité et, sans avoir ôté ses gants, alla glisser son ticket dans le composteur. Il observa des portes fermées sur sa droite, préféra ne pas s'éterniser. Le contrôleur le scruta attentivement et le laissa franchir le tourniquet. L'exposition commençait au bout du couloir, cependant, tout le long, dans des niches, se trouvaient déjà des fragments d'os et d'organes, agrémentés d'explications. Gabriel entra dans la première salle, plongée dans la pénombre et drapée de tentures noires. Des oasis de lumières orangées surplombaient d'immenses cubes de verre.

À l'intérieur, les animaux écorchés. Gabriel fut frappé par l'impression d'horreur, mêlée à celle de beauté absolue, qui se dégageait des plastinats. Comme si les sujets de l'arche de Noé avaient été là, en mouvement, curieux, intrigués ou apeurés, et qu'un vent d'une violence inouïe les avait figés, puis leur avait soufflé la peau, la chair, sans qu'ils s'en aperçoivent. Sur des piédestaux, deux chamois, face à face, debout sur les pattes arrière, cornes contre cornes et en plein affrontement. Leurs muscles à nu saillaient, tendons et nerfs s'enchevêtraient sous le regard inquisiteur d'un demi-bœuf, coupé en deux sur toute sa longueur. Du bon profil, il paraissait intact – poils courts d'un brun rougeâtre et œil brillant. De l'autre, c'était l'incroyable mécanique du vivant.

Les animaux étaient partout, découpés, creusés, râpés. Gabriel s'enfonça dans la jungle silencieuse. Un appel annonçait déjà la fermeture de l'exposition. Les rares personnes présentes dans la salle firent demi-tour, tandis que lui alla vers l'avant. Il rencontra un chameau dont les dix systèmes de l'organisme étaient visibles – musculaire, nerveux, osseux, digestif... –, passa devant une autruche en pleine course, yeux exorbités, ailes déployées, un corps vif dont il ne restait ni os, ni chair, ni muscles, mais qui exhibait ses quatre-vingt-seize mille kilomètres de veines, d'artères, d'artérioles, de capillaires. Il imagina le travail titanesque, les centaines d'heures nécessaires à Kalinine pour arriver à un tel résultat, si pur, si esthétique. Si abominable, aussi... Car où était la séparation entre la vie et la mort ? La mort, c'était la détérioration, le pourrissement, la charogne, la fin définitive de toute forme d'existence. Mais là ?

Après d'autres espaces dédiés à d'authentiques organes humains sains, puis malades – poumons noircis par le tabac, intestin ravagé par le cancer, foie désagrégé par une cirrhose –, Gabriel atteignit un escalier, où se dressait un écriteau : « Exposition anatomique de corps humains véritables ». Chaque pas, chaque marche gravie fut un calvaire. Gabriel sentait la mort autour de lui, elle flottait dans l'air, un parfum âcre et nocif. Même si ces douze dernières années étaient sorties de sa mémoire, il était à cet instant écrasé par le poids de chaque journée écoulée, de ces heures blanches durant lesquelles il n'avait eu de cesse de rechercher Julie.

Son infernale quête allait prendre fin. Sa fille était peut-être là-haut, dans une forme de vie factice, ou de mort encore vivante, une espèce d'entre-deux indéfinissable, monstrueux, obscène. Et il montait pour croiser son regard. La toucher. Quel sort abominable lui avait réservé Kalinine ? Comment avait-il décidé de la représenter ?

À l'étage, un gardien patientait devant la salle, un talkie dans la main, exhortant les indisciplinés à quitter les lieux. Gabriel bifurqua rapidement vers les toilettes. Il éteignit la lumière, s'isola à tâtons dans une cabine, baissa le couvercle de la cuvette, s'assit dessus et attendit. Une dizaine de minutes plus tard, il entendit des pas lourds, le grincement lent de la porte d'entrée. L'homme ne prit même pas la peine de vérifier les lieux et s'éloigna.

Gabriel resta immobile encore une demi-heure, les coudes sur les genoux, les mains croisées sous le menton, jusqu'à ce que règne un silence absolu. Lorsqu'il sortit, l'étage était plongé dans le noir, seules des veilleuses vertes indiquaient les issues de secours. Mais, au bas des marches, une timide lueur bleutée lui parvint, avec des intonations de voix masculines. Peut-être les derniers employés, au niveau de l'accueil, qui terminaient de compter les recettes de la caisse ou de préparer les visites du lendemain. Gabriel se fit le plus léger possible et s'orienta vers la pièce du fond. Il mit alors son téléphone en mode torche.

Les écorchés l'accueillirent.

81

Avec force, Paul serrait Corinne dans ses bras. Elle pleurait à chaudes larmes dans le creux de son épaule, le regard perdu dans l'âtre de la cheminée où se mouraient des braises. Le livre de l'exposition *Morgue*, ouvert à la page illustrant l'œil mort de Julie, reposait sur la table du salon.

— Pourquoi ? Pourquoi ils ont fait ça ?

Les mots sortaient douloureusement du fond de sa gorge. Elle avait immédiatement reconnu l'œil de sa fille, avant même que Paul ouvre la bouche. Il lui avait expliqué les dernières conclusions officielles de leur enquête. Un artiste contemporain, Andreas Abergel, avait photographié des gros plans de cadavres pendant des années, dans le cadre d'une exposition. Parmi eux, ceux de Julie et d'une autre disparue d'Orléans, Mathilde Lourmel. Qui les avait tuées ? Y avait-il d'autres victimes de kidnapping enfouies au cœur de ces prises de vue et dont les identités étaient également dissimulées dans les livres de Traskman ? Il l'ignorait, mais Abergel et Traskman étaient les odieux complices de crimes dont la mécanique précise restait à définir. Quant à la fille morte sur la berge, on savait désormais qu'elle s'appelait Rada Boïkov et qu'elle avait, à l'époque, participé à l'enlèvement de Julie. On cherchait toujours son meurtrier dont on n'avait encore aucune trace.

— Pour le moment, on ne dispose d'aucun lien concret entre Abergel et Traskman, poursuivit-il. Qu'est-ce qui les unissait ? Comment s'étaient-ils connus et en étaient-ils arrivés à commettre des actes aussi odieux ? On l'ignore. Mais ces types-là n'étaient pas comme toi et moi. Ils avaient le diable en eux.

Paul mentait. Il devrait mentir à tout le monde jusqu'à la fin de ses jours. Corinne se détacha de lui. Elle alla s'asseoir sur le canapé et fixa les braises, penchée vers l'avant, oscillant légèrement.

— Je veux qu'on retrouve le corps de mon enfant.

Dans son dos, Paul se massait les paupières. Ça n'en finirait donc jamais. Il alla ouvrir la vitre de l'insert et ajouta une bûche, qu'il poussa avec un tisonnier. Le feu reprit doucement.

— C'est une autre enquête très compliquée qui débute. On devra collaborer avec la police d'Orléans qui a travaillé sur la disparition de Mathilde Lourmel. Puis avec les flics parisiens autour du suicide d'Abergel. Il y a aussi les fouilles dans la maison de l'écrivain. Bref, beaucoup d'efforts en perspective, pour un dossier tentaculaire.

Il s'installa à côté de sa femme et observa l'âtre à son tour, désormais silencieux. Demain, il rejoindrait Martini à Paris pour coordonner la suite avec le commandant du commissariat d'arrondissement. Le suicide n'était pas contestable, les vidéos et les photos en attestaient, mais on tenterait sans doute de comprendre le geste du photographe. Il faudrait être malin, il était inutile qu'ils fouinent plus que nécessaire.

Puis, dans quelques jours, il retournerait voir Gabriel, il le convaincrait d'arrêter ses recherches. Question de survie. Ils se débarrasseraient du carnet de Julie, formateraient la carte mémoire de son téléphone pour ne laisser aucune trace du Russe et des cadavres de l'entrepôt. Il fallait à tout prix que Gabriel s'éloigne de toutes ces horreurs, qu'il se soigne et reprenne une vie ordinaire, ou ils finiraient en prison tous les deux.

Paul embrassa Corinne sur le front, remonta la couverture jusqu'à ses épaules quand elle s'allongea sur le canapé, shootée aux médicaments. Il augmenta le son de la télé et descendit au sous-sol. S'enferma. Déballa le tableau de Pascal Croisille qu'il avait enveloppé dans un drap, le posa sur le béton, versa de l'essence et y mit le feu. Le portrait du jeune inconnu se comprima, se déforma sous les bulles de peinture brûlante, se disloqua, jusqu'à être réduit à néant.

Paul se demanda quel monstre il était devenu, en ôtant ainsi toute chance à des parents de connaître le sort de leur enfant. Un homme et une femme qui, peut-être, attendaient encore à côté de leur téléphone, ou frissonnaient chaque fois que la sonnette de leur maison retentissait. Mais ce pan-là de l'enquête ne devait pas exister. La société secrète du Xiphopage devait demeurer à jamais dans les ténèbres de sa forêt des Carpates. Et si « DK » restait impuni, tant pis. Rien ne ramènerait Julie, de toute façon.

Il balaya les cendres, les mit dans un seau et les dispersa dans son jardin. Elles tourbillonnèrent tels des papillons noirs. Le ciel était toujours aussi écrasant. Il scruta la vallée. En contrebas, les lumières de Sagas palpitaient comme de timides lampions, dont certains se perdaient sur les flancs de la montagne, bien au-delà du carré de la prison. Les gens vivaient et mouraient ici, ni heureux ni malheureux. Paul voulait être comme eux. Cette vie-là, auprès de sa femme et de sa fille, lui suffirait amplement. Pourtant, il savait qu'il allait falloir se battre pour l'obtenir, aussi simple fût-elle.

Il rinça le seau, referma la porte du garage et regagna le salon en boitant. Corinne dormait déjà. Il éteignit la télé et se glissa derrière elle, l'enveloppant de ses deux bras. Quand il sentit doucement battre son cœur, et que sa propre poitrine se comprima dans un flux de chaleur, il sut que tout n'était pas mort et que, au milieu de tant d'atrocités, l'espoir de retrouver de l'amour avait encore sa place.

82

Gabriel s'apprêtait à évoluer au cœur de l'enfer, parmi les victimes des pires sévices, bien au-delà de ce que l'esprit humain pouvait imaginer.

La forêt pétrifiée d'écorchés se dessina dans la poche de lumière. Un premier plastinat se présenta, paume tendue vers lui. *La poignée de main*. Le squelette tapissé de peau jusqu'aux côtes, avec ses ligaments séchés et arrimés aux os, le dévorait des yeux, ses lèvres de papier retroussées dévoilant les racines nues des dents. Quand Gabriel le contourna, il lui sembla que la sculpture le suivait, qu'elle allait l'attraper et lui briser la colonne vertébrale.

L'image du cavalier de l'Apocalypse incrustée dans sa tête se dressait à présent face à lui. Comme dans son souvenir, ce n'était pas un homme qui chevauchait l'animal cabré et écorché, mais une femme ou, tout au moins, l'intérieur de ce qui avait été une femme. Ses yeux privés de paupières le transperçaient, si bien qu'il crut la voir s'abattre sur lui, de toute sa colère, pour lui arracher la tête. Elle brandissait son propre cerveau dans une main, tel un trophée dérobé à l'ennemi.

Il se sentit vidé de son énergie, comme si les morts la lui aspiraient. À chaque pas, il craignait de s'effondrer. Parce que sa fille veillait peut-être. Elle pouvait se cacher dans n'importe quelle posture, sous n'importe quelle représentation charnelle de l'abomination. Les faciès faméliques se succédaient, anonymes, odieux. Julie chevauchait-elle ce destrier ? Ou s'exposait-elle à sa droite, diluée dans l'espace et découpée en quatre-vingt-neuf tranches sérielles ? À moins qu'elle ne se révélât derrière cette guerrière musclée, totalement dépecée et portant à bout de bras le volumineux fardeau de sa peau, comme si elle l'offrait au premier venu ?

Plus loin, il découvrit *L'Homme explosé*, assemblage de fragments corporels, sculpture monumentale de plus de cinq mètres de large, pareil à un arrêt sur image qu'on aurait fait dans la fraction de seconde qui suit l'explosion d'une mine antipersonnel. Juste derrière, le corps coupé en deux d'une femme allongée et enceinte d'un bébé de huit mois au moins le poignarda. Dans de minuscules présentoirs, des fœtus d'âges différents permettaient de décomposer les étapes du développement prénatal.

Et des gens venaient admirer ça… Dans cet acte de transgression, de bas instincts cannibales et nécrophiles se révélaient. À cet instant, il se demanda qui, en fin de compte, étaient les monstres.

La forêt se resserra autour de lui, les écorchés se rapprochaient, menaçants, mâchoires saillantes, mains implorantes. Gabriel souffrait d'une douleur brûlante, déchirante, parce qu'il n'y avait aucun moyen de visualiser des traits humanisés sur ces abominations, de différencier un plastinat fabriqué à partir des corps récupérés par le biais des universités de médecine de ceux qui avaient succombé, parfaitement vivants, entre les mains de Kalinine. Combien d'enlèvements, de meurtres ? Quelles tortures ? Il imagina ce sadique travailler sur des victimes en vie, écarter les chairs, séparer les tendons des os à coups de lame précis…

Il passa devant *L'Homme-tiroir*, avec ses parties de corps déboîtées, créant une sorte de self-service organique, quand il perçut dans l'obscurité le grincement de la porte franchie plus tôt. L'espace d'un instant, il lui sembla que des yeux brillèrent dans la nuit, mais quand il revint dessus avec sa lampe, il se rendit compte que c'étaient ceux d'un écorché en position de tireur à l'arc, flèche pointée vers lui. Il se précipita par là, s'enfonça entre l'armée des cadavres, poing serré, prêt à frapper. Emporté par son élan et sa peur, Gabriel traversa un couloir de verre, une sorte de tunnel d'aquarium, avec des morceaux d'humains de part et d'autre qui essayaient de se rejoindre, leurs viscères plaqués contre les vitres. Ces créatures l'oppressaient.

Où était-il ? Dans quelle direction aller ? Il progressa au hasard, se figea quand *La Coureuse*, aux muscles apparents, aux mâchoires écartelées tentant vainement de capter de l'oxygène, parut se jeter sur lui. Un bandeau en éponge à son poignet droit présentait un dessin noir : une tête de cheval.

Mathilde.

Il hoqueta, recula d'un pas, buta contre un socle en bois. Se retourna. Face à lui, l'ultime cauchemar, l'aboutissement de sa quête, la matérialisation d'années d'inconnues.

Elle était là.

Douze ans après, il l'avait retrouvée.

83

Immonde, l'œuvre s'intitulait *La Joueuse d'échecs*. Face à un échiquier centré sur une table en verre, l'écorchée réfléchissait, ses mains posées de part et d'autre du plateau en bois, les deux globes oculaires rivés sur la partie en cours. Son cerveau luisait dans sa boîte crânienne ouverte, son visage suggérait un masque vénitien détaché avec grâce du reste, son dos était comme épluché, chaque pan de peau et de muscle écartelé telles des ailes. La colonne vertébrale brillait, semblable à un grand serpent d'ivoire.

Gabriel s'effondra à genoux. Ses doigts vinrent effleurer les phalanges froides, les fleuves des veines. Il ressentit l'immensité du vide empoignant désormais chaque cellule de cette chose abominable qui, un jour, avait été son enfant. Il scruta le masque décharné, reconnut des formes familières, une manière de se poster et de méditer, la pliure de la lèvre…

C'était elle, bien elle. Et en même temps ce n'était pas elle. Juste de la matière organique plastifiée, impossible à regarder, un modèle dépouillé de son eau et gonflé de silicone. Y chercher une trace d'humanité, c'était se heurter à l'effroi glacé d'un épouvantail.

Il se redressa quand le souffle brûlant de la colère lui ravagea la tête, scruta encore la créature, baissa les yeux vers l'échiquier. L'Immortelle de Kasparov… Tout était pensé dans les moindres détails. Mais personne n'avait remplacé la tour en bois blanc manquante, celle-là même piochée au fond de l'estomac de Wanda Gershwitz. La preuve que le Russe était un jour passé par ici.

Gabriel courut jusqu'au couloir, la gorge gonflée des sanglots qu'il retenait. *Non, non, non.* Douze interminables années à être touchée, observée, photographiée, à être promenée d'exposition en exposition, sans jamais reposer en paix. Il se retrouva devant le tourniquet du bas, l'enjamba, atterrit dans le couloir vide de l'accueil, tamisé de veilleuses qui projetaient des cônes bleutés sur le sol. Il devait y avoir des alarmes, dans un tel bâtiment, mais elles n'avaient vraisemblablement pas encore été enclenchées. Dmitri Kalinine était donc encore là. Derrière l'une de ces portes.

Sans bruit, Gabriel les ouvrit les unes après les autres. Salle de conférences, salle de projection… Cinq marches se matérialisèrent dans la pénombre. Il les descendit, se faufila dans un autre couloir plus étroit, doucement éclairé lui aussi. Il retenait son souffle quand il perçut une lointaine mélodie. Un air de musique classique. Du piano…

Il se laissa guider par ces notes, s'arrêta devant un lourd battant métallique. Un boîtier était accroché à hauteur d'homme, certainement un système de sécurité. Inactif, semblait-il, puisque le voyant était vert. Il tourna la clé qu'on avait laissée dans la serrure. En poussant la porte, il vit qu'elle donnait sur l'extérieur, plus précisément sur un terrain bétonné, à l'arrière du bâtiment. À l'évidence, une issue destinée au personnel, qui permettait de circuler sans passer par l'accueil…

Il referma en verrouillant et poursuivit son chemin. Les notes s'enchaînaient, légères. Il se glissa dans une salle où le corps intact d'un homme reposait dans un cercueil transparent et saturé de liquide visqueux, couleur groseille. Avec un timide ronflement, une pompe aspirait les fluides dans des tuyaux, les remplissant d'un côté avec un produit, les vidangeant de l'autre dans une cuve d'où jaillissait une forte odeur d'acétone, le tout automatisé et contrôlé par un ordinateur. À droite de la cuve, une table en acier, une lampe Scialytique à double foyer, du matériel chirurgical. Gabriel reconnut les tissus et les draps bleus entassés dans un coin, du même type que ceux sur les clichés d'Abergel. Sans doute celui-ci avait-il immortalisé les cadavres ici, avant que Kalinine se charge de la suite.

Une pure race d'assassins.

Nocturne de Chopin. La mélodie à la tristesse envoûtante s'échappait de la pièce juste à côté. Un rai de lumière filtrait par l'entrebâillement pour s'écraser sur le linoléum, jusqu'aux pieds de Gabriel. Le monstre devait officier de l'autre côté du mur.

Il s'avança silencieusement jusqu'au seuil de la porte entrouverte et se figea. Au milieu de cette autre salle, une vision d'horreur : deux corps de femmes, nues, rasées, reposaient assises sur un cube d'acier, dos à dos, dans une parfaite symétrie. Une vingtaine d'années, même taille, même corpulence. Si la première était encore intacte, l'autre était en train d'être dépecée, la peau de son ventre déroulée devant elle. Des centaines de fils, d'aiguilles, de clous et de vis les maintenaient dans des positions de marionnettes – bras levés, têtes inclinées, mâchoires écartelées… Il en était sûr, elles étaient les remplaçantes des cadavres de l'entrepôt… De pauvres victimes sans doute kidnappées par le Russe.

Les notes échappées des sillons d'un trente-trois tours, en rotation sur son tourne-disque, semblaient incongrues. Gabriel sentit un courant d'air lui effleurer la nuque, un feulement qui l'alerta juste avant que le scalpel s'abatte en direction de sa moelle épinière. Il eut à peine le temps de faire volte-face, la lame dessina un long trait sur sa joue gauche. Dmitri Kalinine profita de sa douleur pour planter son instrument dans la parka neuve, à deux centimètres de la gorge, atteignant finalement l'épaule droite. Gabriel hurla et projeta de toutes ses forces son adversaire sur le côté. Le professeur alla heurter le cube, son borsalino vola dans les airs. L'écorchée, déséquilibrée, bascula dans le vide. Les fils qui la retenaient la firent gigoter et elle parut, soudainement, reprendre vie.

Gabriel se rua sur Kalinine qui se redressait et, de toutes ses forces, se mit à le cogner. Les corps dansèrent autour d'eux tels des acrobates fous. Les deux hommes s'écrasèrent au sol. Gabriel, rapidement au-dessus de son adversaire, frappa le visage du professeur des deux poings, tel un gorille enragé. Il ne souffrait même plus de son épaule.

— Combien ? Combien t'en as tué ? Combien de cadavres pour nourrir ta putain de folie ?

Son propre sang goutta de sa joue, se mêla à celui de Kalinine, dont la résistance faiblissait déjà. L'os du nez du vieil homme avait dévié sur le côté, il aspirait l'air bruyamment, la bouche grande ouverte, ses dents rouges et luisantes. Il baragouina des mots en russe que Gabriel ne comprit pas et, malgré la douleur, afficha un sourire sadique. Ses yeux brillaient de quelque chose qui échappa à son adversaire – ce n'était pas le regard d'un homme effrayé par la mort.

Gabriel précipita ses mains gantées sur la gorge de ce taré et serra. Il colla son visage à dix centimètres de celui du fameux « DK » quand les pupilles noires de ce dernier se voilèrent et que les petits vaisseaux sanguins éclatèrent autour des iris.

— Pour ma fille. Et tous les autres.

Le corps fut parcouru de violents soubresauts avant de s'affaisser. Gabriel agita le cadavre avec une hargne telle que la tête forma un angle improbable avec le cou. Puis il s'écrasa sur Kalinine, pleurant dans le creux de son épaule. Combien de temps, il l'ignora, mais, quand il se redressa, il eut un vertige. Il ôta son blouson, son pull, se dirigea vers l'évier de l'autre salle et rinça la plaie d'un bon centimètre qu'il avait au niveau de la clavicule. Elle se remit à cracher du sang, mais pas autant que si une veine ou une artère avait été touchée. Il fouilla dans le matériel, dénicha des compresses hémostatiques, des bandages, parvint à se fabriquer un pansement. La blessure sur sa joue était superficielle. Il survivrait.

Il se laissa choir contre le mur, les bras le long du corps, les yeux dans le vide. C'était terminé. L'hydre était vaincue, elle ne kidnapperait plus, ne tuerait plus, ne dépècerait plus. Elle ne nuirait plus à personne. Sa place était désormais en enfer, au milieu des flammes.

Gabriel se releva, récupéra des bidons d'acétone qu'il renversa abondamment sur le corps du professeur ainsi que sur le sol. Il observa l'aquarium rempli à ras bord de milliers de litres de ce liquide inflammable. Ce serait un vraie bombe lorsque le feu l'atteindrait.

Il remonta le couloir, le hall, gravit l'escalier et se retrouva face à la joueuse d'échecs. C'était la dernière fois qu'il la voyait. Aussi inhumaine fût-elle, l'émotion l'étreignit. Il effleura sa main glacée.

— Je t'aime, Julie. Je t'aime tellement.

Les larmes aux yeux, il vida le reste du bidon sur le sommet du crâne ouvert. Il saisit le briquet dans la poche de son jean. Du pouce, il ôta le couvercle dans un déclic et fit surgir la flammèche, qu'il approcha de la flaque par terre. Une boule de feu bleutée vira au rouge vif, elle grimpa sur les jambes décharnées. Lorsque la chaleur empoigna le torse, il y eut un chuintement, un bruit infâme de matière en fusion qui ressembla à un cri à peine perceptible.

— Pardonne-moi…

Les flammes partaient déjà à l'assaut du plancher. Il retourna dans le laboratoire et, entre les cadavres dansant au bout de leurs fils, embrasa le corps imbibé de Kalinine. Puis il franchit la porte métallique, contourna le bâtiment par la droite, courut dans la rue, face au parking. Au moment où il montait dans sa voiture, une explosion suivie d'un fracas de vitres brisées fit vibrer le sol. Des diables orange surgissaient des ouvertures du plastinarium.

Gabriel regagna la route et se mêla au flot des véhicules, sans direction précise. S'éloigner, d'abord. Se soigner dans une chambre d'hôtel ensuite, avant de reprendre l'avion, sans doute le lendemain. Quitter ce fichu pays. Improviser la suite, au jour le jour.

Il ne savait pas s'il s'en sortirait, mais peu importait. Dans le trou noir de sa mémoire, il se souvenait comme si c'était hier de cette phrase, prononcée douze années plus tôt, ce soir où il avait noté les noms des clients de l'hôtel de la Falaise dans le registre. « Je te retrouverai, Julie. Je te jure que je te retrouverai. »

C'était désormais chose faite. Il avait retrouvé son enfant. Il les avait libérés, elle et les autres martyrs.

Pour l'éternité.

ÉPILOGUE

Encore eux. Les étourneaux. Ils étaient arrivés de l'est, surgissant par-delà les sommets, puis coulant des pentes comme une avalanche noire et destructrice. L'ombre gigantesque de la nouvelle colonie s'était écrasée sur le clocher de l'église de Sagas, la brigade de gendarmerie, les écoles, avait obscurci le ciel au-dessus de la prison, au point que les détenus en promenade s'étaient figés avec l'impression qu'ils vivaient les prémices de la fin du monde. Leur dense nuage de plumes sembla se vaporiser pour se reconstituer, plus compact encore, à la sortie de la ville, avant de se disloquer en une multitude de filaments qui s'enroulèrent autour des arbres bordant les rives de l'Arve, juste après le viaduc.

C'était dans ces circonstances que Gabriel était revenu à Sagas, suite au SMS de Paul reçu une semaine plus tôt.

Je suis en congés quinze jours. Si tu veux récupérer le pendentif de Julie, tu viens... Je pêche tous les après-midi, tu sais où me trouver...

Avant d'aller rejoindre son collègue, Gabriel passa par l'hôtel de la Falaise, où la femme de Romuald Tanchon l'accueillit. Plus de quatre-vingt-dix pour cent des chambres étaient occupées, mais la clé de la 7 pendait contre le mur. Il la loua pour une nuit et y déposa son sac de voyage – le sac de sport de Walter Guffin dont il ne s'était jamais débarrassé.

Étrange sentiment que de se retrouver ici. Rien n'avait changé, ni le mobilier ni le contenu du minibar. Toujours ces odeurs de vieux bois et d'humidité. Gabriel ouvrit la porte donnant sur le parking. La falaise de calcaire se dressait d'un bloc, aussi imposante que dans ses souvenirs. Sagas était immuable, une vraie carte postale enfermée dans un album qu'on ne feuilletait qu'en de rares occasions.

Il se rendit devant l'établissement et resta immobile de longues minutes. Les oiseaux s'étaient remis à tournoyer, à dessiner le symbole de l'infini : deux ellipses parfaites et rapprochées. L'espace de quelques secondes, Gabriel fut troublé. Il avait la sensation d'avoir déjà vécu cette scène. À ce moment-là, il se demanda quel jour on était. Il regarda sur son téléphone : on était le 6 novembre.

Pile un an après son réveil dans la chambre 7.

À l'opposé de là, à dix kilomètres au nord de Sagas, les eaux bleues de l'Arve s'écoulaient avec langueur sous le film gris du ciel d'automne. De temps à autre, Paul devinait, sous les reflets, les dos argentés des truites qui fouinaient calmement entre les rochers. Debout au milieu des flots, il fouetta l'air de sa canne en carbone, propulsa la mouche à l'extrémité de son fil et, d'un mouvement agile des poignets, la fit danser à la surface de l'onde, là où il apercevait les poissons. Une glacière pleine de boissons fraîches et de sandwichs l'attendait sous la barre sombre des pins.

— Tu n'as pas perdu la main.

Paul tourna la tête quand la voix résonna dans son dos. Il leva sa canne, ramena sa mouche à lui et regagna la berge avec prudence sur les galets glissants, portant davantage son poids sur sa jambe gauche. Il posa son matériel et étreignit Gabriel avec affection. Puis il s'écarta pour inspecter son visage. Ses yeux accrochèrent un bref instant une petite cicatrice, au-dessus de l'arcade sourcilière droite.

— T'as l'air fatigué…

— Je dors mal.

Paul se pencha vers la glacière et leur décapsula des bières. Ils s'étaient vus pour la dernière fois au retour de Pologne de Gabriel. Il y avait eu, ensuite, quelques coups de téléphone et SMS. Puis plus rien pendant des mois. Ils s'assirent sur un gros rocher rond.

— Comment va ta mémoire ?

— Le néant. C'est un trou de douze ans qui ne se comblera probablement jamais. Ça arrive malheureusement dans certains cas.

— C'est moche.

— Je fais avec.

Paul but une gorgée de bière.

— T'es installé à l'hôtel de la Falaise ?

— J'en viens. Je reprendrai la route demain, à l'aube.

— J'ai vu qu'il était bien plein, les prisons ne désemplissent pas et les visiteurs sont toujours aussi nombreux. La chambre 7 était disponible ?

— Elle l'était. C'est celle que j'ai réservée.

Le gendarme sembla soudain contrarié : un voile noir glissa sur son visage.

— Pourquoi ? Pourquoi celle-là ? Et pourquoi t'es là aujourd'hui, exactement un an après ton arrivée dans ce même hôtel, alors que je t'ai envoyé le SMS il y a une semaine ?

— Je ne fais plus attention aux dates. Je me suis rendu compte il y a une heure à peine que ça faisait pile un an, c'est vrai. Et pour la chambre, je ne me suis pas posé de questions. Je voulais probablement me rappeler.

Paul posa sa canette sur le rocher et resta immobile, les yeux dans le lointain.

— Il faisait un beau ciel bleu, la semaine dernière. Et tu sais quoi ? La mort noire a pris possession de la ville le lendemain de mon message, pile comme l'année dernière, j'ai vérifié. Le ciel s'est couvert d'un coup, et les oiseaux sont aussi revenus au même endroit, au jour près, à un an d'écart : le 3 novembre. J'ai écouté la radio : d'après les spécialistes, c'est une coïncidence incroyable, qu'une colonie réinvestisse le même endroit – pas seulement la même ville, mais les mêmes arbres – à la même date… Tu ne trouves pas ça bizarre ? Tu reviens, les oiseaux reviennent.

— C'est bizarre, oui…

Paul observa en silence le scarabée or et émeraude qui escaladait les galets. Il en avait rarement vu de ce genre-là au bord de l'Arve.

— Je ne te l'ai jamais dit, mais ces étourneaux, ils sont aussi repartis en même temps que toi quand tu as quitté Sagas la dernière fois. À l'aube. Tu arrives, ils arrivent. Tu pars, ils partent.

Gabriel haussa les épaules. Tout cela n'avait aucun sens et Paul cherchait des liens là où il n'y en avait pas. Ce dernier alla fouiller dans la poche de son pantalon, plié à côté de la glacière. Il tendit à Gabriel un sachet qu'il ouvrit. Le pendentif glissa dans le creux de sa main.

— Merci, fit Gabriel, mais c'est une pièce à conviction. Comment tu as fait ?

— Ce ne sera pas la première fois qu'un scellé se perd. Et puis, je ne te l'ai pas dit, mais j'ai été mis au placard. On a fini par me reprocher d'avoir joué les cowboys chez Abergel. Pour me sanctionner, ils m'ont collé aux extractions, il y a environ six mois. C'est moi qui accompagne les taulards de Sagas vers le TGI pour ce qui est justice, ou vers l'hôpital pour ce qui est médical. Alors... je les emmerde.

— Je suis désolé.

— Ça va, ne crois pas que ça m'attriste, au contraire. Il me reste quatre ans à tirer. De toute façon, je n'aurais pas pu continuer à exercer en PJ dans le mensonge. Au moins, toute cette histoire a profité à Martini, c'est lui le boss, maintenant. Je lui souhaite bon courage, avec ce dossier.

Gabriel paraissait ailleurs, comme éteint. Paul fit claquer le culot de sa canette sur le rocher en la reposant.

— Le suicide d'Abergel les a tous laissés sur le carreau. Ils ne sauront jamais ce qui l'unissait réellement à Caleb Traskman. Ils n'ont établi aucun lien, déniché aucune trace informatique ou téléphonique, ils n'ont aucun moyen de découvrir l'existence de la société du Xiphopage. Tout ce qu'ils savent, c'est qu'Abergel a photographié les cadavres de Mathilde et de Julie. Ils ignorent où. Ils ignorent pourquoi, s'il y en a d'autres, et qui ils sont. Le point mort.

Le point mort... D'une certaine manière, c'était ce qu'il y avait de mieux. Mais personne ne répondrait jamais aux questions que Gabriel se posait encore, aux ultimes zones d'ombre. Et notamment : quel avait été le calvaire exact de Julie, entre son enlèvement à Sagas et sa mort en Pologne ?

— De ton côté, jamais de soucis avec les flics belges ? demanda Paul. Ils n'ont pas débarqué chez toi ?

— Ça n'arrivera pas. Il n'y a plus rien à trouver. L'entrepôt de Sodebin a mystérieusement brûlé, une quinzaine de jours après l'incendie du plastinarium.

Paul lança un regard dépourvu de reproches à Gabriel.

— Chaque jour que Dieu fait, j'ai envie d'offrir la vérité à Corinne. Qu'elle sache…

— Ce que j'ai fait et vu en Pologne n'est pas racontable.

— Je le sais. Mais c'est difficile.

— Pour moi aussi, ça l'est. Je paie la vérité au prix fort. *La Joueuse d'échecs* me réveille encore toutes les nuits.

— On traîne tous nos fantômes.

Une truite sauta juste devant eux, comme pour les narguer. Paul l'observa filer dans les eaux vives et chantantes.

— À part ça, qu'est-ce que tu deviens ?

Gabriel poussa un soupir.

— Je m'occupe de ma mère. Je bosse en intérim à droite, à gauche, en attendant mieux. Je fais des allers-retours à Orléans, au moins une fois tous les quinze jours.

— Orléans ? (Les yeux de Paul brillèrent.) Me dis pas que…

— C'est fragile, c'est naissant. Mais c'est une chouette femme. Va falloir l'arracher à la bouteille. Ce n'est pas gagné, mais ça vaut le coup de se battre.

Paul réfléchit et se demanda ce que l'avenir réservait à un tel couple. Mais Gabriel avait besoin de relever des défis impossibles, c'était sa raison d'être. Plein de compassion, il lui tapa amicalement sur l'épaule.

— C'est bien, Gabriel. Je suis content pour toi.

Ils discutèrent encore une bonne heure et enchaînèrent des bières, assis là comme deux anciens qui contemplent le monde. Puis ils se dirent au revoir. Peut-être était-ce un adieu… Probablement…

La tête de Gabriel lui tournait quand il regagna sa chambre. Il avait trop bu. Il se laissa choir sur le lit, le pendentif de sa fille serré dans sa main, et s'assoupit presque instantanément.

Son téléphone sonna à presque 23 heures et le fit sursauter. Il bascula sur le côté pour l'attraper sur la table de chevet. C'était Josiane Lourmel. Elle allait mal, sa voix était lourde et bégayante. Elle pleurait, en pleine crise. Gabriel lui promit qu'il serait là avant le lever du soleil. Il empoigna son sac de sport qu'il n'avait même pas ouvert, vérifia qu'il n'avait rien oublié et quitta la chambre 7. Il déposa la clé dans le panier de l'accueil au passage.

Depuis sa vieille Mercedes, sur le parking, il jeta un dernier coup d'œil à l'hôtel de la Falaise, à son enseigne blafarde éclairée par ses phares, et prit la route. Il laissa Sagas s'éloigner dans son dos. Ses petites lumières palpitèrent dans son rétroviseur avant de disparaître derrière un pan de roche, comme un rideau qu'on tire. Cette ville maudite ne lui manquerait pas.

Il s'engagea sur l'autoroute dix minutes plus tard, après avoir croisé une autre Mercedes à l'entrée du péage. Il tourna le bouton de volume de l'autoradio, sous l'horloge qui affichait 23 h 11. Au son saturé de « *Highway to Hell* » d'AC/DC, il s'enfonça dans la nuit.

NOTE DE L'AUTEUR

Cher lecteur,

Vous trouverez, ci-dessous, les copies des pages originales de la fin du *Manuscrit inachevé*, telles qu'elles ont été rédigées par Caleb Traskman et découvertes par Paul dans le chalet de David Esquimet. Vous verrez les lettres entourées par Esquimet sur l'avant-dernière d'entre elles, vous relèverez certainement quelques fautes ou maladresses, car il s'agit là d'un manuscrit jamais corrigé ni édité.

Si vous n'avez pas lu *Le Manuscrit inachevé*, je vous conseille fortement de le faire avant de découvrir ce qui va suivre. Cette fin est évidemment révélatrice d'une bonne partie des éléments clés de l'histoire, et la découvrir avant de vous plonger dans l'ultime roman de Caleb Traskman en gâcherait la lecture.

En revanche, au terme de votre lecture du *Manuscrit inachevé*, vous aurez le choix entre deux fins : celle-ci, directe, froide, sans ambiguïté, rédigée par le véritable auteur, ou celle plus floue, mais néanmoins brillante, proposée par son fils Jean-Luc Traskman. À vous de choisir. Le blanc, ou le noir…

Ah, une dernière petite idée, avant de vous laisser. Caleb Traskman aimait cacher des énigmes dans l'horizontalité des phrases, en jouant parfois avec les premières lettres de chaque mot, ou avec les mots eux-mêmes. Mais s'il fallait reporter ses astuces aux premières lettres des chapitres d'un roman tout entier, y aurait-il quelque chose à déceler ? Une réponse, peut-être, à la question que les plus perspicaces d'entre vous se posent au terme de cette lecture. À vous de jouer.

Léane gisait à ses pieds. Il l'avait frappée violemment à l'arrière du crâne avec une bûche, alors qu'elle enfonçait ses bagages dans le coffre de sa voiture. Elle ne saignait pas et respirait encore.

Le silence du sous-sol l'enveloppait désormais, juste perturbé par sa lourde respiration et le souffle du vent contre la porte du garage. La première chose à laquelle il pensa fut de remettre avec soin la bûche en place.

Pas de précipitation, surtout. Mesurer chaque geste. Ceux qui se faisaient ~~avoir~~ coincer par les flics omettaient toujours un petit détail à cause de leur empressement. Dans un premier temps, le téléphone portable. Il fouilla dans la poche de blouson de Léane et préleva l'engin, qu'il ~~mit~~ déposa sur le siège passager. Puis il souleva le corps inanimé et l'enferma dans le coffre du 4x4.

Les bagages en main, il remonta avec calme et rangea les affaires de Léane à leur place, dans les armoires de la chambre. Il glissa la valise à roulettes dans un coin : rien ne devait indiquer que Léane ~~voulait~~ souhaitait quitter la villa.

Par la fenêtre de la chambre, il fixa longuement la grande gueule noire de la baie de l'Authie. Ces derniers temps, une poignée de grains de sable avaient grippé l'implacable mécanique qu'il avait mise en place depuis des mois. S'il laissait faire, tout l'édifice s'effondrerait. Il n'avait pas le choix. Léane avait retrouvé la fille de Giordano, puis Mistik. Elle traquait Moriarty et se rapprochait dangereusement de lui. Elle avait de sérieux doutes. Il avait bien remarqué son manège dans l'après-midi, sa manière de tester son amnésie, ses regards de plus en plus suspects. Il imaginait le chaos dans sa tête chaque fois qu'elle se demandait si elle était bien face à son mari ou à "quelqu'un d'autre". Elle aurait fini par résoudre le labyrinthe et découvrir qu'elle couchait avec l'homme qu'elle pourchassait. Ou alors, elle craquerait et balancerait aux flics la vérité sur le ~~terrible~~ sort qu'ils avaient réservé à Giordano.

Dans les deux cas, l'impasse.

David Jorlain redescendit et se dirigea vers la table du salon. Il observa la photo où l'on voyait ce "quelqu'un d'autre" impossible à identifier, planté dans les ténèbres, en train de regarder son propre père s'enfoncer dans la vase en hurlant pour qu'on le pardonne. Mais il n'y avait pas eu de pardon. Il n'y en aurait jamais et, si Moriarty avait pu faire souffrir son géniteur encore plus, il l'aurait fait.

Sa mère, son père, son frère jumeau étaient enfin morts. La boucle était bouclée. Lui, le bâtard qu'on avait ~~jeté~~ balancé dans une benne à ordures, l'homme qui n'existait pas, le Moriarty que tous traquaient, avait survécu, et vaincu.

David ferma les portes à clé, tira les rideaux et alla se servir un whisky, histoire de se donner un coup de fouet. Bientôt, il serait le seul propriétaire de cette splendide villa. Il hériterait de la fortune de sa "femme" et toucherait ses droits d'auteur jusqu'à la fin de ses jours. Il n'y aurait plus de nouveaux changements d'identité, cette fois. Plus de nouvelle mue. Il serait bien, ici.

Il avala une large gorgée et réfléchit. Cette histoire de vidéo filmée au moment où son père biologique se noyait était certes un problème, mais Claude Morgan s'était avancé, seul, au milieu du chenal. Les ~~policiers~~ flics n'auraient d'autre choix que d'admettre qu'il s'était noyé de son propre chef. Le flic roux reviendrait nécessairement à la charge. David s'en occuperait, en temps et en heure.

Grâce aux indices qu'il avait semés au fil des semaines avant de migrer sur Berck, les ~~flics~~ limiers grenoblois avaient dû remonter jusqu'à la maison de Vienne. Découvrir le corps carbonisé et impossible à identifier de Jullian, qu'ils prendraient pour le sien grâce à l'ADN. Les jumeaux n'avaient peut-être pas les mêmes sillons digitaux, mais une empreinte génétique strictement identique. En pensant avoir la bonne réponse, forcément, la science allait enterrer définitivement David Jorlain. Moriarty et Alain Thomas l'accompagneraient dans sa tombe...

Il posa son verre vide sur la table. Jusqu'à ces derniers temps, le plan s'était déroulé à la perfection. Il avait même réussi à se débarrasser du corps de Giordano sans trop de problèmes. Malgré la force de la police, de leurs analyses, malgré les fichiers administratifs, David les avait tous baisés jusqu'à l'os. Delpierre était mort. Jeanson croupissait au fond de sa cellule. De ces trois copains de chambrée qui, des années plus tard, avaient reformé leur clan, de ces trois hommes à la jeunesse anéantie, au passé en miettes, il serait le seul à s'en sortir pas trop mal.

Les flics le croyaient mort, tout le monde le croyait mort, mais il était en vie. Comme disait Baudelaire, la plus belle des ruses du Diable est de vous persuader qu'il n'existe pas. (vérif)

Mais il restait à s'occuper d'un dernier obstacle de taille : Léane. Il avait aussi un plan pour elle. Aux échecs, il fallait toujours avoir un coup d'avance sur son adversaire. Il s'habilla chaudement, n'oublia ni bonnet, ni gants. Mena une recherche sur Internet au sujet d'Étretat, et repéra rapidement endroit parfait pour le dernier acte. Le "prestige", comme on disait en magie. Il trouva la boîte de Xanax de la romancière dans la salle de bains, détacha trois comprimés de la plaquette, fourra le reste dans sa poche et redescendit au sous-sol avec une bouteille d'eau et un entonnoir.

L'idée était d'une simplicité ~~extrême~~ enfantine : Léane n'avait pas supporté l'annonce de la mort de sa fille. Après avoir ingurgité ses anxiolytiques, elle avait pris la route, direction Étretat, pour se jeter des falaises comme l'héroïne de son roman dans "Le manuscrit inachevé". Une fin tragique, digne d'une auteur de thriller au bout du rouleau.

Il ouvrit le coffre, redressa le corps inanimé, écarta les mâchoires et poussa les ~~cachets~~ comprimés au fond de la gorge. Puis il versa de l'eau dans l'entonnoir en maintenant la tête fermement. Léane hoqueta dans un réflexe sans se réveiller. Il connaissait les bons dosages et savait que

Léane était sous l'emprise de ces pilules. Plus tard, les analyses toxicologiques confirmeraient la prise de médicaments quelques heures avant l'acte ultime. Suffisamment pour encourager le suicide. Mais pas assez pour être incapable rouler. Encore une fois, la science agirait comme une graine dans ~~la~~ l'esprit des flics pour orienter leurs déductions. Les tromper...

Il glissa le Sig Sauer de Jullian dans la boîte à gants. Il prit la route à bord du 4x4 aux alentours de minuit, déclencha le GPS sur le téléphone de Léane. Dans moins de 3 heures, il serait à Étretat. Pas de neige ni de verglas, météo plutôt clémente. Tout se dessinait sous les meilleur~~es~~ ~~nos~~ auspices.

Il n'emprunta que les petites routes côtières, augmenta le volume de la radio quand il entendit tambouriner dans le coffre. Léane hurlait au secours, mais ça ne durerait pas longtemps : Jullian s'était arrêté au bout de quelques minutes quand David l'avait emmené de Berck à Vienne.

L'un des plus grands tubes de Michaël Jackson, "Thriller", résonnait désormais dans l'habitacle. David Jorlain trouvait le hasard plus que troublant. Léane aussi devait entendre la musique.

Le hasard... Il y pensa une bonne partie de la route. Dingue, comme ça pouvait changer le destin. C'était comme un dé décidant pour vous. Chiffre 1, tu vis. Le 6, tu meurs. Que se serait-il passé, par exemple, si son jumeau était sorti avant lui du ventre de salope de mère ? Comment aurait-il grandi, évolué ? Aurait-il eu la belle vie de

Jullian? xxx

David crispa ses mains sur le volant. Il entendait encore les aveux de son père, alors qu'il lui écrasait le pistolet sur la tempe. David avait voulu savoir comment il était venu au monde, pourquoi ses parents s'étaient débarrassés de lui dans un sac-poubelle. En larmes, Claude avait raconté qu'il n'avait jamais suspecté le déni de grossesse de sa mère. Un jour, il était rentré au domicile et avait découvert le carnage : sa femme gisant au sol, inconsciente, un bébé entre ses les jambes. Il l'avait emmenée d'urgence à l'hôpital. L'enfant (Jullian) avait survécu. Jamais, absolument jamais, Claude n'avait entendu parler d'un frère jumeau jeté à la poubelle. Lui, en l'occurrence. (C vérif compréhension).

Sa génitrice avait-elle réussi à se débarrasser du premier enfant, quelque part dans les ordures, sans que Claude soit au courant ? S'était-elle rendu(e) compte qu'un autre bébé arrivait au moment où elle était rentrée chez elle ? Avait-elle alors essayé de le mettre au monde pour également l'éliminer ? Peu importait pour David. Claude était autant responsable que sa génitrice. Il n'avait d'ailleurs pas beaucoup fallu pousser le vieux pour qu'il s'avance engage dans la baie et finisse emporté par les courants. Mieux valait parfois mourir que vivre avec une insupportable vérité.

Le hasard, aussi, quand il avait, quatre ans plus tôt, loué son appartement d'Annecy à la famille Morgan par une plateforme de réservation. Lui créchait dans vieille baraque à Vienne et matait les vidéos des locataires, grâce aux caméras cachées dans l'appartement. Il les avait vus, les Morgan, investir les lieux. Et par écran interposé, s'était retrouvé face à lui-même. Le choc.

Il était alors allé fouiller au domicile de Berck. Oui, il avait bien un frère jumeau, un homme qui avait une belle jeune fille, une villa magnifique, marié à une femme écrivain. Lui, l'enfant adopté et trouvé dans les ordures, le caméléon aux multiples identités, qui finissait ses soirées dans les abysses du Donjon Noir, à s'abîmer toujours plus, se lacérer de désespoir, jouir de la souffrance des autres.

Un vrai jumeau qui avait tout réussi... Un frère identique, qui serait l'enveloppe parfaite pour future transformation, au cas où son futur business tournerait mal. Et quand effectivement, le temps de la mue était arrivé, il était reparti (ou retourné) au domicile des Morgan, histoire de s'assurer que l'ADN était bien le même. Il avait alors récupéré des cheveux avec bulbe de Jullian Morgan et avait réalisé des tests par un laboratoire trouvé sur Internet. Aucun doute, Jullian et lui étaient génétiquement semblables. De vrais jumeaux monozygotes.

La route s'éleva, devant lui, comme un mur d'asphalte, avant de basculer et de plonger vers un creuset où palpitaient, au loin, de timides lumières d'ambre. Étretat se mourait, en contrebas, comprimée entre les parois de calcaire. Une gare était indiquée sur un panneau, mais David voulait ~~mx~~ éviter d'être aperçu dans le coin au retour. Quand le moment viendrait, il prendrait le train à la gare de Fécamp, à une quinzaine de kilomètres. Il avait déjà en tête de regagner les voies ferrées par le chemin qui existait le long des falaises. Il se noierait alors dans la population des travailleurs du matin, descendrait à Abbeville et emprunterait un taxi jusqu'aux abords de Berck. Il finirait à pieds par la plage. Il avait embarqué suffisament d'argent sur lui pour ne laisser aucune trace informatique. Quant à son téléphone portable, il l'avait placé sur la table de chevet, à la villa. Officiellement, tandis que Léane se jetait des falaises, il dormait.

Le crime parfait existait, il en était le ~~réel~~ metteur en scène.

On approchait 3 heures. Le vent soufflait contre le pare-brise. Le thermomètre affichait une température de -2°C. Léane ne faisait plus aucun bruit dans le coffre. Elle devait être en train de réaliser ce qui lui arrivait. Des connexions se mettaient en place dans sa tête, ses doutes se transformaient en certitudes : elle avait partagé les ~~[illegible]~~ derniers jours de sa vie avec un monstre, un homme à 2 visages, une sorte de [xiphopage] infect et diabolique. Elle avait été manipulée, vidée par celui qui avait séquestré sa fille pendant toutes ces années.

Il s'engagea dans les petites rues désertes, en direction du nord, et trouva rapidement la route qu'il avait repérée avant son départ, celle qui partait à l'assaut des falaises, vers les Jardins d'Etretat. Tout là-haut, un vaste parking se dévoila. Il éteignit ses phares, franchit une bordure, s'engagea sur un chemin de terre destiné aux randonneurs, roula sur 300 mètres, jusqu'à s'assurer qu'il était complètement invisible et ne pourrait pas être surpris. Avec précaution, il quitta le chemin et roula sur l'herbe, très prudemment, car le terrain était en pente. Il ~~plaça~~ positionna l'avant de sa voiture face à la mer et appuya à fond sur le bouton du frein à main, à gauche du tableau de bord. Il n'était qu'à quelques mètres du vide, dans une pente. Une mauvaise manipulation, et c'était la chute.

Il resta sur place, dans l'obscurité, inspirant un grand coup. C'était presque terminé. Il posa la plaquette de <u>Xanax</u> et le téléphone de Léane sur le siège passager. Récupéra son pistolet, enfila gants et bonnet. N'avait-il rien oublié ?

En journée, cet endroit devait être fréquenté par les ~~pro~~ randonneurs, même l'hiver. Il était fort probable qu'on ne trouve la voiture en bas des falaises d'ici une dizaine d'heures. David attendrait d'être rentré pour donner l'alerte. Il raconterait s'être réveillé, seul, la gueule en vrac parce qu'il avait bu, avoir constaté l'absence du 4x4 et été incapable de joindre sa femme. Léane était-elle partie pendant qu'il cuvait ? À quelle heure ? Où ? Il ne saurait pas. Lui était parti se coucher aux alentours de 23 heures avec quatre ou cinq whisky dans le ventre, elle était restée en bas. Ensuite, le trou noir...

Il sortit, fut surpris par bourrasque qui le décala d'un mètre en direction du vide. Il eut l'impression qu'un ogre surgi des flots aspirait tout sur son passage, quelque part, dans l'obscurité infinie de la Manche. Le vent glacé sifflait le long de ses joues. Les étoiles scintillaient, regroupées en une traînée laiteuse, et le quart de lune soulignait, au loin, l'impressionnante aiguille dont Léane parlait dans son livre. C'était beau.

Il s'agenouilla et s'approcha de l'arête, les mains enfoncées dans la terre. Il apercevait l'écume blanche des vagues venues se fracasser sur les rochers, une centaine de mètres plus bas. L'endroit parfait pour se donner la mort. Un lieu de fin de thriller. La voiture ne serait plus qu'un amas de tôle battu par les flots. Avec l'eau, le sel, le ressac, aucune trace biologique ou empreinte ne serait exploitable. Parfait.

Il s'éloigna vite de là, revint vers la voiture. Avec prudence, l'arme braquée, il ouvrit le coffre. Léane était recroquevillée, toute tremblante, les yeux rouges de larmes. Le visage de son agresseur dansait comme une lune noire dans son champ de vision.

— Qui es-tu ?

Il l'empoigna et la contraignit à sortir. La garda sous l'emprise de son arme lorsqu'il vérifia scrupuleusement l'état du coffre. N'avait-elle rien laissé traîner ? Rien gravé dans la tôle ? Ses traits n'exprimaient plus que la colère et la détermination. C'était à la fois Jullian, mais ce n'était pas lui. Deux êtres différents dans un seul corps. Léane sentit les odeurs d'embruns, reconnut le décor qui lui était si familier. Ainsi, c'était vers cet endroit qu'ils avaient roulé depuis elle ne savait combien d'heures. Les falaises d'Étretat.

David lui serra le bras et la tira à lui. Leurs deux visages se firent face dans l'air glacé.

— Pour ta fille, il faut quand même que tu saches : je l'ai aimée. Je l'ai vraiment aimée...

Léane tenta de se débattre. Elle aurait voulu le tuer, le frapper de ses poings jusqu'à ce qu'il meure, mais elle sentait ses forces amenuisées. Son esprit était embrouillé, ses lèvres, comme anesthésiées.

— ... Au départ, je voulais détruire le bonheur parfait de mon frère. Lui prendre ce qu'il avait de plus cher. Livrer sa fille à des bêtes sauvages qui payeraient une fortune pour en faire ce qu'ils voulaient, jusqu'au bout... Le No limit...

Il la plaqua violemment contre la tôle et écrasa le canon de son Sig Sauer sous son menton.

— Mais je n'ai pas pu. Elle provoquait quelque chose que je n'avais jamais ressenti. Question de gènes, peut-être. Alors, je l'ai gardée avec moi, chez moi, dans une pièce spéciale. Je ne lui ai pas fait de mal. Ce sont les circonstances qui ont fait que j'ai dû m'en débarrasser. La livrer à celui qui saurait s'occuper d'elle...

Léane ~~plus~~ gémissait, mais les bourrasques la bâillonnaient. L'homme, face à lui, continuait à parler. Comme si de rien n'était. Comme si tout était normal, logique...

— ... Après l'arrestation de Jeanson, diverses petites choses ont commencé à partir en vrille. Avec les flics sur les dents, le business devenait trop risqué. Alors, j'ai emmené Sarah dans la location de la Chapelle-en-Vercors, pour que Delpierre fasse le boulot. Ne crois pas que ça a été simple de la quitter. Mais il était grand temps pour moi de changer d'identité… De te rejoindre à Lavilla…

Il frotta son nez qui gouttait. Ses mots semblaient couler de ses lèvres comme ~~des diamants~~ des perles de givre.

— … C'est là que j'ai déroulé mon plan. Le crime parfait. Pour que ça fonctionne, pour que tu disparaisses, il faut toujours un cadavre pour prendre ta place, et il faut réussir à tromper la science…

… C'est la clé… L'enlèvement de Jullian, mon agression, l'amnésie… Je savais comment simuler, j'ai toujours fait ça pour survivre et me fondre dans la masse…

… Tout aurait dû être parfait, s'il n'y avait pas eu Giordano et surtout, ce putain de bonnet. C'est comme dans tes livres, c'est le petit truc anodin qui fait tout partir en vrille…

Léane n'en pouvait plus. Sa tête lui tournait. Elle voulait que tout s'arrête, là, maintenant. Mourir, le plus rapidement possible, pour ~~arrêter~~ stopper toute cette douleur. La délivrance n'était qu'à quelques mètres, au bas de la pente.

– Qu'est-ce que le bonnet de Sarah foutait dans le coffre du 4x4 ? Il est évident que Jullian le planquait sur lui quand je l'ai kidnappé, mais je ne l'avais jamais vu de ma vie ce bonnet. C'est Giordano qui m'a donné la réponse. C'était la victime qu'il s'était offerte en no limit qui portait ce bonnet, lorsque Jeanson la lui a livrée au chalet de La Chapelle. Le bonnet avait dû traîner depuis des mois dans le camping-car où Jeanson ~~Kida~~ retenait les filles, je ne sais pas exactement... Mais Giordano l'a embarqué comme souvenir, après avoir trucidé la ~~pauvre~~ gamine...

... Ce taré aimait bien que sa propre fille le porte, histoire de se rappeler, de revivre ses fantasmes. Tu vois le genre ! C'est aussi à cause de ce bonnet que Jullian a enlevé Giordano...

... Mais ne t'inquiète pas, je l'ai bien fait souffrir, Giordano. On ne s'est jamais croisés, tous les deux, même s'il était un "client". Une des règles d'or du business, c'était que personne ne croise personne. Alors, quand il a su qui j'étais... T'aurais dû être là pour voir sa tête.

Léane titubait, elle voulut s'élancer droit devant lorsqu'il la décolla de la tôle, mais il l'attrapa par les cheveux et la tira vers l'arrière, chutant dans la pente sans la lâcher. Elle poussa un hurlement. Il se redressa, lui asséna un coup de crosse sur le crâne, elle s'effondra. Il l'installa à l'intérieur de l'habitacle, côté conducteur. Lui boucla sa ceinture de sécurité. La tête de Léane vacillait. Autour d'elle, le flot, et seulement un lourd bourdonnement dans ses oreilles.

— Tu tues tes héroïnes, Léane. T'es consciente du traumatisme que tu provoques chez tes lecteurs ? Dans les livres, les histoires devraient toujours bien se terminer. C'est pour ça que les gens payent. Mais dans la vraie vie, c'est différent. Il n'y a pas de retournement de situation de dernière minute. C'est toujours celui qui tient le flingue qui gagne...

Il mit le contact, enclencha les phares, approcha son index du bouton du frein à main. La mort au bout du doigt...

— Parmi les morts possibles, crois-moi, celle-ci est l'une des plus douces. C'est bref et sans souffrance. Il n'y a qu'un truc que j'ignore, c'est si ceux qui se jettent dans le vide en voiture mettent leur ceinture de sécurité. Je suppose que oui, une sorte d'instinct de survie. De toute façon, le résultat est le même...

Il appuya et se recula instantanément, claquant la portière dans un même geste. La gravité provoqua la lente rotation des roues, que l'herbe et la terre meuble tentèrent d'empêcher dans un premier temps. Mais les lois de la physique s'appliquèrent au véhicule sur un plan incliné. La vitesse augmenta progressivement. Neuf secondes plus tard, il atteignait l'arête et basculait dans le vide. Il en fallut sept de plus pour que le fracas de la tôle contre les rochers se mêle au rugissement des vagues. La dernière image que Léane vit fut celle de milliers de morceaux de verre se précipitant sur son visage.

David Jorlain regagna le chemin de randonnée. Comme dans tout tour de magie, il était temps de passer au dernier acte. La disparition. À gauche, Étretat. À droite, à deux heures de marche, Fécamp. Il tourna à droite.

Au bout, rayonnaient au ciel auroral d'anonymes braseros rouge acajou.